悠悠衢江

叶廷芳 著

衢州市政协文史资料委员会 编

叶廷芳随笔集

随笔集

[上册]

上海人民出版社

《衢州市政协文史资料丛书》

编纂指导委员会

主　任：吴国升
副主任：金召卫
委　员：程　相　郑　彦　祝云土
　　　　崔铭先　潘玉光　刘国庆
　　　　叶裕龙　庄月江　巫少飞
　　　　汪筱联　占　剑

《悠悠衢江：叶廷芳随笔集》编辑委员会

主　任：吴国升
副主任：金召卫
委　员：程　相　郑　彦　祝云土
主　编：郑　彦
编　辑：秦　川　俞云龙

在浙江衢州故家门口

20世纪60年代留影

20世纪80年代留影

1980 年与老师冯至(中)在杜甫草堂

2010 年夏在庐山

自 序

我是个乡下人，生长在浙西丘陵地带，5里之外即崇山峻岭。种植的主粮是稻米，其次是小麦以及番薯等杂粮。家庭不算穷，但务农，故中小学的每个寒暑假都被家长使唤着去放牛、看田水、打猪草等。此外还争得个"业余爱好"——捕鱼。

童年时代的这些生活使我的足迹遍布家乡的山山水水——那起伏的丘峦，那清澈的溪流，那诗意的田园……它们成为我生命最初的摇篮，在我脑海里烙下最深刻的印痕，储存着我生命中最密集的记忆和密码；它们构成我无数梦境的背景，成为我的乡愁不绝的源泉。难怪，在进城上初中的第一夜我就哭了！尽管我的整个童年的乡村记忆留给我的是贫穷、愚昧、苦难，以致在进城上初中以前我连一支钢笔也没有见过，一次电影也没有看过，一次相也没有照过！就因为家乡的山水把我浸泡得够久了，所以家乡的田园把我熏陶得迷醉了，家乡的人情让我迷恋得太深了！

关心民间疾苦的伟大诗人白居易青少年时期曾在衢州生活过，他《轻肥》中"是岁江南旱，衢州人食人"的诗句与我当年夜间在群蚊的猛袭下踏着转轮水车的经历发生强烈的共鸣！我深深感到"水"是当地农民的生命线：我曾亲眼看到户与户和村与村之间常常因为水而发生流血的格斗和群殴！中学毕业后我去了北京上大学，心仍然紧紧依恋着那片熟悉的故土，那些衣衫褴褛、艰难挣扎但淳朴善良的乡亲们。只要北方十天半月不下雨，我就惦记着家乡是不是又遭旱了。那时手机还没有出现,长途电话对于一个穷学生来说连想也不敢想,只得通过邮局寄信,一来一回至少两个多礼拜!对方回信时还没有出现干旱,但信到时也许就旱了!那是真正的乡愁——牵挂着家乡人的艰难与温饱!

自"文革"至20世纪80年代中期我将近20年没有回过家乡,家乡的情况于我几乎是一片空白!唯一的慰藉是70年代末传来的一个巨大的喜讯:距离本村不足10里之遥的铜山源大型水库(蓄水1.2亿立方米,为当时全县之最)即将竣工,长达1 700米的"空中渡槽"正从我们村前飞架而过。我激动得热泪盈眶,认为这是衢县人民与天斗争打的决定性的翻身仗,预感到家乡人的命运将发生转折!于是欣然命笔撰写《告慰白居易》一文在《人民日报》发表。这时我在乡愁中看到了家乡人的新希望!

1985年衢州由县级市升格为地级市。这一年我应邀回乡为《衢州市地名志》做润色工作。在一个月的逗留期间我认识并熟识了衢州的主要领导,并了解了全市近期发展的概况。这时我开始考虑:我该为家乡的发展做点什么呢?那时我感到,衢州虽号称"四省通衢"且位于浙赣线上,但因其经济在全省欠发达,且"衢"字生僻,外界知道它的人并不多。作为人文学者,我首先应为其扩大在全国的影响、提高其应有的知名度做出努力,以有利于它在国内外的招商引资。途径有两条:一是我自己撰写一些以衢州为主题的散文或随笔,这就有了本书中那些篇目;二是组织我的文艺界和媒体朋友圈分期分批来衢州采风或演讲,尤其在陈文韶、郭学焕、蔡奇、沈雷等同志为市长或书记的任上,如著名文学创作者白桦、舒婷、张抗抗、林斤澜、蓝翎、邵燕祥、从维熙、肖复兴、徐刚、邱华栋、韩小蕙、牧惠、杨闻宇、孙光举、柳萌以及著名作曲家吕远和著名美术理论家邵大箴等都先后光临过衢州,多数人都写过赞颂衢州的文章,或作过演讲或谱过歌曲。这时我的乡愁是唯恐衢州不为更多的人所了解与支持!

20世纪90年代中期,在新的时代条件下,衢州市一项新的大型建设项目——乌溪江水利枢纽工程居然以民办公助的旧形式胜利竣工了!从中我看到了衢州市人民建设自己家乡的巨大积极性和自觉性,并视这一工程为衢州市人民告别农业建设时代的胜利标志,从此跃上崭新的工业建设时代!为此我又写了《再慰白居易》的长文,以一个整版篇幅发表在当时的《光明日报》上。这时我的乡愁是跃上工业快马的衢州尽快赶上浙江发展速度的平均步伐!

商品经济意识更加觉醒自然是好事。但事物往往有两面性:关心农田的人日渐少了,随着化肥使用的日益普遍化,传统肥料被废弃,牲畜排泄物随地抛撒,造成农村环境严重污染,首先饮水大成问题,直接威胁到村民的健康。这件事成为我胸中块垒。故衢州市、县领导每次来京征求意见,我都特别强调这个问题。这一时期衢州的母亲河——钱塘江上游的衢江更发出沉重的呜咽:除了它的两条主要支流流入滔滔污水外,更有衢州化工厂这个特大化工企业大量的超标排放,有时甚至导致衢江的死鱼几十里泛白!这时我的忧虑无以复加,开始酝酿一篇文章:《忧忧衢江水》!

大约在2012年秋天,喜讯终于传来:衢州市在浙江省委省政府的支持下将改变发展的战略方向,即利用衢州市绿色覆盖率很高、江河源头水质优良的特点,将衢州市作为全国重点休闲度假区的试点来建设,使之成为浙江省的绿色屏障!几年来,随着衢州市一系列有效的相关政策和法规的出台及严格执行,衢州市城镇特别是农村的面貌大为改观:一幢幢别墅式的钢筋水泥房基本上取代了旧式砖瓦房或茅屋;村中的里弄多数都能通汽车;路上的猪屎、牛粪之类再也不见;村子内外的沟渠或溪流均能清澈见底;至于交通,甚至实现了"村村通公路"的目标;乌溪江成为华东水质最好的江流,衢江的水也变清了,而且水位也提高了,江面宽阔了!尤其是随着衢城西区的开发,一个田园式的现代化新城正拔地而起。这样,原来悄悄地绕城东去的衢江,现在则浩浩荡荡穿城而过,实现了我的一个久远的梦想:一个城市若有一条像样的河流横亘其间,必是这个城市最美的风景线,一如布达佩斯的多瑙河、波恩的莱茵河、巴黎的塞纳河……家乡的面貌改变得如此之快,实为始料未及!这时我的乡愁就是《悠悠衢江水》(这是我发表在2016年3月5日《光明日报》上的一篇文章)。

自1984年以来我基本上每年回一趟衢州,每年都有新的欣喜之处,尤以新世纪以来一条条新的高速公路的诞生最令我惊喜;它们逢山穿洞,遇壑跨桥,好比进入传奇小说的境界!我第一次乘汽车从黄山到衢州,在崇山峻岭间绕来绕去,整整走了8个小时!而现在只需两个半小时!去年秋天我再回衢州,一个更加振奋人心的消息首先传来:一条只需41分钟的杭衢高铁已经躁动于母腹之中,4年内即将呱呱坠地。那时衢州将再也不是浙江的僻地,而是大杭州的一员,或者说是它的辐射区。再过若干年,当衢州建成为"美丽大花园"的时候,它更会成为杭州的一座美轮美奂的"后花园"。那时不仅水更绿,山更青,更多的自然保护区覆盖着大地,几十个AAAAA级景区和众多的特色小镇装点着江山,崭新的村镇景观和田园式的城市风貌刷新着我们的视野,更有一座根据新的理念建设的"慢城"别开生面……此时的乡愁是我对家乡的美丽憧憬。

2018年1月

目　录

内外自然

诗友通灵

乡音难改

悠悠衢江水

　　敝家乡衢州市地处浙西一隅,虽说"四省通衢",但毕竟被仙霞岭的条条支脉缠绕,制约着她的经济发展。改革开放以来,浙北、浙东的平原和沿海一带,蔚蓝色的海风一吹,商品意识很快觉醒,加上上海、无锡、南京等地强大的经济辐射,这些地区的经济腾飞在全国一马当先!可衢州,论GDP虽在全国数得上"中上",在浙江,却总是排名靠后。谁想东方不亮西方亮。转过身来看它的另一面,却是满目葱茏的"生态衢州"。其绿色覆盖率达71.5%,超出全国平均数的3.5倍以上!而且全市秀美的自然景观多多,甚至江浙一带唯一的"世界遗产"——代表一部分丹霞地貌的"江郎山"——也坐落在这里!莽莽苍苍的古田山原始森林如今成了国家正着手建设的"国家东部公园"的"母园"。而它更鲜亮的品牌还在于水,在全国江河普遍被污染的今天,衢州的水质不仅是"浙江之最",而且让全国羡慕!可以说,整个衢州成了"诗意栖居"的首选,难怪国家旅游局把衢州定为国家首个度假休闲区创建试点。这种得天独厚的"绿实力"是无价可比的,它让衢州人深感骄傲和欣慰。而与这绿色气象相映照的,是衢州人美的心灵,其亮点频频闪光。尤其是近年来,在全国性媒体上经常出现"最美的教师""最美的爷爷""最美的警察"……他们都因满怀爱心而救人、助人,甚至不止一个为此献出了自己的生命。作为在同一片土地上长大的衢州人,我为有这样的乡亲而深感自豪。于是想到了这里的地理山川与历史传统、人文蕴藏的综合效应,而首先想到的是世世代代哺育着这块土地的母亲河,那缓缓涌流的母亲般温柔端庄的衢江。

钱塘江溯流而上,经过富春江、金兰江,再往上就是衢江。它由两条支流汇合而成。汇合后衢江即以一个直角怀抱着一座古城——衢州城,然后继续向东流去。早先,人们若从北郊进城,就得乘船摆渡。我第一次在这里过河才十来岁,站在"浮石潭"的渡船上环顾四周,觉得江面十分宽阔:只见江水悠悠,深不见底,想象着水下必定藏龙卧蛟,鱼虾无数,是一处天然的维系生命的富藏。衢江就以这样的美好印象久久定格在我的记忆里。

现在看来,这样的想象并不完全是出于儿时的天性。衢江作为衢州人的母亲河,通过千百条大小支流世代养育着衢州市250余万生灵。俗话说,一方水土养一方人。衢江水系与占全市71%的崇山峻岭以及丘陵和盆地交织成一幅幅锦绣山川,它们饱含丰富的微量元素的水土乳汁滋润着衢州人的身心,它们的千姿百态如画如绣熏陶着衢州人的气质和情怀。不错,在长期刀耕火种的旧时代,多山的地理环境通常是与贫穷相联系的。当年的衢州人也没有逃脱这一宿命,以致让关心民间疾苦的伟大诗人白居易写下这样令人撕肝裂肺的诗句:"是岁江南旱,衢州人食人。"这个"旱"字困扰了衢州人千百年!但是事物往往具有两面性:艰难的生存条件频频威胁着他们的温饱,却也锤炼了他们的生存意志,使他们心无旁骛,专心一意与命运进行着不懈的抗争,使他们的性格变得顽强不屈而又单纯朴实。数百万人的这种性格的集聚,成了衢州这块大地的精神定力。它维系着衢州一带的教育、文化乃至社会道德风尚,使作为全国历史文化名城之一的衢州始终保持着与它的崇高身份相称的价值系数。

家乡人的这一禀性,我首先是从他们为改变自己的命运而进行的战天斗地的壮举中观察到的,尤其是从他们为"夺"水和"治"水的奋斗中深获领悟的。20世纪六七十年代,我出生地所在的衢北农民为摆脱世代旱涝的灾害,在没有机械设备的条件下,依靠自己的双手建起了蓄水1.2亿立方米的大型水库——铜山源水库,解决了3个县50万亩的农田水利问题。施工过程中,每个农民轮流自带粮食、咸菜,长期驻扎在工地,分文不取。尤其感人的是,当时国家为库区居民准备了300万元的拆迁费,但拆迁户们高度发扬风格,自觉地尽量利用拆下来的旧材料,结果只花了国家48万元!而在别的许多地方,当时武斗正酣呢!我当时因这一工程的顺利竣工深受感动,立即在《人民日报》上发表了《告慰白居易》一文,以示庆贺。

20世纪90年代初期,衢州市解决农田水利问题的一个关键性工程——乌溪江水利枢纽工程开工了!按工程预算,需2.8亿元。这在当时是个惊人的数字!省里拿不出那么多钱,衢州市当时只能承担15%的份额!而那时我国已经开始实行市场经济,不能无偿调动劳动力了!怎么办?土生土长的常务副市长、乌溪江水利枢纽工程总指挥谢高华最了解当地农民和市民的心理,认为这项工程不仅关系着广大农民的切身利益,也关系着城市居民的饮水问题。只要切实做好动员工作,广大市民会理解并愿意积极参与进来,作出自己的奉献!果然,他的估计完全符合实际:市委市政府的文件一经发出,全市工农兵学商一致响应,有力出力,有钱出钱。尽管适逢大冬天,工地上马上聚集起 3 万多人,热火朝天。结果,工程所需的 800 万土石方中,85％都是民工无偿奉献的! 故当工程顺利完成时,我兴奋之余,又撰《再慰白居易》的报告文学,借《光明日报》一个整版向伟大诗人报了一个更大的喜!

在此之前,衢州人仅凭锄头和肩膀已经先后建起了近 500 座大小不等的水库,至乌溪江这一最大水利工程的告竣,宣告了衢州人民有史以来"十年九不收"的悲惨历史的结束! 如果说,衢州人在与命运争夺生命之源——水——的较量中,表现了顽强不屈、坚忍不拔的精神,那么他们在治理水的质量的努力中,更表现了服从大局、乐于奉献的宽广胸怀。曾记否,就在乌溪江工程轰轰烈烈之际,恰逢全国兴办乡镇企业热火朝天之时。在这经济腾飞的时刻,衢州各地的乡镇机构和诸多个人何尝不想一显身手! 但不久,乡镇企业这一新事物的负面效应就显现出来了:江河变色,大地蒙污! 这时位于衢江顶头的作为全国八大化工企业之一的衢州化工厂也使衢江流水泛红,死鱼漂浮。向以"绿色"自豪的衢州市党政领导立刻警觉起来,思考着如何在利用本地区骄人的绿色生态和保护固有的良好水质的前提下谋求经济的发展。根据这一原则,历届市委市政府先后制订了一系列相关政策和法规,以水质最好的乌溪江为重点,严格控制和杜绝各江河水系的污染源。为此政府采取断然措施,禁止或限制某些污染排放率超标的企业的兴办,并与化工部直属的"衢化"(现更名为巨化集团)反复磋商,以保证衢江水质的安全。尤其从 2003 年起,进一步加大有关措施的力度,仅强令关、停的工厂企业即达 200 余家,直接经济损失达 18.4 亿,如水泥厂即从 52 家减至 17 家。前年,即 2013 年起市政府更调集 1 840 名干部分布到 1 840 个行政村,一对一地进行生态指导。经过多年的坚持不懈,加上各部门的通力协作,现衢州市的所有江河水系恢复或改善了原来的水质。衢州本域和出境水的质量达标率连续 8 年保持 100%。据瑞士一家有关权威公司的监测,衢州主要供水源的地表水的水质不仅远远优于国家一类地表水的水质标准,而且远远超过了世界卫生组织规定的饮用水的水质指标限值。难怪乌溪江连娃娃鱼都出现了(这是一种对水质的纯度要求很高的鱼类)!这条江历史上有过很多衢州人(包括地方官)治水的动人故事,迄今仍保持着浙江省水质最佳的"明星"地位。

水的质量在整个生态系统中具有举足轻重的地位。随着水质的净化,衢州市的生态建设如虎添翼,这个一向被认为"欠发达"的地级市,经过多年的摸索终于找到了一条扬长避短、适合于本地区发展的新思路,找到了一种新的价值定位,使"软实力"与"硬实力"互相辉映,协调交融,不仅引起浙江省领导和国家有关部门的重视,而且让各地许多经济实体刮目相看,开始踊跃来此投资,呈现出一种崭新的发展态势。这一"后发制人"的新局面某种意义上是有远见的衢州市官民用 GDP 换来的!衢州市各届"父母官"的探索精神和创新思维值得嘉奖,而那些在"夺"水与"治"水过程中做出过贡献,尤其在关、停、禁中顾全大局而作出牺牲的人们更值得称颂。他们表现了衢州人整体的心灵美!

由于客观环境,衢州人中的大多数都在山区或丘陵地带长大,都知道水在他们生命中的分量,情感中都有水的情结。在今天老、中、青的三代人中,如果说我这一代更多地表现在为"夺"进行艰辛、顽强的奋战,那么中、青年两代则主要为"治"做出了他们的奉献。而无论前者或后者,都在与水的关系中锤炼了风骨,净化了心灵。若用文学语言表达,可以说,"最美衢州人"是由衢州大地土层中无数"微量元素"铸造而成,并由它纯洁的水洗涤出来的!

2013年春天,我在衢北小山村东坪小住,其间曾专程来到衢江区古镇樟树潭,观赏衢江的风姿。汇合了乌溪江的衢江,在这里水量更充沛了,也更清澈了。我站在樟树潭的古码头,隔着比浮石潭更宽阔的江岸向西眺望,只见一江深沉的清水,饱含着衢州人的智慧和汗珠,融汇着衢江人的情怀与愿景向我缓缓涌来,犹如一位风姿绰约的美人从我身边款款走过。哦,它就是衢州人"群体美"的心灵映照,它的名字就叫"衢州人"!衢江的水渗透着衢州大地,使它成为一方四省通达的人文沃土,有了这样的土壤,就不愁没有一个个"最美的人"破土而出了!

我是研究文学的,知道创作的中心任务是塑造"典型形象"。那么衢州市"最美的人"的典型形象是谁呢?按我的观察和考量就是前面提及的治水英雄谢高华!他出身贫苦,离我老家不远,可以说,我从小看着他一步步高升:本村民兵队长、莲花乡乡长、杜泽区区长、衢县县委书记、衢州市常务副市长,是新中国成立以来衢州历史发展变化的全部见证者和领导者之一,也是上面提及的标志衢州市农业根本翻身的两项最大水利工程的主要指挥者,此外他还是义乌小商品市场的最早开拓者。可谁知道,这位如今已八十有五的堂堂男子,其体重只有43千克,而且胃切除了四分之三!但任何时候也没有见过他疲惫不堪,他的无穷精力和巨大能量与他的瘦小体形形成极大的反差!这就是谢高华的人格美。我在《再慰白居易》中称他为"衢州人的脊梁"!今天我们也许可以称他为"最美衢州人"的楷模,衢州"软实力"的精魂。

(原载《光明日报》2016年3月5日)

历史文化名城话衢州

　　年初我因事回衢州,适逢国务院批准衢州列入国家级历史文化名城,喜讯传来,上下都在奔走相告。作为衢州人,我精神不禁为之一振。

　　衢州,浙西地区的一个府城,钱塘江上游第一重镇,扼浙、皖、赣、闽之咽喉,因"四省通衢"而得名。东汉始为县治,历代为州、郡、路、府治,迄今已有 1 802 年的历史。这个城龄比欧洲的许多历史文化名城如柏林、慕尼黑等至少要大 1 000 年!

　　我虽不是出生在城里,但 6 年的中学生活,几乎所有的大街小巷都留有我的足迹,我备受这个古城那种古色古香、古味古韵的熏陶。最难忘的是那巍巍的城墙和城门了! 由于衢州历来是东南五省用兵重镇,几万乃至几十万大军在这里鏖战,历史上屡见不鲜,西城的"上营街""下营街"即因古时屯兵而得名。历代统治者都想使城池固若金汤,城墙之必需、之坚固可想而知,素有"铁衢州"之称。据史料记载,春秋时代就开始在这里筑墙了,后屡建屡毁,现存的为明代所建,直至 20 世纪 50 年代,几乎完整无损;6 座城门(现剩 4 座)当时都有城楼。这一宏伟建筑成了地道的"石头的史书"。

　　说来也巧,我的母校衢州一中就坐落在北城墙脚下,高中几年,我每天晨跑以后都要登上城墙,扯开喉咙练嗓子,有城墙神助,则"丹田"之气就充盈多了。我还曾约同学沿城墙步行一圈,想证实一下这城墙圆周长是否为史书上说的"四千五十步"。

衢州不仅拥有"铁"的重量,更富有"文"的内涵。历史上出过大政治家、大军事家、大医学家和成就卓著的文学艺术家。其中最值得一提的是南宋孔氏家庙;这是孔子第 48 代孙孔端友随宋高宗赵构南迁时仿曲阜孔庙形制所建,住至第 53 代。建筑已数度毁圮,现存的为清代重建,是全国仅有的两个孔氏家庙之一。现南宋孔氏第 75 代孙孔祥楷已由东北一个厂长岗位上被请回衢州担任要职,以更好保护和发扬这一辉煌文化遗产。

除孔府外,衢州还有一些具有重要文物价值的建筑物,如矗立于北门内的那座木石结构的钟楼,即蒲松龄笔下"衢州三怪"之一的所在地。蒲公的这一怪笔显然引起当代伟大的古典文学爱好者、鉴赏家毛泽东的兴趣:"大跃进"年代,他从江西视察回京途中,曾在衢州稍事休息,当当地负责人带着准备好的生产数字向他汇报时,不料他劈头第一句却问:你们衢州有哪"三怪"呀?一时令对方目瞪口呆……钟楼内原顶悬铜钟一口,重 3 000 余斤,据清康熙《西安县志》(衢州古称西安)记载:该钟上层铸《心经》一篇;中层铸"花木、鸟、兽";下层铸铭词一首。1942 年日军蹂躏衢州时被其盗走。"文革"期间,这座藏"怪"之楼更是在劫难逃,上层的木构建筑彻底被毁,残留的石砌底座幸存了下来(实施捣毁的好汉们大概以为这样"衢怪"便无以蔽身了),它包括东、南、西、北四道互通的拱门,犹如埃菲尔铁塔底座的缩影。

坐落在市中心的天宁寺是古城最高的建筑,四层中空木结构,飞檐翘角,好不壮观。它是衢州佛教文化的象征。此外有许多民俗建筑别具特色,久享盛誉,其中以"九楼""八阁""十三厅"为代表。可惜由于战乱频仍,它们大部分已化为乌有,唯有孔府内的思鲁阁风采依旧,阁内所藏唐代吴道子绘"先圣遗像碑"、明代"孔氏家庙图"等均堪称国宝。

改革开放使衢州古城焕发了新的活力。一大批新的商业大厦沿着南北轴线有秩序地延伸,新的住宅区和市党政办公大楼都在城外扩展,因而较好地保持了衢州的古城风貌。浓郁的历史文化氛围赋予衢州的现代化建设以丰富的人文意蕴,现代化的强大节奏又给古城增添崭新的风姿。衢州,你将不愧是钱塘江上游的耀眼明珠!

(原载《人民日报》1991 年 7 月 18 日)

孔氏衢州有家庙

提起孔庙,人们会立刻想到那遍布全国大小城镇的成百上千的纪念性文庙;提起正宗的孔氏家庙,恐怕一般人也只会想到曲阜,殊不知南方也有一处正宗孔庙——浙江衢州孔氏家庙,亦称"南宗孔庙"。

这不怪国人孤陋寡闻。说来不免令人蹊跷,就是像我这样地道的衢州人,整个中学年代都在孔庙所在的这座府城里度过,但知道这个破旧建筑群的真实身份及其价值,还是近年来的事,可见它的被冷落、被埋没有多深!

这处名胜,是南宋年代的产物。据记载:建炎二年(1128 年),宋高宗赵构迫于金兵的进逼,举朝南迁临安(今杭州),当时已袭封为"衍圣公"的孔子第 48 代孙孔端友遂与族人携传世家宝——孔子及亓官夫人楷木像随驾南逃,落脚于衢州。翌年,高宗御准孔宗在这里兴建家庙。由于兵荒马乱,直到宝祐元年(1253 年)宋理宗手上,才拨钱 36 万缗,着手在衢州城的东北隅菱湖畔兴土木,缩仿曲阜祖庙建造殿庑。孔氏在这里传宗六世,至 53 世时,元朝已在全国定局,元世祖欲统一孔氏南北二宗,遂诏遣孔氏 53 代孙孔洙回曲阜,但孔洙上奏朝廷,申述已有五代先祖之庐墓在衢,弃之不忍,并表示愿将世袭"衍圣公"这一封号让与北宗的族弟孔治,元世祖大悦,赞曰:"宁违荣而不违亲,真圣人后也。"自此,孔氏南北分宗。南宗因失去爵位,社会地位日衰,沦为平民,在明代,甚至一度连祭田都被抄没入官。至 59 世孙孔彦绳时,才又被朝廷重视,册封其为"翰林院五经博士",子孙世袭,但比起北宗的衍圣公,地位悬殊。1935 年,当时的中国政府宣布废除一切封建爵号,对南、北宗孔氏后裔一视同仁,衢州的孔氏嫡长孙与曲阜的一样,都被授予"奉祀官"衔。衢州南宗的最后一位奉祀官是孔祥楷(曾任冶金部所属一个金矿的矿长,现为衢州市政协副主席),他于 1948 年在衢州绥靖公署主任汤恩伯的主持下,被委任这一"官"职时才 9 岁,可见仍是封建性的。现南宗这一脉的孔氏后裔在衢州这一带有数千人。

衢州地处浙西南,为历代兵家必争之地,故南宗孔庙的建筑屡毁于兵燹,庙址亦几经更易。现存位于城东新桥街的这座占地 11 亩的建筑群主要是清代的遗物,其单体建筑融进了清代的风格,总体布局则是仿曲阜的。近年来,人民政府拨出巨款对孔庙按照原来的样式进行修缮。这座我昔日心目中的"破庙"终于焕然一新,作为省级(现为全国)重点文物保护单位接待海内外游客。它构成衢州市成为全国历史文化名城的重要依据之一。

(原载《人民日报》1989 年 10 月 28 日)

烂柯一梦成千古

钱塘江上游的首段称衢江。它始于浙西重镇衢州市的古城墙脚下,向东蜿蜒 80 千米后,经金兰江汇入富春江。衢江在其起首处吸纳了乌溪江,恰在两江交汇处矗立着一座树木葳蕤,有如盛装披挂的名山,即烂柯山。它堪称钱塘江上游的一顶"皇冠"。

古人云:"山不在高,有仙则名。"此话不假。我国四大佛教圣地之一普陀山及乐山大佛所依之凌云山,都不算高,只因有"仙"而名扬四海。我这里要写的烂柯山,海拔仅 174 米,也是因为有"仙",成为全国围棋圣地。当然,从科学意义上说,"仙"只是人们的一种想象,实际上是没有的。但若把它作"文化意蕴"解,则就对了。比如烂柯山之所以灵气充盈,就因为它蕴有浓郁的文化内涵。首先它是一个名闻遐迩的美丽传说的诞生地。这则传说已经流传了十来个朝代。早在 1 500 余年前,我国北魏时代杰出的地理学家、散文家郦道元即将它载入其著名的文学性科学著作《水经注》:

> 信安县有石室坂,晋时,有民王质,伐木至石室中,见童子四人,弹琴而歌,质因留,倚柯听之,童子以一物如枣核与质,质含之,便不复饥。俄顷,童子曰其归,承声而去,斧柯摧然烂尽。既归,质去家已数十年,亲情凋落,无复向时比矣。

烂柯山就因此而得名。这则传说后来变奏出"山中方七日,世上已千年"的故事,成为我国文艺创作中一个重要的神话题材。唐代诗人孟郊有诗云:"仙界一日内,人间千岁穷……樵客返归路,斧柯烂从风。"此后还有人拟出仙人弈棋的棋局,并配以曲谱,题为《王质遇仙对弈记》,见于宋人李逸民所编《忘忧清乐集》之中。据说,前几年日本一刊物还予以转载。20 世纪 60 年代初,著名杂文家、书法家邓拓光顾烂柯山后,曾作《烂柯山故事新编》一文,将烂柯故事与现代科学理论相沟通,认为古人已开始懂得地球时间与宇宙时间的相对性。

烂柯山先后激发过历代无数大大小小的骚人墨客的兴味与智慧,留下了大量的诗文和墨宝(包括摩崖石刻、诗刻和碑文)。较远的如谢灵运、孟郊、刘禹锡、陆游、朱熹等,较近的除邓拓外还有郁达夫等。陆游在其《游柯山观王质烂柯遗迹》中吟出"千载空余一局存"的咏叹。朱熹甚至还在此山一书院讲过学,并借故事作诗兴叹:"局上闲争战,人间任是非。空教乐樵客,柯烂不知归。"

当然,烂柯山之所以有"神仙"莅临,有名士光顾,归根到底在于其周围风景之优美,其本身形貌之奇特。这里是仙霞岭余脉的末端,向北望去,是空旷开阔的金衢盆地;向南回观,则是无数层峦叠嶂,有层次地向后层层展开,有如画卷。秀丽的乌溪江从崇山峻岭中蜿蜒而出,怀着千般柔情从烂柯山脚下缓缓流过,她令人想起海涅笔下那首动人的歌曲《萝蕾莱》。可这中国的"萝蕾莱"——烂柯山,其风光之诱人比起莱茵河上的那个萝蕾莱恐怕要略胜一筹:你看她腰间那一对上下相叠的巨大的双洞孔,南北穿透;下孔长、宽各 30 多米,高 8 米,称青霞洞,被古人誉为"天下第八洞天";上孔略窄,洞高不齐,最高处不足 1 米,故称"一线天"。两洞之间的石梁像是一座大石桥,甚是壮观,故古有"仙桥危石梁""虹蟠雾中见"的赞叹。洞北悬崖如削,构成又一险境胜景。

围绕上述洞天奇观,古人建有不少景点作为点缀,有过"柯山八景"之称。可惜随着岁月流逝,大多荡然无存。其中值得一提的是山脊东端的"多雁塔"和西端的"日迟亭",一个迎旭日,一个挽夕阳,二者朝夕相伴,互为呼应,又仿佛是青霞洞的两名卫士。现在唯一能看到的古建筑是洞南山坡上的一座古寺,建于梁大同七年(541 年),倾圮后,于宋景德二年(1005 年)在原废墟上重建,曰"柯山石桥寺",风格类似当地民居,四周有赭红色的围墙,并有葱茏的树木相护。寺前多级石阶下有一池塘,塘边有两棵千年古樟;有一井,刻有"冷泉古井"四字,据传当年苦战衢州的朱元璋曾在此饮马。围墙左边的"通仙门"外,有明代四川巡抚徐可求墓,早已被盗一空,唯墓前标志墓主地位的石人、石马、石羊等物犹存。

较名贵的遗物还有青霞洞西坡的朱熹手迹,那是两棵状如张牙舞爪之龙蟠的千年古松下的一块 2 尺余长青石板上的石刻:"战龙松"。朱熹与烂柯山涉缘较多是不足为奇的:宋高宗在金兵追逼下南逃时,随驾南渡的孔子第 48 代孙"衍圣公"在衢州落脚,建造了孔氏家庙。作为儒术的倡导者,朱熹自然对衢州格外垂青了。

取名"烂柯山"的地方全国有多处,但"烂柯"典故的真正出处是位于衢州的这座烂柯山。毫不奇怪,她如今成了全国围棋的圣地,近年来已先后在这里举行了两次全国围棋比赛。国手云集更使烂柯山风姿增俏,"仙气"平添。随着衢州市经济、文化和旅游事业的迅速发展,烂柯山已越来越成为浙西山水名胜中的一颗璀璨的明珠,不愧是钱塘江上游的一顶"皇冠"。

（原载《人民日报》1996 年 12 月）

春天的礼赞

　　按照中国古老而科学的历法今天是"立春"，这意味着自上次立春以来地球又转了 365 圈，亿兆生灵又经历了一个四季轮回，我们称之为"一年"。炎黄先人在漫长的农耕时代摸索出一套大自然生命的运动规律，把它的每一个可见步伐定为一个"节气"，算出它一个来回共有 24 个节气。而其中被视为最重要的一个节气便是立春。何以见得？你看它总有一个欢天喜地的节日相伴随，这就是我们家家户户正在出门迎接的"春节"！这是中国人一年中最兴奋的狂欢，是对春的最真诚的礼赞。这个民间节日之隆重甚至超过了国家的节日——国庆，所以法定的假日也最长——三天！

　　春节的隆重当然远远不仅表现在假日之长，还表现在节日内容之丰富和情绪之热烈。这首先是亲人们的团圆日，不管出于亲情、友情还是爱情，人们都想在这些日子里圆一个团聚的梦。怪不得每次离春节还有半个月，包含特殊概念的"春运"就开始了！成亿的归乡者带着一年的思念和渴望，哪怕天涯海角，归心似箭，在祖国大地上穿梭游动，成为世界旅游业和旅游史上最壮观的景象。农村的气氛比城市还要浓烈，因为这正值农闲时节，农民一年的辛苦唯有在这几天才能集中放松一下；而孩子们平时得不到什么好吃好玩的东西,这几天都可以如愿以偿;再就是农村有趣的年俗文化:节前杀鸡宰猪、蒸糕裹粽、酿酒购物,忙成一片;临节则爆竹声声,交杯换盏;人们纷纷给祖宗烧香敬酒,祈求来年的平安与丰收;孩子们给长辈磕头尽孝,并接受"压岁"的红包;亲戚间往来拜年,互道吉祥;元宵节更是游龙戏凤,狮子狂舞,地炮冲天……喜庆——不,春的祭拜仪式从大年三十一直持续到正月二十! 这恐怕是世界上时间最长、内容最丰富、气氛也最热烈的年节了!

世界上几乎每个民族都有自己的年节,但年节的来由却各不相同。西方基督教世界是以耶稣受难那一天作为纪念日,名曰"圣诞节",所以他们的年不是过得热热闹闹,而是静悄悄,以示对圣人受难的怀念。但人没有情绪宣泄的机会是不行的,所以他们就选另一个日子作为补偿,于是又有了"狂欢节"。阿拉伯人也是以宗教节日为年节的,但它不在年初,也不在年末,而是在秋天。只有部分亚洲人特别是中国人是以祭拜春天作为一年中最欢乐、最神圣的日子,这是最有意义的:春天是一年中最美好的季节,"一年之计在于春",这是公认的颂辞! 春天意味着万物复苏,大地披绿,亿万生灵重新焕发朝气,开始新的一轮的征程。难怪,一句"春风又绿江南岸",给人们带来无限欣喜,因而成为千古绝唱;难怪德国大诗人歌德那首歌颂春天的《五月之歌》一下把他的名声带出国界;而俄国人斯特拉文斯基因成功谱写了《春之祭》而成为毫无争议的现代音乐开山鼻祖!

春节的确反映了中国人对大地的依恋,对自然的亲近。这倒要感谢我们漫长的农耕文明了:是它培育了我们对自然的感情,使我们久久偎依着自然的怀抱,备尝自然的温馨。中国人与自然的这种特殊关系从我们的建筑也得到验证:世界上绝大多数国家和地区的大型建筑都是用冷漠的石头建造的,甚至包括我们的近邻印度、缅甸、尼泊尔、柬埔寨,而唯独我国(最多包括日本和朝鲜)的这类建筑是用有生命的木头建造的,这不能不归结为中国人与自然的天生的亲缘性。这点甚至连英国的中国科学史学家李约瑟也注意到了,他对这一问题的解释是:因为中国人"亲近自然"。可我们在相当长的一段时期内抱怨过我们的农耕文明,说它太长了,妨碍了我们及时去拥抱"蔚蓝色的文明",在生产力发展的历史进程中错过了一个工业革命,以致受尽了洋枪洋炮的威胁与蹂躏。然而事物的发展常常掩盖着另一面:当大自然如今清算人类对她的掠夺与虐待时,却也少了一份我们的历史孽债。

(原载《新民晚报》2010 年 2 月 15 日)

秋天的盛装

　　45 次特快列车过了金华站就向浙西的金衢盆地疾驶,进入衢州市的范围,南边那红土壤起伏的山峦和田垄上,满目是葱茏的橘树,有的还没有成年,有的则正在挂果,绿树丛中不时透现着斑斑色彩,那是采橘的姑娘们出没在树林间。这时,伴随着火车的节奏,我心头不禁响起了 20 世纪 50 年代《橘子熟了》那首名歌,就像当年在北国我一听到这首轻歌曲,就想起橘乡的金秋时节一样。

　　车过"樟树潭",一片广袤的平展的原野出现在眼前:这是盆地中的盆地,是衢州有名的"千塘畈",大自然给予衢州人的唯一的便于种庄稼的地方。如今这里与庄稼相伴的还有一片片四季常青的橘林和一座座砖瓦新盖的村落,此外还有一座庞大的化工城。哦,这果真是"千塘畈"吗? 回忆的长丝不断把我牵回到过去,脑海中一再浮现出那个"万户萧索鬼唱歌"的荒凉景象,原来这个"畈"先前并不是种庄稼的米粮仓,而是个血吸虫的温床,曾经夺过千万人生命的坟场。我小时候曾经两次穿越过这个地方,岁月洗不掉我的记忆。作为一个曾经也被这个"瘟神"袭击过并且也曾与家乡人一起与这一天敌搏斗过的过来人,看到今天这派景象,昨天上火车时被北方的寒冷冻凉了的心一下子就温暖过来了。

到了乡下的老家,这里的秋色更使我兴奋:以往从来不种橘子的这个村子,现在几乎家家成了业余的橘农,就连我自己的一对兄弟,各自都收了1 000多斤;我的一个外甥则有5 000多斤;据说本村还有3户人家上了万斤!年正花甲的姐姐对我说:"你小时候爱吃橘子,却吃不上,就到梦里去过瘾——你不是说过做梦买了一大筐橘子,放在床底下,想吃时就摸一个出来……"哦,姐姐,你记得真清楚。是的,那时父亲患肺痨,每天早晨咳得不行,常去镇上买一两斤橘子放在枕旁,咳得难受时就吃个把,用来镇咳,偶尔也递一个给我。我拿在手里摸了又摸,闻了又闻,总也舍不得吃……

我出生的这个村子位于衢北,坐落在崇山峻岭之麓的丘陵地带。70年代以前衢州的橘园多集中在衢南,80年代初,大家才种橘树。这一措施当然与衢北水利条件的改善,尤其是名扬省内外的大型水利工程——铜山源水库的建成有直接关系。于是,荒山被征服了!家乡人民的这一成就,不仅改变了农业经营的结构,丰富了经济生活的内容,而且明显地改善了生态环境,使衢州地区的森林覆盖面达到总面积的72%,相当于全国平均数的3.5倍。

我去衢县石梁区的一个橘乡,领略了一番橘林的喜人景象。我们站在约200米高的山坡上,向下俯瞰,只见一垄长长的田地伸展出十几里,其间坐落着间距几乎相等的3个大型村庄,那一幢幢白墙青瓦的新农舍在午后的斜阳下闪烁着亮光,有一种明暗清晰的层次感;傍晚的炊烟还没有升起,显得格外宁静;但远远近近的"鸡犬相闻"构成一种立体的音响效果,透露着宁静下的活力与生气。再环顾周围,那马蹄形的、海拔三五百米高的山坡上,到处是密密匝匝、郁郁葱葱的橘树,焕发着蓬蓬勃勃的生机。那金光闪烁的累累果实,是秋天的盛装。这时,一个熟悉而亲切的旋律隐隐传来,哦,那是乐圣贝多芬的《田园》……

　　朱橘,个子较小,颜色深红如朱砂,是衢州正宗名橘,已有
1 400余年的历史,南宋以来就列为贡品。但衢州人目前种得最
多、最为之得意的是"椪柑",这个陌生的橘名近年来我才听到,它
的特点和优点是个大、皮脆、味美。与蜜橘相比,它便于存放,而且
越放越甜,一般农家用传统的保藏法可以保存到第二年的四五月。

　　1984年,衢州已成为浙江的第二产橘之乡,仅次于黄岩。在
衢州市橘科所,我们又获悉现在衢州已跃居为浙江省的第一产橘
之乡,全年总产量300万担,超过黄岩! 一位市文联的同志不止一
次对我说:"下回你们换个季节回来吧,比如4月下旬,那时满山遍
野都是橘花的世界,这种花洁白、清雅,朵小但繁茂,那时,即使在
城里,也弥漫着它的馥郁芳香。嘿,会叫你陶醉呢!"我立刻回答
说:"好啊! ——不过还是等退休以后吧!"橘子熟了我回来尝,橘
花开时我回来赏;这里是我童年的摇篮,这里也将是我暮年的
归宿。

(原载《人民日报》1990年1月4日)

东坪散记

　　小时候就常听大人们说,外婆家那个方向的山里头有个东坪村,与它遥遥相对的还有个西坪村。孩子的心里总是好奇的,于是老想着将来长大了得去看看这两个平起平坐的"兄弟村",它们究竟有什么奇特之处,使它们与周围众多的村庄那么不同? 谁料,这一悬念几乎"悬"了一个甲子的岁月!

　　21世纪初,我的年龄正向"古稀"迈进,常闪回一些童年有过的念头。一天,"东坪"两字突然闯入我的脑际,"西坪"亦相继而出。一股急欲而上的冲动使我马上向有关的亲友们提出:领我去东坪看看!"你这把年纪去东坪?"对方投来怀疑的目光。我立即吐出一个"是"字,带着一种不容怀疑的语气。"东坪坐落在很高的山上呢,至少四五百米,它不是普通的村子呀!"他们以为透出这个老底,足可把我吓住了! 我说:"正因为它'高高在上'才吸引我呢!"这时我的那位务农的侄女婿站出来支持我:"爬山——叔叔不在乎的,前几年笔架山他不是都爬上去了嘛!"大家扭头一看,不远处海拔760米的巍巍笔架山正俯瞰着我们。人们这才信服了,异口同声说:"走,陪老爷子爬一回!"

　　车子过了峡川镇开了约半个小时就停下了。"从这里开始就得往上爬了!"驾车的年轻朋友说,"行吧,老爷子?""我做好了准备!"说着我就径自拾级而上。这时我发现,这是一条很像样的古道:它有2米来宽,大块的石头砌得很严实。由于岁月的摩挲,有的石面已经被磨得很光溜,有的长满了青苔。难怪听说它在唐朝武则天那个年代就诞生了!说是为防武后谋害,唐高宗李治七子李烨远避福建古田麻团岭,唐中宗时又转到浙江衢县峡口镇(即现在的峡川镇)的东坪村,距今已有1 300年的历史了!可以佐证它的古老和高贵的无疑是两旁陡坡上与其相依为伴的茂密的原始森林,其中许多粗大而名贵的古树诸如香樟树、银杏树、红豆杉、桂花树乃至檀树等,我都似曾相识。因为在1958年"大炼钢铁"以前,在我生长的村边也有过这样壮观的原始森林!我惊异并庆幸眼前的这一梦境竟然逃过了那一次"为钢铁献身"的"刀斧劫"!当我驱走这一痛苦的记忆后,放眼向右看去,越过宽阔的峡谷,却是满坡茂密的竹林。一阵劲风吹来,只见它们齐刷刷地向一边倒去;风一停,又马上挺立起来。"是些很有韧性的汉子!"我说。这时想起了小时候在老家吃笋时父亲常说:"吃笋就要吃东坪或杨源山(与东坪毗邻的一个较大村子)的笋,明显好吃!"哦,我的血液中早已吸纳了这方水土中的微量元素了,我想,不由对这一带的竹林也产生了亲切感。我每上几十个台阶,就要求停下歇一会儿,同时借机张望一下远近的山景,而每次自然美的刺激都冲淡了疲劳的感觉,以致忘记了身上已是大汗淋漓!约1个多小时后,眼前出现了一片高大的参天大树,时值深秋季节,只见红彤彤的枫叶正三三两两悠然自在地飘然而下,仿佛对客人们的到来表示礼貌。"快到了,舅舅,这条古道全程3里,1 144个台阶,到这一片枫树,说明已经超过1 000个台阶,前面就是东坪村了!"我的外甥——当地的中学教员在鼓励我。这时我想起了黄山的"迎客松",就说:"哦,这当是东坪的'迎客枫'吧!"大家一阵笑声:"是,是!"表示附和。走完了这排枫树林,也就走出了这整座山坡的森林,东坪村的白墙灰瓦就在眼前!只见村口一棵巨大而茂盛的香樟树巍然而立:它的几围粗的腰身看起来尚未苍老;它的浓密的树冠覆盖着好大的一片田畴。如果说我们背后的那排枫树林是村子漂亮的"仪仗队",那么眼前这棵巨樟就是威武的"哨兵"了!好威严的东坪村啊!

接待我们的是我外甥在本镇中学的同事姚老师。寒暄后我即跨出大门,想初步浏览一下这气势不凡的周边环境。可惜天公不作美——不,它已经作了美:成全我们平安上了山——淅淅沥沥下起雨来。我快步走到村边,只见一条宽阔的峡谷划过我眼前,雾蒙蒙中深不可测。我怕路滑,赶紧转过身来往回走,又见两三百米外一座峰峦耸立在村后,雨蒙蒙中见不到顶。这时我的脑子里很快形成一把"椅子"的轮廓,而东坪的"坪"就是这把椅子的"座面"!

回到屋里,饭菜正蒸腾着热气。我们一行七八个人加上姚老师,赶紧饿狼似的吃了起来。应该说,菜肴相当丰富,鸡鸭鱼肉齐全,还有当地特产:竹笋、草菇等。奇怪的是,未几,那碗价格最低廉的普普通通的清炒白菜却首先一扫而光!于是一开始我就想说的一句心里话终于憋不住了:"这白菜怎么那么好吃!姚老师,是自家地里种的吗?"姚老师自豪地一笑,马上站起身吩咐她的家属再炒一盘!第二盘上来后又很快就见底了!姚老师大有一不做二不休,干脆让大家吃个痛快之慨,又让家人再炒一盘。当第三盘吃光后,大家终于肚皮鼓鼓,把筷子放下了!这时姚老师似乎有点委屈了,感慨地说:"你们怎么只觉得白菜好吃,其实这里的其他蔬菜,像萝卜、茄子、辣椒、南瓜等,都比别的地方的好吃——包括竹笋!"竹笋? 哦,刚才提到的父亲说过的那句话又得到印证了! 于是我的学究式的毛病发作了,想为这一特别现象找点科学道理,说:"这一生物学现象归因于化学。说明这一带水土的成分与别的地方不同,它包含的微量元素比别的地方丰富,尤其是跟味觉有关的氨基酸等。这就是'一方水土养一方人'的道理吧。"大家听了各按自己的文化程度作出反应:有的添油加醋,有的哈哈一笑。

我汗流浃背地上山,原本是想观赏一番东坪一带的风景后满意而归的,没想到一场不大不小的雨让一顿小小的口福取代了大好的"眼福",最后不无遗憾地下山了,留下一个不小的悬念。这一"悬"又悬了十来年! 2012 年,听说衢州市实现了"村村通公路"的规划! 甚至像东坪这样的高山上的小山村,也有盘山水泥路直达,东坪也因此成了全市乃至全省有名的旅游景点之一,而且像"农家乐"这类新型农村小旅店也应运而生了! 这一连串新鲜事不禁使我心头一亮,马上表示要重上东坪村,以弥补上回的缺憾。

车过峡川镇的李泽村就开始进山了,沿着一条冲峡而出的溪流缓坡曲线逆行。约 25 钟后,司机向我打了个招呼:"现在要上山了!"只见汽车向右一个急转弯,随着"突突突"地一阵"号子"即向上奔驰而去。"这条水泥路是在古道的基础上修的吗?"我关切地问。"古道是文物了! 它是东坪重要的旅游资源,许多游客就是为爬古道而来的。今天我们是从另一个方向上山的。"后座的亲友们抢着回答。经过了约 20 分钟的山回路转,汽车终于钻出了几座山坡的浓密竹林,来到村前的一片田陌小旷野,一派红色的自然气象扑面而来,定睛一看,哦,那是熟透了的柿子像无数小灯笼挂在众多的树上,煞是壮观! 咦,现在正值金秋季节,怎不见有人摘收呢?答曰:农村缺少劳力,柿子又卖不起价钱,收了反而赔钱,只好让它自生自灭了!唉,种地人真是无奈!但马上有人反驳说:这也是东坪的一笔重要旅游资源哩,许多人就是为了观赏柿子景观而来东坪的,还可亲手摘一篮柿子满载而归呢!"哦,真是化腐朽为神奇啊!晦气反而成了运气了,东坪可真是一块福地哇!"我说。后座的一位补充说:"人有'祸不单行'的倒霉事,东坪可是'福不单行'呢!"引起一阵欢快的笑声。

一下车我赶紧"补课":走近那条大峡谷边沿,看看它到底有多深,好在今天既没有雨也没有雾——嗬嗬,好深好险啊!我估摸了一下,不下300米!它自南向北伸展出去,看不到尽头!转过头来向南走百十步,走到那条古道上,又见一条差不多同样宽、同样深的大峡谷自左至右即自东向西直冲出去。两条峡谷恰恰在这里,在我脚下的古道尽头交接成一个直角。而一共只有72户、海拔450米的东坪村就坐落在这个险峻的直角上!后来有一天我走到南峡谷的对面回过头来往东坪村眺望,只见它醒目地高高耸立在一个"埠头"上,在众多的高大古树掩映下,闪烁着白墙灰瓦,新旧穿插,一派欣欣向荣——多漂亮的一道风景啊!

前面提及东坪的"坪"像一把椅子的座面。那么它的"椅背"天晴时是什么样的呢?查《衢州市地图》,该峰海拔580米,高出村子约130米,两侧还有较矮一点的峰峦相护。其山麓则有两百来步的菜地和果园与村子毗连。它就这样成了东坪村的一道天然屏风。由于它不是一般的丘陵冈峦,而是大山的顶峰,颇有一种天然的威严和高贵!就是说由于它较为复杂的形体构造和浓荫覆盖,是不那么容易让人触碰或攀爬的。这样一种"椅背"自然提升了"椅座"的身份。

前面说过,在我印象中,西坪与东坪如影相随。在把东坪扫描了一番以后,自然想去西坪看看,便与亲友们商议。他们说:"西坪? 你不是看见了么?"我惊诧不已:"看见? 在哪里?"他们也惊愕:"你问在哪里? 既然是'西'坪,你往西边看就是了!"我抬起头,往十几里之外的另一座大山远远望去,只听他们哈哈大笑,说:"远在天边,近在眼前!"我更惊奇:"眼前? 难道就是峡谷对面这座平展展、光溜溜的长方形山顶,一点人烟也没有?"答:"就是!"我说改革开放那么多年,为什么没有人来开发——多好的一个度假村啊!他们又"狙击"我的思路:"开发? 一滴水都没有! 你看,一棵树都不长!"我慨叹道:"东坪比我想象的好几倍,而西坪却比我想象的差几倍!"这时脑子里突然蹦出一个灵感:"在这群山环抱的 450 米高处,莫非是上苍特意创设的一间'大客厅'? 你们看:东坪加上后山构成一把'椅子',这西坪像不像这椅子跟前的一张茶几?"大家一阵笑声后,几乎异口同声说:"有道理,有道理!"不然,为什么四周都是苍松翠竹,唯独西坪光溜一片! 但我相信,西坪成为休闲度假村是迟早的事:既然衢州市已正式成为国家重点休闲度假区的试点,谁会放过东坪的近邻——西坪这样的好地方? 至于水,俗话说:有山就有水。现代技术会畏却这样的难题?

近年来,随着旅游业的发展,汉语词库里又蹦出一个新的词儿:"农家乐"。到我听到这个新词儿时,不想东坪村早已捷足先登:小小的村子居然有 14 户办起了"农家乐"! 以至于东坪村继 2010 年获得省旅游局授予的"浙江省特色旅游村"之后,2011 年又被省农办评为"全省农家乐特色村"。这一信息更促使我下定决心:无论如何要去东坪住上个把月! 2013 年,正值春回大地之际,在清明节那天我又向东坪奔去。当汽车钻入广阔而茂密的竹林后,只见满山满坡的竹笋正争先恐后地破土而出,蓬蓬勃勃,一派生机盎然。我不由想起童年因日军入侵逃难到另一座大山里的经历,那时这竹笋成了全家的救命粮草,挖竹笋成了我这个小学生每天的作业,又是愉快的玩乐。当汽车拐向最后一个弯道后,又见满田野的油菜花轰轰烈烈地向我们欢笑!好热闹的农家乐前奏曲哟!

我住进了村边朝北的第一家农家乐。这是一座新盖的 3 层砖瓦房。大门左前侧有一口池塘和一丛高大的红枫,后者是村北的标志性景观。房主建议我在经过装修的第二层选一间居住。但最后我却选了尚未装修的第三层的一间朝北的房间,我看重它窗外的视线开阔,其次是隔壁有一个露天的大阳台,可以纵览三个方向的壮丽群山,也便于与朋友们喝茶聊天。目前农村的这类新建筑都有太阳能设置,热水供应没有问题,而且也能上网。底层大门右侧有一间亭式多功能餐厅,这倒很吸引我,我认为这是当前农村民居建筑的一个创造。旅客首先可以在这里歇脚、抽烟、喝茶、喧闹,也不会影响屋内别的旅客和房主。

第二天是大晴天,天空湛蓝湛蓝,草木更显得生机蓬勃。这对久住大城市的人来说,有一种不可抵挡的诱惑力。打开窗门,更有一股清新的空气袭来,感到说不出的清爽!难怪听说这里的氧气负离子达到每立方米 3.8 万,名不虚传!我再也无心工作了,决定出去走走,与东坪人一起享受这大自然的馈赠。

刚跨出门槛,即被房东夫妇的热情招呼吸引住。他们正在屋角一个水槽里洗菜、宰鱼、杀鸡。只见一根水柱不停地喷流着。我不禁问:"为什么不装一个水龙头,让这么好的水白白流掉多可惜!""可惜?"房东男不无自豪地说,"这哗哗的水都是从山里流出来的,是大自然白白送给我们东坪人享用的,包括负离子特别丰富的空气。"我赶紧附和他的语气说:"是的,我正是为分享你们得天独厚的福气而来的!"说完我就径直往村后的山脚走去。中间须经过两三百步的庄稼地,在稀疏的果树的掩映下,又有葱绿的青山相护,不时有几只鸟儿、蜻蜓什么的飞过,哦,久违了的梦中田园!一种古典的诗意慑住了我,我一下子跌入了贝多芬那首不朽的同名交响曲的意境……

　　山脚有一条不太整齐的石砌的小径环绕,并有一条涓涓细流相伴。莫非这就是全村人享用的天赐水源?那么它的源头就在上面?我马上想起小时候经常在田野间对着泉口咕嘟咕嘟解渴的情景。这一下提起了我的精神,便大步溯流而上,在榛榛莽莽中穿行,不断有知名或不知名的野花、蝴蝶、蜂儿掠过,更有不同鸟儿的啭鸣,觉得自己正与大自然亲密接触,处于一种悠闲陶然、似梦非梦的感觉中,一种被大自然怀抱着、生命敞开着的状态中。我的情绪在飞扬,不由哼起学生时代唱过的苏联歌曲"一条小路曲曲弯弯……"忽然,一股红光映入眼帘,走近一看,只见一大株盛开的杜鹃花躲在茂密的灌木丛中向我微笑!久违了,好思念的美人啊!家乡是丘陵,小时候我经常在野外放牛。春天的山坳草地野花无数,但唯有其中的杜鹃花,当地叫"满山红",让我情有独钟。它不是大红大紫,而是鲜艳而淡雅,放在嘴里甜丝丝的,又略带点儿酸味。常常有一种株身较小的洁白的栀子花与它相伴,它浓郁的香味让我难以抵御,仿佛它的存在就是为了补充杜鹃花的完美,让它以色香俱全的品格征服更多的生灵,以至于我每次骑牛回家总是口袋里塞着鼓鼓的栀子花而手上挥舞着一束耀眼的杜鹃花。为了寻回这种乡愁,3年前的清明节趁回老家扫墓之机,我特地去当年留下我足迹的山野间寻找杜鹃花,不料却失望而回!自然生态的这一不祥变化一直令我隐隐忧伤。眼前这一意外的异地重逢,立刻抚平我心灵的伤痕,我轻轻摘下一枝,边走边咀嚼着它的花瓣。但没走多远,一株更大的杜鹃花闪现在我的眼前。欣喜之余我不禁停了下来,远近扫视了一番,发现有不少杜鹃花星星点点藏身于灌木丛中!哦,"俏也不争春",好低调呀,春的使者!

约20分钟后,我眼前出现了一片较开阔的天空,下面是一潭盈盈的碧水,水下映着湛蓝的天空和一两片白云。四周是浓密的灌木和蓬草,更显得池水幽深莫测。这么僻静的地方,说不定有水怪吧,我心想。我饶有兴趣地围着它走了一圈。这时迎面走来一个挑着一担竹笋的老农。"这是一个水库。"他可能看见我在"研究"什么,主动告诉我。"水库?那大坝在哪里?"我不无意外地问。"不就在你的脚下嘛!"我仔细一搜索,"哈,它害羞,让树木掩着它的脸面呢!"但我心里想:这样倒使这座袖珍小水库显得古老而更有神秘感了,而且它位于海拔约500米的高处,更似童话中的仙境了!又是一道东坪的小风景。"这水是供应村里日常使用的吗?"我又问。"吃水不靠它,天旱时庄稼需要它。"他说。"您能否告诉我,这潭水的源头在哪里?我想找到它。"我问。"找那干啥,你那么大年纪!"他不无惊讶地说。"怀旧呗!"我说,"小时候常在山野间找泉眼,找到了,痛痛快快喝一阵,多惬意!"老人笑了一下:"你要找泉眼下面有的是,你坐车快进村时,路旁就有一处。"我立即跟着他下了山,很快找到那地方,只见一股泉水从岩缝里喷涌而出,经过一道落差嘀嘀嗒嗒地滴流到下面的清澈的小水坑里,耳边不由响起了《泉水叮咚响》那首名歌的动人旋律来!我马上用手帮忙连喝几口,那痛快与其说是生理的毋宁说是情感的!

回到住处,我问房东:"除了古道,周围还有什么古迹?"他想了想说:"有哇!""哪里?"他马上牵起我的手,急匆匆把我领到村边,指着南边那座山坡说:"你看对面山坡上那个凹进去的地方,叫'仙岩洞',以前有一座寺庙叫'仙岩寺',据说蛮像样的。""怎么'据说',你也没见到过?"我急切地问。"早没了,我小时候就没见过!"他感慨地说。我马上挣脱了他的手,说:"我这就去看看!"他拉住了我,说:"急什么,吃完饭我陪你去!"

下午我和房东沿着南峡谷尽头的山坡小路去仙岩寺遗址。没走几步就见一小泉眼在喷水,却没有接纳它的沟渠,水漫流在路面,直接滴落大峡谷里。这样的泉眼几十步内居然有3处。"为什么不给它们开条小渠或接个水管?"我问。对方兴致勃勃地回答:"现在不是有个新词儿叫'原生态'吗?许多旅游者见到这样的'原生态'才过瘾呢!"嘿,毕竟生活在优越的生态环境里,对自然生态那么宽容。没多久我们就走到那个凹口了。往里一看,一片荒芜,只见野草荆棘丛生,无数小朵的黄花、白花随风摇曳,却看不到明显的残垣断壁,只有中部一个大土墩和左边树林里卧着的几块长满青苔的巨石,依稀令人想到这里有过建筑。往前几步,又见里边即西边耸立着一堵巨大的灰黑色的岩壁,有十几米高,在古树的掩映下透出几分威严,令人肃立。但它不是人工建筑,而是山体本身,难怪人们容易把它与神联系起来,到这里来寻找精神寄托,建造起庙宇来了。无论如何,这里曾经是东坪的村民们一处寄托精神生活的场所,具有人文的脉温了,自然值得人们来凭吊,来发思古之幽情。

往回走的时候,我让房东领我巡礼一下这个精致的小村庄。我们首先来到村子的中心小广场,这是任何农村少不了的晒场。一股浓浓的熟悉的好闻的气味扑鼻而来,那是煮熟了的竹笋的味道。妇女们正在一盘盘竹帘子上晾晒笋干。这是山民们一年中重要的生计和收入之一。今年的竹笋产量很高,是"大年",看到眼前的丰收景象,感到这次来东坪,运气真是不错。接着我们走进了东坪村的祠堂,这是两进一天井的传统建筑,现在是文化活动站,两边墙上展览着东坪古道的详细情况,有很多精彩的图片,使游客对东坪的人文厚度有了更具体的感受。最后一处跟公众有关的地方是位于村东边的另一棵大樟树,与它相拥而立的还有一棵更高的枫树。这棵樟树比前面提及的村南那棵更古老、更粗大,以至于人们把它跟神相联系了,成了人们祭拜的对象。我见到它不免触景伤情:当年正对着我老家门口仅50步之遥也有一棵巨樟,而且更粗大,更古老,它的腹部全空了,但这不影响它巨大的树冠覆盖了我们家的半个菜园子!它的神灵更有威慑力,以致面临上述那场"刀斧劫"的时候,居然无人敢下手!谁料它躲得过初一,却躲不过十五:面临"文革""破四旧"的飓风时,它终于在劫难逃了!如今看到眼前的这棵"老树星"竟然躲过了那个年代的劫难,不禁肃然起敬,深深为它的长寿默默祈祷。一个村子往往因为有一棵或几棵大树而增添了历史的厚重感。如今见到东坪有这么多古树为依傍,不能不为东坪的福祉深深祝福。

与这两棵古树相依为伴的是一座四角凉亭。它显然是房东门侧那个亭式餐厅的母体。几位老年人在那里闲坐着,端着长长的烟管,悠闲地神聊。亭边有几个妇女,有抱着孩子的,有提着菜篮子的,还有一个戴着老花眼镜在缝补衣服的,她们正在热烈地议论着什么。此外还有几个孩子来来去去在打闹。我赶紧举起袖珍傻瓜相机按下了快门,把这幅绝妙的乡村市井图收入囊中。

在东坪1个月的逗留,像经历了一个长长的美梦,慰藉了我青少年时期留下的全部乡愁!

（原载《中国艺术报》2017 年 3 月 1 日）

名茶之乡巡礼

　　国内外的江河，就我见过的而言，最令人赞叹的莫过于作为水名的浙江了！如果把它比作一首交响乐的乐曲，那么它的每个乐章都是"华彩乐段"，你看：钱塘江大潮的奇伟壮观；富春江的端庄秀丽；新安江的婀娜多姿——如今是"千岛湖"的百态千姿。只是它上游的两个源头——一在皖南，一在浙西——领略过的人就不多了！为了鉴赏一下这首"乐曲"的序奏，看看它是否能与其他"乐章"相称，我曾专程跑了一趟浙江省最西边的那个县，即浙江在本省的源头所在地——开化。

　　这是个群山环抱的小城。几乎不敢相信，房舍几乎全都更新了，一条清澈的溪流从它身边绕过，令人想起杜甫"清江一曲抱村流"的诗句。

　　俗话说，好水必有好山。一点不错，这里是"绿"的王国。周围层层叠叠的山峦无不覆盖着浓浓密密、生气蓬勃的森林，尤为诱人的是那一片葱绿、青翠欲滴的茶林，著名的"龙顶"茶就产在这里，因种于大龙山而得名。

　　此山土质肥沃，气候湿润，终年云雾缭绕。谷雨时节，随着布谷鸟的第一声鸣叫，披着一身茸茸白毛的芽尖儿就探出枝梢，它犹如嗷嗷待哺的雏鸟的小喙,正吮着晶莹的露珠,就被人小心摘了下来,经过手工的轻揉慢搓,在炒锅里不知翻腾了多少个跟斗,终于卷成黛眉似的条条;沏在杯子里,鸟喙儿重新张开,吐出杏绿色的茶汁,香醇诱人。"龙顶"亦是"龙井"的谐音,堪与龙井媲美。它是开化人最引以为豪的知名特产之一,明代以来即系宫廷贡品,现远销海内外,1991年杭州国际茶文化节上获"中国文化名茶"的称号。我偶有得之,即请茶友品尝,饮者无不赞曰:真乃"茗"不虚传!

但钱江源的人也许还有更值得骄傲的宝物,那就是古田山的原始森林,是国家级自然保护区。

你若惊叹过我国皇宫中那顶天立地的楠木圆柱、坚硬细密的青檀木雕……最好来这里一睹其天然丰姿;这里有31种名贵的树种享受着人类法律的保护,再也不惮刀斧之虞。你若观赏了动物园里的华南虎、毛冠鹿、穿山甲……仍不过瘾,亦可来这里一窥它们的自然生态;这里有20多种珍禽名兽永远放生,有的还享受着有关国际组织的保护。

我曾从开化县城驱车3小时来到这片原始森林旁,望着那参天古树下视线无法穿透的榛榛莽莽,一种朝圣般的情感顿然支配了我。原以为这里一定是永远奏鸣着一种弱肉强食的不和谐音响,不料却是寂静统治着一切——哦不,再听:静的表面掩盖着永恒的动;寂寥的树梢偶尔也有一两声银笛般的啭鸣传来,看来它是这圣地的"岗哨",只不知这是它向同类发出的警报,还是向客人表示欢迎的礼号。不管如何,我在它们的"门口"流连了许久,还是婉谢了主人的盛情,没有深入进去。我想,人类的这些不会说话的朋友,它们的同类在到处遭受"万物的灵长"——它们无法抵御的最大天敌——的围剿和捕杀,只有它们这些少数"幸运儿"才侥幸地获得这么一块净土,还是充分尊重它们享有的"治外法权"吧。

在青山绿水的掩映下,望着这个山区小城的崭新风采,首先是那一座座新建的厂房,宏伟的公路大桥,宽阔的街道,现代化的百货商场,高大的图书馆……特别是那些熙来攘往的人们,那些普遍更新了衣着、纯朴而快活的"山里人",深感这里正蒸腾着一股热气,说明现代化的时代钟声已把资源丰富而沉沉酣睡的浙西群山敲醒,被贫穷折磨了几千年的开化人在解决了温饱问题的基础上正向新的目标——现代化进军!

浙江城镇的一颗新的明珠正在秀丽的钱塘江源头亮起!

（原载《人民日报》1993 年 7 月 23 日）

问渠哪得清如许

从衢州市往南走六七里地,眼睛豁然一亮:只见一渠清澈的激流滚滚向你奔来!一下就令人想起宋代大儒朱熹的那两句名诗:"问渠哪得清如许,为有源头活水来。"莫非这一渠"活水"来自一个水库?非也!你看渠边那古老的砌石,没有长期风霜的磨砺,哪能获得这样令人肃然起敬的面容?是的,它来自附近的乌溪江,具体说,来自乌溪江下游石室镇。这要归功于宋代一位有为的县官,他开始在那里筑堤引水。自那以来的千余年中,这条渠水总是这样一路欢声笑语地跑来,勤快地供应着衢州人的生命之需。须知,衢州历来是个"十年九旱"的地方,曾记否,白居易曾经留下这样撕心裂肺的千古绝唱:"是岁江南旱,衢州人食人。"故来自乌溪江的这一渠活水,堪称衢州人生命的乳汁啊!

滚滚乌溪江像一条充满活力的"乌龙"在峡谷中蜿蜒 135 千米,在衢州城东汇入钱塘江的上游——衢江。它拥有丰富的水利和水力资源。但在人民无权的年代,它徒有一身壮气;除了来自"石室堰"的这一渠活水,绝大部分都无由发挥!但自 20 世纪下半叶开始,它的命运可就不一样了:新中国成立以来我国自行设计建造的第一座水电站就建在石室堰上游不远的黄坛口!它的规模不大,只有 3 万千瓦。但它是新中国水电事业的开山鼻祖,是祖国水电技术力量的"摇篮"。从这里成长起来的技术队伍接着全部移师新安江,建造我国第一座自行设计的、装机容量达 65 万千瓦的大型水电站,并引出千岛湖的奇观!新安江大坝建成后,那里的一部分队伍又返回乌溪江,在它的中游一个叫湖南镇的地方,建造起发电量比黄坛口大 7 倍的水电站,坝高 121 米,蓄起了 17 亿立方米的水,一度成了我国最高的大坝!

然而乌溪江最值得骄傲的事发生在 20 世纪 90 年代。为解决衢州、金华两地 5 个县市的农田灌溉问题,衢州市政府在国家财政相当困难的情况下,动员全社会的积极性,运用民办公助的办法,在石室堰的下方兴建了一座大型引水枢纽工程,而这一任务的指挥工作是由原衢州市常务副市长谢高华退休时主动请缨获准完成的!衢州市几乎各行各业的人都为这一工程做出了可贵的贡献,5年中演绎了一桩极为动人的故事。这一工程完成后,世代遭受旱灾之苦的衢州人足资可以告慰白居易的先灵了!

加上古老的石室堰,如今乌溪江上一共有 8 座高低不同的堤坝。一层一层微波荡漾的水库像一条条秀丽的裙裾,把乌溪江装点得雍容、文静而端庄,使它款款走出 135 千米的"深闺";两岸群峰竞拔,冈峦起伏,争奇斗艳,像是护送的仪仗,又似"粉丝"的欢腾,更使它风情万种,仪态非凡,吸引着络绎不绝的游人。

中国的江河众多,千姿百态。如果说自然姿色的出众不为乌溪江所独有,那么在大环境普遍遭到破坏的今天,乌溪江一路走来,沿途竟没有遇到任何大小工厂的威胁或污染源的袭击,这不能不说是乌溪江的得天独厚了!乌溪江畔的"山里人",天性质朴,良知未泯,他们世世代代与乌溪江朝夕相处,相依为命,深得这条母亲河的恩泽,他们不忍心以眼前的利益,去糟蹋"母亲"的圣洁!故他们能自觉地遵守政府的禁令,为国家大局抑制着自己也许能快速致富的欲望。如今乌溪江的水质被有关部门一次次测定为浙江省最干净的"一级水"。在某种程度上可以说,这一江清水是乌溪江流域的父老乡亲用他们的致富可能换来的,换句话说,是以他们的相对贫穷为代价的!

哦,乌溪江,你的川流不息不仅是衢州人生命之源泉,而且是衢州人健康之保障!而你的婀娜多姿与圣洁体肤则成了远近罕见的"自然美人",不仅令衢州人欣慰莫名,而且让所有钱塘江及其上游流域的百姓感激不尽!啊,乌溪江,你美丽、纯洁而崇高!

(原载《新民晚报》2012 年 5 月 27 日)

色彩的号令

号令一般属于声音，不管它叫你前进，还是迫你服从，你都必须行动。但活到古稀，才体验到，色彩也可以成为号令，也能让你身不由己地朝着它奔去。当然这不是指印象派画笔下的某种色块，而是大自然随着时令描绘的种种颜色，比如江南的油菜花。

我从小在乡村长大。尽管是江南，乡村一般说来还是比较贫穷的，尤其是以往。然而乡下人，尤其是江南的乡下人拥有一种大自然的赐予，即享受"视觉美"的特权（或许也可以叫做"天赋的权利"吧），我这里指的还不是那漫山遍野的苍松翠竹，或是那绿油油的秧苗，或是一片白色的荞麦花；这些自然景象固然令人赏心悦目，心旷神怡，但这类被美术家称为"冷色调"的色彩毕竟不能最大限度地唤起人们的兴奋情绪，而要煽动起这种情绪，非借助"暖色调"不可，那就非请"田野之骄子"——油菜花出场不可了！哦，勇于展现自己的油菜花，那么整齐那么热烈地争相绽放，以至于所有的叶子都知趣地"躲"了起来，全株都是花的世界！它金灿灿，没有任何杂色参与；不含苞，坦然得无以复加。但它知道，自身朵小，瓣也不多，故不愿让人在盆里包养，而宁愿在广阔的田地里生长，依靠群体的整齐和集群的威力，构成一色金灿灿的壮观的大美画面！

正是油菜花的这种壮观美常常使我梦魂牵绕。近年来因工作关系我数度身临青海湖,恰逢那里的油菜花盛开(在8月上旬),一种久别重逢的喜悦令我心花怒放,重新拨动了我心中昔日的琴弦,一俟春天来临,便跃跃欲试,返回江南家乡,重睹油菜花的芳华。我知道,江南的油菜花是上苍献给清明节的礼物,所以,除了闰月,油菜花通常总在清明节前后盛开,花期约1个星期左右。今年清明节,我终于下了决心,来到油菜花之乡——江西婺源,尽情观赏了这一大自然的奇观。我去的具体地点是江湾镇。穿过镇上那条主要的商业街,沐浴着阵阵现炒茶叶的芳香,来到一道不高的山坡上,那是一处特地为游人开辟出来的简易观赏台,以木头为栏。凭栏远眺,梯级的田野成了奔腾的彩浪,两旁远近更衬以古朴的村庄;村子的房舍亦高低错落,仿佛有意和着浪波的节奏,且行且舞。这使壮丽的自然景观沐浴在浓浓的人文氛围里,无形中增添了美的分量。不是吗?当你面对眼前景象,就不由地想起那些简衣素食的农人们,他们一年四季的辛勤劳作,随时改变着山川田野的面貌,使大自然无限丰富的色彩随着季节一页一页地翻过。你看这些看起来十分简朴的山寨人,多么蕴有智慧,富有力量:辽阔的山川田野全凭他们的双手在打扮!

人们常说:一年之计在于春。当春天到来的时候,我们还在冬眠。尽管有很多的花朵争着向我们提醒:春来了,春来了,但它们的声音太小,不足以把我们唤醒。只有这漫山遍野的油菜花,以一律的金色,发出一个共同的声音:春来了!我们这才从床上一跃而起,张开双眼一看,哇,春天果然已在面前!怪不得,虽然常听说,洛阳的牡丹花多么绚丽,荷兰的郁金香多么壮观,然而它们仍不足以唤起我的激情,不远千里万里,专程飞往去拥抱它们。而当听到油菜花的号令,我却毫不犹豫地这样做了!啊,油菜花,若是我拥有某种自然的权力,我就要授予你一个雅名:报春花!

这报春花乃是它的栽种者心中怒放之花。农人一年的主要劳作是春种秋收。春天是他们播种希望的季节。当秋种春收的油菜花热烈绽放的时候,预示着春播的时令就要到了,人们心中燃起了希望!希望是人的本能,像树木的芽儿一样,是生命能量的自发释放。在希望的鼓舞下,人们憧憬着秋天累累的果实,并在对果实的追求中挥发出更多的汗水。如今这欢腾的油菜花正是他们内心的写照!

2012 年 6 月 6 日于北京

开门两座山

　　我生长在钱塘江上游的浙西山区。村子周围是田畴和丘陵，向北约 5 里之遥便是连绵的高山，那是仙霞岭的余脉。我出生的家屋坐落在村西北角的尖角上。那是一座厅堂东侧的"翼屋"。它的左右两道门均朝西，抬头 50 米外便是一座小山，我们叫"后头山"，上面覆盖着浓浓密密的原始森林，所以又叫"柴篷"。它颇像一张沙发，其前部是一大片深约 300 米、宽约 500 米、高 20 米的平丘，俗称"大坪坦"，也是古木参天。它的"树王"———一棵约十几围的千年古樟正好对着我的家门，其巨大的树冠有三分之一笼罩在我家的菜园上空。家人把它视为"神树"，逢年过节都要到它跟前烧香膜拜。长大后我则把它视为我家天赐的"盆景"。大坪坦的"靠背"则是一片高百十米、宽约 700 米的冈峦，它是全村的绿色富藏和屏障。

　　走出家门往右看，越过一片田垄和几道丘陵，则是巍巍高山。而正对着我们的那座叫"笔架山"，比北京香山"鬼见愁"至少高出一半，它的 3 个峰巅排列有序，中间那个略高而微微向后仰靠，构成略带弧形的"笔架"造型。它是我们村子的天然"屏风"。

　　我生长的村子是个拥有 300 余户人家的大村落，主要由"前叶""后叶"两个自然村构成。"前""后"之间是一条宽六七米的小溪。我的家属于后叶(又称"下叶")。后叶的整个叶氏家族有个共同的祠堂。同时,这个家族又分四个"房族",每个房族又有一座跟祠堂形式相仿的公共建筑叫"大厅"。我的家屋所依附的厅堂叫"里仓厅",它坐南朝北,其正面恰好朝向笔架山。

里仓厅是一座三进两天井的宗族公共建筑。第一进及其与第二进之间的天井,据爷爷说,已于100多年前被"长毛"(即太平天国起义军)烧毁了,现成了一块晒谷场和一口约20米见方的锅形水池,成了鹅呀鸭呀捕食、嬉戏或训练它们子女游泳的场所。而幸存的二进和三进仍是附近同房族的邻里们逢年过节进行祭祖或举行"白喜事"的活动场所。

这座公共建筑原来东西两侧都有长长的"翼屋"依附,不知什么原因,西侧的翼屋靠里的那一半已经没有了,变成我们家的一块菜地;东侧的翼屋则一直由我们家三代人居住着。门前的柴篷是我童年的摇篮,也是全村的绿色富藏,更是飞禽的天堂。每天早晨我们家的大门一开,只见千百只飞鸟满怀希望欢唱着从浓荫里不断奔腾而出,飞向寥廓天空。傍晚,它们又纷纷欢天喜地地一个个钻进浓荫之中,交配的交配,嬉戏的嬉戏,安然享受着温馨的暖巢。只有那矫健的雄鹰,仿佛刚刚才起床,一个个扑啦啦冲出树丛,像箭一样地直插长空,然后张开宽大的翅膀,在苍茫暮色中进行表演性翱翔。所以长大后每当我听到民族乐曲《百凤朝阳》就感到格外亲切,它一再让我回想起儿时群鸟们早晚献演的两台特别节目。这些特殊演员不愧是人类的良友啊!在我的精神人格和人文情怀的塑造过程中,肯定有它们的参与和贡献。

参与这种塑造的自然事物还有北边的群山。它们由近而远、由低到高组成一道道屏障。最近那道叫"长山头",斜着横在我家门前,相距不到1里地。它高约30米,宽不足100米,长长的像条蛇向村子爬来,在离村子约200米处停住了。说来也巧,村后也有一座山,形状像龟,所以叫龟山,也向村子爬来。农民是很有经验的,他们常发现龟蛇在一起,就认为它们有缘,一起交配。于是传说就产生了:村前村后这一对"情侣",尽管有偌大的村子把它们隔开,它们仍不死心,夜间偷偷绕过村子约会,并且互相交配。想不到这则不无审美价值的传说,竟然有人当作真事看待,认为这岂不亵渎村子的尊严和声誉,于是决定在蛇背的"三寸"处把它砍断;在龟山的龟头上盖一座寺庙,让这两个不老实的家伙再也休想偷情!现在人们在蛇山的脖颈处看到的是一道约50米宽的巨大"伤口",即使用现代运输工具,若没有几千辆卡车也运不走那些土石方,说明当年人们信念之深,决心之大!如今不知多少个世代过去了,那伤口两侧仍寸草不生,从远处看去很像血淋淋的伤口。自从我知道了这个故事,宁愿绕道走也不愿从那里经过!并且常想:如果我知道是哪位祖先干了这件残忍而缺德的事,一定要冲进祠堂把他的牌位砸个稀巴烂!

最后是笔架山。就像那棵古樟,它也是与我早晚必晤的慈祥老人。每当天气有什么变化,它就成了我心中的"晴雨表",我会首先朝它那里看看:它的三座峰峦是否已被乌云遮盖,或者那里是否已经下起濛濛雨来。尤其是天旱日子,哪怕那里只有一朵云彩飘来,也会在我心里掀起一线希望。而在下雪天,看着它全身白衣披挂,成了硕大无朋的雪人,更令我惊喜不已。若雨过天晴,她就好像被清洗一番,清晰无比,格外令人赏心悦目。我记忆里装得最多的是每年夏天的晚上,一家三代人坐在家门口的晒谷场上听爷爷讲那总也讲不完的故事。在听疲倦了的时候，就扭头朝天边看去。这时组成清晰勾把形图案的北斗星总是悬在笔架山的头顶，眨巴着眼睛，好像要跟我们说话。

每次望见笔架山的时候，总会瞥见它怀中的一个醒目标志——白云岩，那是坐落在半山坳里的一座佛庙，因有一个岩洞加上经常白云缭绕而得名。这座佛庙与别的深山里的古刹相比没有多少特别之处，它唯一的功绩是酿造了一个独特的节日——"六月节"。即在农历六月十九日这一天的晚上，远近几十里的男男女女都喜气洋洋地涌向白云岩"朝拜"，实际上真正拜佛的没有几个，十之八九是男女青年们为了约会。也有一些尚无着落的姑娘小伙，临时搭个同性伴儿加入凑凑热闹，碰碰运气，谁知道会不会遇上个生人萍水相逢而一见钟情呢？那时候农村里对这类事情的禁锢是很严的。但在这一天却实行不成文的"特赦令"。尽管事后有的好事者将这类浪漫见闻描绘得有声有色，但道学家们，甚至有关家长们都睁只眼闭只眼。因此这个"六月节"实际上是芸芸众生在这个大自然的怀抱里自发举行的"狂欢节"。这一点可要感谢笔架山的慈悲和宽容，它把人们出于传统观念而制造的潘多拉之盒打了开来，还人性以自然。

笔架山因此成了我一生挥之不去的情结。上中学后，我一度住在县城的最高建筑——天宁寺的最高一层，即第四层。我每天都要打开窗户朝笔架山方向眺望，但看不到；借助自制的土望远镜，还是看不到。原来方向不同，笔架山的面目全变了！到了北京以后，笔架山自然再也看不到了！但30年后，我找到了一种补偿：在《光明日报》开辟了一个专栏，栏目就叫"笔架山"。但真正的补偿应该是回去亲自登临一次。我从小就萌发了登临其绝顶的愿望,过了花甲以后,这愿望更是与日俱增。每次表达出来的时候,总遭到家人的反对。65 岁那年,我想,今年非登不可,否则就永远别想攀登了! 亲属们看到再也阻止不了我,就干脆反过来支持我,几个人和我一起往上攀登。没想到爬到半山坡的时候,找不到路了! 原来 20 世纪 80 年代以来,由于农村普遍使用煤和煤气作燃料,山上的植被躲过了刀斧之灾,坡道上又榛榛莽莽,荆棘丛生了! 还是庄稼人有经验,他们每人带了一根木棍,轮番着把小树挡开,把荆棘挑到一旁,艰难地往上攀爬。经过 4 个小时的奋斗,终于到达了峰顶! 原来以为这尖尖的山峰,顶上只有立锥之地,想不到竟有百十平方米的平地! 平地上竟有一块巨石,比泰山顶上那块被赵朴初书上杜甫名句"会当凌绝顶,一览众山小"的石头还要大,仿佛是山体中轴之顶端! 这肯定是造化之特设,不可能是人工之所为。我怀着一种征服高山的豪情,登上这块巨石,扯开最大的嗓门,唱起了"我站在高山之巅……",实现了与笔架山"零距离"的终生宏愿。

2012 年秋

血色的"蛇脖子创口"

　　我成长的村子是个当年拥有 300 多住户的大村子,主要由前叶村和后叶村两个自然村构成。一条约 5 米宽的水渠穿流而过,恰成前、后叶村的分界线。村北 5 里之外是逶迤而巍峨的仙霞岭余脉,其中正对着我们村子的是笔架山,因形似笔架而得名。在村子与笔架山之间还有两座较小的山,其中离我们村最近的那座最小,也最矮,它很像一条蛇,对着村子直奔而来,不知为什么,在离村子约 200 米处止住了,不然这整个村子还不被它冲得稀里哗啦!

　　之所以突然止住了,周围流传着种种说法,一种说法是:这蛇很有灵性,很体恤生灵,不想以邻为壑,而欲与邻为善,以便长期和睦相处。另一种说法则与此相反,说这条"蛇"不规矩,很好色,每天夜里绕过村边,与村后的雌龟幽会,有一天夜间正在交欢,恰巧被正在巡天的玉皇大帝看到了,他立即抡起板斧,朝他的脖子上砍了下去,顿时血溅长空;他又从别处搬来一座偌大的寺庙,狠狠压在母龟的头上!讲述者话音刚落,我就大惊失色,立刻从神话回到现实。因为在这条"蛇"的脖子上,而且恰好在要害的"三寸"处,确实有一道很大的缺口,我每天一开门就看见,而在龟山的头部也确实耸立着一座巍巍庙宇。我从小就不信神,因而根本不相信这是什么玉皇大帝的神通所致,我相信这完全是人的作为!

　　但人——显然是本村的人,为什么不惜花那么大的代价,来惩罚一对生灵的本能行为呢? 这个"蛇"脖子上巨大的缺口,顶宽约30米,底宽约20米,深约15米,"蛇"身的宽度是30多米。我问过本村务农的乡亲:挖开这么一个缺口,如果使用50人的劳力,需要多长时间? 他说至少1个月! 为了交通? 他摇了摇头,说:"你看村里有多少人需要走这条路? 也就是你住的村西头那一二十户人家吧,但他们若不从这里经过,拐一下,也不过多走百十来步而已。祖先们总不会为了少数人的这点点方便,花那么大的力气开这个山口吧,而且若是光为了开条便道,也用不着把口子挖得那么大呀!"看来这位老乡跟我有同样的看法:先人们不惜工本开凿这个大缺口,不是为了少数人交通的方便,而是为了表达对这对蛇龟伤风败俗行为的刻骨愤恨,并借此造一口道德的警钟,警告全村的男男女女:谁敢违背列祖列宗世代相传的"非礼勿视,非礼勿听,非礼勿言,非礼勿行"的律条,就将同这对龟蛇的下场一样!

　　说来也怪,这"蛇"脖子上的伤口不仅裂面大,而且色彩十分鲜明强烈。原来这蛇山之躯既非由岩石亦非由泥土构成,暴露在伤口创面的是一种非土非石的粉红色片状硬块,当地村民称之为"嫩石骨",用石头一敲就碎。小时候我们经常用它当"粉笔",在石板上写字。这裂口长期以来寸草不生,裸露的粉红色"嫩石骨"远远看去真像是个鲜血淋漓的巨大创口,令人骇然。有时我自我解嘲似地想:莫非真有一个神明在暗暗为那些道学先祖们助力,特意制造出这种有利于实现他们目的的预期视觉效果? 但自从我明白了造成这个蛇脖子伤口的原因以后,我就再也不走这条便道了! 因为我不忍心让这个无辜的生命再增加痛苦,我更不愿意让那些漠视生命、摧残人性的封建卫道者的目的预期在我身上见效！中国有个成语叫"杀鸡儆猴"，他们是"杀'蛇'给人看"！我在这个偌大的创口上，仿佛看到了历史上无数追求恋爱自由的冤魂，仍在讨说法；看到了无数封建卫道者虽摇摇欲坠、气数已尽，却仍不甘心退出他们称霸的地盘。事实上，这个少年时代与我朝夕相见的、永远血淋淋的"蛇脖子创口"是我人性启蒙的最早教材！

2012 年 6 月 22 日

约会的"特区"

　　我的老家恰好位于村北的边沿,每天一出门就面对 5 里外的一座巍巍高山,名曰"笔架山"。因为在它"肩膀"以上有三个峰峦一字排开,而恰好中间一个略高,左右两个则几乎等高,从而构成一个"笔架"的天然造型。在它的正面的山腰间则凹进去一些,形成一个坐怀,"怀"里有一个岩洞,终年泉水叮咚,昭示着生命可以在这里生息。因常有白云萦绕,故名白云岩。不知什么时候,人们在这里盖起了一座佛庙,叫白云寺,一色的白墙,远近都很醒目,我每次步出家门一抬头,就能看到它那闪烁的白光,仿佛眨巴着眼睛向我打招呼。这里一年四季香火不断。它既是佛门人家朝拜的圣地,又是砍柴的樵夫们吃饭休憩的地方。当然时不时也会有三两个闲人来这里溜达,转悠,其中偶尔也包括我自己。因为我上的小学,就在这山脚下的峡口(现名峡川)镇。不过我平生也只去过两次!须知,有三四百米的陡坡呢,爬一趟非出一身大汗不可。

　　每年的农历六月十九日,白云岩可成了个朝山进香的"小麦加"!傍晚时分,人们——主要是远远近近的青年人——从四面八方蜂拥而来。这不是赶集,因为大家都不带交易的物品,但也不完全为了赶庙,因为大多数人并不进庙(庙里哪能容纳那么多人)!

其实大家不过图个热闹而已,借以在繁重的劳动之余放松一下。但也有相当一部分人是为寻爱或约会而来的,由于这部分人的渗透,给这个夜晚增添了许多的神秘和巨大的活力,若借用一个外国的词儿,不妨称之为"乡村狂欢节"。这天一般都是星月当空,山上的气温相对凉爽。只见白云岩以下的山坡上和山脚下,隐隐约约地布满了三三两两的男男女女。他们或者在草丛里打闹,或者在树林里出没。但你不便走近,更不能细瞧,否则你可能会发现意外,从而十分尴尬。虽说乡下人在两性关系上一般比城里人要保守得多,但在这天晚上却格外开放。男女双方平时有点意思,但还未敢动真格的,这晚可能就要潇洒一回了;平时若看上谁,却没有机会或没有勇气向对方表白的,今天就可以大着胆子试探一下了!而社会也在这一天表现出特别的宽容,好像都心照不宣地有意要给青年人放个假,即使知道了这天晚上发生了风流韵事,也只是当作趣事、轶事,乐一乐、笑一笑而已。大人们也曾带我去凑过一次热闹,但都只在几条山路上挤来挤去,间或买点好吃的解解馋而已,却从来没有钻过树林或草丛。好像那些跟约会不相干的人,都有这种自觉:把方便让给别人。现在想来,那时的人们,至少在那个"放假"的晚上,多么讲人情,有境界啊!

这段有趣的记忆,随着我的小学毕业就结束了,六月节渐渐退出了青年人的记忆。而白云岩和白云寺也成了孤家寡人,冷冷清清地虚度岁月,只有白云依然不离不弃,经常与之相伴。

然而17年后,它连这样孤苦的日子也不可得了!随着"破四旧"的展开,只见一群乌合之众高举火把,毫无对"神"的敬畏或恐惧,首先来这里兴师问罪,说是这里有诲淫诲盗、纵容男盗女娼的淫荡精怪,必须彻底烧死它!可怜而无辜的白云寺就这样葬身于火海之中。从此,当我走出家门时,再也看不到它眨巴着眼睛向我打招呼了!自然,它也渐渐地淡出了许多人的记忆。

改革开放以后,白云寺经常唤起我对"六月节"的记忆,在那个年代,男女亲事靠父母之命,媒妁之言,多少人的爱情在萌芽阶段就被扼杀了,让人遗恨终生,甚至发生凄惨的悲剧!"六月节"夜晚播下的爱的种子,不一定都能成为婚姻,但比起许多人一辈子连爱都没有体尝过,总还值得慰藉吧!于是有一年回乡,我约了几个当地的童年时期的朋友,特地来到"六月节"故地,拜谒了白云寺遗址,纪念它当年大爱的胸怀,并在就地野餐时,用了一整瓶当地的烧酒,洒祭这片多情的土地,人的自然天性的"特区"。我说:"这里是当年'六月节'青年狂欢节的历史见证之地,堪称文物遗迹了,让我们记住它吧。"这时,朋友中有人提议:"我们向镇政府建议,恢复'六月节'的节日吧!"我说:"不可!现在人们在大街上都敢于搂搂抱抱,还用得着夜幕来掩盖吗?再说,当时夜间人山人海,没有一个警察站岗、巡逻,却没有发生过一起恶性事件!现在你试试!"大家会心地笑了。

2012 年 6 月于北京

童年的摇篮

日前，几个年逾花甲的亲戚来北京，陪他们游览了一趟动物园。出乎意料，他们驻足最久的不是熊猫馆、大象馆或蟒蛇馆，而是鹰鹫馆。最后我不得不催他们继续往前走，并说："我们家门口不是每天傍晚都有老鹰盘旋吗，还没看够？"姐姐立刻"咦"的一声慨叹道："那是什么年代的老皇历了！打从门前的柴篷（即村后的大片森林）为大炼钢铁作了贡献，就再没看见老鹰了！"大家都不吭声了，我感伤不已，沉入了深深的回忆之中。

家乡是丘陵，家屋坐落在村子西北角的角尖儿上，门前不足50步，横亘着一大片南北长约1 500米、东西宽约700米的古老而茂盛的原始森林，即"柴篷"。它浓浓密密地覆盖着三面百米多高的山峦及其脚下一座20余米高的平坡，俗称"大平坛"。大平坛与我们家门前的菜园仅一墙之隔。墙外则是一棵特大的千年古樟，它正位于"柴篷"腹部的最前端，堪称"柴篷"的"凤冠"，且正对着我们的家门，我们视之为门前一尊天赐的"盆景"。祖先留给我们的这1平方千米多的"柴篷"，从正面平视，像一把扇子，构成村子的背景；从侧面俯视，则像一只开屏的孔雀，与几百幢白墙青瓦的房屋相映生辉，构成这个村子独有的景观。

　　这个"柴篷"的存在也使很多人类的朋友即飞禽走兽在这里找到了家园,从而使村人们获得了得天独厚的"动物园"。每天早晨一醒来,就听见各种鸟类竞相争鸣,仿佛无数乐器在协奏一曲《百凤朝阳》。傍晚,当袅袅炊烟刚刚停息,一只只雄鹰便相继蹦出树林,直插云天,以优美的姿势在村边缓缓飞翔,像是在为村人巡逻;有时一个俯冲直抵地面,然后又迅速腾上天空,分明是在作航空表演。如果是夏天,则又平添一番景观:千万只白鹭不约而同地飞来,栖息在"大平坛"那些高大的枫树上,真好比"忽如一夜春风来,千树万树梨花开"。它们早出晚归,筑巢下蛋,在静卧以前,都要进行一番生命存在的仪式:或发情,或戏耍,或争斗,叽叽呱呱地发出一种人类听不懂但能领会的语言,好像无数管乐器在合奏一首奇特的乐曲。等到这些乐手安静下来了,猫头鹰就开始"值班"了,但它唱的总是悲歌,而且带点恐怖,幸好有啄木鸟的鼓点伴奏,多少冲淡了一些悲凉。

　　祖先留下的这个天然的"森林公园",对我们儿童来说更是难得的游乐园。当布谷鸟发出第一声"布谷",我们便脱去棉袄,欢天喜地扑进"柴篷"去捉迷藏、逗松鼠或捉雏鸟,末了总要采一大把鲜丽朴素的杜鹃花、香气馥郁的栀子花或别的野花带回家,使简陋的农舍顿时生辉。枫叶红了的时候,跟着母亲(可惜我8岁以后她就不在世了)和姐姐,去"大平坛"从树上打橡子或"苦珠"(一种圆形的橡属硬壳果),这对大人来说是劳动,但对小孩却是极好玩的美事儿:一竿子下去,只见几十、几百颗弹丸般的果实下雨似地哗啦啦掉落下来,有时砸在头上噼啪作响,又痛又刺激,孩子们嗲声嗲气地喊叫着,有时干脆咬紧牙关,站到竹竿下,蹦跳着接受一番"枪林弹雨"的洗礼……当天晚上,一家人坐在油灯下把这些果实的外壳剥去,第二天磨成浆汁后加工成咖啡色的"豆腐"或"面条",再与雪里蕻、青蒜和辣椒煮成一锅,吃起来真是可口。秋风肃杀了,只见"大平坛"上的枯叶雪片似地漫天飞舞,地面上很快堆起没膝深的叶层,我们就像投入大海,倒在树叶上尽情打滚、摸爬,有时甚至自告奋勇让别的小伙伴来捉拿。被捉到了,任人处置,于是常常被埋在一人多高的树叶堆下,直到憋得哭叫起来,人家才赦免。隆冬季节,"柴篷"里仍有很多的常青树和绿色小树丛,那里是我们采野果的好去处。有一种名叫"乌饭"的紫色果粒,大小如豌豆,一串串似葡萄,甜中带酸,我们只管一把一把往嘴里送,很是解馋。当然收获最丰富的季节还是夏天,爬上树去饱餐一顿杨梅或枇杷以后,就钻进树丛里去采蘑菇,什么"雨伞蘑"啦,"芝麻蘑"啦,"红大栗"啦,"老鹰爪"啦……形状各异,颜色亦不同,满满一篮子提回家,家长表扬一番之后,便检查一下有没有一种叫"白碗瓣"的毒蘑菇,然后全家人便可美美地享受一顿"蘑菇宴"啦。

后来,我去县城上中学了!进城须步行45里路,好远!第一夜就掉泪了,不是舍不得离开自己的家(相反,我是挣脱父亲的阻拦,逃到城里去上学的),是远离"柴篷"使我无限怅然,也许我天生是大自然之子,离开自然,我在自然里养成的野性就没有了着落。好在每年有寒暑假,每次我都要回去尽情拥抱"柴篷",方式是每天早晨进林子里跑步、做深呼吸或者大声喊叫,表示我在告诉人类以外的那些朋友们:我回来看望你们了!尤其当我从缓坡小跑着一口气登上岗顶,扯开喉咙"吊嗓子"的时候,呼呼的松涛便发出共鸣,仿佛大自然也从它的胸腔深处发出"丹田之音",又好像它举起千把琴弦为我伴奏,人与自然的融合,在这里领略到最美妙的佳境。上大学后,千里在外,大城市的世界固然"精彩",但哪像"柴篷"那样使我魂牵梦绕。我盼望着熬过一年两年回来重温上述天人合一的境界，想不到一去就成了永别！后来的消息传来，我仿佛第二次失去了母亲：形势要"柴篷"捐躯，村人却无人忍心下手（多少个世代相依为命，它是全村人的保姆啊），于是从别村派来了几百名铁面无私的"行刑队员"。啊，"柴篷"的大限终于到了！它很快变成了一座座山头似的柴堆，覆以黄土后，又像是一座座巨大的金字塔，不知冒了多少个日日夜夜的滚滚浓烟，那经历几百年风雨长成的无数绿色生命之躯终于在深沉的悲咽中变成了人们如愿以偿的黑炭，不久，又统统变成了一钱不值的死灰……

如今从乡里回村，抬头望去，首先闯入眼帘的是两座光秃秃的山峦。秃山下，大平坛上缕缕炊烟固然说明这里依然充满着生命的温热，但这是红色血液的生命取代了绿色的生命！殊不知，在大自然中，红色血液的生命与绿色的生命是相辅相成的统一体，二者的位置是无法相互取代的。取代了肯定要受到大自然的报复！

每当我朝着这绿色的废墟走去，心头总是翻滚着乌云，那比我去父母永息的地方上坟还要沉重。

（原载《光明日报》1995 年 3 月 25 日）

渎神的刀斧

　　文明毕竟在进步,绿色意识终于开始觉醒,但对我来说,这种意识每一程度的觉醒,都加深着我痛苦的回忆。我痛惜在那急于求成的年代,家乡村边那一大片古老森林的毁灭;我更痛惜在不久以后的荒诞年代,我家门前那棵被视为"绿寿星"的千年古樟的劫难。

　　家乡地处浙西丘陵。村边那座古老的森林被村民称为"柴篷",因地形关系俯瞰它像开屏的孔雀,而那棵千年樟王恰好成了它的"凤冠",此"冠"正对着我的家门,相距不足 50 米,我们视之为家门口天赐的"盆景"。"柴篷"遭劫时,由于它的"绿寿星"的特殊身份,才逃脱了"刀下鬼"的命运,成了唯一的幸存者。于是,它的巨大的菜花状的树冠依然有三分之一笼荫在我家菜园的上方,一有风起,摇曳多姿。这算是"柴篷"遭劫后给我们留下的唯一一点慰藉。

　　这棵千年古樟,其年寿之高与生命力之强显然在外表上造成了它的怪诞结构:年轻美丽的面容下支撑着一个苍老丑陋的身躯。你看它的主干不足 3 米高,且呈扁状,表面疤痕斑斑;"腹部"全都空了,"肚皮"上开裂着很大的口子,以致人们可以走进走出;身子是倾斜的,所以孩子们可随便爬上爬下……

但也许正因为它的这种经磨历劫的身世,人们看到了它每次大难不死的神秘缘由,故而对它敬若神明,视之为"土地神"的化身!逢年过节,都要端着鸡、鹅、猪头等祭供品来这里烧香跪拜,祈求来年吉祥好运;遭遇大灾大难、小恙小病也要来这里祈求逢凶化吉、消灾祛难。但我们家对这个神秘的庞然大物却怀着敬与畏的双重心理:有神为邻,灾难岂敢降临?但万一言行不慎,有冒犯之举呢,不成了伴"神"如伴虎?可想而知,每逢家里死了人或遭灾逢凶(比如我左臂摔断时),家人都要"慎独"一番,细想是否在什么地方得罪过这樟神爷了?幸好我后来读了书,根本不信;小时候也没有养成敬神的习惯,相反,常常做出一些渎神的举动。例如,当我第一次爬上这斜樟的"肩膀"时,怀着一种征服既高且难爬的树干的豪情,我痛痛快快地对着那香烟未尽的神坛撒了一泡尿!这可以说是一种幼稚者的"幼稚病"的显露,他不知道,他亵渎的不只是一棵树的神圣光环,而是一种文化表征啊!一个原无生命的客体,如果它与人的行为产生了那么多的缘分,它就不再是它自身了,它获得了人文内涵,具有了文化生命,它有灵性了,真的成"神"了。这棵千年古树,它接受了这个村子一代又一代人对它的神化、想象和供奉,融入了那么多人的精神寄托和希求,它的真实价值还会是一棵树吗?它成了这个村子灵魂的象征,因而具有神的威严了!无怪乎,当"柴篷"惨遭厄运之际,当那不可一世的刀斧逼近这棵树的时候,它举不起来了,人们面面相觑,谁也不敢砍第一斧:怕报应啊!于是这个千年的绿色老寿星才大难不死,成了这"柴篷"废墟唯一的纪念品和见证者。但是,好景不久,在"文革"中,这个"土地神"的化身很快就被囚进"四旧"的樊篱,再也难逃非理性者的刀斧了！至此,这个几十代先人精心营造并保护的"柴篷"的精魂,这个生气蓬勃的绿色生命,当"柴篷"在飞来横祸中遭受致命一刀后,在悲凉的废墟上含着最后一口气,奄奄一息地呜咽了近10年之久,终于止息了！它生长得如此漫长、如此壮观,却毁灭得如此迅速、如此彻底！

啊,我们这些红色血液的生命,但愿不要再成为绿色血液生命的罪人啊！

（原载《中国教育报》1995年4月22日）

牛年侃牛

　　童年在农村长大,农人们都习惯于以农历纪年。但我从来都不喜欢用天干地支来做年号,也向来不愿意主动说我是属什么的,这不仅因为我所属的是哺乳动物中最不起眼,却最狡猾、最令人讨厌的"老鼠",更因为我始终不理解古人在确定数目的时候,为什么偏偏用"十二",而不用"十"这个整数? 在选择 12 种动物的时候,为什么偏偏看上会咬人的蛇和爱扰人的鼠这些人类的公敌,而摈弃勇猛而高贵的狮,雄健且善翔的鹰这类人们喜爱的飞禽和走兽?

　　不过,十二生肖中没有漏掉我最心仪的角色——牛! 如果说,动物世界谁堪称人类最好的朋友,那么非牛莫属了! 想想看,在机器发动机出现以前,在漫长的农耕时代,人类的生存始终是与"耕"字紧密相关的,而这个"耕"字始终是与"牛"联系在一起的。当然,一提到牛,脑海中即刻跳出了"马"! 的确,"牛马"这个词组,一如"夫妻""兄弟"这类词组一样不可拆解。无疑,马与人的亲密关系及其历史地位也是不可低估的。但在"牛马"这一词组中,毕竟"牛"在"马"之前,我想这必定经过先人们的认真权衡,且经历代祖先们的认可。啊,牛,它"吃的是草,挤出的是奶"。这就足够令人肃然起敬了! 我是南方人,又出身农家,青少年时代的每个寒暑假的一半时间都与牛为伴,所以牛的地位和形象在我的心目中就尤其突出了。

我国北方只有黄牛,南方则除了黄牛,还有水牛,且以后者为多。这两种牛都被用来耕地,未见用于挤奶。20 世纪四五十年代,我家和叔父、祖父三家共养两头水牛,雇一个牧童饲养。每逢寒暑假,牧童被派作别的用场,牛就交给我了。于是每天清晨和傍晚,我就与牛朝夕相处。家乡是丘陵,漫山遍野均是无主的绿草和野花,任凭牛群啃啮、奔跑。但牛是很理性的,它们从不没有边际地乱跑,况且肥美的丰草主要生长在比较潮湿的低洼地带,只要有吃的,牛群不会远离那些地方,你只需找个能目控的制高点,只顾和小伙伴们玩就是了,等你玩够了,它们也吃饱了,一起回家就是。这时你在野地上也跑累了,只要把牛角往下一按,一只脚踩住它的角跟,它就抬起头来,逗着玩似地把你顶到它的背上,一路上驮你回家。它的脊背足够宽阔,你愿意躺着趴着都可以,故有"牧童归去横牛背"的古诗流传。但天气炎热的时候我是不骑牛的,否则双方会更热。而且牛需要游泳,就像马需要溜达一样;快到门前那口池塘的时候,它就不禁轻跑起来,越跑越快,直到全身埋入水中。当它重新探出头来的时候,发出"噗——"的长长一声,喷出一鼻子水和气。这时它至少获得两种痛快:一是消暑,二是灭灾——给那些久久叮在它身上,尽情吸吮它血液的大蝇子也就是牛虻们来个灭顶之灾! 不过这样的描写多半出于人的情感,我相信牛是不会有复仇的动机的,它只有驱赶或躲避的欲望。不信,在它耕田或犁地的时候,你注意观察就是了。这时的牛总是少不了受到鞭打,因为把犁的人出于天性,总是怀疑对方偷懒。其实牛是不懂得吝惜自己的力气的,我经常注意观察刚被套上轭具开始犁地的时候,它总是摇头摆尾,高高兴兴地走得很快。后来渐渐慢下来了,因为它的能量消耗够多了,或者它的体质比较弱。因此我敢断定,牛所吃的鞭子中,十之八九都是冤的!可是从来没有见过牛向鞭打它的人发过怒。牛的这种无边的温驯最典型的表现当是在屠宰场了。据说牛面对杀机只顾流泪,而没有丝毫的反抗或挣扎……

不过,说牛没有复仇的欲望也只是对人而言,对它的同类,就未必如此了:到底是兽啊!家乡是个大村,至少有上百头水牛,一般是彼此相安无事的,但其中有两头公牛,身强力壮,堪称真正的"猛牛",分属两门大户人家,不知是不是因为情妒而成了仇敌,一撞见就打得不可开交。有一次恰巧被我目睹了:只见双方两眼通红,两个额头彼此顶着抵在地上。一个回合又一个回合。那两对平时好不美观的弯弯长角不断发出噼里啪啦的撞击声。后来胜方把败方追击到其主人家,把桌椅板凳、瓶瓶罐罐踩得稀里哗啦,直到最后主人用了火把才将强者驱跑。最壮观的一次是在 70 年代,可惜我不在场。家乡人在两山之间建起了一座长达 1 700 米的空中渡槽。竣工那天数以万计的人参加了剪彩仪式。恰恰在这时,两头公牛发生角斗。不知怎地双方却斗进渡槽里去了!渡槽是半圆形,上面铺有间隔的水泥板,因此高大的水牛是站不直的!但是彼此绝不罢休,窝着背,且打且走,一直打到另一头,显然双方都筋疲力尽了,未分胜负而休兵。这时,一直在兴奋而紧张地观战的看官们爆发出雷鸣般的欢呼声!人们说:这两头水牛很懂得人心,用了最精彩的表演,为渡槽剪了最喜的彩!

哦,原来牛也有这一面,坚韧的、不屈的战斗的一面,这才是牛的完整形象。然而,牛的伟大却在于:它把勇敢的、善战的一面留给同类,而将勤劳的、温驯的、只知奉献不思图报的另一面毫无保留地留给了人类。人类中谁遇到过这样赤诚的朋友？

写到这里，我想起了吴冠中先生的一篇短文。老先生颇为不平地问道：为什么我们民族偏偏把莫须有的"龙"而不是"牛"作为崇拜的"图腾"？不管吴先生的这一提问能得到多少人的认同，反正我本人始终认为，中华民族主要是以"农耕"闻名于世的，如今"农耕"这个词将很快成为历史，但代表农耕的"牛"应当成为我们永远崇敬的对象，且将人格化的"牛"作为我们永远学习的典范！

（原载《新民晚报》2009 年 2 月 4 日）

啊，那吱吱扭扭的水轮声

　　农耕时代正在逝去，工业时代、信息时代正在到来。在这新旧交替的时期，我国农耕时代的历史文化遗产正面临着严峻的时刻：由于大部分都遗存在民间特别是农村，容易被忽视，而且容易被新的建设所破坏、所取代。任何新建筑新景观唤起的一时的兴奋，弥补不了这种失去精神家园的永恒的惆怅。例如舂米、榨油少不了的水碓，原来几乎村村都有的作坊，最能反映古代劳动人民的智慧，现在一下子几乎都见不到了！想起这些，我就仿佛听到夜间传来的吱吱扭扭声，那是水轮轴发出的不倦的歌唱，常在我梦中萦绕。它是我最浓的乡愁。

　　我国农耕文明发展过程中留下了极其宝贵而丰富的有形和无形的历史文化遗产，包括生产工具、生活用具和有关民风民俗的用品与器具。生产工具如耕种时使用的犁耙、轭具、锄头、铁锹等；收割时使用的镰刀、稻桶、脚踏脱粒机、碾子、风车、箩筐、簸箕、晒席等；用于运载的扁担、背篓、双轮或独轮手推车等；抗旱时用的手摇或脚踏水车、井吊；劳动时穿的草鞋、斗笠、蓑衣等。与这一切同时存在的还有各种制造业作坊的工具，例如南方最常见的当推水碓，其中包括作为动力机械的水轮机、舂米用的石臼、榨油用的复杂木制设备;纺织作坊里的纺织机、印染器械等;酿造作坊里的酿酒、制酱设备;纸坊里的造纸设备等;家庭里常用的草鞋编织机、纳鞋底的锥子;制豆腐的推拉水磨机与磨面粉的石碾等。此外还有许多已经或正在向时代告别的日常生活用具,大的如锅台、水缸、水桶、便桶、兜床,小的如含灯草的青油灯、带玻璃罩的煤油灯、晚间出门提的灯笼、铜制的水烟壶,以及许多非物质文化遗产的物质载体,如婚嫁时抬的花轿、陪嫁的妆奁、演戏的戏台,还有祭祀、敬神、驱魔以及民间娱乐形式如驱旱魃、傩戏等所用的物件。

这些东西对于我们经历过的人来说,虽然想起来恍如隔世,却依然感到亲切,但对于现在的年轻人来讲,必定感到陌生和新鲜,仿佛是童话世界里的事物。然而如果把它们收集起来,展览出来,就构成一部看得见、摸得着的历史。它们真实地展现了在现代工业出现以前,我们的先人们是怎样劳动、生产和生活的,反映了他们在客观条件受到极大限制的旧时代为生存而表现的智慧、勤劳与毅力,也体现了他们与大自然更为亲近的关系,给后人以许多启示。对于这些遗产我们必须认真并且精心地加以合理继承、保存和保护,使其成为子孙后代的活的历史教材。对待这些有形的物件和非物质的载体的态度,也是检验我们的文明程度的重要标志。

我国幅员辽阔,民族众多。各民族、各地域都有丰富而多彩的民俗文化。这一基础条件决定了我们的国家民俗博物馆有可能成为世界上收藏最壮观、色彩最斑斓的民俗博物馆,它将与国家博物馆、国家图书馆、国家艺术陈列馆、国家大剧院以及故宫博物院等共同构成国家崇高的文化形象。

(原载《人民日报》2006 年 6 月 27 日)

日寇的铁蹄

进　村

　　我的家乡衢州,地处浙江西南,是我国东南"四省通衢"的交通枢纽,故成为历代兵家必争之地。所以自从抗日战争爆发,特别是上海淞沪战役打响,这里的人们就紧张起来了,准备着一场大战。但日寇要占领我们的土地也不是那么容易,到它罪恶的铁蹄踏上这片土地已经是 1942 年了! 那时我才 7 岁。

　　那是 1942 年农历四月十四日的下午,我牵着家里的一头水牛在村边吃草。只见附近路上的男女老少挑的挑、背的背、扛的扛,一眼望不到头,他们鱼贯着往西边山区里进发。同时一架日寇飞机在低空不断盘旋。我那时不知怎的,不懂得害怕,只注意着飞机腹部有没有人头探出来往下看我们。

　　晚饭后,只听见母亲一遍一遍催促父亲:"村子里的人都逃空了,我们也赶紧逃吧!"父亲听得有点烦了,就大着嗓门回她一句:"你急什么! 我不是说过:听到龙游大炮响再逃也来得及!"龙游是衢州东边一个县城,与衢州同在浙赣铁路线上,它距离我们村比衢州中心还近些。是啊,敌人要占领衢州,哪能不事先打下龙游这个桥头堡呢？父亲有咳血的毛病，不能干地里的重活，只在农闲季节做点流动生意，所以比一般人要见多识广一些。不想这次他却聪明反被聪明误了！

第二天，农历四月十五日，天下着毛毛雨。中午，突然见68岁的爷爷，穿着蓑衣，手握一柄长把的耘田的耙子，风风火火地跑回家来，连连说："不好了，不好了，中央军（国民党的军队）败下来了！黑压压的，多极了！"那时的"中央军"纪律不好，老百姓也很怕。于是爷爷奶奶以及我家和叔父家全体总动员，首先把所有的门都关上。我们老少三家住的是一个宗族祠堂的"翼屋"，从南向北一长条，互相分开而仍彼此相通。叔父家的大门正对着一条较宽的村巷。奶奶坐在大门旁透过门缝往外看。不一会，她惊叫起来："哎呀，糟了！这哪里是中央军，这分明就是日本兵嘛！你看那装束，那靴子！"我和全家人一起挤到门缝里去看，只见那一律挺括的、深绿色的军服和黑色的长筒靴；他们排成四路纵队，步伐整齐而响亮，咄咄逼人地迎面开过来。大家赶紧把桌椅板凳搬过来堵上。这时只听得父亲一声喊："除了两位老人和我，大家赶快躲起来！"只见13岁的姐姐和15岁的哥哥马上就近跑到叔父的楼上，躲进了一个谷仓里。叔父比较精明，他不上自家的楼，因为他家的楼有板梯，日本鬼子容易上。他一家三口（儿子与我同年）与我们家剩下的三人（母亲和一个3岁的弟弟）凭手扶梯一起爬上我们家的楼上，然后将梯子抽上来，并用一块门板将梯口盖上。不一会就听到鬼子用巨石撞击大门的声音。很快两家的鸡呀、猪呀发出一片啼叫声，几分钟后它们都沉静下来了。原来鬼子宰杀这类家禽和牲口都用剥皮的方法，麻利得很。我们躲在楼上的一个窗口旁，大人们吓得瑟瑟发抖，加上我那3岁的弟弟身体不舒服，哭个不停，大人们更紧张了,恨不得把他扔出窗外去!但不知怎的,我不觉得害怕,我甚至还好奇地透过楼板的缝隙看鬼子们都在干什么,却立刻被母亲拽了回去,还举手想打我,显然怕我暴露目标。就在我往下窥视的一刹那,只见一个宽肩阔背的家伙,光着膀子,还有胸毛;弯着腰,不断地往灶膛里添柴火。后来我想,这不像日本人,很可能是从被征服的朝鲜抓来的兵吧。

就在我弟弟拼命哭闹期间,忽然听到村西一阵凄厉的喊叫!大家神色一下子紧张起来,悄声议论着不知哪个倒霉蛋撞上日本鬼子被残害了!后来获知,那是外村的一个货郎,不知哪里冒犯了日本鬼子,被架在一堆柴火上活活烧死了!

下午3点左右,忽听得几声哨子声,鬼子们立刻七手八脚往外跑。我们赶紧下楼去,奶奶立刻扑向我母亲,哭着说:"你公公和你男人都被日本人抓走了!"母亲马上抱住一根柱子呜呜咽咽哭起来。一会儿她抹了一把眼泪吩咐我:"你赶紧出去把爷爷、爸爸找回来!你是小孩,日本人不会怎么你的。"我转身就往外跑,把这个上千人口的村子的大小街巷都跑遍了,也没有见到爸爸、爷爷的影子!我幻想着他父子俩说不定现在已经回到家里了!我赶紧折了回来。这时敌人已经开拔了,正在我们家紧挨着的厅堂朝北的大门前经过。这大门连同厅堂的第一进百年前被"长毛"(即太平天国军)烧掉了,剩下一对"石马"的底座,约两尺高,离路边仅六七步的距离。我就侧身倚在石马旁,呆呆地看着这支魔鬼队伍通过,盼望着两位亲人出现。鬼子兵队列依然那么整齐,脚步威严、响亮,想必那长筒靴的底部也钉了诸如马蹄铁的铁器吧?是的,那是跟兽类相联系的一种金属,是名副其实的"铁蹄",所以它踩躏、踢打、摧毁生命格外凶猛、残忍、无情!难怪后来它每每在我梦中重现的时候都带着血迹。天始终下着毛毛雨,我没有任何雨具。鬼子也没有使用雨具。几乎每个鬼子经过都要朝我看一眼,我却死盯着他们的队伍,唯恐把爷爷、爸爸漏掉了!

　　直到天色开始暗下来,日寇的人马才终于走完。我正要往家走的时候,突然想起对门的老三古家好像没有进日本人,爷爷、爸爸会不会躲到他们家去了? 我立刻跑了进去,想不到迎上来的是另两个熟悉的面孔——与我们家为邻的两个财主。他们还在瑟瑟发抖,急切地问:"日本人走完了吗?"我说:"走完了!"他们大为宽慰地说:"真是老天爷保佑啊,老天爷保佑啊!"我说:"你们怎么也没有逃呀?"他们说:"唉唉! 哪知道日本兵没有打就抄近路来了!"我回到家里,母亲急切地问:"见到你爸爸、爷爷了吗?"我摇摇头。她呜的一声又哭了起来:"你爸是有吐血的毛病的呀,是不能干重活的呀! 还有你爷爷,都快 70 了,光走路也走不过那些年轻的鬼子兵啊……"

　　为什么龙游大炮始终没有响,这个谜直到 20 世纪 80 年代我得到当时一份报纸的复印件才解开:原来当时的中国战区是受美国太平洋战区司令部指挥的。按照当时该司令部的战略部署,蒋介石放弃了东南地区。可惜当时的政府对这样大的事情却没有向民众进行有效的说明,并有领导地组织撤离。

逃 难

　　第二天天刚蒙蒙亮,母亲就叫醒了我们几个孩子。只见四只箩筐和两条扁担已放在了门边,还有几个包袱。箩筐里放了大米、咸菜、餐具、炊具、脸盆等;包袱里主要是换洗衣服、鞋袜等。但母亲让我背的包袱却是炒熟的番薯干。不一会叔叔、哥哥吃完了早饭就各自挑起担子径直往外走。婶婶和我们一个个跟了上去,母亲刚跨出门就又转过身来对送别我们的奶奶喊了声"娘!",泣不成声。奶奶哽咽着说:"你们放心走吧,家里有我呢。说不定他们父子俩很快就回来了。"

我们首先要穿过约2里长的田垄、再上那座蛇形小山,它一直通向深山。但我们刚出了村口,突然一束强光从左前方约1里远的小山坡上射了过来!我们不禁一怔,都不由自主地停住了脚步,等着敌人岗哨的口令或盘问。我心里想:怎么昨天还没有走完?但鬼子照了几下就不照了,也没有听到口令,我们就继续往前走。天气恶劣,仍下着毛毛雨,脚下的土路都变成泥浆了!可怜母亲是传统的"金莲"小脚,她一手抱着病中的弟弟,一手挽着一个包袱,走起来特别困难。不久她那尖尖的小鞋就陷进泥巴里了,她自己没法去捡,只好由我去捡。几次下来,她气了,干脆那鞋她不要了,穿着袜子走。但不久袜子也被泥巴拔走了,她也赌气不要了!只见她一把鼻涕一把泪,一扭一扭地往前挪,我和姐姐走在她后面,尽量护着她。直到天大亮,我们终于上了俗名叫"上山头"的小山,路面不再泥泞了。但没多久,突然听到"哇"的一声喊叫,只见哥哥倒在地上:他左边的小腿扭了,痛得哇哇大哭!母亲立即放下弟弟,为哥哥搓揉伤处,同时抽泣起来。不一会她叫来姐姐替代她,气呼呼地走到婶婶跟前,指着她鼻子:"你,你,你这堂客(方言,指结了婚的妇女),你怎么能把那么多东西往他框里放哇?他还是孩子呀!"婶婶则反唇相讥:"你儿子自己路没有走好,怎么能怪我?"叔父见气氛有点紧张,马上过来调解:"二嫂你别急,我看了,孩子骨头没有损伤,歇一会就会好的,我们干活的人常有这情况。你先

悠悠衢江

把脚擦干净,把鞋穿上。"接着他从哥哥的箩筐里拿出几件东西放
到自己担子里。母亲得到一些宽慰,回到哥哥那里,摸了摸他的小
腿骨,证明确实没有骨折。于是她从包袱里找出一件旧单衣,把她
那双受难的小脚擦干净,然后取出干净的鞋袜穿上。大家趁此机
会吃了番薯片之类的东西。约过了1个多钟头,哥哥挑起担子试
了试,说:"现在担子轻多了,好像可以走了!"叔父马上眉开眼笑:
"那好啊! 我们继续走吧,走慢点好了。反正也就是二十来里地,
今天一天怎么也能走到。"但哥哥挑起担子腿还是有点瘸(后来他
的左小腿始终比右小腿要细一些),后来他说,实际上他是咬着牙
在硬挺。母亲则始终心情不能平静,常常自言自语地咕哝:"也不
知这父子俩现在在什么地方? 日本人给他们派什么活? 可千万别
让他们干重活呀!"

　　下午4点左右我们终于进了大山,树木葱茏。但天公更不作
美:毛毛雨变成小雨了! 幸好哥哥和叔父穿着蓑衣,姐姐给妈妈撑
伞,我始终戴着笠帽,勉强也能凑合。我们走的尽是羊肠小道,倒
是不泥泞,只是常有坡度。若遇到陡坡,只得叔父先上去,再回来
替哥哥挑。直到天色昏暗下来,我们终于来到一个叫"大岗头"的
山庄,周围都是茂密的竹林,仅一户人家。主人是亲戚的亲戚,我
的一个表哥叫他们"姑夫、姑母",我们大小也跟着这么叫。虽然事
先没有通知他们(那时一般人都没有电话),而且他们已经接待了
好几家亲友,所有能住的地方都挤满了,但对我们的突然到来,这
对夫妇却依然热情欢迎,而且马上决定停掉他们的造纸作坊,把空
间相当大的"焙笼"腾出来给我们住,并允许我们任意挖竹笋,以减
少粮食消耗。另外他们还告诉我们:山上有一种野菜叫"苦叶菜",
既可以当菜吃,也可以充当粮食。他们有5个儿子,都是壮劳力,

还有两个儿媳妇,所以家境很兴旺。这样,我们逃难的两家人总算宽慰地有个避难处了。

土　匪

当天吃过晚饭,在姐姐的协助下,母亲就在焙笼里搭建床铺,我也站在一旁随时听任调遣。完了她就开始整理几个包袱。忽然,只听得"咣啷"一声什么东西掉在地上,我一看,只见一枚亮闪闪的大银圆落在地上。这家伙我打过交道的,原来就放在母亲房间那个抽屉里。我曾经试图拿出来玩,被母亲严厉制止了。这回我捡起来就往口袋里塞,也准备着母亲以严厉的目光命令我放回去。但也许不幸的母亲经过这一天一夜的苦难,对那些身外之物再也不看得那么重要了,也许她要给这个小小的孝子一天来的表现给予某种报偿,她对我的举动竟表示默许!于是我就"合法"地拿着这件贵金属当玩具耍了!

吃过晚饭,我就到对门姑夫、姑母家的大堂去玩,那里有很多不认识的大人和小孩。我发现那张许多人围着的大饭桌擦得很光亮,我就掏出那枚大洋让它在桌子上发出"咣啷、咣啷"的乐音。很快这吸引来很多的目光。其中有 3 个年龄差不多的"叔叔"立刻挤到我身边来,表示对我特别喜欢,问我父母是谁,住在哪个房间。我一一如实作答。他们马上表示:"明天我们就把你爸爸、爷爷找回来!"我半信半疑,心想你们怎么知道日本鬼子现在在哪里呢。

第二天上午,哥哥、姐姐都去采竹笋和苦叶菜了,那 3 个"叔叔"继续跟着我玩。但下午就找不到他们了!晚上我仍去姑夫家的大堂让那枚大洋来"奏乐"。由于缺了那 3 位"叔叔"的欣赏,气氛要差多了。回来后，我觉得这块大洋终于让我玩够了，于是就交还给了母亲。

第三天上午11点左右，我正和哥哥、姐姐采完野菜、竹笋等往回走，忽然听得庄口坡道下"呼呼"两下枪声！本来已成惊弓之鸟的逃难者们都以为日本鬼子来了，惊慌失措，拼命往山上逃。我们仨惊呆了，不知跑还是不跑。这时只见四五个匪徒已经爬上了陡坡，径直朝我们家冲来。我们家的房门没有锁，只用一条棕绳子拴着，被他们一刀就砍断了！我母亲赶紧跟他们一起挤了进去；有两个人把在门口不让我们进去。土匪们喝令我母亲："快把那东西拿出来！"母亲说："什么东西？"一个匪徒说："就是那'咣啷、咣啷'很好听的东西！"母亲看了我一眼，心想："你干的好事！"却宽慰地笑了一下说："哦，那块银圆呀？"她马上打开一个包袱，取出那枚银圆默默地递给了他。那家伙接过了银圆，看我母亲没有下一个动作了，马上提高嗓门逼问："怎么只拿一块？""我全部家当就这么一件值钱的东西。"母亲不慌不忙地回答说。"我根本不相信，就一块银圆还给孩子玩！"匪徒说。母亲则自言自语似地从容回答："一块银圆，有它，家里富不了；没有它，也穷不到哪里去。既然孩子喜欢用它玩，那就让他开心一下嘛，又不会变小。"匪徒当然听不进去，把手一挥："别听她瞎扯，搜！"门外两个赶紧进来，一起翻箱倒柜找了起来！当然既没有箱，也没有柜，只有那几只箩筐和几个包袱，加上床上的被子、枕头。他们翻了又翻，捏了又捏，自然一无所获。最后那个土匪小头目把手一挥，悻悻然地滚了。

匪徒们走了后，母亲赶紧把房门关上，全身哆嗦着抽泣了起来："这些没心肝的土匪，看我家里没有男人，就这样来欺负我。"我心里更难过，赶紧向母亲认错："全怪我！我要是不玩那块大洋，就不会有今天的事了!"她擦了擦眼泪说:"你讲的也对,我不该把银圆给你玩!"接着她洗了一把脸,整了整衣服,赶紧领着我去姑夫、姑母家,向他们认错,说:"我太没有规矩了,怎么能把银圆给孩子玩,招来那么大的祸! 让那么多人受了惊! 可是我又不认识大家,除了向你们一家赔不是,还要请你们向所有客人说一声:我老五妹(母亲俗名)对不起大家。"心地善良和友好的两位远亲,不但没有责怪我们,还安慰了我们一番,并留下我在他们家一起吃热腾腾的玉米饭。

逃 命

这次遭土匪劫掠以后,母亲更感到家里没有大男人保护太不安全,于是更想念父亲,盼着他快快回来,时不时抽抽噎噎。说来也真是上天有眼,第二天(也就是逃出来的第四天)的下午,一个高个子男人背着一布袋大米突然出现在造纸坊的后门内。姐姐说:"看,爸爸回来了!"我们3个孩子一齐围了上去,帮他卸下布袋子。母亲则站在那里发呆,接着一下子醒过来了,赶紧猛扑上去,抱住他的大腿,一边猛捶,一边泣不成声。我们几个孩子从来没有看见他俩有过这种场面。父亲说:"怎么了,我不是回来了吗?"母亲则断断续续地说:"你知道……这几天……我是怎么过来的吗?"父亲说:"那还用说,男人不在,你肯定吃了很多苦啦。但现在我回来了,你就别难过了,让我们大大小小高兴高兴吧!"母亲说:"那也高兴不起来呀,老人家还没有回来呢! 你跟他不在一起吗?"父亲说:"哪会让你在一起! 鬼子砸开了门,一冲进来劈头就给我两巴掌,叫我把钱拿出来,我有准备,马上给他了,他还要! 我摆摆手说全给你了！他又给我两巴掌！我说：'不信你们搜好了！'几个鬼子好像准备好了的，马上就踢开各房间的门，一脚把箱子踩开，把抽屉一个个倒在地上，没有找到钱，一脸的气恼，就把我带走了。这时就没有看见我爸了！咳！日本鬼子真是狗日的，这么大年纪也不放过！""那你是怎么回来的，是不是看你有病？"母亲问。"他才不管你有病没病！"父亲说，"说起来真是死里逃生啊！开始让我挑担。我说我有吐血的毛病，干不得重活。后来他给我牵来一匹马，说东西让马驮，但马的吃喝都我管。我说这我行。两天下来跟那管我的鬼子有点熟了。第三天，就是昨天傍晚进村弄饭吃，我跟那鬼子说：'马也饿了，趁现在做饭时间，我先把马牵出去吃点草。'鬼子同意了。我把马牵到田野上拴在一个地方，沿着那些有树木隐蔽的地方就跑了。但我正要走上一条较宽的田埂，就发现远处有几个鬼子在走动，心想：糟了，不知他们发现我没有？我立即趴下来，发现前面埂下有一蓬荆棘丛，我赶紧爬过去，死活钻了进去。那几个鬼子越走越近，最后恰恰走到我这条田埂上来了！我想：糟了，他们肯定发现了我，来抓我了！当他们走到我头顶上的时候，我全身哆嗦得厉害！今天肯定死在这里了！但上天保佑，他们没有跳下来，走过去了！等他们看不见的时候，我赶紧爬出来，跪在地上，仰着头，说了好几声：'老天爷，永远忘不了你救了我！'接着我继续凭借隐蔽的草木，离那个村子越来越远。后来到了另一个村子，想讨碗水喝，连个鬼都见不着！只好喝稻田里的水。快到云溪的时候，本来那里有好几个熟人，可以吃点东西。但想到这里是交通要道，怕有日本兵，只好绕着道走。这时已经半夜了，又饿又乏，周围一片漆黑。但什么狼啊、鬼啊，一点都不怕了，真的是逃命啊！就这样，直到天蒙蒙亮，就是今天早晨，我终于回到我们家。

幸好娘在家。上午睡了一觉，吃完中饭就往这里赶了。现在我挂记的是我娘，她一听我们父子没有在一起，而且也不知道在哪里，马上就哭了！她那么大年纪了，一个人孤零零守着 3 个家。"

"姑夫、姑母"原来是认识父亲的，听说他回来了，都很高兴，特地端来两碗热腾腾、金灿灿的玉米饭，以示慰问。之后叔父一家过来一同聚了餐。

噩 耗

中国语言表现力丰富的特征之一是成语，而且许多成语都是人生经验的结晶，比如"祸不单行"。日寇铁蹄给我母亲带来的遭遇就是这一成语的活生生的写照。母亲在日寇铁蹄下才刚刚度过 4 天，就遭受了与亲人失联、携子女逃难、遭匪徒抢劫这样一连串的打击。第四天随着丈夫的归来，情绪才有点恢复。谁想才持续了约 24 小时，第五天的下午，又传来一个晴天霹雳的噩耗：她的 74 岁的双目失明的母亲，即我的外婆，在日寇追击下因逃跑不了，被丧尽天良的日本鬼子杀害了，而且连中 9 枪，真的是"血肉模糊"！惨案就发生在日寇进入我们村的同一天。母亲听到后立刻倒在地上不停打滚。当大家把她扶起来以后，她仍半天哭不出声来！外婆是她最贴心的亲人、最记挂的慈母。在眼睛看不见的情况下，外婆仍养育了 5 个女儿、2 个儿子。而且她为人非常慈爱、温和、大度，充满了佛心，不仅儿女们十分孝敬她，左邻右舍也都非常敬重她。当她把我抱在怀里的时候，总是不断抚摸着我的脸庞和头颅，以便在她的心目中描画出我的模样来，借此享受着"隔代亲"的滋味。难怪母亲每年都要带上我们 4 个孩子走上十几里地回娘家好几趟,以便让这个不幸的亲人经常沐浴在儿孙们孝敬的幸福之中,同时也借以培养我们晚辈的孝心。如今这一切却突然粉碎了!作为一个农家妇女,她怎么接受得了呢?

母亲哭唱(当地农家妇女哭丧都是带着腔调并唱出具体内容)了1个多小时以后,就开始整理包袱,说马上要去看她倒在血泊中的母亲。父亲说:"天已经开始暗下来了,几十里地,而且都是山路,怎么行!"叔父也说:"遗体已经放了五六天,哪还能不埋掉?"父亲又说:"大家都在外面避难,你去了找谁?等日本鬼子都退了,我们全家一起去吧。"母亲无可奈何地不作声了。后来我们终于一起去给外婆上了坟,她呼天抢地跪在墓碑前哭了又哭,一整天都没有吃饭!

脓　疮

约3个星期后,大多数村镇日本鬼子都不留人了,我们和叔父两家终于结束了第一次逃难生活,回到了自己的家。但笼罩在大家心头的阴影并未散去,因为爷爷仍杳无音信。又过了半个多月,5月二十五六日的下午,一个乞丐模样的老人突然出现在门口。他身子很瘦、拄着拐杖、胡子拉碴、脸色发黄,径直走进屋里。他见大家愣在那里,声音颤抖着说:"怎么不认识啦?我回来了!"大家一下醒悟过来:爷爷回来了!但又高兴,又难过:没想到老人家成了这个样子,真像换了个人!而爷爷一坐下来,就呜呜哭起来,说:"这一个月,真不是人过的日子啊!狗日的日本鬼子,他叫你干什么都先打你一巴掌!挑水,先给你一个巴掌;烧火,先给你一个巴掌!有好几次我真想还他一拳头!这狗日的!"奶奶说:"你怎么不逃走呀！你老二不是很快就逃回来了。""逃?"爷爷反驳说:"抓回来当场枪毙！有两个人就这样被毙了,而且叫被抓来的中国人都去看！你还想逃吗? 唉,现在知道什么叫'亡国奴'了!"接着他"呜——呜——"地大声哭了起来,哭得好伤心。大家也跟着唏嘘起来。

　　"后来鬼子怎么放了你的呢?"奶奶问。爷爷说:"我一路上给他们挑担、做饭,加上天气又不好,成天下雨,衣服湿了干、干了湿。就这样一直走到了江西上饶,正好1个月,我终于病倒了,鬼子就不管我了！身上一个钱也没有,我只得一路上讨饭回来。可是老天爷偏偏作对,到处发大水,有的地方桥也冲垮了！洪水里还夹着死鸡、死猪、死牛什么的！有一次过一条河,齐胸的水,一条鼓鼓的死猪漂过来,差点要了我的命!"爷爷哽咽了一下,接着又说:"哪有地方睡！都在寺庙、凉亭里过的夜;没有盖的,不敢躺在地上睡,只好坐着靠在墙上东倒西歪地打盹。讨饭也不容易啊！每个村子只有几个老人,自己吃饭都有困难,常常喝人家的菜汤。"说到这里爷爷又呜呜地大声哭了起来。母亲赶紧安慰他:"公公你活着回来就是全家最大的福气了,大家都应该高兴呢。"叔父也说:"回来就好啦,大家再也不用记挂啦！所有的苦楚都让它过去,别老想它了!"母亲说:"公公你先吃饭,然后洗个澡,把衣服换了。我这就去烧水。"

　　过了三四天,爷爷的身体恢复了许多,说话也有精神了,而且还涉及一些令人鼓舞的事情,尤其讲到他与日本鬼子路过的邻县江山县老百姓的抗敌故事时,总是眉飞色舞:"我们这里的人没出息,只知逃跑！人家江山县(现衢州市所属江山市)就不一样！他们自己发明了一种炮,叫'松树炮':把一棵很粗的松树锯成好多截,在截面挖个孔,再把火药和铁钉、鞋钉这类杂碎的铁器放进去,然后把口子封死,只留个引线,短程的杀伤力蛮大哩,日本鬼子都怕这东西。还有他们男男女女都很勇敢:日本鬼子刚进院门,事先藏在门边的人马上闪出来,对着鬼子后脑勺连刺几刀!妇女也很厉害:鬼子要强奸她,等鬼子解裤腰带的时候,匕首已扎进他喉咙里了!"大家听了不禁精神一振(这不愧是强悍人物戴笠、毛人凤等人的故乡)。

约1周以后,爷爷身上感到痒痒得厉害,不久就长出一颗颗蚕豆大的脓疮,肯定是回家期间接触了太多被各种动物死尸毒化了的污水引起的。染上这种病毒是非常痛苦的,它让你又痛又痒,不抓挠你受不了,抓挠又会全身血迹斑斑。我经常听爷爷痛苦地喊叫:"日本鬼子当时为什么不把我打死啊,打死了也就免受这个罪了!"由于当时农村缺医少药,爷爷这场灾难持续到1949年才过去。但城门失火殃及池鱼,爷爷的这场灾难后来我也"分享"到了!只是没有爷爷那样严重,约豆粒那么大。于是家里没有人敢与我同床(当时农家没有条件单独睡一床)。幸好那年叔父有条件雇了个长工,此长工有好学的天性,他很欢迎我与他共床。后来我们成了终生的莫逆之交(新中国成立后他一步步当上了水电高级工程师)。

母 陨

外婆惨死后,母亲就像换了个人:形容憔悴、郁郁寡欢。我经常听到,在她一个人做针线活的时候,低声啜泣或哼哼着:"娘啊娘,我的好亲娘,你养大了我们这么多儿女,吃了多少苦啊,我们还没有让你享过一天福呀,还死得这么惨!不得好死的日本鬼子,到

了阴司里统统得跪在你面前,他们永远还不清欠你的血债!"或者:
"娘啊娘,你把我也带了去吧,让我在阴司里天天陪着你,替你洗
衣、做饭……"她饭吃得越来越少,身体一天天消瘦、虚弱下去,终于
"积郁成疾",干咳起来,民间都知道,这叫"虚病",即"肺病",是当时
的不治之症!第二年,也就是1943年,病了不到半年母亲就离开了
人世,真的去阴间陪她的亲娘了!走的那天大家都没有准备,我清
楚记得,晚上睡觉的时候,她还搂着我的弟弟,我则睡在她的另一
头,完全和往常一样。第二天早晨我发觉被窝里冰凉冰凉!我大喊
"娘!娘!",却再也听不见娘的回音了!全家一片惊愕和哭声。

门口的亲友们越聚越多,大家都跪着一边烧纸一边痛哭,以示
向母亲的灵魂送别。但奇怪,我作为8岁的孩子也算懂点事了,却
哭得并不悲伤,我不相信母亲会这么容易就永远离开人世了,不,
她也许只是晕了过去,等一些时候还会醒来。后来她被放进棺材
里了,我还以为这可能是人们为了让她好好休息,以便她慢慢"还
阳"。直到人们把她的棺材抬到一座山坡上,堆起了高高的土堆,
并竖起一块墓碑,这时我才意识到母亲再也不可能醒来了,感到一
种晴天霹雳般的震撼,哭天哭地用手扒坟上的土,拼命地把头往土
里埋,几个亲戚只得把我架起来抬离。

日寇的铁蹄蹂躏我的家乡还只是"过兵",就给我的家庭带来
这么多的苦难,而全国有无数个家庭遭受的苦难比我这里记叙的
深重得多,尤其是那些交战地区。日本军国主义势力罪恶和耻辱
的历史将永远牢记在中国人民和亚洲人民的心里,牢牢钉在人类
历史的耻辱柱上!

(原载《中国作家》2015年第12期)

告慰白居易

　　30多年前,我在中学课本里第一次读到唐代伟大诗人白居易的《轻肥》。他以激愤的笔触描写京城长安的达官显贵们骑着马,趾高气扬地奔赴宫中盛宴,挥霍劳动人民的血汗。收尾时诗人突然笔锋一转:"是岁江南旱,衢州人食人"!诗人这深沉、愤激的绝唱,强烈地震撼着我年轻的心灵。"人食人"的惨相我虽然没有亲眼见过,但我是完全能够想象的,因为我的家乡衢州以前确实是个"十年九不收"的穷县,大半土地属于山区,只要半个月不下雨,农民就急得像热锅上的蚂蚁。我亲眼见过乡亲们的双眸怎样随着他们所种植的禾苗枯槁下去,无可奈何地把希望寄托于迷信:以全副武装的仪仗形式,前面由一位道士骑着马吹着号角开路,跑到几十里外的山中一个深不可测的"龙洞"(即溶洞)里去"求龙水";大家摸进"龙洞"后,见一条流淌的暗河时,立即舀一杯水赶紧往外跑;那卧在水中的巨龙见自己的水被盗时,便会赶紧追出洞外,腾升空中,兴风播雨,以惩罚偷盗者。可想而知,这伎俩十之八九都落了空。但十次八次中总会有那么一次偶然遇上阵雨,他们就以为是自己"求"来的"龙水"。于是这"求龙水"的信念和习俗代代不绝。然而毕竟失望是常态,所以他们在绝望中又使出第二招:不得不委屈一下本村古庙里的那尊观世音菩萨,把他抬出庙来,让烈日曝晒,以迫使他向上天"讨雨"。我也看到过人们怎样为了水,发生户与户、村与村之间流血的殴斗。水,是庄稼的血液,是庄稼人的生命啊!

浙江不是有名的"江南水乡"吗? 是的,大自然并没有苛待过衢州,年雨量通常约达 1 700 毫米。全县甚至拥有两条颇有名气的大江,一条是钱塘江的上游——衢江,另一条是现在贡献很大的乌溪江。此外还有十几条四季水流不断的河溪。然而,这些江河"性子"都很暴躁,一下大雨,就无法无天,肆虐成灾;天旱年月,却又清泉白流。而在某些地区,它们还供养着"瘟神"血吸虫。

家乡人受老天爷的折磨给我的印象太强烈了,加上在"合作化"以前每个暑假家里派给我的主要任务都是"看田水",所以在我来北京上大学以后,对于气象的变化仍有一种近乎"条件反射"式的敏感,只要十几天不下雨,就想到家乡的群众是否又在为水发愁了。后来渐渐地有消息传来,说某地造起水库啦,某地建起排灌站啦……1968 年我回家乡,看到那些水利设施确实起到一些作用,但还没解决根本问题。

又过了三四年,乡亲们纷纷来信说,衢州人与老天爷搏斗的决定性战役打响了:几万民工在铜山源水库工地及其东、西总干渠沿线摆开了阵势,而最壮观的一条 3 里长的"飞龙"——空中渡槽,恰好要在我们的下叶村边飞架而过……末了,他们几乎都要叮咛一句:过年时一定回来看看呀,看看我们是怎样把"龙王爷"缚住的吧。那声调、那语气,对我真有一种诱惑力。

去年深秋,我有机会回了一次衢州。我发现村里的乡亲们已从长期的"吃粮愁"变成了"卖粮愁",第一次见到他们饭桌上的菜肴如此丰富,主人们的神情如此宽慰。一问原因,都说一托改革开放的福,二靠铜山源水库的水。这时,乡亲们给我讲起了一个有趣的故事,说在经过村边的那座渡槽竣工的当天,同村的两头水牛互相打起来了!它们各自以两角为武器,互相顶撞。其中较弱的一头且打且退,一直退进了渡槽里。而那渡槽上面每隔一步就有一块水泥板盖着,于是两头打红了眼的水牛不得不跪着厮杀!结果一直打到对岸才罢休,整整3里!我说,牲口也懂喜庆呢,它们以精彩的表演为渡槽剪了彩!大家异口同声地说:"是哩,是哩,牲口也有灵性啊!"

我荡舟湖中,尽情地观赏了一番它的姿容。只见浩森的湖面上一对对水鸟款款而飞;粼粼碧波里不时有鱼儿跃出戏耍;四周是连绵的青山与湖水相依相拥;水面下有起伏多姿的山峦的倒影,衬以空中广远深邃的蓝天和徐徐移动的白云……若周围再点缀些亭台楼阁或别致的建筑,让湖面上的桨声伴着歌声飞扬,我想西湖和昆明湖恐怕也要逊它三分媚呢!

我们又登上那50米高、252米长的大坝,这时我心中更是千头万绪,像有无数个音符在窜动,每一个都想找到它在某一个旋律中的位置。这大坝,这家乡的父老兄弟们硬是凭自己的双手用泥土和石块堆积起来的大坝意味着什么呢?它不是建造者们为改变自己几千年来充当老天爷的奴隶的命运而显示的意志、毅力和力量的象征吗!但是,那"衢州人食人"的不和谐音符,此刻却闯进我的思绪,我又感到脚底下耸立的庞然大物不是大坝,而是一座"金字塔",家乡人千百年来的苦难和泪水都埋藏在下面……

水库管理局和衢州市的有关负责同志告诉我,这是一座以民办公助形式建造的、以灌溉为主的大型水库,库容量为1.2亿立方米。此外附设一座装机容量为3 700 千瓦的发电站。工程前后经历了将近 20 年,1977 年才全面竣工。由于劳动力是灌区群众自己解决的,国家仅花了1 860 万元! 1 400 家拆迁户的风格更值得赞扬:国家原来为他们准备了 348 万元的搬迁费,但他们充分利用旧的建筑材料,结果只花了国家 48 万元!

哦,诗人白居易,我知道,你的心牵挂着世上疮痍和人间疾苦而长眠地下,千百年来你始终是没有瞑目的。而今衢州人正将被他们捆缚的"龙王"祭献在你的灵前!"衢州人食人"的悲惨历史已经一去不复返了!衢州正跃上工业化、现代化的骏马飞奔……啊,你可以欣慰了,不朽的诗人!

（原载《人民日报》1986 年 3 月 17 日）

再慰白居易

一位西方哲人说过:只有经历过地狱苦难的人,才有建造天堂的力量。

水的梦魇

位于金衢盆地南端的浙西重镇衢州市虽是号称"四省通衢"的历史文化古城,但它在全国的知名度一直是不高的。不信你若在外省任何一个国人面前提一下衢州,多半准会把它误认为"徐州"。如果说它在知识阶层中倒还享有一定的知名度,恐怕主要归因于中学语文课本里曾选有白居易那刻骨铭心的诗句:"是岁江南旱,衢州人食人。"(《轻肥》)这是衢州历史的碑铭,是衢州人心头的千年重负。我是衢州人,长在新中国成立后,"人食人"的惨象虽没有见过,但对乡亲们在"十年九旱"的生存环境里度日之艰辛,是深有领略的。那时只要半个月不下雨,他们就像热锅上的蚂蚁,实在无奈时,便冒天下之大不韪,拿他们平日所崇拜的并寄托着希望的神像来出气:把寺庙里一尊最权威的菩萨抬出庙宇,任凭炎炎烈日来晒烤。据说,菩萨被烤得受不了时,便不敢再怠慢,径向上天替农人说情求雨。不用问,这一渎神之举当然以失望告终。于是农人们便横下一条心,直接找"龙"要水去,他们叫"求龙水"。龙在哪儿?在"太君洞""白塔洞""蓑衣洞"……在横亘于浙西"千里冈"群山中那无数大大小小、有名无名的溶洞里。剽悍的青壮庄稼汉们打着绑腿,肩扛长缨枪,浩浩荡荡悲壮地向几十里外深山的"龙洞"出征了!领头的是一名道士,他骑在一条两人抬着的"独龙杠"上,吹着一只弯弯的水牛角制成的号角,好不威风!(它吸引了多少孩子们的好奇心:我就曾想尝试一下,不料第一次上杠就摔了下来,造成了终身伤残。)来到"龙洞"口,只觉一股股凉飕飕的阴风从洞内喷涌而出,那无疑是龙的呼气,证明龙的存在。尽管神秘和恐怖,求雨者们还是被希望推动着,一个个壮着胆子鱼贯而入,好不容易摸索到一条潺潺流动着的地下暗河——这就是"龙"卧的地方!最前头的勇夫二话没说,使用竹筒子舀了水,赶紧往外跑,据说卧龙一发现自己的水被人盗走,它就会追出洞外,兴风播雨……可以想象,这样的求龙水十有九空,照理不必再如此折腾了。然而,坏就坏在偏偏有那么一两次,在他们回归的途中,正巧有一两片云彩升上天空,甚至还洒下几滴雨来,他们就当作求雨应验的证明,于是就有第十一次、第十二次求雨仪式的重演,从而陷入悖论的怪圈:本来可以用来做点切切实实抗旱努力的人力和物力,却无谓地消耗在自欺欺人的徒劳上!

然而,这类黑色幽默式的"求水"还不是最悲惨的,最悲惨的场面是"争水",为了争夺那一点点细流,人与人之间的拳打脚踢,群与群之间的舞刀挥枪,特别是村与村之间的流血冲突司空见惯。一次旱灾之后,社会的人际关系往往被弄得不可开交。

人们不禁会问,地处太平洋西岸的浙江省是全国有名的鱼米之乡,你的家乡怎么会让大自然折磨得如此不堪呢? 是的,造化在分配雨量的时候,没有对衢州偏过心:平均 1 666 毫米的降雨量与任何一个省份相比都是不低的。这里有钱塘江上游的干流衢江,此外还有几十条大小不等的江河和溪流。从这方面看,衢州倒是个水资源很丰富的地区呢! 然而,造化不知是出于美意,还是不公,它把太多的山脉和丘陵分布在衢州(占 71% 以上),地面倾斜度又大,这造成衢州江河大多脾气暴躁,大雨一来,山洪如野马脱缰;雨一停息,河水则很快消歇。江河的性格本来是可以改造的,但在旧时代,人民一盘散沙,降伏江河,谈何容易。何况还有那个有名的"瘟神"——血吸虫在衢州地区四处肆虐(我本人也未能幸免其害),更使衢州人多灾多难。"靠天吃饭"的宿命论哲学,成了衢州人的命运。不难想象,从白居易喊出了那撕肝裂胆的诗句到 1949 年将近 1 100 年的漫长历程,水,对于衢州人来说始终是一个沉重的梦魇!

降龙第一曲

随着天安门第一面五星红旗的升起,饱受兵燹、贫穷和灾患的衢州人掌握了自己的命运,精神上由被动变成了主动,从而开始从水的梦魇的重压下挣脱出来,由向"龙"求水的绝望呼号,转入向"龙"夺水的决绝斗争,揭开了治理穷山恶水、科学开发水源的崭新篇章。从 20 世纪 50 年代到 70 年代,他们在人民政府的有效领导下,除修建了一批排灌设施外,还建造了为数可观的大小水库,仅衢县(包括今天的龙游县)范围,就有近 500 个,在一定程度上缓解了旱涝危害,尤其 1977 年竣工的衢北铜山源大型水库,库容量达

1.2 亿立方米，一举解决了 20 万人口的吃水、用电和 20 万亩农田的灌溉问题。这一工程的胜利完成，曾轰动省内外，因为它为贫穷地区农田水利基本建设提供了宝贵经验："民办公助"的投资方式与艰苦创业的奋斗精神——650 万土石方的工程量，国家投资才 1 300 万元，不到总需要量的六分之一；1 800 万个劳动日基本上是全县群众首先是农民的无偿奉献；大量民工挤住在工地附近的老乡家里，"房东"们没有一个要求费用；水库淹区一个乡的搬迁户没有一个"钉子"，国家为他们准备了 300 万元的搬迁费，他们只花了 48 万元！谁都知道，通常农民（岂止是农民）不总是这么高尚的，但千百年来对水的强烈渴望和实现降伏"龙王"的梦想，使他们的灵魂升华了！作为在这块土地上长大，并且也曾和家人一起为水焦虑过、被旱魔折磨过的衢北人，我听到这个消息不禁流下眼泪，立即挥笔写了《告慰白居易》一文（发表于《人民日报》），以祭奠这一历史性工程的胜利。

为了完全降伏浙西的"龙王"，当时列在省、县议事日程上的还有一个更大的"战役"——衢南的乌溪江引水工程。铜山源水库竣工后，衢县县委、县政府在省领导支持下，决定趁热打铁，1979 年立即上马。但随着党的十一届三中全会的历史性决定，国家进入了改革开放的新时期，农村工作的当务之急是实行联产责任承包制。这样一来，无偿劳力就不好调动了，"乌引"计划只得暂时搁置。

但水的问题依然困扰着大半个衢州。"乌引"一天不上马，衢州人心中的块垒就一天不能消除。说来也算天从人愿：1985 年，经国务院批准，衢州由县级市升为省辖市，下辖五县（市）一区。随着建设规模的迅速扩大，衢州市政府进一步意识到水的重要性与紧迫性,特别是鉴于衢江的干流已被严重污染,日益威胁着沿江居民的健康,而蜿蜒150千米的衢江最大支流乌溪江则是本地区仅存的一条水量大、水质又好的河流,"乌引"的上马已刻不容缓。新的衢州市政府代表衢州市人民再一次向省里请战。这是个横跨衢(州)金(华)两市五县的大型工程,省政府经与金华市磋商后不久批准了这一计划,并将它列入"八五"国家重点工程。但投资原则是"民办公助"。根据这个原则,"乌引"工程衢州段的79%的投资额须由衢州市解决,该市是个新建市,底子薄、起步晚,能够用在农田水利建设方面的资金是极为有限的。那么这个投资任务的绝大部分只能诉之于"民",说得透彻些,诉之于群众的无偿劳动了!然而,如今商品意识唤醒人们的第一个念头是"有偿劳动","乌引"的建设还能重现当年建设铜山源水库的雄风吗?这是摆在衢州市党政决策者面前的严峻的疑问和难题。

90 年代破晓的礼炮

1990 年元月 2 日,爆竹的欢唱尚在此起彼落,衢州市的决策者们就已聚集在会议桌旁,就如何实施"乌引"工程建设问题各抒己见。但这回要讨论的已不是要不要上马的问题,而是如何将省里提出的 5 年计划缩短到 3 年完成的问题。无疑这是个艰难的决策,它不仅需要勇气,更需要科学态度。因为工程的规模不仅在浙西是空前的,就是在全省乃至全国也是罕见的:每秒流量为 38 立方米的总干渠全长 83 千米,其中难度最大的 53 千米在衢州段,仅土石方就须搬动 750 万方,相当于铺一条宽、高各 1 米的道路 7 500 千米。然而,这里不是华北大平原,而是岗峦起伏、地质复杂的丘陵地带,因此不只挖挖填填,还得穿山、架桥(或渡槽)、钻地、浇灌(混凝土),具体说,它要截断乌溪江、飞越灵山江、跨过10条溪流、打穿19座山头,重点建筑物30座,地下排涵、排渡、分水闸、节制闸、公路桥、机耕桥、人行桥等300多处,此外还要建坝址水电站(发电量为6 400千瓦)、沿渠公路、总长为500千米的支干渠,至于斗渠、毛渠等一时就无法计算了。这个工程的总工程量超过铜山源水库系列工程1倍,比闻名中外的河南林县红旗渠的工程量还大。但它们的竣工时间都超过3年,其中铜山源前后就用了8年!如今"乌引"要创新纪录,这个决心确实是不好下的,关键的一点是本市群众,首先是农民群众,在新形势下是否依然能爆发出"极大的社会主义积极性"。这些大多数从基层一步步上来的领导者们,始终坚信这一条:勤劳朴实、饱经灾患的衢州人对于艰难困苦有着巨大的承受能力。11年来他们又经过广泛的社会、心理调查,发现大多数群众仍对昔日水的梦魇记忆犹新,特别是发现他们当年建设铜山源水利工程中所焕发的抗天斗志和无偿奉献精神仍未被金钱魔力所动摇,从而得出结论:"乌引"工程是能够受到全市多数人民的拥护并使其积极投入的,用常务副市长谢高华的话说:"饱受旱魔之苦的群众,都盼望我们早日把'乌引'建成。"何况,这一工程的胜利将带来的巨大经济效益、社会效益和生态效益是这样诱人:它将给衢南23万亩农田送去清泉,使那里的25万亩荒丘和溪滩得到开垦;它将使20多万居民获得干净而充足的饮用水,从而改善健康状况;一大批厂矿企业将消除缺水之虞,3个新的工业开发区也将因它的胜利而诞生;随着上述水电厂的建成,能源将获得有力的保证;林、牧、副、渔将得到综合的开发,生态环境将大为改善……总之,代价和付出,将获得非凡的报偿。因此,会议一致认为,"这是一项造福子孙后代的大业",是"大有可为"的。

在 20 世纪 90 年代刚破晓的时刻,一个艰难而庄严的决定终于诞生了:"乌引"立即上马!这是改革开放以来已经迅猛腾飞的"浙西卧龙"迎接 90 年代的第一声礼炮。

难得重放的异彩

随着上述决定的诞生,那次会议上一致通过的两个相关的书面文件——《关于发动群众,苦战三年,建设好乌溪江引水工程的决定》和《关于乌溪江引水工程若干政策的规定》立即下发。文件号召全市人民特别是党员,"有物出物,有人出人,有钱出钱,有力出力"。接着,就在当月,奇迹般的事情发生了:1 万多义务出勤的民工从全市四面八方汇集到衢江以南的枢纽工程和渠首 4 千米段的工地上,摆开了阵势。时值腊月天气,人们不顾严寒,似乎也忘记了新春佳节在即,把滚烫的汗水洒在寒冷的大地上。一时间,浙西这块已经沉寂了许久的土地,又呈现"大地微微暖气吹"的景象了!像这样的会战,"乌引"总指挥部先后组织过 6 次,每年春节前后各 1 次。其中最为壮观、最为难忘的一次是 1990 年 11 月的 6 万人大会战,在衢段 53 千米的战线上全面铺开。像每次会战一样,参战者不仅有农民,工、商、学、兵、党、政机关干部都来支援;县、市领导直至省的主要负责人都来工地现场办公:急事急办,特事特办,形成了党内党外、上上下下、同心同德、团结奋斗的动人情景,而且整整持续了 1 个月之久,成为全民性的盛大劳动节日,各地记者见了,精神无不为之一振,《人民日报》以醒目标题惊呼:"多年没有见到过的场面!"但这场面已不是昔日常见的那种"人海战术",这回已经有了相当程度的机械力量的配合了!君不闻上百部推土机、千余部拖拉机和翻斗车一起发出隆隆的轰鸣,使浙西的群山为之震撼,它传递着我国农田水利建设正向机械化、现代化迈进的信息,参加的群众用了个简单的语句表达他们的欢呼:我们前进了!

不过各行各业都有自己的本职工作,所以这类突击性的轰轰烈烈的会战方式只能是季节性、短暂性的。但工程必须常年有人坚持,因而采取了群众运动与"以资代劳"、专业承包相结合。于是相继出现了从几十支到两百支的专业承包队伍,常年奋战在工地。如今两年半过去了,工程的面貌怎样了呢? 不可避免的数字又要出现了:作为枢纽工程的长 342 米、高 10—14 米的拦河大坝已矗立而起,包括 8 孔泄洪闸、7 孔泄洪堰、2 孔进水闸;一座装机容量为 6 400 千瓦的发电厂已经建成发电;衢段 53 千米的总干渠(渠首 9 千米每秒流量 100 立方米)已全线贯通,具备通水条件,为此架设了全长为 1 486 米的渡槽 6 座、倒虹吸 5 处,开凿隧洞 18 个,其中盘营山隧洞全长 2 415 米,号称"江南第一洞";砌石 10.5 万方;浇筑混凝土 11.5 万方……基本上完成了省、市政府提出的"五年计划,三年完成"的要求,经过试通水,工程质量优良。可以说,决定性的战役已经过去。真是"精诚所至,金石为开"。这是衢州人足堪告慰先人英灵的又一伟大创举!

大禹的子孙们

大禹治水 13 年,三过家门而不入。大禹的形象已成为中华民族同大自然抗争的象征,也是炎黄子孙公而忘私的高尚情操的楷模。

在浙西这块多雨而又缺水的土地上,洪涝与干旱是一对孪生姐妹,受"老天爷"奴役,又同"老天爷"抗争是衢州人——首先是农民——主要的生存方式;吃苦耐劳成了他们的秉性,也是他们的手段。但在旧时代,他们还受着盘剥和压迫,凝聚不起强大的力量,只能听任大自然摆布,一代又一代。直到新中国诞生,他们才寻回了自我,再也不在大自然施虐的时候徒呼奈何,尤其在建设铜山源水利工程的奋战中,显示了力量,打出了威风,从而开始塑造起自己特有的形象:大禹的子孙们。

如今,商品大潮涌动不息,金钱的诱惑向每个人眨眼。那么上述那些大禹的子孙们是否还在?

仿佛造化在着意成全衢州人人格的完善:"乌引"工地的无数事迹证明着一个事实:大禹的子孙们依然英姿勃勃,而且还诞生着新的一代。不信,你看——

在龙游县的"乌引"工地,活跃着一支由下宅乡项家村40名青年农民组成的突击队,一次会战期间,他们一个个放下手中挣钱的活,来到工地接受了最艰巨的任务。一连20多天,他们硬是在岩石上开凿出一段82米长的渠道。而"乌引"的水他们其实一口也喝不上。

龙游县下库乡客路村党支部书记陈招林,身患绝症,胃切除三分之二,出院时连家也没回,就找村干部布置落实"乌引"任务措施,并亲自率领全村劳动力开赴工地。眼看他日渐消瘦,妻子含泪求他回家,他回答:"工程不结束,我没有心思回家。"工地出现"哑炮",他以自己当过工兵为由,死活抢着上前排除。

再看一位"巾帼英雄":刘彩英,七都乡张王村支书,年过半百,身体瘦弱,也亲率村民上工地,和他人一样抢铁锤,把钢钎,直到累倒在地上,仍不听劝,说:"工程一天不完成,我就一天不回去!"

为了"乌引",多少人推迟了婚期,放弃了蜜月,顾不了奔丧,耽误了家里的农活,又有多少人把平日积攒起来的一点有限的钱捐献出来。尤其是那 150 多家拆迁户,人们原先担心碰"钉子"的任何顾虑都成了多余。这些大禹的子孙们,如果需要,他们也会在工地干上 13 年、23 年,并献出更宝贵的东西。

衢州人的脊梁

作为"四省通衢"的衢州,历代为兵家必争之地,战乱频仍、土地贫瘠、灾患不断,这给衢州人带来无穷的苦难,也锤炼了衢州人吃大苦、耐大劳的坚韧性格。同时,衢州又是一个历史文化古城,这赋予衢州人同心同德的凝聚力和克己奉公的纯朴性。凡此种种,都可以看作整体衢州人的精神特征和美德。那么有没有集这些特点于一身的个人典型呢?我是在衢州长大的,曾对邻村的一个人有意无意地进行了几十年的观察和追索,近年来他在我心目中日益明晰起来。这个人就是当年铜山源水利工程指挥者之一、今天"乌引"工程的总指挥谢高华。

说来不无悖论的味道:看起来他骨瘦如柴,怎么能跟"吃大苦、耐大劳"相联系?他是个胃切除三分之二的病号,怎能想象他是个 53 千米战线上叱咤风云的数万大军的指挥者;他长期抓农业,但改革开放他一马当先,成为名扬海内外的义乌市小商品市场的开拓者;同僚中他最像个"大老粗",却偏偏是他赢得一个"喝洋墨水"的知识分子的由衷赏识和尊敬……

他是个地地道道、土生土长的衢州人。他的政治生涯与共和国同龄,从一个长工到村长、区委书记、县委组织部长、副书记、书记、常务副市长,除1982年任义乌县(后改市)县委书记外,一步也没有离开过衢州,所以他最了解本地的民情、民心。联系群众、调查研究,是他的从政宗旨;一旦拿主意,作出决定,就雷厉风行、全力以赴地去贯彻,是他的工作作风。他心胸开阔,性格爽朗,和他在一起,总觉得他精力无限、斗志弥坚。别看他体重只有40千克,那一身都是铮铮铁骨。"文革"中被斗得死去活来,却从不屈服;"牛棚"被关五年,出来后他若无其事,什么抓生产就是搞"复辟""回潮"等,他嗤之以鼻,毅然打起背包,奔赴铜山源水库工地去督阵,把当时人们的狂热,化为对建设的热情,为衢州首次夺回了全省的声誉。作为农民出身的干部,他最懂得"水利是农业的命脉",要使衢州的农业彻底翻身,使"四个现代化"无后顾之忧,就一定要把农田水利基础设施建设好。铜山源告捷后,他更蓄凌云志,把"乌引"的蓝图在心中描画、再描画。1990年元旦,当市委、市政府发出上述动员令时,谢高华已年届花甲,即将告别政坛,但他壮志未酬啊。怀着对全市人民的高度责任感,也许还为那"恋水情结"所驱使,他向市、省领导提出要求:让他把"乌引"这项任务"带走",直到它完成后再"休息"。是啊,他是从土地中来的,他要把他生命的全部能量都送回到土地中去。

省、市领导满足了他的心愿。

谢高华从此开始了一生政治生涯中最辉煌的阶段。他从丰富的领导经验中提炼出最精华的领导艺术,集中全副身心向他生命中最后一道风景线冲刺。"5年计划3年完"的口号首先是他提出来的,因为他认为:"53千米的工地一旦铺开,工程多拖一年,得多花多少钱!"那么,"长忍不如短痛"。虽然他知道,最"痛"的将是他自己。但他决心让生命放出强光,将他胸中包藏多年的那张宏伟的蓝图最酣畅地展现在衢州大地上!天意不负心诚者。在谢高华的出色指挥下,省、市领导的意图和要求,统统化成了千万群众的智慧、热情和创造精神:有钱出钱、有力出力,一切势如破竹,一切协调有致。短短不到两年功夫,一个有声有色的"乌引精神"的新概念——艰苦创业、团结协作、无私奉献、开拓进取——业已形成,成为全省和全国水利战线的一面旗帜,为衢州市再次夺得了殊荣。正如浙江省委书记李泽民同志在一次视察"乌引"工程时兴奋地赞叹的:"衢州人真了不起……他们发扬了一种好精神。"谢高华不愧是衢州人中的强者,是衢州人最忠实的代言人和脊梁骨。他的一句口头禅是:"要对得起子孙!"40年来,在中国共产党领导下,他从一村之长、一区之长成长为一县、一市之长,始终率领着经历过地狱般生活的父老乡亲,为摆脱贫困、造福子孙,在自己所在的这片"大地上建造起天国"(海涅语)而殚精竭虑、鞠躬尽瘁,使为数众多的衢州人忍饥挨饿、卖儿鬻女的日子一去不复返。而他在衢州的政绩中,铜山源和"乌引"是两个"华彩乐段",它们沟通着白居易的在天之灵。谢高华无愧为白居易最好的"知音",他以切切实实的业绩一再和诗人进行着最美好的对话,使诗人千余年来那颤动难宁的英魂得到慰藉和安息。

在本文正要收尾的时候,有消息传来:浙江义乌市的市民们正在动议要为当年第一个把他们引向商品经济大潮、让他们充当弄潮儿的谢高华立铜像。衢州人则用了另一种方式,推举他为全国人大代表,让他的"铜像"立在全国人民的心中!这两尊"铜像"一虚一实,恰好组合成它们的"模特儿"完整的人格结构:它既体现着这位昔日农民对土地的执着,死活要求大地母亲为承担众生的温饱献出奶汁;又预示着这位今日"公仆"不满足于温饱而超越土地向更高的目标追求。而这个人格结构正是新中国历史的缩影。

哦,不朽的诗人白居易,你若地下有灵,看到当年你笔下在苦难中挣扎的衢州人,如今竟具有了这般风采,当会倍加欣慰的吧!

(原载《光明日报》1993 年 10 月 26 日)

心中的铜像

——谢高华素描

他怎样走进一个人文学者的心中

近年来有时回家乡,常常听到一个传闻,说义乌人要为谢高华立一座铜像。尽管这只是民间的议论,还不是政府的决定,这消息却既让我意外,又令我会心地惊喜。说意外,是因为我知道谢高华为政50多个春秋,除了20世纪80年代初在义乌当了两年半县委书记,其余时间全在衢州市,他在衢州市的政绩也十分彰显,在衢州人民中享有极好声誉,却还不曾听说要为他立铜像的动议,短短两年多时间何以让义乌人如此难以忘怀?关于家乡衢州,我所写的十余篇文章,其中有两篇涉及谢高华的政绩,以为对谢高华这位"父母官"已经了解得差不多了,却没有想到他在义乌那短暂的一段,也许有着更值得挖掘的东西。因为义乌是个世代出货郎的穷地方,如今一跃而成为全国百强县(市)之一,是闻名中外的小商品集散地,它显然包含更多的新的社会信息和时代特征,因而更能代表我们这个时代前进的趋向,而当年迈出那决定性一步的,也许就是这个谢高华。这使我对这位年逾古稀的瘦个子男人的兴趣愈加浓烈起来,除了再次拜访他本人以外,也寻访了他当年的同事,尤其是他在义乌工作时的秘书,现任金华市委常委兼宣传部长的杨守春同志,向他们作进一步的了解。但这里不宜"直奔主题":只有对谢高华其人的基本性格与风貌有轮廓性的印象以后,方能更好领会本文主人公政治生涯中那最富创造性的一段。

谢高华与我同县不同乡。他一直辛劳于仕途,而我始终走求学的路,照理我们是无缘相识的。但如今我们成了友情甚笃的朋友,这在我所认识的为政者圈子里是绝无仅有的。说起来还真是有缘。首先是激变的时代使我们结上了这个缘:土改后不久,他就从他出生的大洲区来到我所在的那个区——衢县杜泽区——工作了,当时我是个初中生。那年暑假,当地开展中心工作,是关于合作化运动的,村干部们集中到区里开会,把我也拽了去。他们都是文盲,要我为他们做记录,于是听了谢副书记一个报告。这个身材瘦削、说话却铿锵有力的形象,从此就锁定在了我的脑子里。此后,他从区委副书记、书记,升到县委组织部长、县委副书记、书记,直到地市级衢州市常务副市长,可以说我是看着他一步步"拾级而上"的。所谓"看着他",当然不是说我始终都在他的身边,相反,我从来没有和他一起共过事。然而,作为"衣食父母",特别是作为当地群众所信赖的父母官,他时刻都在老百姓的观察和议论之中。而我,即使在遥远的北国,偶尔回一次老家,总有很多次谢高华的名字和故事叠印在我的脑海里。后来,大约在80年代中期,我们终于有机会相识了!说也奇怪,一个书生和一个行政长官,不但一开始就没有陌生感,而且都觉相见恨晚。从此我们就没有中断联系,尤其在90年代他任第七届全国人大代表期间,每次来北京开会,几乎都要上我家来坐坐,而我若回衢州,也常去他家聊聊;有时他还陪我去各地走走,顺便也看看他倾注过心血的那些建设工程。就这样,经过多次海阔天空的"无主题"神聊,加上长期以来从乡亲们的议论中耳濡目染,他的总体轮廓,包括他的经历、性格、政绩、口碑等逐渐在我心目中明晰起来,最后形成了我对他的一个入木三分的印象:衢州人的脊梁!

沧海横流方显英雄本色

一个人是英雄还是懦夫,在顺境中很难表现出来,而在逆境中,特别是在险恶的逆境中,他的本色和最真实的本质才能充分显露出来。我称谢高华为"衢州人的脊梁",固然是从他一生中的表现和业绩中得出的结论,而主要的是有了他在非正常年代的特殊表现才敢下这个评语的。当地群众也正是从这里切入,看到谢高华真是一条好汉。

1966 年,当那场政治风暴突如其来的时候,谢高华在政坛上正处于前景看好的时期。"木秀于林,风必摧之"。在那个年月,凡是越有成绩的人,遭遇越凶险。这位频频被人喊着"谢书记"的人,一夜功夫颠了个倒,成了全县"头号走资派""反革命修正主义分子""二月逆流黑干将"。黑云压城城欲摧,谢高华却正气凛然,不为所动。批斗他的时候,他更是拒绝认罪、拒绝低头,于是成了"死不改悔的走资派",反复批斗以后,被关进"牛棚"。

如果单是"走资派",那还不是最坏的——当时遍地皆是。谢高华却是个"双料货",同时是"现行反革命"! 原来他在私下怀疑林彪是野心家,被人揭发了! 这下两个对立的造反派更有事可干了,双方都抢着批斗他,以证明谁更革命。幸好没有第二个人揭发

悠悠衢江

他这条可置他于死地的罪证，按照法律，缺乏两个人以上的证据是判不了刑的。于是只好把他关在一个石灰厂里，"帽子拿在群众手里"，由两个造反派看着他。然而其中一个偏偏是个流氓分子，态度极为恶劣，有时竟不给饭吃，谢高华忍无可忍，砸碎玻璃，冲了出来，与之抗争。值得欣慰的是，周围群众都是同情他的，大家都替他说话，使得造反派不敢再虐待他。

这是段屈辱的日子，他在"牛棚"里整整被折磨了6个年头！多亏上天有眼，1971年9月13日，林彪自爆了！谢高华才由"牛棚"里下放到一个村子里劳动，不久获得解放。这场"文革"的风暴始终未能让谢高华折过一回腰！这既表现了一个贫苦农民固有的硬骨头品格，也维护了一个共产党员形象应有的尊严。

穷山恶水出骁将

有道是："穷山恶水出刁民。"在人民无权的时代，这有几分真理：在恶劣的生存环境下，人民如一盘散沙，若循规蹈矩，有几个能活得下去？连马克思主义者布莱希特都说过："先填饱肚子，再来讲道德！"但在人民翻了身的时代，有了党的领导，这穷山恶水就成了锤炼英雄好汉的优良条件。君不见，今天的革命家、军事家、科学家、艺术家中，有不少就是从穷山恶水中走出来的！

地处太平洋西岸、长江口以南并有钱塘江水系贯穿的浙江省是全国有名的"鱼米之乡"，照理它跟"穷山恶水"不应有什么相干。但实际情况是"鱼米之乡"这个美称只适用于浙江的东部和中北部，位于浙西的衢州地区就无缘与之挂钩了！这里71%的土地是仙霞岭和千里岗等山脉的崇山峻岭，其余是丘陵和一小块与金华辖区毗邻的盆地,即"金衢盆地"的一部分,昔日叫"千塘畈"。1 666毫米的充沛的年雨量对于以千沟万壑为邻的人们反而是灾难:大雨一来,山洪暴怒;云开雾散,溪流呜咽。唯一能屯水的"千塘畈"又偏偏是个被"瘟神"血吸虫所肆虐的"千村薜荔人遗矢"的地方。"十年九不收"乃是昔日老百姓对当地生存境况的真实概括。这就不奇怪,时任杭州太守的白居易对这里恶劣的自然条件及其造成的社会灾难刻骨铭心,以致在其《轻肥》一诗中留下了这样的千古绝唱:"是岁江南旱,衢州人食人。"这是衢州人悲惨命运的千古碑铭。而这一命运的主要承载者是农民,尤其是贫苦农民。这种状况直到20世纪下半叶才开始发生根本性变化。

出生于1931年的谢高华就是成长在这样的大环境里。而他的小环境还要糟糕!他出身大洲区一个赤贫的雇农家庭。没有一块田地,父母还得养活4个子女。作为老大,天生就注定谢高华必须过早就分担家庭的责任:不到12岁,小学还没有毕业,就不得不帮人干活了!从放牛娃到"半作手"(顶半个长工)到长工,这是祖祖辈辈走过的路,他必须重蹈这一旧轨!然而谢高华比起他的先辈们还算是幸运的:当了5年长工后,刚满"壮丁"年龄(18岁)家乡就解放了!怀着主人公的自豪感他参了军,以保卫农村的新政权,而且不久就当上了本乡的民兵连长、乡团支书。1952年入党,并被提拔到地委干校学习,同年升任杜泽区团委副书记。翌年调任杜泽区区委副书记,从而正式开始了他从一个区到一个县到一个地级市(五县一市)、在共产党的统一领导下改变一方群众命运的政治生涯。这是一条首先带领乡亲们政治上翻身解放、经济上改变贫穷落后面貌,进而向高度现代化的社会主义小康目标进军的道路。这是中国共产党对中国人民所承诺的历史使命,也是阶级意识觉醒了的共产党员谢高华对家乡人民所肩负的时代责任。

如果说,完成政治使命,衢州地区与别的地方几乎没有多大不同,那么,在完成经济使命上,它与别的地方就不可同日而语了!

在一个以崇山峻岭和连绵丘陵为主体的地区要打农业翻身仗,一个关键问题首先是水!这是农业的命脉,也是农民生存的命脉。没有人比从小就在泥巴地里打滚并被水的梦魇纠缠着的谢高华,更懂得水对于农业的重要性。早在"大跃进"期间,身为区委书记的谢高华就积极参与了县委关于在本区建造铜山源水库的决定和规划,并参加开工的剪彩。只是随着3年困难严峻形势的出现,工程被迫下了马。10年以后,即1971年,随着各级领导干部的陆续解放,县委决定铜山源水库重新上马。刚刚摆脱"牛棚"噩梦的县委副书记谢高华依然精神抖擞,立即打起铺盖,奔赴工地,参与工程指挥工作。谢高华一心抓生产,他恨不得把失去的时间,统统抢回来。他认为只有这样,才能"将群众的狂热,转化为建设的力量"。可是"革命群众"正被巨大的惯性推动着,哪里听得进这样理性的声音!相反,他们用一顶"以生产压革命"的罪名回敬谢高华!在当时,这顶政治帽子是非常吓人的,因为最后操纵者是"四人帮"。幸亏那时衢县县委的指导思想非常明确:铜山源水库关系着衢北23个公社(乡镇)的农业命脉,只许建成,不许再下马——这是目前衢县最大的政治!而且这一工程也得到了省委、省政府的有力支持。这才使群众一步步回到了工地上,汇入几万人的建设大军,实现了谢高华的上述"转化论"。

位于杜泽镇近旁、蓄水量达1.2亿立方米的铜山源大型水库是个"民办公助"项目,断续历时20年。650万土石方的工程量和1800万个劳动日,主要出自本县特别是杜泽区人民的无私奉献,国家只花了 1 300 万元。群众意识到自己的切身利益，表现了高度的政治热情和劳动积极性，而且发扬了高尚的风格，尤其是工地附近的村民们，主动腾出房子，无偿提供给异乡的民工们居住。1 400 个拆迁户更令人感动：国家为他们准备了 348 万元的搬迁费，由于他们充分利用旧料并注重节约，结果只花了国家 48 万元！衢州人为改善恶劣的生存条件所表现的这种艰苦卓绝的斗志和识大体、顾大局的精神，在当时不啻是一曲昂扬的正气歌，一时轰动省内外，铜山源水库甚至被誉为"浙江的红旗渠"。1977 年，铜山源水库全部竣工，衢北农民终于告别了"十年九旱"的灾荒岁月。这是自土改以来中国共产党带给衢北人民的又一个巨大的福音。这个福音的最得力的传递者，除了当时的县委书记袁方烈，就是副书记谢高华。刚刚从"文革"的惊涛骇浪中昂然走出来的谢高华，为改变衢北地区穷山恶水的根本面貌所表现出来的坚毅精神和出色才干，赢得人民群众和上级领导的高度信任，1976 年众望所归地被提升为县委书记。这可谓谢高华从政生涯的第一个高峰。

让生命放出最后的强光

对于谢高华来说，完成铜山源水库算是消除了他心中的一个块垒。但对作为全县领导的谢高华来说，这还只是一个阶段性的胜利。事实上在衢县县委的农田水利建设蓝图中，还有一个比铜山源水库更宏伟的项目正等待着去完成，这就是乌溪江引水枢纽工程（简称"乌引工程"）。乌溪江是衢江的最大支流，它在崇山峻岭中蜿蜒 135 千米，从衢城东侧擦肩而过，与来自城西、城北的衢江合抱着衢州古城；它是迄今全市乃至全省水质最好的一条江河，自古以来就是衢南、衢东地区农田灌溉和市民生活用水的主要水源。按县委的原来计划,紧接着铜山源水库工程的完成,趁热打铁,1979年就让"乌引"立即上马。但随着三中全会精神的贯彻,农村实行责任承包制,恐无偿劳力不再好调动,计划暂时搁置了下来。1985年,经国务院批准,衢县升格为地级省辖市,下辖五县一区。谢高华从义乌调回,升任为常务副市长。新组成的市委、市政府很快就把"乌引工程"重新提上议事日程,并向省里请缨,因为这是个跨市工程,受益地区涉及两市(金华市和衢州市)五县。省府很快批准了这个请示,并把它列为"八五"全国重点工程。然而投资原则仍然是"民办公助"。根据这个原则,"乌引工程"衢州段的79%的投资额须由衢州市解决。这对于起步晚、起点低的新建市来说,无疑是个极大的难题。这就意味着,投资的绝大多数,须征用群众的无偿劳力。在商品意识普遍萌动或活跃的今天,还能做到吗?对此,衢州市委根据多年来对本地群众的了解进行了认真分析,认为浙西群众与浙东、浙北相比,暂时有不足,亦有长处;商品意识觉醒得比较迟缓,这固然将制约本地区经济发展的更大活力,但在他们"古典"式的思想模式里,依然保持着没有被金钱驯化的灵魂。何况,水的梦魇依然在折磨着浙西地区大多数劳动群众,他们对"乌引"的建设绝不会无动于衷。谢高华说:"饱受旱魔之苦的群众,都盼望我们早日把'乌引'建成。而一旦'乌引'建成了,它发挥的经济效益、社会效益和生态效益很快就会给群众带来巨大的实惠,即使从商品交换的角度看,他们也会感到得到的多于付出的,因而不会懊悔或埋怨的。"是的,"乌引"的建成将给衢南23万亩农田送去清泉,使那里的荒山和河滩得到开垦;将使20多万居民获得清洁而充足的饮用水,从而普遍改善他们的健康状况;一大批厂矿企业将消除缺水之虞,3个新的开发区也随之顺利诞生;随着一座发电能力为6 600千瓦的附属电厂的建成,能源将得到有力的保证;林、牧、副、渔将得到综合开发,生态环境亦将大为改善……总之,困难和代价,将赢来非凡的报偿。因此,会议一致认为,"这是一项造福子孙后代的大业",是"大有可为"的。

鉴于谢高华同志对"乌引"工程的巨大热情,更鉴于他指挥铜山源水库工程的丰富而成功的经验,衢州市委一致同意把"乌引"工程的指挥权交给他。谢高华满怀豪情地接受了党的这一光荣而艰巨的委任,并把它视之为他的政治生涯的最后冲刺。

但经过一段时间的准备工作之后,市委接到省政府的通知:为了保证在20世纪末实现国民经济翻两番的伟大目标,"乌引"工程的5年计划必须在3年内完成。谢高华不禁皱了皱眉头:"乌引"的工程量比铜山源大1倍,甚至比驰名中外的河南林县红旗渠还要大。这在全省是空前的,甚至在全国也是罕见的。这意味着不仅要造一座拦河大坝,而且要开一条每秒流量38立方米、总长为83千米的总干渠,其中难度最大的53千米在衢州段,这一段仅土石方就要搬动750万方,相当于铺一条高、宽各1米的道路7 500千米。然而这里不是华北大平原,而是岗峦起伏、地质复杂的丘陵地带,因此不仅要挖挖填填,还得穿山、架桥、钻地、浇灌(混凝土)……具体说,它要截断乌溪江、飞越灵山江、跨过10条溪流、打穿19座山头,重点建筑物30座,地下排涵、排渡、分水闸、节制闸、公路桥、机耕桥、人行桥等300多处,此外还要建坝址水电站、沿渠公路、总长为500千米的支干渠。至于斗渠、毛渠等一时就无法计算了。当年铜山源水库尚且用了8年,红旗渠用了3年多!现在"乌引"要创纪录,这无疑是个巨大的挑战!这不仅仅是人力、物力、财力的问题,还有指挥能力能否胜任问题。谢高华毕竟已年近花甲了,他感到担子千斤重!但他的信心始终没有丝毫动摇。他总是认为,全市230多万父老乡亲,绝大多数都受过苦,他们是能够理解这是一项改变千年穷根、造福子孙后代的伟大事业,因而是值得为它奋斗和出力的!

衢州市委、市政府也始终满怀信心,经过充分酝酿和论证,认为中国是个缺水大国,解决水的问题,具有长远的、全局性的战略意义。有勤劳、朴实、善战的衢州人民一贯表现的高尚风格和昂扬斗志,有经验丰富而又斗志高昂的谢高华同志的指挥能力,提前在3年内完成"乌引"工程是有把握的!90年代第一个新年伊始,市委、市政府一致通过了"'乌引'立即上马"的决议,并立即下发两个相关的书面文件:《关于发动群众,苦战三年,建设好乌溪江引水工程的决定》和《乌溪江引水工程若干政策的决定》。文件号召全市人民特别是共产党员"有物出物,有人出人,有钱出钱,有力出力"。文件不啻是动员令!不出半个月,1万多名义务出勤的民工就从四面八方汇集到衢南枢纽站和渠首4千米的工地上,摆开了阵势。时值腊月天气,人们忘记了严寒,似乎也忘记了新春佳节在即,把滚烫的汗水,洒在寒冷的大地上。一时间,浙西这块沉寂了许久的土地,又呈现"大地微微暖气吹"的景象了!像这样轰轰烈烈的会战形式,在总指挥谢高华的精心策划下,"乌引"总指挥部先后共组织过6次,每年农闲时节,也就是春节前后各一次。其中最壮观、对于谢高华来说也最难忘的是第二次,即同年11月的那一次:6万劳动大军在"乌引"衢州段53千米的战线上同时铺开。像每次会战一样,参战者不仅有农民,工、商、学、兵、党政干部都来支援;县、市领导直至省的主要负责同志都来工地现场办公;急事急办、特事特办,形成了党内党外、上上下下、同心同德、团结奋斗的动人场面,而且持续了 1 个月之久,成为全民性的盛大劳动节日,各地记者见了,精神无不为之一振;《人民日报》以醒目标题惊呼:"多年没有见到过的场面!"但这回已不是当年那种常见的"人海战术"了,它已经有了相当程度的机械力量的配合了!只见上百部推土机、千余部拖拉机和翻斗车一起发出雷鸣般的轰鸣!流淌了亿万年的衢江可以作证:浙西这块贫瘠多灾的土地,何时有过这样的豪情!看着这场面,谢高华流泪了!他恨不得把全市所有的父老乡亲都召集到这里,对他们说:"我们的祖先祖祖辈辈都匍匐在这块贫瘠的红土地上挣扎着生存。如今,在党的领导下,乾坤正在我们手上倒转!"他想,要是白居易地下有知,他该多高兴啊,肯定又有激动人心的诗篇了!那些日子,他真想能做个好梦,梦中能幸运地见到衢州人的知音白居易,向他详细汇报衢州人今天的命运与豪情,并与他纵论衢州的发展,尤其是水利建设,聆听这位智者的高见。

然而,正当"乌引工程"达到高潮的关键时刻,谢总指挥对工程的全部进展计划正烂熟于心,铁面无私的自然法则却向谢高华亮出了红牌:谢高华同志花甲已届!他的内心真是翻江倒海:任务这样紧迫,我退下以后,有谁来接替呢?一个新手上来,熟悉情况就要几个月,3 年计划还能完成吗?经过反复考虑,他决定向市委提出请求:到年龄就退——这是没有什么好讲的,但为了保证按时完成省里提出的 3 年竣工的要求,这项"乌引工程"还是让我带去吧。是的,他是从泥土中来的,他要把他的全部心血和能量重新送回到泥土中去。市委、市政府完全理解谢高华的心情,而且认为,要在这么短的时间内顺利完成任务,总指挥非谢高华莫属,因此,完全接受了谢高华的请求。从此,这个胃切除三分之二、体重只有43千克的小个子和铁汉子,更加精神抖擞地挑起了千斤重担,在方圆几十千米的繁忙工地上,不时晃动着他的身影。在他的精心策划、组织和有效的宣传下,整个工程紧张、热烈而又有条不紊。工地上(平时是以专业组的形式存在的,主要是桥、涵和浇灌等技术性工作)动人的事迹层出不穷。然而,天有不测风云:正当工程顺利进展的时刻,谢高华个人发生了一件极不幸的事件:他的夫人,与他患难与共、相濡以沫了几十年的生活伴侣在一次车祸中不幸遇难了!他当时刚从俄罗斯访问回来,无法接受这个事实,一个劲地在地上打滚……但毕竟个人的事小,国家的事大啊!当他想到"乌引"的重任,想到几十万群众将因"乌引"的胜利而绽开笑脸,他重新从悲痛中振作起来,积极投入指挥工作。又过了多少个日日夜夜,终于,胜利的时刻到来了:1993年夏,随着"乌引"大坝的巨大水闸凭机吊起,每秒100立方米流量的巨流夺门而出,循着新开辟的"乌引"干渠奔涌而去……"乌引工程"胜利剪彩!从此美丽的乌溪江增添了巨大的活力,辽阔的衢南大地焕发了新的生机。至此,谢高华的生命交响乐发出了辉煌的全奏音响,音响中融合着白居易发来的贺诗:"再遇江南旱,衢州不再愁。"

生命交响乐中的"华彩乐段"

谢高华的从政生涯恰好与共和国同龄,整整半个世纪。其中他只有两年多时间暂离了衢州,奉调去义乌县(现为县级市,当时与衢州市的前身衢县同属金华地区)担任县委书记(1982—1984),从时间上说,只占他的全部政治生涯的二十分之一。然而,恰恰在这段短暂的时间里,他的政治才能和创造性智慧得到淋漓尽致的发挥,奏出了他生命交响乐中的华彩乐段。

义乌原来是个有名的穷县,地少人多,于是经营小商品的流动"货郎担"走街串巷,几乎遍及全省,堪称义乌一景。用鸡毛换取他们的土制糖来解馋,是义乌人留在我儿时记忆里的最深刻的印象。"文革"后,当地的人们纷纷要求从外地调领导来,首先是组织部长。谢高华正是受命于这样的艰难时刻。他的使命是要清理这个县多年来积重难返的问题,大力贯彻党的三中全会精神,而当时面临的首要工作是拨乱反正,为实现四个现代化廓清道路。这个"大老粗"出身的工农干部,面对这样一个需要新思维、新观念的社会经济转型期,他思想上不仅毫无障碍,从不搬弄老经验,据守习惯模式,反而有胆有识,善于逆向思考,许多计划经济时期被认为天经地义的事情,在国家有关部门改革政策出台以前,他就敢于怀疑或否定,而且一经认准了的事情,就坚定不移、大刀阔斧,因而使许多人为之皱眉头的老大难问题,一个个迎刃而解,从而"对义乌奇迹般的发展起到了扭转乾坤式的作用"(杨守春语)。许多过来人都说:"没有谢高华,就没有义乌的今天!"不难理解,那些在义乌的巨大变革中得到实惠的人自发要求,在小商品市场的中心为谢高华同志铸造铜像。

谢高华到义乌的第一个紧迫感,就是对人才的焦虑。他深深懂得,"发展靠人才,重人才就要为其办实事"。当时全县仅有的几个知识分子和能干人才,不是"反革命",就是有"历史问题",关的关,管的管。谢高华根本就不相信有那么多的敌人、坏人。经过一番调查,在与县委取得共识后,把整个县委组织部给换了!并在"化消极因素为积极因素"的名义下,把被关被管的绝大多数人都给放了！这些人获得自由后，精神焕发，表示一定要在党和政府领导下，全心全意搞"四化"。后来他们中的许多人在义乌建设中作出了出色贡献，好几个成了优秀典型。在平反冤假错案方面，谢高华甚至还做了一件"分外"的事，那就是1983年上半年为纪念原籍义乌的冯雪峰诞辰80周年，由义乌县委请示省和中央有关部门后支持召开的国际性学术研讨会，因特邀了丁玲等一批1957年被错划的著名作家，故被戏称为"右派会"，备受关注。同年下半年又围绕义乌的又一名被冤屈的现代名人吴晗举办了大型学术研讨会。这两次会议对恢复这两位以及全国一批同类文化名人的名誉，起了积极作用。

为了留住人才，充分调动他们的积极性，当时迫切需要解决的问题是知识分子和科技人才的家属户口问题。80年代初国家关于"农转非"的指标控制很严，解决任何人的这个问题，一律须经省里批准。谢高华想出了一个应急性的良策：制订了一套适合于本县通用的法规（俗称"地方通用粮票"），一次就解决了几百名中级以上的知识人才的问题。但此事因为有点超前，一度遇到麻烦：省里责令纠正。谢高华一面派人向省里解释、沟通，一面问心无愧地表示责任由他一个人承担。后来，这种做法在全省乃至全国均得以推广。人们至今仍对他的远见卓识和无私无畏的精神深感钦佩。

义乌县由于历来做个体流动小生意的人较多，被许多人看作是一个包袱，认为这是滋生资本主义的温床，像上面说的"鸡毛换糖"也曾被视为"投机倒把"行为，加以限制和打击，有的还被判了刑。谢高华同志根据党的十一届三中全会精神，坚决否定了这种看法和做法。他在全县干部大会上，大声为农民做小买卖正名：

"义乌农民善于经商恰恰是一大优势,并不是包袱,我们应该主动引导、扶持,力促其发展。"为此,他力排众议,毅然支持"饭馆门前摆粥摊"的现象。但小商品市场的兴起,显然对国营和集体商业的冲击很大:同样一只纽扣,百货公司卖1角6分,而市场直销仅需几分钱。于是业内人员群起责问:"如此做法,我们'公家人'还怎么活?"谢高华斩钉截铁地回答:"相互竞争,百姓得益,有何不好?有本事就生存,没本事就关门!"他讲的是"硬道理",当时听起来不免有些严酷,因为"市场经济不相信眼泪"这样的流行语当时还没有出现。

谢高华的"硬道理"来自邓小平的思想。当时邓小平同志关于"只要有利于发展"的3个观点成为他的口头禅。他强调:"对发展有利的事,即使原先没有规定的也要大胆支持干;反之,即使有明确规定的事也不能干!一切工作都要以邓小平同志的'三个有利于'为标准。"当时的背景是,按传统的社会主义计划经济思维,除了农民不许经商外,乡镇工业亦强调"禁"字当头,即姓米的(粮食加工为食品)、姓木的(木材加工为木器家具等)、姓棉的(棉纱布料加工为服装、手套等)均属禁止之列,可谓"独此一家,别无分店"。然而谢高华却从身边一件小事中悟出这种"独此一家"的经营方式的弊端:起初他的女儿出去买肉,买回的多半是骨头。后来人家知道她的身份了,就都是好肉了!谢高华说:"你看,砍刀也长眼睛!"于是他指出:"计划经济并非什么都好,行业垄断必然导致服务质量下降和社会不公!"于是他提出:"卖肉市场光'一把刀'不行,要'多把刀'才合理。"这个突破杀猪垄断权的文件一出,省里就来了急电,要求顾全大局,防止全省"中心开花"。对此,谢高华心中自有分寸。在农村,他也坚决打破那种"别无分店"的垄断模式。按照计划经济的原则,一个自然村只许开一家商店。他在农村串门走户调查时,群众反映这很不便,也得不到经济实惠。于是他嘱咐工商管理部门:"一个村开几爿店的事,你们工商部门不要去管;人家爱开几家,你就批(准)它几家。优胜劣汰,适者生存,百姓满意就好。"

经过几个月的调查研究与实践,党的十一届三中全会精神与邓小平理论像一面巨大的镜子映照着义乌的现状。同时他结合这一实际向马克思的《资本论》讨教,从中得到巨大的启发:产品向商品的转化是惊险的跳跃。于是,一条迈向未来的方针性思路很快在谢高华脑海中明晰起来:开放小商品市场!这一思想于1982年9月获得市委常委通过。同年底,谢高华同志在全县干部大会上明确提出了带有超前意识的"四个允许":允许农民进城,允许农民经商,允许长途贩运,允许多渠道竞争。同时提出"兴商建县"的理念。这一整套新思路、新方针通过县委、县政府用文件的形式正式发出,极大地振奋了义乌人民,使他们开始真正冲破旧的思想牢笼,使义乌的改革与发展在全国捷足先登。大约过了1年,国家工商等部门才正式发文废止同类内容的200多个禁令。

大胆的"放",就要注意有效的"管",否则就会导致无政府主义。义乌小商品市场初创阶段的特点是"买全国的货,卖给全国的人"。进货渠道不稳定,税费不容易掌握。于是,义乌在摸索中试行"源泉控管,定额计征"的做法。当时有的业务部门颇有微词,气氛不佳,阻力重生,事关市场沉浮大局。为此,谢高华在大会上强调:"义乌的所有部门都归义乌县委、县政府领导与管理,局部要服从全局,下级要服从上级!谁不听招呼,阻碍全局发展,我们撤不了你那个庙(部门),菩萨(人)是随时可以搬掉的。"这成了现在"不换思想要换人"的流行做法的先声。从此以后,"竭泽而渔",变成了"放水养鱼",藏富于民至今在义乌蔚然成风。昔日的工商、税务、公安等部门,都懂得了先服务后监督、边服务边监督、寓监督于服务之中的道理。

义乌的一部分人很快就富起来了,他们固然十分感谢党和政府的好政策,但同时挥霍、摆阔的现象也很快抬头。有一次,谢高华下乡,发现他下榻的那个镇上热闹的鞭炮声通宵达旦。第二天一早他就了解到,那是出于一种迷信,说是古传有一条龙是聋的,必须昼夜不停地放鞭炮直到元宵……故有的农户一夜就放了几箩筐。谢高华由此联想起日本原首相吉田茂在其《百年激荡史》中描述的创业史,又联想到不少乡村学校老师住着不到 8 平方米的房子,校舍也是简陋而破旧,有的教室"有窗户没玻璃,有桌子没抽屉"。他悟到,经济发达而文化低下,也不是好的社会。而且他时刻想到,义乌向来是个出人才的地方,这条文脉不能断。于是他马上召开全县教育工作大会,提出要"引导消费,五路进财,多元投入,分级办学"的思路。从那时起,义乌就一直坚持经济与教育"齐头并进"的战略方针,至今仍信守着"第一流的房子是学校"的信念。所以,2003 年义乌的经济已跻入全国百强第 17 名,教学质量亦列于全省前三名。无怪乎时任金华市委常委兼宣传部长的陈培德同志曾多次赞扬:"谢高华同志不是知识分子,但他的理念与见识胜似知识分子。"这一评价十分中肯。谢高华的铜像因此不仅耸立于受惠于他的政绩的义乌新市民的心中,也耸立于了解他的文化人的心中。

（原载《传记文学》2004 年第 7 期）

跨　越

　　飞速奔驰的汽车载着我跨上浩浩荡荡的浮石渡大桥,我不由自主地侧过身去,探出车窗外俯瞰,只见一弯湛蓝的江水悠悠流动——多么熟悉而亲切的面容!它就是经常萦绕在我梦中的家乡衢州的"浮石潭"。从小它就以深不可测、藏龙卧鲛、鱼虾无数、水怪出没无常以及金盔银甲、剑戟成堆等传说的神秘意味诱发着我的好奇心。10岁那年,不知是天意的惩罚还是成全,我带着左臂断离的重创由亲友抬着去外地就医,途经这里过渡,终于一睹这个童话般"龙潭"的风采。当我看到如此幽深而宽阔的江面和它宏大的气魄时,我那充满乌云的心头不觉豁然开朗,竟一时忘记了剧烈的疼痛,惊叹着世界上居然有比我村边那条"大溪"还大几倍的河;尤其潭中那两块"浮石",真像漂浮一般,我惊奇得几乎要喊了起来。相传这是古代一位名将攻打衢州时,久攻不下,遂纵身潭中,不料他在天上的星宿未落,故河神用这两块石头把他托了上来……啊,这里的一切都那么富有灵性!

　　衢江成为我心中的母亲河,它最早使我的视野越出狭小的穷乡僻壤,投向大千世界,并第一次让我领略到大自然的无限奥秘和巨大魅力,从而使我受到一次人生启迪。如果说,在我受到厄运的袭击后,仍能保持童年的乐观天性,而没有沉沦,首先要归因于这一启迪。因此,那次在浮石潭船渡衢江,使我完成了一次精神跨越,确定了我一生中生命旋律的主音,一个昂扬的音。后来,每当厄运继续向我袭来、在我面前设置障碍的时候,这个音符都在我内心中重新响起,像战鼓、像军号;鼓励我、催促我:"跨过去,'扼住命运的咽喉……'!"

　　这个声音不只是从我的内心发出的,也是从衢江发出的;不只是对我的,也是对整个衢州人的。衢州,这块浙西的僻地,由于严酷的地理条件,天灾频繁,血吸虫病流行,加之历代为兵家必争之地,成为浙江比较贫穷的地区之一,有过"衢州人食人"的历史创痛。千百年来,大多数衢州人只能在贫瘠的土地上为温饱挣扎、哀号。要在浮石潭造桥跨江,想也不敢想。直到1956年我离衢远读书时,也没能盼来一座桥。如今,那两块"浮石"终于不浮了,它们成了我坐的汽车轮下这座钢筋混凝土大桥的桥墩,它们失去了其特有的神话魅力,因而也失去了其相应的文化价值,但承载着的是更有文化意义的现代文明。这样的大桥目前在衢江环绕衢州城的西、北两侧就有3座,第四座也在筹划中。这些人造长虹腾空而起,不仅给衢州这个扼浙、皖、赣、闽咽喉的交通枢纽增加了巨大的活力,也给衢州这座古城的建筑景观增添了现代的造型美,从而呈现出现代城市的雏形。

　　我坐的汽车疾速地跨过了衢江上的浮石渡大桥,此刻我感到我跨越的不是一座桥,而是一个界碑;我仿佛看到200多万世代挣扎在浙西山区和丘陵的衢州人,刚刚结束了一场艰苦卓绝的战役后又重新集结起来,浩浩荡荡地跨过衢江——这一横在他们面前的千年"天堑",在浙西这片山区和丘陵的新的层面上重摆战场。而我自己也庆幸在另一个战场——形而上的战场——上同"梅菲斯特"(《浮士德》中的魔鬼)这个命运之魔经过一场恶战以后,好歹活了下来,也算跨越了人生征途上的一道"天堑"。

（原载《人民日报》1988 年 12 月 23 日）

浙西卧龙

　　浙江，这是大自然镶嵌在太平洋西岸的一块璧玉，所以凡是浙江出生的人多少都有点自豪感。然而这一情感在我的心头却颇难萌生，因为浙江的精华在浙东和浙北，而我的家乡却偏偏在浙西。浙西，这是个多半只跟贫穷、灾患、战乱相联系的概念，不然，怎么会有白居易"是岁江南旱，衢州人食人"那样撕肝裂胆的绝唱呢？

　　然而，浙西这地方山高地厚，谁能一眼洞穿它蓄珍藏宝的底蕴？生息在崇山峻岭的浙西人心实气憨，谁能一下测出其潜在内发力的分量？当太平洋的海风一旦把这块古老的僻地的现代意识吹醒，使其朝着改革、开放的方向起跑，世人就得对它刮目相看了！你瞧，短短17年功夫，它的巨大的身躯和强健的体魄很快就显现出来——哦，一条卧伏的巨龙，正欲腾飞！

　　这一动人的形象信息是中央新闻纪录电影制片厂首先捕捉到的。20世纪80年代末中央电视台曾先后两次播映了该厂拍摄的《浙西卧龙》这部纪录片，我深深为之共鸣，因而决心撰一短文与之唱和。因为近年来我经常有机会回衢州——这个被国务院批准的国家级历史文化古城，足迹几乎遍及衢州市所辖的浙西5个县市的主要城镇乡村，充分领略了它古朴的风情，更感受到它的现代脉搏的跳动;每到一处都加深着我的这一印象——这是个宝地,地上地下遍地是宝:明清以来即成为宫廷贡品的衢县朱橘、常山猴头菇、开化龙顶茶、龙游小辣椒、宝山枇杷;还有那名称奇异而果味鲜美的衢县柑橘、常山胡柚;维生素 C 极为丰富且有治癌良效的衢州猕猴桃;肉质鲜嫩、具有多种疾病疗效的江山白毛乌骨鸡……它们均上了全国的金榜、银榜,有的成为国宴上的佳肴。就产量论,柑橘已跃为全省之最,猴头菇更夺得世界之冠,获多项全国大奖。

如果说,浙西的"地上宝物"尽管丰富、有名,那还只是"卧龙"的皮肉,那么浙西的"地下宝物"可称是它的骨骼了! 一个地区要建设现代经济,没有足够的"地下宝物"是困难的,而这一点正是浙西的潜力或"后劲"之所在。

新中国成立时,旧中国留给衢州人的唯一工业遗产——一座简陋的铁工厂,只有 13 个工人。大地的深层都在沉睡着。但那时衢州老百姓凭信念知道,如此层层叠叠的崇山峻岭(它们占这个地区总面积的 72%),地下不可能没有宝藏,就凭衢北那"藏龙卧蛟"的几十个溶洞群中的绚丽奇观,说明那地下不啻是个丰富的世界! 我脑海中至今仍常常浮现出童年时代储入记忆库的一个美丽的传说,这是每年夏天在家门口纳凉时,爷爷经常对我们孩子们讲的。他指着西天的一颗较明亮的星星说:"你们知道那颗星星为什么特别亮吗? 那下面山底下有'宝'啊,所以那座山叫'宝山'(离我们村约 10 里地),不信等你们长大了,找个夜晚把耳朵紧贴在那山坡上,你就可隐隐约约听得见山腹中'哞——哞——'的牛叫声。那是金牛啊,它被锁在里头的金屋子里,可谁也不知道钥匙在哪里! 不然,那天下就该富啦……"这个童话般的幻想,纯属当地穷百姓们"画饼充饥"的审美解脱。可是说来也怪,新中国成立以来迄今被地质勘探队的"穿山眼"发现的当地"宝物"多达 50 个矿种,其中高品位金属矿如银、铜、钨、锌、锰、钼、铅、锡等有 16 个,而一种最贵重的稀有金属恰恰就埋藏在这宝山旁边的一座大山里,而且最早投入了开采。50 年代初,当采矿机在这里的山谷间隆隆响起时,老百姓奔走相告:穷人翻了身,连受委屈的金牛也终于要牵出来重见天日了!虽然他们不知道,这"金牛"被牵到哪里去,但都知它与我国的国防现代化直接有关。1986 年的一个秋天,当我站在宝山附近的铜山源水库的大坝上,凝望着对面山坡上那被劈开的巨大坑口时,我沉吟了良久:当年老百姓的幻想果然成了眼前的事实!莫非在新时代到来之前,他们就已经受到神明的启示?

以干旱闻名的浙西地区,其水资源之丰富却是得天独厚的,人均占有量比全省平均数多一倍。过去曾经吞没过多少人生命的急流狂洪,随着乾坤倒转,已经被驯服在 440 多座大小不等的拦洪坝内,成了发电与灌溉的"大宝"。它们像一串串"夜明珠"装点着浙西群山,又输出源源不断的清泉,滋润着丘陵间百余万亩干渴的农田。

水资源之丰富与绿色生命的繁茂直接相关。浙西的森林覆盖率达 70% 以上,是全国平均数的 5 倍,有一些属于国家保护的原始森林,其中生长着不少名贵的树种,如楠木、青檀、银杏、金钱松、香果树等;还栖息着多种珍禽异兽:华南虎、毛冠鹿、穿山甲、娃娃鱼……它们均属"国宝"。

有了以上地上、地下诸多的"宝物"作后盾,工业在那家简陋的衢州铁工厂(现已发展成拥有 1 800 名职工的煤机厂)的基础上,已兴建起了 2 000 多家独立核算的企业,其中那座与衢州古城南北对峙的庞大化工城系全国七大化工企业之一。此外还有 3 个新的经济开发区正一跃而起。农业在人均 0.68 亩耕地的前提下,永远结束了"人食人"的悲惨历史,现衢州市除每年向国家交售大量农林产品外,还储备着 40 万劳力,它与上述其他因素构成浙西地区深厚的发展潜力。

世代贫穷的山乡之所以能发生巨变,根本原因在于人的精神素质。严酷的自然条件、战乱的频仍(这里是历代兵家必争之地)、疫疠的肆虐(曾是血吸虫病流行区),把这里的老百姓逼到地狱的边缘。千百年来他们在同非人命运的殊死抗争中锤炼着自己的骨骼和吃大苦、耐大劳的苦斗意志,只是由于人压迫人的罪恶社会制度,使他们在精神上始终处于被动地位。新中国诞生后,他们很快在精神上取得了主动,从而使他们长期被压抑的能量释放了出来。浙西人的这种人格精神,我经过多年的观察,在一个土生土长的当地领导干部身上体现得尤其突出,他就是原衢州市常务副市长、现该市人大副主任谢高华。为改变家乡面貌,47 年来,他从一名不识字的长工,平步仕途,逐级参与领导了当地群众与千百年来一直困扰着他们的贫穷、落后、疫疠、特别是干旱进行的艰苦卓绝的斗争,先后出色地指挥了本市、也是全省两项最大的农田水利工程的建设,即 70 年代末竣工的衢北铜山源水库与刚刚竣工的衢南乌溪江引水工程,尤其是后者(这是他离休时主动要求"带走"的任务)。他依然坚持艰苦创业的精神,民办公助的原则,充分调动群众的积极性,将省政府提出的 5 年计划缩短到 3 年完成,又一次创造了奇迹,又一次轰动省内外。这两大工程可以说是衢州人打农业翻身仗的决定性战役,也是对衢州人精神素质的集中考验和检阅;而胃被切除三分之二、体重只有 40 多千克的谢高华,经过近半个世纪的千锤百炼,被证明是衢州人意志、智慧和苦战精神的典范,堪称衢州人的脊梁,当之无愧地被选为全国人大代表。

如果说,丰富的自然资源构成"浙西卧龙"的巨大身躯,那么人的精神素质则体现着它的充沛活力和魂魄。正是这两大因素造成了"浙西卧龙"的腾跃态势。

那么,腾飞吧,浙西卧龙,后来居上!

(原载《光明日报》1996 年 11 月 16 日)

衢江焰火

　　中秋佳节的晚上，一轮明月带着格外喜悦的笑脸，冉冉跨过城市天际线，向早已聚集在江滨路的衢州市民亲切问候。这一天，衢州市人民之所以格外喜悦，不仅因为有传统佳节的温馨，更因为今天是衢州作为地级市建市 20 周年的喜庆日子。这些浙西僻地淳朴的人们，20 年前当新市刚刚诞生时的那个晚上，才破天荒第一次领略到这一人类"智慧之花"的全真模样。20 年来，250 万在农业上打了彻底翻身仗的衢州人，朝着小康的方向，在工业化的道路上同心同德、万众一心，取得了骄人的成就。君不见，仅城市人口就从当年的 9.5 万人增长到现在的 31 万人；发展速度年均在 14％以上；生产总值增长 18 倍之多；人均总收入从 89 美元增加到1 400美元；绝大多数人都更新了住宅，大幅度提高了生活水平。这种喜悦心情，如今趁 20 周年大庆，还不来一番尽情宣泄？但是任何表演形式似乎都难以表达这样的情绪，于是如今已被全人类普遍激赏的火树银花——焰火——便成为最佳选择了。

　　绚丽的焰火不在广场上腾空，而是在衢江上空绽放的。衢江，钱塘江上游的华彩河段，乃是造化赐给衢州的"翡翠项链"。你看，它恰好在衢州东南角的城脚下，接受了来自钱江源的常山港和江山港二条河流汇合而成的巨量水流,贴着古老的西城墙滔滔向北而去,开始了作为河名的浙江的旅程;行至 3 千米处,在衢城的西北角又突然向东拐了个弯,去与从城东赶来的、在崇山峻岭中跋涉135 千米的乌溪江相汇合,从而对衢州合成一个拥抱的姿势,给衢州画出一个蓝色大轮廓。1 800 多年来,它成了衢州古城一条天然的"护城河",捍卫着衢州,也养育着衢州。不用问,它自然地成了衢州人的母亲河。如今,随着对岸一声声礼炮的巨响,衢江上空顿时绽开朵朵姹紫嫣红、绚丽无比的礼花,仿佛一只只超凡的巨大孔雀竞相开屏、争奇斗艳,把衢江映衬得更加壮丽非凡。哦,岸上欢腾了,因为人们看到了自己的心花腾上了天空,看到了滔滔江水正倾泻着他们的澎湃的心潮,250 万衢州人汇成的心潮。

20 年的发展既是里程碑又是新起点;这璀璨的焰火既庆贺着过去,又宣告着未来。地处浙西一隅的衢州尽管起步晚,起点低,但它如今的发展已是势不可挡。鉴于此,新的衢州将把衢江东岸的古城让出来,把发展的重点移至衢江西岸。拥有 10 平方千米的西区原野正热气腾腾,迎接它新的命运的诞生。现古老而又崭新的衢州一中、新建的衢州学院以及新的职业技术学校已使新的文教区初露端倪。新的商业区、行政办公区、科技园区以及新的住宅区等正吸引全国一流的智慧进行规划、设计和营造。可以预料,一个城市功能齐全而合理的、充满现代气息的新衢州将以个性鲜明的景观崛起于衢江西岸;它与东岸的历史文化古城相映生辉,亲密对话。届时,原本只在外围"护城"的衢江将变成穿城而过的天然中轴线,又是古今衢州的蓝色分界线。可以想象,那时的衢州将成为中国的"布达佩斯"。匈牙利的首都布达佩斯因美丽的"蓝色多瑙河"贯穿其间而分外妖娆,它的数条宏伟而美观的大桥更使城市景观大为增色。衢江30年前还没有任何跨桥,现在已有4条现代"长虹"飞架而过。衢州的决策者们,在规划衢州的未来蓝图时,也没有忽略对衢江本身的开发和建设,包括对河道的疏浚和"长虹"的美化。不难想象,未来的衢江将是船帆点点,游轮穿梭;上有华光辉映,旁有万家灯火,成为远近争游的胜地。今日的焰火正是未来衢江的先兆。

衢州因"四省通衢"而得名,历来为钱塘江上游的重镇,亦为兵家必争之地。千百年来,始终与它相依相伴的衢江长期与之共用着这个难认而深奥的"衢"字,真是"相依为命"。这样说一点不过分,你看,在8 800平方千米的衢州大地上,哪里不布满衢江的大小血脉?可谓"一荣俱荣,一损俱损"。君不见,当白居易当年发出那撕肝裂胆的绝唱"是岁江南旱,衢州人食人"的时候,衢江也在大声呜咽。所幸,如今人民掌握了衢州的命运,那个呼天抢地的年代已经一去不复返了!多年来,衢州市的历届政府都把"生态立市"作为发展衢州的战略目标。现在,在全国森林覆盖率只有14%的情况下,衢州市的森林覆盖率已达到71%!这张巨大的"绿色天鹅绒"不仅是众多的珍稀动植物的天堂,而且有效地保护着衢州市丰富的水资源,使整个生态系统保持良性循环,从而有效地保障了衢江的充沛流量和强大活力。原来,衢江作为衢州的大动脉,与衢州这样休戚相关。难怪,当中秋的焰火升空时,"州"和"江"都隐去了,留下一个难认而深奥的"衢"字,高悬在钱塘江上游的顶端,被焰火映照得透亮透亮,让神州内外的赏月者都来解读它,结识它!

(原载《人民日报》2005年11月26日)

对话家乡父母官

——关于衢城西区的建筑规划和旧城的保护问题的建议

尊敬的衢州市主要负责同志：

传统佳节临近，首先向各位父母官表示亲切的问候！感谢你们一年来为家乡衢州的社会发展与经济繁荣所进行的辛勤劳动并作出的贡献，预祝你们在新的一年里工作更顺利，成绩更卓著。

去秋承蒙邀请参加了衢州市经济与社会发展座谈会，谈了几点粗浅的意见。回来后继续对一些问题进行了思考，特别是对西区的建筑规划考虑得比较多，因为这是一张"白纸"，如何下笔将决定它未来的命运。衢州是我生命的摇篮，是我梦寐思念的故乡。由于它历史上比较穷，所以我一直渴望它更快地繁荣富有，并变得更加美丽。但可惜我不懂技术，在许多方面插不上嘴。不过我平时比较关心城市规划和建筑美学，有机会参加一些有关的会议，并认识不少这方面的专家，国内外也跑了不少地方，觉得在这一领域似乎还提得出一些可供参考的看法。现将我对西区规划的粗略构想和旧城的保护问题简述如下：

一、关于西区建筑规划的总体构想

1. 新城定位:"生态城"

据报载,我市已经建成为"生态市",绿色覆盖率达到 71%,几近于全国平均数的 5 倍!这在全国是相当领先的,已构成我市的一大特色。鉴于此,我认为西区这 10 平方千米的新城区应与这一特点相呼应,按"生态城"的目标来定位,来规划与建设。

这个"生态城"的概念是:让建筑物"融"在森林中。我的基本设想是:森林与房屋四六开。房屋分成若干个各有特点的住宅小区、行政区、商业区、教育区(已经存在)、文化区(也许以古城为宜)、科技园区(好像已另地规划)。它们互相之间的地面空间除道路和适当的广场以外,均由条条块块的树林或公园填满。

每一条块的树木品种都不同:可以是经济林,也可以是观赏树;可以是公园式,也可以是野生态,但以后者为主。

2. 建筑风格:现代型

衢州古城是我市的文化瑰宝,应最大限度地尊重和保护它的既定存在,即维护她的以坡屋顶为基本特征的建筑风貌和街道型制。鉴于此,新城的建筑风格不应与它争锋,而应力求避让。换句话说就是不要谋求与它"协调"(就像目前新的教育区的建筑设计所做的那样),相反,要以"现代型"的风貌与之"反差",形成古今"对话"、新旧有别的格局。这样将使古城的轮廓更清晰、更醒目。这是对古城风貌最好的尊重,也是新区取得独立品格的关键。

3. 华彩乐章:衢江沿岸

一首优美的交响乐需要有"华彩乐章",一个美丽的城市也需要有"华彩手笔"。西区的华彩手笔应放在衢江西岸。

衢江历来是使衢州生辉的天赐玉饰,它像一条翡翠项链环护着古城。一旦西区建成,它就将变成穿城而过的天然中轴线,使新、旧城判然有别;同时它也将成为一条"划时代"的天然分界线,使新、旧两个时代一目了然。因此它将更令人瞩目。无疑必须把西区的重头文章放在衢江沿岸,使之像上海浦东的黄浦江畔,让人一看就眼亮、心动。这就是说,要把主要的标志性建筑放在衢江西岸,并辅以其他设计新颖别致的建筑,使这一段市面与江水互相辉映、美轮美奂,与对岸的古色古香形成鲜明的对照。

4. 衢江水面:如画如绣

要使衢江本身适应新衢城的要求,它的功能和形象必须得到改造和提高,也就是说需要疏浚和美化。要使大西门至樟树潭这一河段四季江水盈盈,终年通航,日夜游船如织。当然需要在一个较长时间内(20 年行吗?)分期实施;首先是大西门至西安门这一段。

现有的桥梁需要改造和装饰;赋予其上部以新颖的造型,并架设华美的灯光,每当华灯初上,就令人心花怒放。

但从严家屿至西安门这一段切不可再架桥:要让这一河段成为衢江最精彩的河段,成为衢州的"秦淮河"。

5. 政府大厦:低调建筑

目前全国许多城市都在建高大、豪华的政府大厦,有的还利用较高的地势,更加突出它的巍峨宏伟;大厦前往往是过大的广场。这些大厦和广场,其壮观程度远远超出了许多发达国家,与我们的发展中国家的国情极不相称。这不仅消耗了国家过多的资源,而且让老百姓望而生畏,不利于密切政府与群众之间的关系。过去的封建帝王为了突出自己的无上至尊和威严,都要通过建筑来体现。例如汉代萧何奉命建造未央宫的时候,就曾这样下达命令:"天子以四海为家,非壮丽无以重威。"生活在21世纪的我们,显然不应再接受或有意无意地继承这样的政治哲学。我见过欧洲一些国家的政府办公楼,一般规模都不大。如德国总理府,无论过去在波恩,今天在柏林,都是二三层的楼房,并不起眼。这是值得参考的。如果我市政府办公楼能盖得普普通通,不仅有利于党政部门的廉政建设,而且还有利于提高我市的声誉。目前从我国的社会思潮来看,贵族思想在抬头,同时平民意识也在觉醒。但从世界范围(尤其是发达国家)来看,平民意识已成为强势,而贵族思想正在式微。我相信,不久的将来,平民意识在我国也将成为强势(但那不再是外力灌输的结果,而是符合历史发展规律的先进思潮的自发觉醒)。

广场是可以建的,但是数量和大小要适度,要与所在城市的规模与周围环境相适应。对此我曾经当面请教过国家建筑大师张开济老先生(天安门国家博物馆的设计者,曾任首都建筑规划委员会副主任),他说:"广场的直径应是周围建筑高度的三倍半。"这是建造广场的一条基本美学原则。去年夏天我去欧洲,注意看了一些城市的广场,发现人家确实是按照这一原则处理的。

6. 规划设计:全国招标

规划与设计是决定未来新城命运的关键一着。衢州是全国性的历史文化名城,作为它未来重要组成部分的西区的身份也应是与这一全国性地位相称的。因此它的规划设计(即前面说的"如何下笔")应由全国一流人才来担当。最好的办法是采取全国招标,从众多的方案中选取最佳者。招标时,也要有目标地邀请或动员一些目前国内看好的专家来投标(事先允诺一定的保险金)。遴选设计方案的评审委员会也由全国性的知名专家组成。总之,需要多花一些钱,多费一些时间。但这是造福子孙后代的百年大计,是值得的。

鉴于目前全国大多数的城市都趋于雷同,变成千篇一律的"水泥森林",因而普遍失去了个性,我作了如上构想。如果能够实现,那么我们的衢州市将是一个独具个性的、符合现代城市理念和人性化原则的"宜居城市",成为钱塘江上游的一颗耀眼的明珠!

二、关于古城的保护问题

衢州古城作为国务院批准的全国 101 个历史文化名城之一,它的无可估价的地位毋庸置言。为了保护这座古城,衢州市历届政府作了越来越大的努力,取得了显著的成绩。同时也难免存在个别误区:

一是古城风貌保护得还不够有力,被高大的新建筑破坏得太多,造成了难以挽回的损失。但这是全国性的普遍现象,是难以避免的,由于种种历史原因,我国的文物意识觉醒得较晚。不过及时吸取教训是必要的。

二是"修旧如旧"的原则坚持得还不够有力。主要表现是坊门街的改造。这条街在改造过程中没有建现代型的大楼是对的。可惜街面拓宽得太多了!中国的古城,除了某些古都如北京、西安等,一般是没有这么宽的街道的,因而失去了历史感,难以引起"生命的记忆"。其次是未能很好坚持古城固有的建筑型制,拓宽的街道与没有改动的城门之间的原有的比例关系被破坏了!换句话说,城门相对变小了;街道成了城门的陌生者!第三是街道两旁整齐划一的新马头墙"人造景观"的痕迹太重了。这三点均与古城风貌相悖。所谓"古城风貌"并不是古建符号拼贴的集锦,而是古城整体形貌的美学特征,它的各个部分的"经络"与"骨骼"是一个有机的协调的结构。

所幸水亭门和水亭街还没有被改动,还有保持二者的固有比例关系和历史状貌的可能。根据以上教训,水亭门切不要轻易进行什么改造,如有必要,可按"修旧如旧"的原则加以维修,但不要改变它原来的规模。水亭街的街面千万不要拓宽,即便影响交通也在所不惜;两旁破烂的房屋可以改建或重建(可不要追求整齐),其内部功能可以现代化,但它们的高度、体量和色调必须保持历史的原生态。否则的话,衢州就连一条正儿八经的历史街道都没有了!那还叫什么"历史文化名城"?

衢城西区沿江部分是衢州古城的精华所在,也是古城的主要门面和窗口,因此我有个还不太成熟的想法,就是可否考虑将西安门的城楼按历史原样修复。这样,古城的正面(正面应是朝南的,但朝南那面已难以成为"面"了)就有 3 道较完整的城门沿江整齐地一字排开,与新城的华彩门面愉快"对话";古代与现代热烈交响,多么富有诗意。

西安门内禁止再建现代型的高楼,一律盖小型的古式住宅楼。因为门外有大桥,门内的街道可适当宽一些,但只宜二车道。

房地产开发商往往是破坏古城的元凶,与他们打交道特别要小心。在古城范围内,尽量多一些政府行为,少一些开发商的动作,力避大拆大建,一味追求焕然一新。

尊敬的衢州市领导同志们,关于衢州市城市建设的几点粗浅的设想概述如上,当否? 仅供参考。

衷心祝愿

各位领导春节吉祥如意,阖家幸福美满!

中国社会科学院研究员

全国政协委员　　叶廷芳

2006 年元月 25 日

（原载《衢州日报》2006 年 2 月）

最忆是母校

对于人的一生来说，中学这一阶段是至关重要的。因为这个时期人的进取精神最强，可塑性也最大，学校教育如何，可以左右他一生的方向。

我的家乡衢州市在旧时代就是个"府城"，位于钱塘江上游衢江埠头，已有1800多年的历史，因"四省通衢"而得名，为全国百座历史文化名城之一，亦是孔氏家族的第二故乡。我的母校衢州一中在1954年以前是当地唯一的完全中学，故名"衢州中学"。它诞生于1902年，为浙江省不多的几所"百年老校"之一。在它诞生之初，就以"敦品励学"为校训，把品学兼优作为培养人才的方向，百余年来积淀了深厚的人文底蕴。

我是1950年入学的。当时校址分两个部分。初中一二年级借用市中心的"天宁寺"上课。当时学校需要一个大礼堂，于是就把全城最高的天宁寺主殿开辟成大礼堂。在新礼堂里有幸聆听的第一个重要报告是后来的外交部副部长徐以新做的，他是母校的老校友，15岁即当了"红小鬼"，并成了党史上有名的"二十八个半"的最后那"半个"（因尚未成年）。现在他以外交部一个领导的身份衣锦还乡，给我们讲《当前国际形势和我们的任务》，给了全校师生莫大的鼓舞。不久在暑假里,我拾了他的牙慧,也在自己村子里讲起了"形势和任务"。新礼堂给我们带来的第二个福音是作家王西彦的报告。他也是我们的老校友。他让我第一次见到了"作家",他的报告可以说是我最早的文学启蒙。

是的,我的文学爱好就是在中学年代萌发的。尤其在高中阶段,来了一位刚从省城大学毕业的语文老师,叫张鼎熙,他不仅给我们带来大量的文坛信息,而且讲课很有独立见解,常常让人耳目一新,甚至也有坚持真理的勇气。有一课的课文是毛泽东的一篇报告,开头是:"各位同志们!"张老师则说:"这句话有个语病:既有'各位',就不应该有'们'。"同学们大吃一惊,心想:毛主席的文字怎么能挑毛病呀?但课下大家议论,觉得张老师这种实事求是态度,是对学生负责的表现。这给了我思想上深远的影响。在他的熏陶下,我对文学产生了浓厚的兴趣,以至于最后那年还被同学们选为语文课的课代表。直到现在,每每与我当年的同班同学叶朗(北京大学资深教授)谈起,都对他怀着赞赏和感激的心情。

在那个年龄,求知欲很强,领悟也快,如老师讲课得法,则教和学就会达成默契,学得愉快而成绩也显著。这方面值得我怀念的有好多老师,其中让我难忘的还有教英文的魏其庚老师。他上课有板有眼,使你不能不洗耳恭听,并且对这门课产生兴趣。而且他要求也严格,在他的培育下,我一连当了5年的英文课代表。正是由于语文老师和英文老师的合力作用,使我走上了外国文学的道路,一条我自己选择的道路。

在"敦品励学"精神的激励下,一代一代的老师始终把教书、育人作为自己的职业操守。直到我就读期间,依然能看到或感觉到师生员工那种团结一致、艰苦奋斗的精神和尊师爱生、严教勤学的校风。老师对学生的爱是发自内心的,有时即使批评了你,也让你觉得温暖。初一的时候,在一次地理课上,叶味真老师的讲课声戛然而止,我如梦初醒似的抬头一看,发现她正目不转睛地盯着我,全班同学也跟着把目光转向我,我无地自容地满脸通红,等着她的呵斥。但只见她微笑着不无幽默地说:"我原以为你们班上要算叶廷芳同学最老实了,不料他今天竟也会做起小动作来!"我感到得救似的松了口气;这位本来就十分美丽的女老师因为她的善意现在变得更美丽了!我既愧疚,又感激。此后我的地理课常常得满分,而且曾经花了一个暑假的时间,画了一张精确度很高的大型外国地图。叶老师非常高兴,精心地把它裱了起来,用作教学挂图,最后还把它保存在图书馆里。

在这方面,刚才提及的语文老师张鼎熙我也有一段难忘的记忆。在一堂课上他讲完奥斯特洛夫斯基的《我的一天》后,也以这个题目布置我们写一篇作文。那时候我因左手残疾心理上总是蒙着一层阴影,听见或感觉到有人议论我,心里就不愉快,认为人家在歧视我。于是我把这些听闻和感受压缩在"一天"里写了出来,以为会得到老师"你要坚强些"一类话的鼓励。但与我估计的相反,张老师在作文里却这样批道:"依一般衣帽看,人家对你的议论是正常的,并没有什么恶意。如果你老从不好的方面去猜度人家,你将会失去很多朋友。"看了这段批语,我先是一怔,经过一番深思后,我豁然开朗:对啊,我为什么要跟自己过不去,在"小人常戚戚"中自我困扰,而不在"君子坦荡荡"中自我解放,怀着远大的目标愉快地生活和学习呢?张老师这段对学生出自深层爱心的批评,成了我人生观的转折点,使我从精神上的被动转为了主动,从而获得了巨大的自我超越的精神力量。此后我根本忘记了自己是个残疾人,文娱活动、身体锻炼都很活跃,而且每天早起半小时,坚持晨跑;为了锻炼意志,即使冬天也只穿一件衬衫和短裤衩,赤着脚。等起床号吹响时,我已经在城墙(就在校旁)上"吊嗓子"了!想起这些,我就忘不了张鼎熙老师的中肯批评。

当时学校里有一批老师,不管有没有教过我,提起来都令人肃然起敬,如江成标、章作人、何英鹗、何英龙、何英鲲(三兄弟)等,他们不仅教学水平有口皆碑,而且爱校、爱生均令人感动。音乐老师严铮发现我唱歌"音色很好",就主动表示他愿意在头一两个月每天提前起床,来音乐室指导我练声,使我后来成了一个中学、大学里的歌咏活动的积极分子。体育老师孙刚球并不负责我班体育课,但他看见我经常打排球,不是劝阻我,而是在业余时间与我一起研究,如何凭一只手把排球打得更好而不致使手指受伤。这使我后来居然成了班上的排球队员,参加了校际比赛。初二那年,我因考试成绩,受到学校奖励。第二天吴良校长就把我叫到他的房间,在表扬、鼓励我的同时,特别语重心长地告诫我:"一定要注意防止年轻人容易犯的毛病:自满、骄傲,接着就是放松努力。""肃反"期间,有一位老师被捕了,吴校长在全校大会上动情地说:"某某某被捕了,但他有三个孩子仍在我们学校学习(其中有两个就在我班),他们是无辜的,同学们一定要根据党的政策,千万不要歧视他们!"在他的领导下全校群策群力,学校每年的高考录取率均在80%以上,而且在1953年首次被省政府确定为全省9所重点中学之一。第二年,即1954年,母校开始"分蘖",随着衢州二中的建立,吴校长携带一批教师奉命出任衢州二中的校长,他又为二中的省重点地位奠定了坚实的基础。他因此被公认为母校百年校史上最有为的校长之一。

回顾那时的中学生活,真是生龙活虎,一片"团结、紧张、严肃、活泼"的气氛,连那时的作息时间的信号都是催人奋进的:它不是电铃,而是军号! 那是一位当年抗日战争时期 19 路军的号手,当了母校的门房。他淳朴而壮实,不同的作息时间,他就吹起节奏不同的响亮而好听的号声,至今如长鸣的警钟,时刻鸣响在我脑际。

随着学校规模的不断扩大,新世纪以来母校不得不易地重建。如今它以崭新的雄姿屹立在城西衢江之滨,耸立在校门口的一座天然巨石上,镌刻着作家冯骥才题写的四个金色大字:"敦品励学"。它像一根闪光的接力棒,让一代一代的母校师生传递着。

(原载《光明日报》2008 年 11 月 25 日)

最是难忘家乡情

人爱家乡一如人爱母亲。自己的母亲都是亲切的；自己的家乡都是美丽的、称心的。这大概就是所谓人的天性吧。

记得头一次进县城读初中时，第一天夜里我就流泪了！虽然那时我的母亲早已不在人世，而那次上学是我背着父亲跑出来的。但我总是忘不了村子里那些熟悉的面容和山川。初中几年，几乎每天晚饭后我都要到城门附近旅店去转悠，看有没有村里来的乡亲们。我还经常登上当时衢州的最高建筑物——天宁寺（那时已被用作母校的宿舍）的最高一层楼，用自制的土式"望远镜"眺望县北25千米外的"笔架山"——一座正对着我的家门、离我村约有2.5千米之遥的形同笔架的大山。

每年寒暑假，是我最愉快的日子。我回到农村，白天做点家里的农活，晚上去夜校教唱歌或配合农村中心工作搞宣传。此外我还在村里组织了一个土剧团，写戏、当"导演"，于是和那些种地的"演员"们打成一片。每每学校开学时，他们敲锣打鼓地把我送出村口。这些活动以及与乡亲们的这种关系，对我一生的人生观和世界观都起着决定性的作用，使我第一次看到了自己在农村里是个有用的人（自从10岁时因游玩失去了左臂，家人和社会上许多人都把我看作"废人")。他们乐观的天性和淳朴的气质,对我的性格形成产生过积极的影响。

来北京大学后,尽管学校里浓郁的学习气氛和丰富的文化生活使我称心如意,但青少年时代在家乡度过的那些岁月仍是我梦游的主要世界。我经常回味着村前那条叫芝溪的溪流,呆呆地看着那鱼贯而下的一拨拨竹筏的载重漂流和竹筏上竹镐击水时发出的清脆的响声,夏天每日在那里脱光衣服游泳、嬉戏,比后来吃冰淇淋还要畅意;我经常惋惜着村后那一大片浓浓密密、远近罕见的古老森林,以前常在那里捉迷藏、拾柴火、采杜鹃花、吃野果……这片我童年的天然游乐场,却在"大炼钢铁"的年代,毁于外村人那"非理性"的刀斧;我常常怀想着村外那岗峦起伏的丘陵,山坳间孕育过我与那些牧牛的野孩子们多么纯真的友情;我尤其怀念那生意盎然的田野,在那里看田水(即灌溉)、送饭、牵牛、捕鱼、打猪草……为谋生,也是为游戏——我穿过的那些草鞋,就是穿行在纵横交错的阡陌间的棱子,织就过一方阔大而无形的彩布。

在外地,家乡的观念也就自然而然地扩大了,常常以"浙江人"的身份出现。于是无形中要为作为浙江人的自豪感而寻找事实根据,结果越来越发现我们浙江的"全国之最"之多。就说自然景色吧,国内、国外(欧洲)就我到过的地方来说,哪里也不能比!钱江潮的壮观,雁荡山的险拔,瑶琳仙境、灵栖洞的奇幻,西湖的妩媚,千岛湖的秀丽与神秘,富春江的旖旎……真是"造化钟神秀"。如果不是上天的特别赐予,一个大陆上较小的省,怎么会偏偏集中了如此多的奇观?再说土特产,龙井茶叶、金华火腿、黄岩蜜橘……哪样不闻名遐迩?至于文化名人,只要提一下绍兴,就足以让人惊叹不已了!

因此，对家乡从村、乡到市、县直到全省，我都有特殊的感情。这几年来差不多每两年回市县一次，根据有关部门的需要做点力所能及的工作。

在花木繁茂的五月天，沐浴着橘花余香的我同衢州市文友，到乡下老家探望。一路上，我兴致勃勃，追忆起洞山源里和故乡下叶村一样都有一片郁郁葱葱的原始森林。一个朋友轻轻地哼了两句黄梅戏："小女子本姓陶，呀子伊子呀，今天要赶早噢，依呼儿呀……"我一听，高兴地说："对对对，小时候我们还在树林子里排演过黄梅戏《打猪草》，我还是导演呢！那时演《打猪草》的少年朋友呢？"

回到老家，热情而好客的嫂子端出了肥鸡、鲢鱼、茶叶蛋……于是我们寻来了少年时的朋友，摘来了刚上市的枇杷，回忆着孩提时代的顽皮。按我们山乡的风俗对远方来客要献上一碗乡色酒，于是我的嫂子又端出人参酒、桂花酒及黄河大曲。但我不善饮酒而爱饮茶，我们于是以茶代酒，我呷一口家乡新茶明前绿，这茶比家乡米酒还要醇厚。

就要驱车回城了，我同乡亲们依依告辞。但嫂子却要大家再"团圆"一下，她说我少时最爱吃"团肠"，于是又端出了猪肠灌糯米的美食香团肠！在我们家乡"团肠"又叫"断肠"，意思来自马致远的散曲："断肠人在天涯。"以往朋友远去或是家人离别，总要煮一些猪肠灌糯米的香团肠相送，以志不忘。现在是亲朋好友来了，以示大家欢乐团聚，像维吾尔族围坐撕吃烤全羊一样，大家要吃一通香团肠。我夹着莹莹泪花，品尝着这一席难忘的"团肠"。

临行时，我们有意让车子沿着洞山源水库的边沿驶过。一潭深情遗落在这边远的山间,远远看去水波是那样滑腻腻、软绵绵,几千年的古松阴影积蓄在这危岩之间,沉淀成水库的一泓碧绿。山风似一种莫名的野火,吹热了一个枇杷、黄麦子成熟的季节。此时我看见水库的船上银鲢正在蹦跳着,给人一片银辉。

(原载《浙江日报》1991 年 2 月 24 日)

步出深闺走"慢城"

——常山纪行

　　钱塘江上游的衢江,在衢州古城墙脚下接纳了两条重要的支流:常山港和江山港。常山港的源头即在邻县开化的原始森林古田山,故常山港亦属钱塘江之源的范畴,而且素有"千里钱塘江,最美在常山"的美誉。这个地段无疑是常山作为县域的尊贵身份的见证。难怪它迄今已拥有1 800年的建县历史。

　　然而,顾名思义,常山因山而得名。在全县所辖1 100平方千米的土地中,80%即为崇山峻岭所雄峙。但这在漫长的农耕时代却不是个好兆头。那时候"山"往往与"穷山恶水"相联系。故长期以来,贫穷几乎成了34万常山人民的宿命!新中国成立以来,常山的发展无疑比以前快多了。然而相对地说,与衢州市所属的其他区县相比,仍差距明显。君不见,那顶"贫困县"的帽子让常山人民熬了多少个年头!

藏在深闺终被识

　　说来惭愧,近30年来,我几乎每年都有机会路过衢州而驻足停留,足迹涉及每个区县,唯独常山县去得最少,只有一次,而那一次仅仅为了去看望一位病中的老同学。

3年前我回衢州,85岁的老朋友、原衢州市常务副市长谢高华问我这次想去哪里逗留。我说衢江区峡川镇东坪村。他建议我去常山看看!我一愣,说:"常山?常山的'贫困县'帽子摘掉了吧?"他说:"哎呀,你老记着人家的帽子干什么!你得转变思维方式呀!搞工业,我们衢州市山多,不如沿海和平原地区。但若讲绿色文明,我们不就大有优势了?所以十八大以来省里要求衢州市成为浙江省的绿色屏障。经过几年实践,我们衢州市的面貌确实大为改观。而常山县的优势相对地讲突现得更快!不信我下次就陪你去看看。"吃饭时,谢老首先为我盛了一碗蘑菇汤端到我面前。我刚喝了一口他就忙问:"好吃吗?"我说:"你首先推荐的,哪会不好吃?""知道是什么做的吗?"他又问。"蘑菇呗!"我漫不经心地回答。"什么蘑菇?"他似穷追不舍。"你考我?"我想以此搪塞之。"是考你,但不打分,只是想知道你对常山了解的程度。这叫猴头菇!它与胡柚、茶籽油合称'常山三宝',是常山传统的三大'拳头产品'。"后一查,果然,常山被相关的专业机构评定为"中国食用菌之乡"呢。

谢老提到胡柚,倒使我想起一件往事。10多年前一位衢州的朋友在春节前夕突然给我寄来一包"小柚子",说这是产自常山的胡柚,味道鲜美独特,为我过年助兴。我立即品尝之,果然非同一般!遂问产地——常山;何谓"胡柚"呢——胡家村之特产也。这次特地去青石乡胡家村,方知那是常山少有的一方小盆地,亿万年来吸尽周围群山中随泉而出的养分,聚成肥水沃土,柑柚乃得特殊之微量元素。故此柚不仅质醇味美,且殊耐贮存,直至翌年盛夏,仍汁水汪汪,曾被国家领导人(张德江)誉之为"水果之王"。难怪,作为"产橘之乡"的衢州,在曾经的"明星"朱橘、椪柑等已成明日黄花的今天,唯有常山的胡柚仍享誉全国,因此曾被农业部授予"中国常山胡柚之乡"的美誉。现该柚种植 10 万亩,产量 14 万吨,独撑衢州"橘乡"之大旗。

在北京,每有家乡亲友来京,常常要带点当地的土特产作为见面礼:笋干啦、小鱼干啦、茶叶啦等。但近年来我发现礼物内容有些变了:往往是两瓶食油——茶籽油,而且没等把礼物放下,就兴致勃勃地忙着给你介绍起该油的产地和特性来,说这是常山特产的"新贵",特别强调新近发现它富含不饱和脂肪酸,具有防癌、抗癌、降血糖和血脂等功效,因此有"东方橄榄油"之美称等。我一听不禁肃然起敬! 接着一个闪回:小时候爱玩车马炮,买不起,就从大人们砍伐的柴火中抽出那种木质坚硬、细腻的黄褐色的枝条来制作,听大人们说,那是野生油茶树。有时枝上还结有未成熟的油茶果呢。而每逢深秋季节就见有病的父亲去附近各村收购零星的油茶籽,然后让人挑到水碓里去榨油。当时的农村主妇们都承认茶籽油烧菜比菜籽油好吃,但都嫌它易冒烟,耗油量大(现知茶籽油燃点仅 200 度,而当时农村都烧柴火,温度过高),故都宁可吃菜籽油。当时谁想到茶籽油有那么贵重的品质呢? 真是"藏在深闺无人识"!

欣然重温油茶情

随着年岁的增大,乡愁越来越浓。近年来各地兴起的"农家乐",成了我逃离雾霾、消解乡愁的好去处。

今春,在杜鹃花盛开的季节我又回到衢州,并特地请求亲友们让我能在常山县的茶油之乡落脚,以便让我能与少年时代即已熟识的茶籽树重温友情。最后人们把我安排在常山县新昌乡的黄塘村下榻。这里群山环抱,山外有山;里层的山高约 500—700 米。四周陡坡上除了少量的竹子,全是浓浓密密的油茶树。环山中间有一座不足百米高的山峦隆起,整个山坡亦为蓬蓬勃勃的油茶树所覆盖。这座山峦将全县闻名的"油茶特色小镇"——黄塘村一分为二,两村崭新的面貌在满目绿色的映衬下格外醒目。就在这个山峦顶部,近年来人们建起了一处名为"云上轩"的休闲设施,由七八座纯木板房组成。底层一律由几根木头支撑在斜坡上,令人想起第一代现代主义建筑大师柯布西耶的建筑理念。我就被安排在这里的 001 号楼下榻。步出客厅的北门,却是离地 3 米高的宽阔转角阳台,我顿时仿佛置身于一只漂流在绿色海洋中的小木船上!早上起来,打开东窗,一只鸟儿扑拉拉飞起,只见它栖息过的那支茶树枝摇曳不已,仿佛在向我道早安;打开北窗,几只蜻蜓、蝴蝶正在茶树梢盘旋嬉戏,那是我儿时的捕捉对象,此刻我不愿关上窗门,以便欢迎这群小生命能自由地飞进来畅游,我也好借此机会向它们谢罪;我打开西窗,越过一大片天鹅绒似的草地便是油茶主题公园。一棵 200 年的"茶树王"标示出这一带油茶林的古老与尊严。

从"云上轩"沿整齐的梯级小径忽高忽低地往东南方向穿行,越过"观花亭"约 10 分钟后即到达建在山坡上的观景台。往下看,只见一条水流湍急的沟壑,奔腾而下;据说夏天这是青少年们漂流的乐园。环顾四周,漫山遍野除了油茶树还是油茶树,而且每一棵都带着旺盛的生命力竞相突出,像是亿万朵争相绽放的绿花!有人问是什么年代栽种的？导游答：是野生的！惊奇之余又从导游那里获悉：在所有已知的果树中，只有油茶树是最奇特的，即"花果同株"，或曰"抱子怀胎"。每年10月，当漫山遍野的油茶果累累挂枝的时候，也正是亿万朵油茶花盛开，照亮油茶农收获的笑脸，欢送前辈结束使命的时候。我不由惊呼："啊，大自然在构思大地生命的时候竟如此诙谐！"

常山县的油茶树最集中的分布带是新昌乡和芳村镇，共约260平方千米。司机小王说：叶老师对油茶林那么有兴趣，何不去与新昌毗邻的芳村镇走一走，那里面积比新昌大一半，山高岭险，而且是国家授牌的"全国油茶公园"所在地。这个建议对我来说好比正要过渡而船来：从新昌到芳村恰好是延绵18千米的油茶主题风情景观带。汽车沿着漂亮而平稳的公路在峡谷中穿行，我坐在车前不断左右张望，只见清一色的油茶树覆盖了所有的山坡和峰巅，那种因广大而壮观、因峻峭而惊险的景象，始终揪紧着我的心，不，刺激着我的审美灵犀，我心里不停地惊呼着，惊叹着……

国家油茶公园占地5.1万亩，其挂牌核心区则建在新昌与芳村交界之处的芳村一方。长长的U字形的游廊让游人随时能近距离观赏甚至直接触摸油茶树的枝和叶，以增进对这一名贵树种的认知与情感。植根于公园中心的那棵"油茶王"虽才70岁，却格外高大而葱茏，象征着油茶林的巨大生命力与远大前程。公园入口处竖立着多座石碑。上面分别镌刻着中国林业局授予常山县的"中国油茶之乡"的称号、中国油茶树的生长历史、常山油茶树面积占全省的比例(16.7%)、常山油茶树的种植面积(28万亩)、平均每年油茶籽产量(4500吨)、茶油的功效分析等。至此，我的一个预感产生了：随着科学知识的日益普及，国人对食用油的需求重点将逐步从菜籽油、花生油、豆油、玉米油等转向"东方橄榄油",即茶籽油!这正暗合了作家李青松来常山考察后写的一篇报告文学:《茶油时代》。

石里掏出万桶金

　　回到老家所在的衢江区,谢老果真表示要兑现他的诺言,亲自陪我去一趟常山,让我再意外一次。路上他问:"叶教授,你喜欢赏石吗?"我说:"还可以吧——我床底下就堆了许多石头。"他哈哈一笑说:"看来你还真爱石头啊,用身体捂着,人家就偷不走了。""哪里!"坐在前面副驾驶座的小马(我的助理)立刻插进来澄清,"叶老师爱书如命,家里所有的地方都被书占了,哪有石头的位子!"说着,下车了!我抬头一看,嗬,"中国观赏石博览馆",以"中国"命名!一跨入博览馆的大门,我就像意外跌入一个陌生而神奇的世界:那么多见所未见、闻所未闻的奇宝异石一一跃入眼帘!它们有的以"奇"令人惊叹不已;有的以"美"令人流连忘返;有的则以几亿年的"古"令人咋舌。五大类观赏石的上万件展品中,尤以岩石类、古生物化学类和矿物晶体类最吸引我的眼球。像晚侏罗纪的驰龙化石和中华原白鲟、0.8万—1亿年以上的斑新菊石、深绿孔雀石、圣诞方解石等都使我如痴如醉。它们集中展示了中国观赏石协会10多年的心血所得,不愧是中国规模最大、档次最高、展品最奇的观赏石博物馆。而它就落脚在常山这个小县城!

　　出了博览馆,我感慨万分地说:"常山藏有这样的瑰宝我真没想到!"谢老说:"还有呢——上车!"下一个目的地的主题仍是石头,只是不在室内,而在室外;不再以小为特征,而以大为外观:小则几吨,大则几十吨;以杏黄和青灰色为主色调,排列成长长的一条街,琳琅满目。其间也杂以吊机、运载车辆等。每块石头随时会消失,因为它们是商品。这叫"中国观赏石博物园"。"赏石小镇"也因此成为华东地区最大的青石、花石市场。产品或展品主要来自常山,也有从外地运来,加工后再销往各地。老板有多少,谁也说不清。"当以千数计!"人们说。他们像一匹匹黑马,久蓄千里志,当改革开放的闸门一开,他们即奔腾而出,从常山石里头掏出了第一桶金。也是他们揭开了常山石的"闺房",让它们像一颗颗晶莹璀璨的钻石镶嵌在大江南北豪华的建筑场所。经专业机构研究,原来常山属于全球低碳生态区,矿石资源十分丰富。除了青石、花石,石灰石、萤石矿等储量和质地均在全省首屈一指。毫不奇怪,现已成为国家 AAAA 级景区的"三衢石林"就在常山。不难想象,常山成了第六个"全国赏石日"的活动场所。如今常山已作为"中国观赏石之乡"享誉海内外。

腾笼换鸟获涅槃

作为人文学者,对报道一个地方的工业建设一般是不感兴趣的。但工业乃是现代经济的前导。想向人们展现一个地方新的体魄和风貌,不涉及它的经济骨干——工业恐怕是不行的。毋庸讳言,在新中国经济建设的第一阶段,即前三十年,人们使用的是蒸汽机加电器时代的思维。这时期山区确实是工业发展的障碍。衢州市平均山区面积是 71.5%,而常山则是 80%! 即所谓"八山半水分半田"。无怪乎,直到 20 世纪 90 年代,常山县所拥有的主要工业仅是轴承、纺织、建材,即所谓"老三篇"。随着信息时代的到来，改革开放的深入，常山人及时赶上时代的步伐，赶紧"腾笼换鸟"，很快在招大引强中谱写出农机、新材料、生物医药的新篇章。政府以优惠的政策、安定的治安环境、便捷的办事机制、完善的服务体系、诚信的宗旨等很快吸引了如可口可乐公司、瑞典 SKF 集团、美国矿物集团等国际巨头企业与常山"联姻结亲"，轴承、农机、新材料、生物医药等新涅槃出来的产业很快形成"四大百亿"产业，与之相应的"四大基地"亦初具规模。以创新型产业定位的特色小镇，诸如云耕小镇、赛得小镇、钙谷小镇等，均已有了雏形，并别具创意。其中赛得小镇投资 36 亿元，现已局部成型。我曾有幸应邀小住一夜，领略了创建者的苦心。人们试图将生命与生活妥适地调和起来：生命只有附丽于生活，生命方有尊严；生活只有处于劳逸谐适的佳境，生活方有意义。该小镇承载着一个哲学命题。

好山好水育人才

多少年来，人们对巍峨壮丽的仙霞岭山脉蜿蜒的浙西地区包括衢州市范围，存在一个认识的误区，认为它制约着这一带经济的发展。这是人类为生存而挣扎的农耕时代形成的观念。正如中央领导人及时指出的：绿水青山就是金山银山！这里的"金"和"银"我想不仅指经济价值，也指人文价值包括美学价值。我历来认为，山水作为大自然的自在体，它对于人的情操包括审美情操的潜移默化的塑造是不可估量的！且不说，中国山水孕育了多少思想家，包括宗教思想家，单说中国文学艺术，谁都承认，中国最美的诗篇是山水诗；同样，中国最美的绘画是山水画！山水给予人的美感是最壮丽非凡的，最震撼人心的；山水给予人的灵感是最具原创精神的，最不可复制的。试想,没有祖国那多彩多姿、奇幻壮丽的山水的熏陶,哪有李白、王维、郦道元、黄公望、徐霞客、朱熹等这些如雷贯耳的名字?就一个地区而言,常山的山水不仅丰富,而且瑰丽。前述"千里钱塘江,最美在常山"的说法绝非虚夸。南宋大诗人杨万里曾来过常山多次,留下不少诗作,其中有的就是赞美常山的山水的。如"昨日愁霖今喜晴,好山夹路玉亭亭。一峰忽被云偷去,留得峥嵘半截青"(《入常山界二首》后一首)。南宋另一位著名诗人曾几的《三衢道中》赞美的也是常山:"梅子黄时日日晴,小溪泛尽却山行,绿荫不减来时路,添得黄鹂四五声。"我在常山期间,每天乘车都要绕过许多高山流水,它们随着地点和角度的变化,不断组合成新的美丽图景,经常让你觉得此刻任何山水画都不在话下! 半天下来,我着着实实享了一番大地之美的审美会宴! 对一般群众而言,山水对一个人的精神人格的塑造也是显而易见的。近年来,常见新闻媒体报道各地优秀人物,其中"最美衢州人"(包括常山人)被报道的频率相当高。我想,除了历史文化熏陶和现实的宣传教育因素,跟成长的地理环境不无关系。近年来一个传闻引起我的兴趣:常山县经过适当培训送往杭沪的阿姨(即保姆)广受欢迎。她们一般都比较朴实、勤劳,说话温和,举止也较为得体。此消息从最近常山县委书记的一篇专题文章中得到证实。这不由使我想起高中年代两位来自常山的同学,他们备受全班同学的喜爱:一位每年都被全班同学选为班长;另一位始终被选为学校团总支书记。我想这不是偶然的。

　　这次在常山一个月的逗留中,常山人给我留下的总体印象首先是朝气。头半个月我下榻于城郊东明湖公园中的一家宾馆。每天晚饭后我都要围着新筑的湖滨步道走一圈作为锻炼,用的是中等速度。但别的行人——男女老少——一个个急匆匆,很快就都走到我的前面去了!起初以为他们在赶一场什么演出或体育比赛。后知他们都在锻炼身体!那种勃勃生气与周围山上树木的蓬勃生机非常合拍!再一点是他们的公德意识较强。我先后走过一些村镇,不少古建筑和古遗址都得到较好的保护,成为县、市甚至省级文物保护单位。尤其令人难忘的是芳村镇的大处村,清代留下的一座三进两天井的祠堂、一座石拱桥和两座石牌坊一直完好无损,统统被确立为省级文物保护单位。第三个深刻印象是常山人坚忍不拔的劳动毅力。前面说过,常山县盛产茶籽油,尤其是芳村、新昌两镇,连绵几十里的崇山峻岭,从山脚到山顶全是郁郁葱葱、密密匝匝的油茶树,有的从山脚到海拔七八百米的山顶,收获时一颗油茶果都不能放过。这是多么艰巨的生产任务和劳动强度!于是我曾问一位老农:"太高、太险的地方能不能就不去了呢?"他淡淡地回答一句:"我们从小就跟着大人这样做,都习惯了。"第四个印象是勤奋务实,为人低调。一个月中,我接触到从县到乡、村的多位干部。他们一个个办事热情、敏捷、到位。连司机都像公务员一样,不分分内分外。黄塘村的书记兼村长廖红俊,是村里的功臣、省劳动模范、省金牛奖得主。他先后跟别人见过我多次,每次都微微一笑,没有一句话。可我走的那天早晨,他提着一袋当地特产——葛粉,说:"这是我自己家里的,你带回北京尝尝吧。"说完就要求和我合个影,作为留念。多么朴实的语言和行为。原来他的热情和友情隐于内而不溢于外。我和朋友们打趣说:"黄塘村是全县响当当的模范村,而黄塘村的书记恐怕是全县最少发声的书记。"一个村有这样的带头人,群众怎么会不放心呢!

步出深闺走"慢城"

现在,这位刚刚步出深闺的山区姑娘,天生丽质,风情万种,正目光炯炯地走向未来。

她的未来在哪里呢?

这是常山县的志士仁人以及省市的政治精英们多年来一直在考虑的问题。但就在不久以前,即 2017 年 11 月,她的"终身大事"终于尘埃落定:她将按照一个新的国际城市建设理念——"慢城"——施展宏图。

"慢城"的城市理念和模式 1999 年诞生于文艺复兴的故乡意大利。其灵感据说来自西方曾盛极一时的"慢餐"运动。故《慢城运动宪章》中有如下记载:"慢食,一个在生活品质(尤其味觉体验)上已经树立全球影响力的组织,和那些同样有此特质的城市一起,决定建立一个全球慢城联盟……所有的慢城将共同分享从美食、宜人服务和设备以及城市品质方面的所有体验。"该宪章所说的是一个适合于休闲、享受美食、选择空间较大的生活环境。根据我的初步理解,这个慢城理念属于后现代主义文化思潮的范畴。"后现代"尊重生命的价值和尊严,强调"一切以人为中心":食物应是绿色的,"栖居"应是"诗意的",生活应是没有负荷的;文化上有选择地回归传统,追求地方特色。回溯人类历史,自工业革命特别是信息革命以来,财富规模日益扩大,而财富归属却更加无序;法律法规不断完善,社会乱象却并未减少;劳动强度不断减轻,但生活节奏却日益加快,以致想生两个孩子得紧皱眉头,甚至连吃顿饭都成了负担,须叫"外卖"来敷衍了事……难怪捷裔法语作家米兰·昆德拉发出了如此震撼人心的呼号:"生命不能承受之轻!"谁都明白,这个"轻"正是"重"的同义字!"慢城"运动就是要对人类的这种不堪重负、日盛一日的生存处境来一个反拨:放下心来,享受轻松!要轻松,就要有承载这一使命的宜居环境和丰富多彩的饮食内容与方式。"慢城"就是提供这种空间的尝试模式。

据悉,至 2014 年即有 28 个国家的 187 个城市成为这样的"慢城"。自 2010 年起中国先后已有 6 个省市的 7 个小城镇先后被国际"慢城"联盟批准为"慢城",除浙江外每省一个;浙江的另一个"慢城"是温州文成县的玉壶镇。常山的"慢城"身份是 2017 年 11 月 11 日在挪威于尔维克市召开的国际"慢城"联盟总部协调委员会会议上被正式批准的。

国外已加入的众多的慢城的情况尚不得而知。就国内已获准的 7 个慢城来看,一般"城"的规模都较小,除常山外,都是以"镇"的名称出现的(成为"慢城"后都新辟几十平方千米的土地加以拓宽建设)。其次地理环境优越,依山傍水,具有可持续发展的适宜条件;第三,地方文化特色浓厚,拥有年代久远的古建筑啦、特色鲜明的传统美食啦、丰富的运动设施啦,独特的非物质文化遗产啦等。总之,这类别具特色的小城或小镇容易吸引国内外的顾客或游人。而旅游业或休闲业的发达,又可直接促进"慢城"的繁荣。显然,这与我们的小康理想可谓异曲同工。

常山县具有优越的山形地貌。近年来经过五水共治,现Ⅰ级水达到 73%,全部出境水达到国家Ⅱ级标准。空气质量亦达国家标准。目前已在县城外辟出 33 平方千米的地域包括常山港用来作为"慢城"建设,计划 5 年内基本建成。我曾分别乘坐电瓶车和敞篷车参观过这一地域。车辆始终在丘陵间蜿蜒穿行。最后在新火车站前停下。在那里我侧身朝来的方向一眼望去,只见一连四五座高度不超过100米的几乎等高、等大的"满头山"连成一线。每座山上林木茂盛,生机勃勃,恰似一串联袂的姐妹花!如能经过充分思考,精心设计,适当安排一些天造地设的建筑物作为这一自然景观的绝妙点缀,同时又作为"慢城"的功能发挥,将会成为常山"慢城"多么空灵、美妙的"华彩乐章"!

也许有人会问:常山县在浙江省甚至衢州市仍然属于欠发达地区,正需要人们紧张劳动,艰苦奋斗,现在就输入发达国家的城市发展理念和模式是否为时过早?这个疑问起初我也有过。但经过我对常山县部分山水的接触后,深觉这里的"绿水青山"的含"金"量之高!这是建设"慢城"的最雄厚的基础和最有力的论据。同时,我走了半个月的"东明湖绿道"(被评为"浙江省最美绿道"),深觉常山人不仅懂得美,更懂得如何创造美!而最重要的一点是:衢州市正在建设一个田园式的"大花园"。这个大花园将以"大杭州"的"后花园"的身份而存在。杭州乃是国际性的大都市,在其"后花园"中少不了异国风情的氛围。常山"慢城"在这后花园中的特殊地位可想而知。于是我接受了"机遇也是挑战"这一思维句式。只要目标明确,坚定不移,在广泛吸取国内外"慢城"建设的有益经验的基础上,充分利用那些久藏深闺的珍宝,坚定不移地在5—10年内建出一个独树一帜的国际"慢城"是完全可能的!我相信,它将成为"衢州大花园"或"杭州后花园"中最绚丽的图景!那时,不仅国内游客,国际游客也会纷至沓来!届时,美丽的常山将成为"众里寻他千百度"的对象!

(原载《光明日报》2018 年 8 月 17 日)

衢州水亭门的华丽转身

今年即 2018 年元旦，新华社、《人民日报》和中央电视台《新闻联播》以及浙江主要媒体均以头条新闻报道衢州古城水亭门的 3D 灯光效果或"灯光秀"。这件事简直让衢州市民倾城欢腾！因为他们觉得自己参与建设的家乡虽也常受到媒体的关注，但从来没有像这次那样爆红！这无疑是对自己付出的智慧和血汗的一种报偿！而这更引起市民们当天晚上更大的狂欢！我通过手机微信，分享着家乡朋友们不断发来的现场的欢乐场面，激动得不由地用美声男中音唱起了贝多芬的《欢乐颂》，呼应着家乡人民的欢乐情绪。

衢州市位于浙江西南隅，分别与闽、赣、皖毗连，号称"四省通衢"，是东南军事重镇，历来为兵家必争之地。故其城池相当坚固，有完整的城墙和城门。城门有 6 座，其中临江的西城门有 2 座，即大西门和小西门。大西门又叫水亭门或朝京门。水亭门因濒临钱塘江上游第一江即衢江，在现代交通工具出现以前，其门外可是浙西乃至邻近诸省边境的重要埠头，有"千帆竞渡"之景。水亭门及其附近街区当年之盛况可想而知。

时光荏苒，随着工业时代的兴起和现代交通工具的发展，水亭门的风光早已不再,仿佛上苍注定这座城门甚至这座城市只能与农耕文明相联系。反正,作为20世纪50年代前期的中学生,我一次又一次目睹了它的平淡无奇,或者说它的朴素身姿。因为我上的中学恰好坐落在与水亭街连成一条直线的县学街。只要一走出校门,就能直接看到水亭门的身影。每年夏天的傍晚,同学们常去水亭门外的城墙脚下游泳,只见一江充沛而清澈的河水在缓缓流动,至于前人们所说的那个"千帆竞渡"的繁忙的码头和码头上那个偌大的卷雪亭,却早已不见了踪影,成了遥远的梦!

这种失落庶几可以归因于时代的进步。但水亭门的另一种遭遇与侥幸却不得不归咎于特殊年代部分市民的轻信和狂躁!说的就是"文革"年代的"破四旧"!在那个年代部分市民随风而动,亲手摧毁了家门前的几乎所有的城墙和大部分城门!所幸唯水亭门与大南门侥幸地未遭灭顶之灾,就是说,它们的城楼都被破坏了,而根基即城门尚保存完整。你看:现在水亭门的城门墙高7.37米;拱券即门洞高5.5米;门洞宽4.88米;石砌墙基厚1.5米。这些都是原汁原味的遗存。这为它后来的"华丽转身"奠定了基础。

当然水亭门身份的提升不全在于其身份的真实性,还在于水亭门所在的衢州这座古城的历史文化含量。它拥有1 800多年的建城史。除了是军事重镇外,它还拥有厚实的人文底蕴。首先值得一提的是,有六代孔子嫡孙(第48—53代)在金兵南下局势的威胁下,根据宋高宗的旨意驻留衢州。并且在第53代孙孔洙让爵后,一直留在衢州繁衍生息。这座古城因此成为"东南阙里,南孔圣地"(孔子第75代嫡长孙、6岁时被册封为"孔子南宗74代奉祀官"的孔祥楷现就生活在衢州)。故1994年国务院在批准衢州成为全国历史文化名城时所陈述的理由是两条:一是有完整的城墙,二是为南宗孔府所在地，恰好"文武双全"。

再从水亭门所承载的衢州古城的历史文化角色看，它也是首屈一指的。它所涉及的所谓"三街七巷"，是衢州古城最重要的片区之一。除城门、城墙外，有庙宇、古塔、会馆、宗祠等建筑多处，传统民居59处。其中属于全国文物保护单位的有2处；省市保护单位14处。可见其内容之丰富，价值之贵重。因离我就读的中学很近，许多我都耳熟能详，是我的乡愁重地。

与许多发达国家相比，我国国民的文物保护意识的觉醒是比较滞后的。从1962年国家公布的第一批全国文物保护单位180项到2013年国家公布的第七批4 200多项，可以看出我国国民文物意识不断提高的阶梯式脚印。但总的来说我国公众的文物保护意识的觉醒还处在发展过程中：就是说睡眼惺忪中知道要保护，但不知道如何去保护；一保护反而是破坏。最典型的例子是2016年辽宁绥中县锥子山"最美野长城"被维修成一条"水泥马路"的咄咄怪事！这类保护的误区在衢州古城保护过程中不同程度地也发生过。例如不懂得尊重古城原有的脉络和肌理，单独拓宽一条街的宽度，而使它失去了与相关城门固有的尺度比例关系，导致两者严重失和。2006年我在《对话家乡父母官》中提到了这个问题，并建议将来在水亭门的改造中避免这一做法。因此我这次参观水亭门改造工程时，一走进水亭街的"大门"即牌坊，首先关心的是水亭街的街面有没有被拓宽，结果令我相当满意：我发现水亭街的宽度没有突破原来的宽度——12米（不过这是抗战期间因军事运输的需要而拓宽的现状，不无遗憾），从而基本上维护了它与水亭门城门尺度的比例关系；其次我注意观察水亭街两旁乃至水亭门周围的房舍经过改造后有没有明显突破原有的天际线，即城楼的高度，结果也令我欣喜:新建或改建的房屋一律都控制在允许的范围内,即不超过城楼的高度;第三,我注意观察水亭门周围的城市肌理即三街七巷的固有风貌或曰古城风貌是否受到了尊重,结果也使我欣慰:它们依然如故,只是部分"衣帽"有了更新,而这是意料中事。其中的标志性建筑如天王巷里的天王塔,是我国历史最悠久的古塔之一。可惜明代末年被暴风吹掉了顶。新中国成立初期人们出于安全考虑将其拆毁。居民们怀念至深,有"不见天王塔,眼泪滴滴答"之说。我也一直为之惋惜。现重见天日的天王塔依然保持着梁代的七檐六面仿楼阁式砖塔形制,高35米,峭拔鲜亮,周围居民和游人无不笑逐颜开;第四,适当增添了少量的、可以容许的历史建筑或传统建筑元素,如民国风情街的"民国建筑"等,使这条曾经身份模糊的重要街道恢复了清白,也恢复了人们的历史记忆;第五,作为人文学者,我最希望看到有助于市民提高阅读兴趣和思考能力的共享空间或设施。所幸我没有失望:这里并不缺茶楼书肆、文化主题餐饮、音乐酒吧等场所。尤其那家叫"半书房"的众筹书房,它将人文艺术、民间图书馆和文化沙龙等多种功能糅合在一起,别具创意。此类创意还见之于24小时自助的"樊登书店";第六,增添了艺术氛围:适当安排了一些富有生活情趣的露天雕塑等,使步行街或广场的气氛变得轻松、活泼、幽默;第七,合理而有序地安排了必要的商业店铺:特色美食、咖啡西点和土特产摊点甚至属于非物质文化遗产的特技表演等,既满足了游人的生活情趣和舌尖要求,又平添了本地区的一种民俗风情。第八,步出城门外,只见河滨绿地赏心悦目,格局别致,更有刚移植的贵重名树护环。繁忙的交通去哪里了?答:一条隧道取而代之。妙哉,多么灵动而流畅的手笔!最后我步上水亭门城楼,朝西南方向看去,只见不远处浩渺的信安湖上一根高大的喷水柱耸天而立,据说它喷出的水柱为亚洲之最,高达 218 米,令人惊叹不已! 每逢节假日,无论站在水亭门上还是门下,都可以看到它高空表演的奇观。这意味着,水亭门内外景区与信安湖景区已融为一个大景区,一个融古城风貌、水上乐园和现代文化风情于一体的新型历史文化街区,成为衢州古城最醒目的地标性风物!

目前,衢州市根据全省的战略目标和要求,正加紧规划并着手将衢州建设成一个"大花园"。这个大花园目前在与水亭门隔江相望的西区已初露端倪。水亭门正是为了适应衢州市整体发展的这一战略目标而华丽转身。

(原载《人民日报》2018 年 7 月 30 日)

大视野、大格局、大花园

——故乡衢州行

去秋回衢州,立刻传来一个惊人的消息:衢州至杭州要造一条高铁专线,41分钟到达!惊喜之余,不免疑问:衢杭之间已有高铁,两个小时,再造一条,是否必要?高铁造价昂贵,衢州在浙江属于欠发达地区,付出这样高昂的代价是否划得来?

今春由于北京住宅楼须由国家统一维修,我又不得不逃往家乡衢州以避乱。人们又说:杭衢高铁专线乃当前衢州大花园建设之基础工程,现已通过论证,即将于今年动工!我惊讶之余赶紧请朋友们给我送些有关的资料来,其中包括省市主要负责人的有关报告或讲话。有车的朋友们则陪我走访了许多地方。我终于渐渐明白:对待衢州市的建设不能把它孤立起来看,而必须把它放到全省的战略布局中来观察,这样,衢州在全省的图局中,明显担负着一个美学的主题,一个高起点的大花园。

浙江在全国大陆的版图上是最小的省,但浙江的经济发展状况,按人口平均值却是全国最富庶的省,且历来有人杰地灵的评说。但从经济发展水平的分布来说,则全省并不均衡,明显地东富西穷。为什么?地理条件造成的:东部主要是沿海和平原;西部则主要是山区和丘陵。衢州市 6 个区县所辖的 8 844 平方千米的土地,82.9％是山区和丘陵。这样的地理条件在"靠天吃饭"的农耕时代甚至工业化时期给当地居民带来了无法违抗的宿命——贫穷。曾记否,青少年时期在衢州生活过数年的唐代大诗人白居易,后来在其《轻肥》一诗中写下这样令人震撼人心的诗句:"是岁江南旱,衢州人食人!"可见,除了耕地稀少(耕地只占总面积的12.9％),水的缺乏是以往衢州贫穷的另一个重要原因。不错,老天爷并没有亏待过衢州,这里的年降雨量达 1 660 毫米,比现在的北京高 5倍!然而在旧时代峭崖陡坡怎么蓄得住雨水?20 世纪下半叶以来,像全国各地一样,衢州市人民(主要是农民)在政府领导下,发挥了极大的积极性,在全市范围内,按照民办公助的原则,筑起了一大批水库,蓄水量 10 万平方米以上的,全市共计 450 座,共蓄水28 亿立方米,基本上满足了农田灌溉和居民生活的需要。

改革开放以来,浙江沿海、平原地区的商品意识很快觉醒,经济发展遥遥领先。相形之下,主要来自山区的衢州市民就显得滞后、缓慢一些。建设速度在全国堪称中上,但在浙江总是靠后。在全省贯彻"山海协作"的精神要求下,衢州总是被"输血"的对象!为此衢州市的历届领导和市民总在着急!原来大家似乎都忽略了一个谋事诀窍:扬长避短!

衢州的短处已如上述。那么衢州的长处在何处呢?说来不无吊诡:它的长处恰恰是它的短处之所在!关键在你须换一种眼光,洞察出短处的另一种价值。而这一点恰恰被当时主政浙江的主要负责人及时点出来了:"绿水青山就是金山银山。"一语道破了多山地区的真正价值!

得到这一指点后,衢州市领导极受启悟和鼓舞。他们明白问题的关键是水必须是"绿"的,山必须是"青"的。他们立即改变思维,决心以绿色为导向,大力发展休闲度假事业;大兴数字经济,发展新的能源;严控甚至关停一切与污染有关的工业企业。而且力劝农民停止养猪,同时派遣大量机关干部常驻每个行政村,大抓环境卫生建设。经过十来个春秋的努力,衢州农村的面貌大为改观。我于去年秋天和今年春夏,为寻找适合投宿的农家乐,先后两度漫游在衢州各县山区农村。我惊喜地发现,凡是我到过的衢州各区、县的村庄,环境卫生的面貌比起十几年前甚至五六年前完全不一样!那时农田普遍使用化肥,传统肥料被抛弃,牲畜随地排泄。一场雨后,全村坑坑洼洼,污水横流,臭气熏天!我目睹过衢江区九华乡的一座完整壮观的祠堂,其偌大的长方形天井里竟是半膝深的牛和猪的粪水!周围50米之内充满臭味。大多数村子的渠水不能洗菜了,井水不能烧饭了……村民们紧皱眉头,苦不堪言!那时每次衢州父母官来京征集衢籍在京人员意见,我都要反复强调这个问题。他们只是皱眉、苦笑,一副无奈的样子。如今这恼人的一幕终于过去了!去秋今春所见所闻无不让我喜出望外:许多村子有了自来水;村村都有公路相通,哪怕在高山野坡;村里的里弄一般也都铺成了水泥路。最令我惊叹的是,那散落在千山万壑的一个个"穷山村",几乎90%的农户都破旧迎新,盖起了崭新的二三层"小洋房"!几乎每个村子整体上都变成了崭新一片!说明近几年来围绕"美丽乡村"的建设已经取得了明显的成效!这一变化为建设全市性的美丽大花园作了必要的铺垫。

在我还是小孩的时候,记忆中衢州山区的树林是相当浓密的。但自20世纪下半叶以来,由于人口的激增,各地森林很快变成了灶旁的柴火!大部分高山矮坡都变得光秃秃的了,令人有火烧眉毛之感！真是上天有眼：80 年代前期，危机中遇到一个歪打正着的转机，即由于全国煤矿开采一度失控，私人开采一拥而上，使燃煤的供应普及农村，接着又有了天然气的接茬。这使我国山林普遍获救！现在可以说，占衢州市面积 82.9％ 的山区和丘陵绿色覆盖十分可喜：处处林木葱茏，蓬蓬勃勃，甚至超过了我儿时的印象！现在国家已在森林覆盖率最高的开化县古田山建立了国家级自然保护区；在全市建立了 5 处国家森林公园。因此，保持并增进青山的"青"，对衢州市来说是不成问题的，而且它是建设全省"绿色屏障"——省府的要求——的雄厚基础！

衢州市的攻坚战是"绿水"。总体来说，与其他地区相较，衢州市的水质是比较好的。它有一条在崇山峻岭中蜿蜒 135 千米的大河——乌溪江，沿岸工厂较少。经过适当治理，其水质现在是华东第一！难度较大的是衢州的母亲河衢江。它是钱塘江上游的首段，至关重要。它的支流维系着许多大小工厂，尤其是全国最大的化工企业之一——巨化集团公司就在江边！衢州市政府以极大的魄力和决心，坚决关停一切与污染有关的工厂企业；在全市范围内断然禁止家庭养猪；与巨化反复磋商，取得对方的密切配合等。终于，良性循环开始了：如今衢州市 6 个区县的出境水均达到国家 II 级水标准；一级水也普遍达到 70％ 以上，是全省唯一拥有一级地表水的城市。可以说，对衢州市来说，已经接近绿水青山的目标了！

诚然，"绿水青山"的价值不全在经济，它还包含着巨大的美学价值！来自南部的仙霞岭山脉巍峨挺拔，它在衢州的最高峰大龙岗海拔约 1 503 米；北部的千里岗山脉高耸俏丽，其在衢州的最高峰白石尖海拔 1 453 米！它们是衢州山水之美的天热象征！我虽年逾八十，之所以仍不倦地在大山小山寻寻觅觅，表面上是在寻找中意的"农家乐"，实际上是在寻找和观赏山水之美、山景之美和山境之美！这种美是大地之美，天赐之美，是美的本原。因此它是最震撼人心的，最令人难忘的！尤其是走动在群山间，因距离和角度的不同，山境的组合随时重构，景观瞬间变化，正所谓"横看成岭侧成峰，远近高低各不同"。而在同一地点，因时辰和阴晴的变化，景观的色调亦大异其趣！山中的云雾则是一支灵动的笔，随时让山景"淡妆浓抹总相宜"，更不缺"犹抱琵琶半遮面"的羞涩……难怪，中国诗歌史上最瑰丽的诗篇是山水诗，中国美术史上最杰出的绘画是山水画！可以说，没有中国大地上那无数千姿百态、雄伟奇诡的山水，无论中国文学史或中国艺术史都要逊色不少！

山水乃是美的自在体，它无时无刻不在无形地塑造着人的精神人格，陶冶着人的精神素质，所以山区的人一般都比较淳朴、勤劳、善良、勇敢、刚毅。所谓"穷山恶水出刁民"，那是偏见！每当看到陡峭的山坡上也耸立起崭新的楼房，我的心灵就无比震撼：这几十上百吨钢筋、水泥、木头、砂石是全凭两个肩膀、一个脊背肩挑背驮上去的！在常山县茶油盛产地黄塘村，四周六七百米高的崇山峻岭上，全都披覆着浓浓密密的油茶树。我常在阳台上仰望着那高高山顶上的油茶树，想：这又高又险的地方，干活时如何爬上去，干完活又如何将油茶果背下来？于是一次与一位老农聊天时我特地问他：这又高又险的地方，干活时能不能就不去了呢？他淡淡一笑说："从小就跟着大人这么干，都习惯了。"啊，这些普通的山民，为了追求基本的或者更美好的生活，在与"穷山恶水"的搏斗中，付出了多么艰辛的劳力，表现了多么勇敢、顽强和坚毅的精神！我目前所下榻的农家乐，位于衢州市衢江区东坪村，这是一个海拔 450

米的小山村,有 200 多号人口。这里从来没有听说发生过任何偷盗或恶性事件。我的房东夜里出去打牌,从来不锁大门!衢州市 250 余万市民,大多数就是在这样的严峻的自然环境中锤炼出了他们特殊的性格!他们在我的心目中是大写的"劳动人民"!君不见,近年来涌现的不少"最美衢州人"引起全国媒体的普遍关注,甚至衢州市尤其是常山县前往沪杭一带的保姆都特别受欢迎。再一个现象也值得注意:近年来我国官场上倒下去的人不少。我大致了解了一下,凡衢州市成长或出去的官员腐败分子明显较少。这一现象固然有诸多因素,其中之一,我认为与当地的地理环境所起的潜移默化的"塑造"作用不无关系。难怪衢州获得"神奇山水,名城衢州"之称。

如果说赞美衢州人的人文素质口说无凭,那么提一提发生在 2012 年的事例庶几可供佐证。仅仅在这一年,衢州市就接受了各方面推选的如此多的荣誉:中国十大宜居城市;中国十大特色休闲城市;中国宜居休闲之都;中国特色魅力城市;中国园林城市;中国卫生城市;中国最安全城市。

须知,这是 6 年前的衢州!说明当时衢州市的软件基础和硬件基础都已经相当雄厚。6 年来,衢州市又有了长足的发展,其成就恰好为"衢州大花园"建设的全面展开敲响了开台锣鼓。

省里早就看到了衢州市的地理优势和良好发展,又鉴于衢州市的大部分地缘都与杭州市毗连,故对衢州市在全省的战略地位和发展方向极为重视,把它视为海湾发展的一个"节点"和可以融入"大杭州市"的一员;是对内开放的桥头堡和对外开放的四省边境的中心城市。又考虑到它的美学素质,衢州市的建设方向无疑是一个具有高品位的城市,一个"众里寻他千百度"

的"大花园"！这个大花园对于相邻的杭州市来说自然也就成了"后花园"！这个"衢州大花园"的战略定位不愧是大思路、大格局、大手笔！

衢州大花园将是什么样？现在尚处于开始阶段，很难完全描绘。不过根据现在的规划和已经竣工的个别景点，可以看出一个大概：清澈的衢江和乌溪江将送一江清流进浙江（水名）；一条杭衢高铁专线成为杭衢城际专线，使衢州迅速融入杭州；1处国家自然保护区和5处国家森林公园初步构成浙江的"绿色屏障"；十余个AAAAA级和几十个AAAA级国家旅游景点点缀着衢州的美丽江山；至少7个特色小镇将成为美丽乡村的典范；一座新颖的"慢城"将让人们轻松休闲，遍享特色；其异域风情将使杭州"后花园"风采独具，倍加美轮美奂……

衢州大花园的核心区无疑在衢州城，其重点无疑在西区，即衢江的西岸。这里10平方千米的土地正在建设衢州新城。近几年实行国内外招标，按中标单位的规划方案是建设一个田园式的城市。我已于去秋通过《衢州日报》表达过意见，认为这个美学定位是可取的，是符合衢州大花园的总体风貌的。

一个城市拥有一条河流会使这个城市增添无限活力和万种风情！试想布达佩斯与多瑙河、杜塞尔多夫与莱茵河、巴黎与塞纳河、上海与黄浦江……衢州西区一旦建成，流量充沛的悠悠衢江将穿城而过，理应使城市大放光彩。然而遗憾的是，现在它焕发不出这样的光彩！因为西河滨一座静悄悄的公园抑制了它的活力！须知，这样的黄金河岸本来只为巍峨、宏丽的高楼大厦诸如金融大厦、外贸大厦、招商大厦、广播电视塔、五星酒店等而存在，它们代表着现代城市的活力与风采，而与东区那静卧一旁的、低矮灰淡的历史文化古城形成鲜明的反差,从而取得"古今对话"的姿势。这就取得美学上的效应和哲学意味了。因此我的意思是既然西区将是田园风格,则上述河滨公园不妨挪开,让衢江西岸成为上海的浦东,成为衢州大花园的最高音响!

(原载《人民日报·海外版》2018 年 9 月 6 日,有删节)

内外自然

人面对的两个自然

——一个人文学者眼中的生育观

就我个人愿望说,如果我国今天的人口能够退回到 20 世纪 50 年代的 5 亿水平而又不付出任何重大代价,我将谢天谢地,叫我向谁磕头下跪我都愿意! 问题是:自然法则不允许我们一厢情愿!

两个自然

人类生存始终与两个自然不能分离,一个是外在的自然,即大自然;一个是内在的自然,即人自身的本体自然。外在的自然属于物质的自然;内在的自然,属于精神的自然。自然者,天然也。须知,"天"(人的内在世界也属于它的范畴)也是有灵性的。这个"灵性"并不玄妙,它就是宇宙万物运行的固有规律,是不可随意触犯的,触犯了,就会引起"天"怒,受到惩罚。

人类亿万年来一直与大自然共融于一体,共居于一个地球,本身就是大自然的一部分,向来是和谐无犯的。只是近几百年来,随着人的自我意识的觉醒和一系列科学技术的重大发明,人很快自我膨胀成"宇宙的精华,万物的灵长"(莎士比亚语),一厢情愿地把大自然当作他可以任意掠夺和奴役的对象,因而成了"自然的祸害,万物的杀手"。于是,江河泛滥了,地球升温了,厄尔尼诺逞威了,人类的朋友不断消失了……这时,人类才开始醒悟:原来大自然有它自在的生态规律,是不能按照人的主观愿望对它为所欲为的。于是"生物链"或"食物链"的概念出来了,"生态平衡"的概念出来了,"温室效应"的概念出来了……这些科学规律逐渐为人们领悟和接受,它们从一些陌生名词,变成了科学常识。这一自然生态意识的萌发,首先见之于欧洲一些发达国家,约从 20 世纪 60 年代开始,以德国的"绿色和平组织"诞生为标志。那时,这个组织所在的故乡,莱茵河的鱼类几乎灭绝了!

中国自从 20 世纪 40 年代末结束战乱以来,在十分贫穷的基础上开始了大规模的建设。面对近亿人口缺吃少穿,当时的当政者顾不上考虑生态保护问题,而且当时也不可能产生那种意识,甚至直到 90 年代前期,有的省市负责人在讨论本地区经济建设规划时还宣称:"环境污染问题到 21 世纪再去考虑!"但正是从那时起,随着国际上"可持续发展"理念的提出和国际环保峰会的召开,国内的环保意识也开始觉醒,民间出现了自发的绿色环保组织,官方建立起了政府性的环保机构,忍痛关停了大批的构成污染源的生产单位。长江洪水的爆发,让我们的环保意识更大程度地觉醒,促使我们下更大的决心,花更大的代价,偿还亏欠大自然的孽债,终于导致"三退"(即"退耕还林、退耕还草、退耕还湖")方针的出台和诸如"首钢"这样超大工程的搬迁,表明我国对于环保的必要性和迫切性上下都取得了共识。

人作为生物的自然

生物的繁殖规律，只要没有人类的破坏或天灾的威胁，总是从少到多的，这是自然。人类至今没有脱离生物的属性，其繁殖规律与一般其他生物没有两样。如果不是因为天意，你要人为地强行使它从多到少，这就是反自然。反自然的行为是必然要受到自然的报复的。这方面我们有过很多教训了。曾记否，我们曾经因为狼要伤人，就想当然地见狼就打、就杀；我们曾经因为麻雀糟蹋我们的粮食，就想当然地开展"除四害"运动，必欲除尽而后快。曾几何时，我们终于觉悟了：麻雀要夺粮，狼要伤人，以及我们必须要为它们付出一定的损失，这都是上苍安排的，是老天爷在"生物链"中规定好了的，是忤逆不得的。我们甚至承认了它们是我们的朋友。可惜它们已经寥寥无几了，这又使我们感到恐慌。这时我们想到了当时那种一厢情愿的思维和短期行为多么愚蠢。现在我们在强行坚持"独生子女"的时候，是不是在重复当年的"一厢情愿"的思维呢？大家都知道，"一厢情愿"是个贬义词，其意是不顾客观规律和实际情况，一心凭主观愿望和眼前利益行事，最后导致失败，造成不良后果。

人的成长环境的自然

从中学课本里我们就开始懂得，处于自然状态的哺乳动物，也就是通常所说的"野生动物"一般都有族群意识和族群关系，这是它们生存的自然原生态的核心，一旦遭到入侵或破坏，它们就会拼死反抗,不仅是灵长类动物,连狼也不例外。这种现象在人类这里主要表现为家庭和家族的血统关系。它在人的童年阶段就鲜明地体现出来了!君不见,兄弟姐妹一起玩乐,欢天喜地,发自内心,出自天性。他们打打闹闹,时而哭,时而笑,从不记仇,也不计较:亲情也。他们一会儿争斗,一会儿和解,一会儿谦让——原来成人社会的谈判原则和妥协策略早在孩提时代就开始训练了!这是孩子成长的天然环境,也就是"原生态"。在这种自然生态环境中,兄弟姐妹之间不同性别、性格和性情必然会发生不同程度的摩擦、磨合乃至互相调剂、圆融,有利于养成合群意识和集体意识;大龄儿童对低龄儿童还会起某种自发的启蒙作用。在这样的天然乐园中兄弟姐妹们建立起了"手足情"。一个人童年时期有没有这个经历是不一样的,这必然影响着一个人未来精神人格的形成。故早在计生政策实行以前,每当我们听到某某人是独生子或独生女时,脑子里马上闪现出他(她)受过"宠爱"的猜想(须知"受宠爱"可不是完全正面的意味)。如今你人为地把这个儿童原生态的天然乐园取消了,让孩子一个人孤零零地在父母跟前转悠,让他备尝孤单和无聊的滋味,必然给孩子心理造成负面的影响。无怪乎朱镕基总理2000年访问日本期间,一次在和日本记者筑紫哲也对话时,千叶县一位五年级小学生通过记者问:"为什么中国每个家庭只能有一个小孩?会不会寂寞?"这个小孩子的提问可以说喊出了亿万中国小朋友的心声!

你也许会反驳说:在独生子女情况下,孩子可以得到父母更多的爱。没错!父母会把多子女的爱集中在这唯一的"宝贝疙瘩"身上。然而这种转移性的堆积型的爱是溶解性的,它属于刚才提及的"宠爱"范畴。它固然能让孩子得到父母更多的温暖和甜蜜,但它弥补不了孩子从兄弟姐妹的玩乐中获得的天然的欢乐,而且这种宠爱多半属于溺爱,其消极性是显而易见的:它容易诱发孩子天性中的惰性,销蚀孩子天性中的斗志,助长孩子的慵懒和骄纵倾向。因此独生子女的家庭环境对孩子未来精神人格的生成是不利的。难怪,自20世纪80年代以来,所谓"小皇帝"这一指称独生子女的绰号一经出现,就立刻不胫而走,人们——包括独生子女的父母——一边发出会心的微笑,一边皱着眉头接受对小宝宝的这一幽默的戏称。为什么要"皱着眉头"呢?"小皇帝"是唯我独尊的同义语啊!一个国家的国民在儿时就具有了唯我独尊的君主的特征,那不叫人忧虑吗?这正是孩子失去了赖以成长的兄弟姐妹的原生态家庭环境以后,人的正常精神生态遭到破坏的严重信号。

也许有人会强调:那就让政府采取措施,加强对家长的教育,要求他们不要娇惯孩子就是了。在无奈情况下,这当然也不失为一种没有办法的办法,这样做肯定会起一定的作用,但是不能解决根本问题。为什么?存在决定意识。这是一条难以抗拒的客观规律。我的子辈和孙辈都是独生子女。我何尝没有经常提醒和要求过自己?然而"唯一性"的现实总会有办法击中"人性中的弱点",从而得逞。上幼儿园不必说,自上小学起,别人的孩子都有父母接送,你能忍心让自己的孩子单独来回?别人的孩子有这个那个豪华的玩具,你能忍心看孩子的馋涎?……我曾经有过多少次懊悔:这里不应该迁就,那里不应该原谅。但第十次懊悔了,却仍未能避免第十一次!我唯一没有跨过的底线,就是放弃自己的工作,去为孩子"陪读";不仅陪到北京、上海、广州,还要陪到伦敦、纽约、堪培拉!因为我认为,如果说上述"懊悔"归咎于我的"心太软",那么这样的"陪读"可要造成耻辱了!而且,这可能是中国独有的教育和人文景观,因而也是国家的耻辱!据北京某高校统计,今年该校入学新生 90% 都是由家长陪送到校的!我不知道古今中外是否有过这样的先例。

　　我之所以不愿跨过这条"陪读"的底线,是因为我经常想起近30 年前国外街头的一景。一位德国弗莱堡大学的朋友(讲师)陪我上街。他手上抱着一个 2 岁的女孩,后头跟着一个 4 岁的男孩。这位高个子父亲只顾自己大步向前走去,远远落在后头的男孩不得不跑步紧追,不久他终于跌倒了,哇哇直哭。我正弯下腰想去扶他起来,他父亲扭过头来说:"别管他!"说完像什么也没有发生一样,只顾继续往前走。我听着他那命令式的口气,立刻意识到这位父亲也许在有意训练自己的孩子,就直起身来站着不动了(毕竟不是自己的孩子,这时的心倒是硬得起来的)。孩子看看父亲,看看我,发现我俩都不准备帮忙,立刻丢掉幻想,一跃而起,继续往前跑……此事一直让我经常设身处地地想:如果这位父亲只有这一个孩子,他是否还会这么铁石心肠呢? 或者,如果这个孩子处于家里"唯一"的地位,他是否还会自己爬起来呢? 这是值得大家深思的问题。

人的伦理关系的自然

　　人的情感分"大爱"和"小爱"。大爱包括人类意识、民族感情和社会关怀;小爱包括亲情、爱情和友情。而在"亲情"这一层面则有父母之情、夫妻之情和兄弟之情,属于家庭关系,这是核心层,一般叫"直系层"。外延一圈是"近亲层",属于"家族关系",包括叔叔、伯伯、姑姑、阿姨、舅舅、表兄、表妹、堂兄、堂妹等类别。再往外就是"远亲层"了。你看,人的正常的亲情,即"伦常之情"包含了许多不同层次的血亲关系,这是一个丰富的、亲疏有序的情感系统。这样一个天然的亲缘体系是人的最温馨的精神大家园,情感上广阔而牢靠的慰藉。一旦需要帮忙,"三亲六故"呼之即来;需要倾诉,可随时找到宣泄之处;发生大灾小难,则远近亲戚首先是你的后盾。但是这个情感系统是以一个拥有兄弟姐妹的天然家庭关系为基础的。现在随着兄弟姐妹的消失,这个情感系统的丰富性就缺三少五了!好比一幢房屋,经过"瘦身",尽管柱子、栋梁等主要构件还在,但某些檩条没有了!这幢房屋的结构的完整性和牢固性必然受到损害。由于伦理关系的缺失,人的情感的丰富性和层次感就会变得单调,细腻性缺乏,敏感度降低,因而明达事理的能力变弱,这意味着人的精神生态失去平衡,导致人性变异。

家庭兴旺与家庭结构的自然

如果没有过分的人为干预,一个正常家庭,不管是三代同堂,还是四世同堂,其成员结构应该是宝塔形的,即父辈大于祖辈,孙辈大于父辈。这样的家庭,由于中年以下的成员占多数,家庭必然充满活力和朝气,呈现兴旺景象。然而如今的现状是,这个固有的自然家庭结构被颠倒过来了,变成"四二一"的锥形,衰老的一代变成了多数!这一非自然的现象带来的弊端,从一个人文学者的眼光去看,首先还不在于这个家庭骨干所承受的过重的经济和劳务压力,而在于这个家庭缺乏足够的朝气或者说"兴旺气象",而这样的家庭气氛对下一代的身心健康和精神人格的形成是不利的!

社会活力与社会人口结构的自然

　　家庭结构倒挂的模式,相当程度上反映了我国社会人口结构的走向。在这里社会与家庭一样,从自然走向异常。目前我国老龄化倾向的形成速度与规模,超过了大多数发展中国家,引起社会学家、经济学家和人口学家的高度关注。与上述阐述的理由一样,作为人文学者,我首先看到的是,在我国,老龄化的急剧形成与青壮年劳力的相应减少是同时反向进行的。据经济学家估算,如果我国的现行计生政策坚持不变,那么仅从 2012—2022 年这 10 年间,我国青壮年劳动力将减少一个亿!这意味着什么呢?意味着到那时我国社会活力将明显减退。社会活力是一切事业发展的"原动力",也是国民赖以焕发朝气、积极进取的无形资源。社会活力减退这一趋向必将对我国经济发展的强劲势头造成明显的制约,我国国防的后备力量也势将相应受到牵制,我国的人文生态也会受到消极影响。至于过早过快形成的"老龄化"后果对经济和社会造成的压力,许多有关专家已经分析得相当透彻了,无须赘述。

性别比的自然

　　在一个不存在性别歧视的社会里,人们生男生女是听其自然的。在这样的情况下,国民中的男女性别比例基本上是合乎规律的,保持在 103∶100 左右,学界把"自然"的红线定在 107∶100。中国的国民,首先是乡村中的农民,长期受封建意识的影响,重男轻女,故实行独生子女政策以来,溺婴与歧视性堕胎现象严重,导致人口性别比严重失调，据 2007 年的抽样调查统计达到 120：
100，也曾有过 123：100 的数据，成为违背自然最严重的国家之
一。这一现象意味着我国有将近五分之一的男性公民求偶陷入绝
望。他们因此而心情焦虑、情绪烦躁，这势必影响他们的人格完善
和精神情操的追求，有的甚至在性饥渴的驱使下铤而走险，走上犯
罪的道路，给社会增加不稳定因素。我们如何应对呢？这个问题
已经紧迫地出现在我们的面前。

控制人口过快增长的必要性及其警戒线

上面谈到诸多自然，主要是人的内在自然，即"精神生态的自
在性"这一自然。凡属自然的东西，都有它固有的法则，都具有
"神"的至尊和威严，是不可随便冒犯的，否则必受报复。但人类为
了眼前的生存，有时不得不明知故犯，例如废气排放、塑料成灾等
（这里暂且不提诸如细菌武器、化学武器、原子武器等这样一些犯
罪性试验）。在人口问题上也是如此。由于人类不受"食物链"约
束，如人口任其无限增长，势必使地球不堪重负，只能由人类自身
进行控制。但控制的力度必须在科学还能勉强允许的前提下，理
智地加以掌握，不得跨越自然最大容忍度的警戒线。第二次世界
大战以后，随着国际形势的缓和、生产率的迅速提高和医学的发
展，人口普遍增长很快，尤其是在那些经济不发达或欠发达的国家
和地区，例如非洲、亚洲。以亚洲而论，20 世纪 50 年代后期至 60
年代，人口普遍膨胀，许多国家如韩国、日本、新加坡、印度尼西亚、
马来西亚、泰国、印度、中国等，至 60 年代中期，总和生育率一般都
达到 5 以上，约比现在世界平均总和生育率(2.7)多 1 倍！故从这

时候起,除中国外,这些国家迅速采取节制人口过快发展的断然措施。不过这些国家倒也没有走极端,都没有强行规定一对夫妇只许生一胎。当时新加坡的口号是:"两个就够了!"看来,两胎就是国际约定俗成的控制人口过快增长的"警戒线"。从实践看,这是行之有效的,因而是比较科学的。例如韩国,从1962年开始实行二胎政策,至1995年生育率即从原来的5.5降到1.65,低于更替水平,第二年赶紧叫停。新加坡更快,至1977年,生育率即从1963年的5.1降到1.82,80年代就转为鼓励生育了!伊朗起步较晚,1989年才开始提倡二胎,但不禁止三胎,至2006年,即不到20年,其生育率就从1990年的5.3降到1.7了!越南也晚,1988年才开始实行二胎计划,到现在也从原来的3.8,降到现在的1.8了(以上资料来自香港《财经文摘》2009年第7期)。

我国五六十年代对人口膨胀采取与上述国家相反的态度,错失良机。但从1970年起,可能受到周边国家的启发,也开始提出"一个不少,两个正好"的口号。在当时情况下,这个口号是必要的,也是行之有效的,10年后即1980年我国人口的总和生育率即降至2.4,接近更替水平。

自1979年开始,中共中央采取更加果断的措施,先是要求共产党员一对夫妇只生一个孩子,继而规定所有汉族家庭都必须这么做,并作为"国策"实施。

现在是让实践说话的时候了

"实践是检验真理的唯一标准"。这是马克思主义的一条重要原理。20世纪70年代末,这条真理曾被我国思想界着重宣传并有效运用了一番,产生极好的效果。我国以独生子女为核心的计生政策迄今已经有了 30 年的实践,积累了丰富的经验,现在我们有足够的条件,结合中央一再强调的"以人为本"和"科学决策"精神来审视和评价这一政策的得失了。

据统计,30 年来,我国已经有 1 亿独生子女先后出生,在各级学校占了很大的比重,此外还有一部分已经走上工作岗位。他们的各种表现引起各方面的关注,甚至包括计生委本身。最近一项由计生委牵头、联合中央各有关部门共同实施的"青少年健康人格工程"正在启动。我有幸聆听了国家人口与计生委等部门联合致中央精神文明建设指导委员会的报告,其中指出:"大量调查研究表明,过去一二十年里,我国青少年的心理健康水平在下滑,普遍存在人格缺失现象,独生子女尤为明显。"又说:"以孩子为中心的家庭结构,加之溺爱和教育缺失,使独生子女在自主能力、适应能力、责任意识、进取意识、感恩意识、吃苦耐劳等方面表现出更多的人格缺陷。"

会上还分发了国内外学术界对独生子女调查研究的材料,学者们的结论与上述观点是一致的,认为独生子女普遍存在着孤独感、依赖性强、感恩意识差、责任意识欠缺、性格脆弱、道德弱化等人格缺陷。美国心理学家 G.哈尔也认为:"独生子女本身就是一种病态。"并且多数美国人认为独生子女有适应不良、以自我为中心、固执等个性缺陷。一份研究报告指出:"在存在较重的心理问题的学生中,独生子女比例高于非独生子女。"难怪,在北京大学精神卫生研究所对 10 年中 16 所大学的学生退学的原因分析后发现,1982 年以前,主要为传染性疾病,而 1982 年以后则为精神障碍。也就是说,以前多为生理疾病,现在多为精神疾病。可见独生子女的"内在自然"被破坏了!

内在自然的破坏也就是人的精神生态的自在性受到干扰或侵犯,平衡被打破了!"干扰"因素就是我们没有尊重生育规律的自然法则,这同我们在向大自然索取的时候,不尊重其生态平衡的神圣性是一样的。这样做对青少年的健康和健全的精神人格的形成必然产生负面影响。

人多是绝对的坏事吗?

毛泽东主席在中国人口急增的时候,发表"人多力量大"的言论,无疑为中国人口的膨胀起了推波助澜的作用,他的这一观点和举措必须予以反思,并从中吸取教训。但我们也不能因此把人多看作绝对的坏事,因而反其道而行之,认为"人越少越好",以致在方针政策上走向另一个极端。须知在人口得到正常控制的前提下,人多首先是好事:在现代生产技术条件下,一个人劳动所创造的财富,可以养活许多人。因此人多首先是一笔重要的经济资源,所谓"人口红利"即由此而来。近二三十年来,我国在经济底子原来很薄弱、技术条件不如发达国家的情况下,GDP 一下跃到了世界的前列! 靠的是什么? 除了改革开放这一正确的大方针外,主要还不是因为我们人多吗? 须知这些年来我国的人口由于惯性作用增长仍然是相当快的,但事实证明,经济发展的速度比人口增长的速度更快!

这一事实有利于消除当年导致我们制定出现行人口政策的重要理由:我国人多地少。"人多地少,吃饭难保",这是农耕时代的思维。可在现代社会,随着科学技术的加速发展,劳动生产率迅速提高,加上国际交通的发达和国际经济运行机制的改善,只要有劳力,就能创造红利,吃饭是不成问题的。君不见,我国浙江的人口密度在大陆最大,但恰恰是浙江的经济发展形势在全国最好!秘诀是什么?据我看,除了浙江人的聪明才智外,善于到省外、国外挣饭吃是重要原因。放眼国外,首先是我们的亚洲近邻,无论是新加坡、韩国,还是日本、泰国、菲律宾,它们不都是靠这个秘诀生存、繁荣的吗?值得深思的倒是:这些国家和地区"人多地少"的矛盾和压力都比我们大,可它们中没有一个试图制定跨越"警戒线"的人口政策。我曾在国际范围搜索了几十年,看看有没有第二个国家像我们这样,一边吃着巨大的人口红利,一边又把自己的人口当作如此巨大的包袱。可惜没有发现!

此外,不要忘了:(科学指导下的)人多,是"人才济济"的不竭源泉!人多,更是国防强固的根基!

自然在自行调节呢

近几十年来,一个悖论性的人口自然运动规律日益显现出来,即人口数量的发展与经济文化水平的提高是反向运行的,这与我们以往"经济越富裕越养得起孩子"的形式逻辑正好相反!据统计,1970—2000 年,发达国家的总人口由原来占世界总人口的30%降为20%。这一颓势首先表现在经济发展较早的"老欧洲":全世界 25 个出生率最低的国家有 22 个在欧洲。1950—2000 年欧洲的总人口占世界总人口的比例由原来的 21%降至 12%!德国尽管每年都有大量的移民涌入,但它的人口多少年来都在 8 000 万左右徘徊,实际上它的本土人口每年都在减少。有人推算,至

21 世纪末,德国人口将减少到 5 000 万! 南欧的两个大国西班牙和意大利,多年来一直靠大量移民来补充人口的减少。西班牙的移民甚至已经占了它总人口的 11％! 有人预计,至 2050 年,意大利的人口将从 2000 年的 5 700 万减至 4 500 万;西班牙则将从 4 600 万减至 3 700 万。东欧国家同样面临这一严峻形势。俄罗斯早在 20 世纪 50 年代起就通过奖励"英雄母亲"鼓励多生,现在尤其如此。乌克兰和保加利亚也很不妙,有人估计那里的人口至 21 世纪中期将减少三分之一! 因此,欧盟若要在 2050 年以前维持目前的人口数量,则每年必须比现在多引进 150 万移民!

导致欧洲人口这一不景气形势的重要原因首先是生育意愿的普遍降低。据统计,德国有大学学历的人中 39％不愿生育;学历较低一点的则为 25％。另一个原因是不孕症发生率的上升,这是自然生态遭到破坏而引起的人类生存环境的日益恶化造成的后果,一时难以逆转。

人口状况与经济文化的关系的反证是非洲。那里不少国家的人口还在激增,正说明人口超负跟贫穷是结缘的。但非洲的人口形势没有蔓延性,而欧洲的则有蔓延性。目前亚洲某些国家已开始步其后尘。如前面提及的那些在 20 世纪 60 年代开始实行节制生育的国家和地区,现在生育率都在更替水平以下,一时难以逆转,不得不转而鼓励生育。如韩国 2005 年已降到 1.08;新加坡在 20 世纪 80 年代就开始懊悔,90 年代降到 1.7 左右,现在只有 1.1;我国台湾地区现在也只有 1.1 左右,这个人口密度全国最大的地区已经在提倡"三个不嫌多"了;日本现在是 1.32;越南和伊朗提倡二胎较晚,分别始于 1988 年和 1989 年,现在分别是 1.8 和 1.7。

欧洲乃至上述亚洲国家的人口形势是我们的前车之鉴。只要世界经济形态日益趋近,文化互相交流,人们的观念也会日益接近。事实上我国近一二十年来已经呈现这样的趋势。我经常看到周围的熟人们为儿辈或孙辈的不愿生育而犯愁,而不解。所谓"单身贵族""丁克家庭"日见其多。见微而知著,我们对这一新的现象的出现及其发展趋势必须有足够的估计,借以审视我们的人口政策和人口战略,避免陷入盲目,导致不可逆转的下滑局面。

放开二胎势在必行

我国的总和生育率多年来一直在更替水平以下,现在官方的估计是1.8,专家的估计是1.4—1.8。事实上近年来我国人口的实际增长指数均少于官方的计划指数。越来越多的人口专家和民间人口研究者都认为,要做到人口安全地平衡发展,必须要有前瞻性,必须看到现在我国人口之所以还在继续增长,靠的是人口内在运动能量的惯性作用,一旦这种惯性能量耗尽,马上就会开始下滑,等到那时再来调整政策,则为时已晚。人口发展规律不是"水龙头",想开就开,想关就关。那么目前放开二胎有没有风险呢?为此,近年来我国人口研究界集中了全国20多位优秀专家进行了两年(2004—2006年)的研究,最后以详细的文字阐述和图表显示,证明目前放开二胎正是时候,不会有风险。同时我国北方和南方数省的多个试点县经过20多年的二胎实践,也证明没有风险。这些地区生育率都在更替水平(2.1)以下,如山西翼城与甘肃酒泉根据2000年的统计分别为1.5和1.4;湖北恩施2005年为1.47;河北承德现在为1.6;新疆建设兵团实行"独生子女"政策10多年后改为二胎,不但未出现反弹,而且现在的生育率仅为1.00左右;

湖北长阳、五峰两县前几年经批准实行二胎后亦未见反弹,2007年的统计数据分别为 0.88 和 0.90,远远低于更替水平。我认为,由于社会上存在着为数不少的不愿生育和不愿生二胎者,以及 17％的不孕率,还有将近 1 亿在城里打工的农村青年生育也不那么容易,即使放开二胎,我国生育率也不可能达到 2.00!

回来吧,为了亿万青少年精神人格的健全,为了全民族精神生态的安全和健康,尊重自然设定的"警戒线",本着执政党"以人为本"和"科学决策"的承诺,赋予我国的计生政策以充分的科学精神和丰富的人文内涵。当然,尊重自然是需要付出痛苦的代价,但不这样做,如何向将来的历史学家交代呢?

(2009 年孟秋在北京大学经济学院召开的关于人口生育问题研讨会上的发言)

现代文明的反思与拯救

——"人文武夷"丛书总前言

多少年来,人们一直为现代文明的发展而欢呼,为现代文明带来的物质刺激而陶醉。君不见,20世纪上半叶的文坛上,中国最杰出的诗人郭沫若,看见"摩托车前的明灯",发出"20世纪的阿波罗"的赞颂;欧洲的伟大戏剧家布莱希特,面对科学技术的进步,也欣然赞叹:"科学正在打开新的黑暗领域。"这两位东西方文坛的现代智者对于文明进步的线性思维反映了人类大多数对这一问题的乐观态度。因此人类越来越贪得无厌地对大自然张开大口,越来越迷醉于人类文明必然不断进步的假象。尽管有极个别人已经察觉到人类文明正以"异化"的方式发生背反,如奥地利小说家卡夫卡;已经预见到对大自然的有增无已的掠夺必将遭到大自然的报复,如德国小说家德布林。但那只是空谷足音!人类获取一个重要的真理,需要付出重大的代价,这个代价就是战争!

两次世界大战敲醒了人类的理智,使人们变得更清醒、更宽容了!所谓"后现代"思潮的兴起,堪称这一猛醒的征兆。从某种意义上说,"后现代"思潮是一种"反思"思潮。在人文领域,它反思过去,回归自然,呼唤人性,呼唤宽容,呼唤传统,呼唤天人合一,从而促使人的自我意识的"再觉醒"。欧洲的文艺复兴,使人在神的面前站了起来,但接着又在另一个"神",即自然之神的面前倒了下去。殊不知,自然之神才是宇宙间真正的神。这是得罪不得的,得罪了就要受到惩罚。人类自从拥有了大规模改造自然的有效武器——先进技术,就日盛一日地对大自然进行肆无忌惮的掠夺和蹂躏,很快把自然之神激怒,于是臭氧空洞示警、厄尔尼诺逞威、冰山动容、沙尘肆虐等报复性现象犹如一张张"黄牌"朝人类劈面而来。现在,受到惩罚的人类在"后现代"的语境中,终于看到自己的"非人"本质,试图重新站立起来,调整与自然的和谐关系,"重新做人"。

这种"重新做人"的决心,我把它视为生态意识和文物意识的觉醒,是人类对古希腊哲人苏格拉底那句"认识你自己"警语的履行。这一觉醒的先兆首先出现在那些经济文化率先发达的国家,主要在欧美。原来这些国家奴役自然的时间最早,历程最长,因而最先吃了被自然报复的苦头。于是二战以后,这些国家急切地呼吁:人类应当赶紧行动起来,共同签约,共同拯救和保护生态环境。随着环保意识的日益觉醒,各国先后签订了《海牙协定》《威尼斯宪章》《巴黎公约》等诸多的国际协定。尤其是 1972 年关于保护世界文化与自然遗产的《巴黎公约》开了申报"人类遗产"或"世界遗产"的先河。也就是在这个时期,德国的"绿色和平组织"诞生了!这又是一个重要信号。它标志着保护环境已经从"意识"发展为"运动"。接着德国绿党的建立,更是使环境保护从文化行为上升到政治层面。尔后,20 世纪 90 年代初,欧盟国家提出"可持续发展"的口号,这导致了不久以后世界政府首脑保护环境大会的召开。从这一系列事件来看,人类应对环境恶化的威胁已迫在眉睫。这进一步迫使人们对现代文明进行反思。

由于众所周知的原因,我们中国人生态保护意识的觉醒比起国外至少晚了30年!1972年,当《巴黎公约》诞生的时候,我们的推土机正在北京城墙上轰鸣!直到1985年我们才加入这个公约,1987年才开始申报"世界遗产"。90年代前期不少政府官员还不愿意将减排减污等环保措施提上议事日程。至于对不可移动文物的"建设"的破坏至今也没有停止。但正是从那时起,改善环境的意识毕竟已经开始觉醒了。首先在文化知识界,著名学者梁从诚先生自筹资金,办起了第一个民间环保组织。在建筑文化界,针对大量乡土建筑和有历史文化价值的古村落在经济建设中迅速被毁或消失,多年从事外国建筑研究的清华大学陈志华教授不得不来了个"急转身",勇猛地投入抢救这类文化遗产的行动之中,在古稀之年带领学生一次又一次奔赴全国各地,调查、呼吁、争辩,十余年如一日,保护了几十个名村名镇。虽然在2000年前,除了台湾地区,我国没有出版社愿意出版他的著作。但跨出新世纪的门槛不久,大陆也很快开始出版他的抢救成果。上海的阮仪三对周庄的发现和成功保护,有力地推动了全国人民文物意识的迅速觉醒。自此,"中国古村落"丛书、"乡土中国"丛书、"老房子"丛书……争相问世。

艺术批评家兼艺术策展人龚云表先生无疑是中国知识分子群体中文物意识较早觉醒的一位。近年来他策划的这套"人文武夷"丛书,在我看来就是对现代文明进行反思的一种努力,也可以说是试图让人类"重新做人"的一种尝试。作为主编,龚先生把"重新做人"的"炼狱"之地选择在武夷山,这是很有眼力的。武夷山对于觉醒的现代人来说不啻是一方"净土"或"圣地"。它位于闽北的东海之滨。在方圆 60 千米的阈域内，群峰竞拔，山峦逶迤，溪流瑰丽，飞瀑高悬，亦是造化所钟之"神秀"，难怪成了曾经雄霸一方的古越国的都城所在地，亦是中国巨儒朱熹最钟情的家园。2 000 多年来，这里积累了农耕时代留下的极为丰富的文明遗产，隐蓄着深厚的人文蕴藏。那众多的依然保持着原生状貌的古村落，便是它们的载体。这些侥幸地躲过了现代文明亵渎的古朴村落，以今天的眼光看来，简直就像颗颗明珠散落在千山万谷之中。我们之所以格外珍惜这些我国农耕文明的遗存，主要因为在迟到的工业文明以摧枯拉朽之势来到我国的时候，它们没有像大多数地方的古村落那样，成片成片地被摧毁、被横扫，继而变成一堆堆冷漠、僵硬、失去了任何历史记忆的"水泥森林"，它们依然保持着农耕时代的鲜活的本色，成了农耕文明的"活标本"或"活化石"，成了历史的最有发言权的见证者。因为它们包含着丰富的故事，这些故事就像"香袋"那样时刻透露着生动的历史文化信息，让人保持着亲切的生命记忆，并获得一种温馨的精神家园感。

我们之所以格外珍惜这些古村落，还因为我国农耕文明的物质遗存和文化遗产主要在农村，可以说，5 000 年的中华文明主要体现为农耕文明。因为在自给自足的封建时代，土地是维持一个民族生存的主要资源。农村也是"前机器"时代"工业"生产——手工业作坊——的主要基地。封建时代的政治势力主要也在农村：除了地主，即便那些远在省里、朝里做官的人，也几乎没有一个不在他的家乡建豪宅和墓茔——他的身份和权势的象征。无怪乎，全国最大的民宅不在城市，而在农村，比如浙江东阳的卢宅，其建筑面积几近五分之一的故宫。其他如乔家大院、祁家大院等那样的豪宅在城市里也是罕见的。甚至那时有不少的大作家、大艺术家、大学问家,包括刚才提及的大思想家朱熹都是在乡村度过他们的黄金岁月的。今天只要我们看到这些完整的古村落,看到那些构成乡土文化基本风貌的磨坊、织坊、铁铺、水碓、牌坊、祠堂、寺庙、私塾、书院以及众多的"大宅子"……就基本上看到了当年的大社会,看到了大半部历史。须知即使当年的市井文化、庙堂文化和士大夫文化也是以乡土文化为基础的,而且互为呼应。因此我赞同潜心研究和抢救乡土建筑多年的陈志华教授的这一看法:"不研究乡土文化就不能真正了解我们这个民族。"

目前全国有不少名村、名镇被旅游部门炒得很热。也有一些有关专家从抢救古建筑出发奔赴那里付出了辛劳。但"人文武夷"中涉及的这些古村落似乎没有这个宠幸,虽然自 1999 年起武夷山就被联合国教科文组织确认为自然与文化双重世界遗产了!所幸"人文武夷"的主创者或主编者偏偏没有顺着一股风地追逐那些名村名镇去赶热闹,而把关注的视线投向这些有关专家们一时未能顾及的古村落;不是对它们的"硬件"进行技术性的抢救,而是从"软件"切入探索和发掘其中蕴藏的人文价值;需要的不是专家的知识和作家的文笔,而是艺术家的眼光和感知的情怀;不是用相机去复制对象,而是用画笔去解读它们;使用文字不是为了客观描写,而是观感和思考的记录。于是成就了这一套图文并茂且别具特色的八卷本丛书。无疑,这是一项别具创意的文化行为,也可以说是一项更深层次的文物保护、发掘和抢救工程。

恐怕很难找出比龚云表先生更合适的人选来从事这一工作了!他既富艺术感觉,又具学术识见,更有人文关怀和开放视野。

作为一个在村里长大、城里打滚的过来人,他对精神家园的丧失有着切肤之痛。因此他不想一蹴而就地完成这一工作,而是把它当作一件心爱的作品,经过精心的构思和策划,准备用多年时间、多次活动、多种形式来迎接这一将艺术与文学合而为一的、富有创意的精神产儿的"临盆"。早在 2002 年他就去武夷山进行实地考察,一口气走了四五十个村镇,从中初选出较典型的一部分,作为尔后的活动基地。2003 年他正式启动了这一工程"三部曲"中的第一曲——"印象武夷"。那是一个绘画写生与展览的系列,有几十位画家参与。在那里,他与画家们对武夷山人文内蕴的体认、主张一拍即合,可谓"心有灵犀一点通"。"三部曲"的构想由此获得了雏形。于是他被大家推为"领袖",并委以主编的重任。两年以后,即2005 年,他不负众望,成功地策划了一次更为有声有色的活动:"意象武夷"。从"印象"到"意象",这是一次升华。40 多位中国艺术家和 10 多位德国艺术家在武夷山进行了 12 天的"联谊创作"活动,最后每人拿出 4—5 幅作品分别在武夷山和古村落城村进行展览,吸引了众多村民参与,别开生面。实质上这是一次保护环境、保护生态、保护精神家园的精神动员。它让这一大群的村镇主人和人文蕴藏的天然监护者如梦初醒:我们正想逃离的这些与城里的高楼大厦相比不足挂齿的房舍街巷竟也被城里人和读书人这么看重,我们自己当更加爱护之、珍惜之。我也有幸应邀经历了这一活动的全过程,目睹了两国艺术家怎样通过不同的创作理念和共同的人文思维将沉睡了千百年的古老村落的生机激活,使其重新焕发出人文蕴藏的现代光辉,也为两国艺术家的长远合作创立了一种可参照的模式。

工程又有节奏地向前跨了两年,即 2007 年,在有了上述两项积累或"历练"以后,龚先生的计划推进到"三部曲"的最后一曲——落实阶段。经过多年观察,他从颇有实力的几十位少壮派画家中遴选出 7 位(加上自己共 8 位),即殷雄、王琨、王辉、赵九杰、岂梦光、徐晓燕、陈铎。主编让他们各选一个村子作为工作对象,调查内容包括村史、村景、生态、建筑、民俗、宗教、农事、家史等。但根据各村不同的情况,每个村子的关注点各有侧重。这样,这些古村落呈现在画家们笔下的面貌既有闽北地区普遍存在的共性,比如古朴的原生状态;又有每个村子独特的个性,比如有的自然生态浓郁(如相木村),有的人文蕴藏深厚(如五夫村),有的民俗风情奇特(如曹墩村)……于是,这套由三个"八"——8 个村子、8 位作者、8 部著作——构成的丛书就具有了统一色调下的丰富性与多样性,因而与其他以文字和摄影构成的类似丛书区别了开来,拥有了自己独有的文化品格。

一般说来,艺术家多是"性情中人",率真(甚至是"童真")和洒脱是他们的基本精神风貌。这与武夷山村落的古朴、纯真、自然可以说相谐相扣,互为辉映。其中 3 位在武夷山地区长大的画家的文字尤为可亲。特别是殷雄,他像一位精神流浪儿,带着被现代文明的"妖女"诱惑后而自新的悔恨,诉说他当年如何怀着切齿痛恨离开了故乡,如今幡然悔悟回来重新认"爹"认"娘"的心路历程,读来令人怦然心动。因我也出生在农村,也曾有过相似的思想经历。陈铎是个地道的"本土"画家,迄今没有离开过武夷山。他以画家眼中的绿、红、黄三种颜色来描绘家乡的乡风民俗,那些烂熟于心的古村风物,让我不时发出会心的一笑。王辉离武夷山稍远一些,但近距离的观察也比远距离的眺望要真切得多。故这样有分量、有哲学意味的话出于他之口就不足为怪了:"中国社会历史的沉重,绝不可能使一个地处偏远的古村,落得一身轻松。"其他几位作者的视角和笔触各有不同,因而呈现不同的景观,但古村情结的饱满情怀则一致。这里不妨套用一句古语来概括这套丛书的风格和价值:和而不同。

(原载《中华读书报》2009 年 7 月 8 日)

绿色生命的礼赞与忏悔

——龚运表《此树彼树》序

  龚运表先生是一位新锐的艺术评论家和艺术策展人,他的这部新著《此树彼树》写的是"多元艺术视觉中的树",意在表达人与自然的关系。这也是对中德艺术家去秋在厦门举行的"艺术与自然"大型活动的一个呼应,或者说是对它的精神的一种展开。

  "艺术与自然"的关系实质上是"人与自然"的关系。这是当代的一个重大的话题,说得尖锐些,也可以说是人类面临的生死的抉择。

  现在人们越来越感觉到,人类文明的发展竟然是以悖谬的形式进行的。在远古的原始时期,当人与其他哺乳动物一样以穴居、生食的方式生存的时候,他与其他动物是平等的,与大自然是融为一体的。人类的幸运是他能进化,但他的不幸也是这个"进化"。是进化使他与别的自然界朋友分离开来,并且日益对立起来。他制造日益先进而繁多的生产工具,对大自然进行日甚一日的掠夺和糟蹋。尤其自 15 世纪起,生产方式进入"工业时代",人的自我意识也随之觉醒。这个觉醒就具有两面性:他在神的面前固然站了起来,但在自然面前却犯下罪行! 这一悖谬现象是莎士比亚通过他笔下的哈姆雷特之口说出来的：人乃"宇宙之精华，万物之灵长"！从此，人开始自我膨胀，步入了巨大的盲区：他以宇宙的主宰自命，对大自然进行为所欲为的奴役。殊不知，大自然也是有生命、有灵性的，他懂得怎样惩罚他的叛逆者和进犯者！于是令人类一筹莫展的厄尔尼诺以怪异的脸孔频频露面了，世世代代稳如泰山的南北极冰山开始动作了，史无前例的大气层臭氧空洞开始出现了，凶猛的洪水跑到门前来示威了，愤怒的沙尘暴一次一次呼啸而来，静卧的沙漠也开始大片大片地吞食绿色原野……本来，大自然要有变化也是非常缓慢的，人的一生是很难觉察出来的。然而，仅仅我这几十年的大半生就目睹了地球一系列显著变化的全过程！我在农村长大，我享受过田园的美好，也眼睁睁地看着它消失，尤其对我村前一大片古老原始森林的毁灭有着切肤之痛！它是我童年的摇篮，它的丰富野果是孩子们的盛宴，它的无数鸟类的鸣叫是我那时所能听到的最美妙的天籁交响，即使那里经常出没的野狼现在也让我怀念，因为它一方面固然令我们惊惧，但同时也培养了我们的勇敢……可以说，在我的血液里融合着无数树木的汁液，在我的生命里也包含着某种野性的基因。

由于以上认识和经历，当我读到龚运表先生的这部书稿时，感到格外亲切和激动，作者不仅和我一样，对树木有着深切的感情，把它看作有灵性的生命体，指出"树木同样是由血肉组成的生命之躯"，而且从自己广泛的阅读中，请出那么多古今中外的哲学家、文学家、诗人，特别是艺术家聚集一堂，举行关于"树"的"研讨会"，让众名家各以一篇对树具有独特体验和见解的"发言"，赋予"树"以崇高的价值和尊严，把绿色生命拥入"红色生命"的怀抱，给绿色生态以深厚的人文关怀。

这一篇篇"发言"就是《此树彼树》书稿中的各个篇章。作者从众多的跟树有关的名家中遴选出几位特别突出的圣哲、文豪、画家,如释迦牟尼、孔子、鲁迅、陶渊明、倪瓒、董其昌、塞尚、凡高等,分别领衔篇名,作为专章论述。其他几十位或者根据不同时代,或者按照不同风格,分别多人合成一章。"主人公"们对树的那种特有的感情,那种独特的体悟,那种发自肺腑的吟诵,无不让我们真切地感到,他们怎样地屏住自己的气息,谛听树的呼吸,怎样用自己滚热的心语同树对话、交流:或者寄托自己的情怀与抱负,或者抒发自己的豪情与诗兴。而树,那千姿百态、无论弯曲还是直立都一样能顶风挺浪的树,也以每秒 2 万余次的振动,发出细语,作出友好而愉快的回应。无怪乎,"把一生都献给了大自然"的法国画家罗梭,年轻时进了枫丹白露的树林就再也不愿出来,在树林中几十年的"修行"终于"得道",这个"道"就是树木的"魂魄"。正是基于对树木生命和魂魄的真切感知乃至息息相通,才结晶出他灵魂的映像——《橡树》。与自然对象的这种"息息相通",用我国清代大画家石涛的话说就是"神遇":"山川与予神遇而迹化","迹化"当理解为"升华"。艺术家的感觉达到这个境界的时候,提起笔来就仿佛"陶泳"于"天地万物"之中,达到出神入化之境。这时候当然就与自然融为一体了。

以上涉及的主要是以往时代人类精英与树和自然的亲密关系。书中的《树非树》这一章写的则是我们同时代的中外艺术家们在这方面的举动,而且直接取材于新近在厦门举行的中德艺术家的"艺术与自然"活动。当然,时代不同了,艺术表现的方式也不一样了:他们用的是装置艺术或行为艺术,但能取得特殊的震撼人心的艺术效果。例如旅德艺术家苏笑柏在 100 棵树上分别挂上一块牌,每块牌上写上该树的名称、科目、年龄、特征等,意即给树发放"身份证"。多么富有创意!这只有在德国一个树林里的单家独篷生活了许多年的苏笑柏才能获得这样的灵感。以"少即是多"为宗旨的"极少主义"德国艺术家施拉德的绝招则是在一根根树枝上挂一个个大小不等的圆圈,好像人的一只只耳朵在倾听树的呼吸和低语。曾是"德国绿色和平运动之父"鲍伊斯学生的乌利希斯则用杂七杂八的金属丝、片把一棵树捆得死死的,一看就能唤起人们赶紧给树,不,给所有被我们虐待的绿色生命松绑和抚慰……

这些同时代艺术家的努力以及通过这种努力让人们听到他们内心呐喊着的呼声,也正是龚运表先生的这部著作要传达的声音:"趁现在还来得及,热爱大自然,热爱大自然的山川江河、树木花草和一切生物吧!呵护它,如同呵护自己的肌肤;珍惜它,犹如珍惜自己的生命。"如果说,文艺复兴时代,上述莎士比亚写出的那两句话,意味着人的自我意识的第一次觉醒,那么20世纪70年代德国绿色和平运动的诞生,则标志着人的自我意识的第二次觉醒;第一次觉醒的含义,是人懂得了不能接受天上的"神"——上帝的统治,第二次觉醒的含义则是,人懂得了自己不能统治地上的神——大自然,而必须与它和谐相处。因此这第二次觉醒具有忏悔的性质。

《此树彼树》一书的作者是一位颇有学养的艺术批评家和艺术鉴赏家,这就决定了此书的另一特点:艺术评论。这方面作者让我们领略到他宏阔的视野和敏锐的艺术判断力。无论哪个流派或风格,也不论中外与古今,他都不带个人的偏见和局限,而客观、公允地予以分析、评判,体现了他多元的美学宽容。在世界一流的画家中,我认为他论述得最精彩的当推倪瓒和塞尚。中国绘画的最高追求是"空灵"。而倪瓒深谙这一艺术奥蕴,故云:"作画不过写胸中逸气耳。""逸气"可谓"空灵"的极致了,非但不可模仿,而且想学也很难。这里作者恰到好处地引用了明代王世贞的评语:"宋人易摹,元人难摹;元人犹可学,独元镇(即倪瓒——引者)不可学也。"这就把以"逸"为美学特征的倪瓒艺术的独特性及其至高境界有力地凸显出来了。

塞尚是现代艺术的奠基者。《塞尚》这一章写得大气磅礴!作者显然对现代艺术的发生过程及其美学嬗变了如指掌,运笔驾轻就熟:"圣维克特山及其松树使塞尚豁然开朗:'一道划分 19 世纪与 20 世纪的灵光在他脑海里闪现了':风景画不是光的格调,而是一种'纯粹的形体',其中隐藏着使人欣喜若狂的神秘意义。"而树和山这一母题"使他用感觉实现了理想的本质":作品的坚实感和深度感,而无视正确的素描,因而引起美学"山崩地裂"的变革(作者所引贡布里希语),也是从这里他与印象派划清了界限。这导致了他的代表作,也是整个现代艺术的开山之作——《松树》横空出世。

现代艺术也像现代文学一样,都把哲学品格作为自己的追求。这一点龚运表先生显然也了然于心:"塞尚认为画家的眼光应该像哲学家一样锐利和明晰,在心灵里以理智战胜激情,在作品中以分析代替赞美。"这无疑是中肯之言。这样的表述既言简意赅,又高屋建瓴,将有助于读者扩大眼界,掌握现代艺术语言和语境。

《此树彼树》是一本讲生态的书,又是一本谈艺术的书;讲生态时它以人文为经,讲艺术时,它以生态为纬。两者浑然一体。是故,为之序。

2007 年孟冬于北京

人类的生存危机与文学的救赎

古希腊哲人苏格拉底有一句铭语镌刻在德尔斐神庙上："认识你自己。"可惜人类至今仍不能认识自己。一个关键问题是他不懂得人自身是一个善恶并存的矛盾体，而且两者之间往往没有明确的界限：从善的愿望出发，有时也会招致恶的结果。现代人的悲剧就在于不能认识自己而导致他与外部世界的其他多种关系，诸如人与人的关系、人与社会的关系、人与自然的关系以及人与科学的关系误入盲区。人的有尊严的存在是以尊重他人的尊严、尊重客观世界的既定法则为前提的。当前人类的生存危机主要应归因于3种关系处理不当，即人与自然的关系、人与科学的关系和人与世界的关系。

一、人与自然的关系

欧洲的文艺复兴使人在"神"的面前站了起来，但他很快又在另一个"神"的面前倒了下去。这个"神"即自然之神。因为站了起来的人从此以"宇宙的精华，万物的灵长"（莎士比亚语）自居，任意虐待"万物"，大肆掠夺自然，很快变成"万物的杀手，自然的祸害"。

殊不知,自然也是有灵性的,这个灵性就是自然存在的权利,亿万年形成的自然赖以存在的法则。触犯了这个法则,就要引起"天怒",受到惩罚。于是,人类的朋友,首先是那些飞禽走兽一个个灭绝了;护卫人类的绿色生命——森林一片片消失了;洪水泛滥了,沙尘暴爆发了,臭氧层塌陷了,冰山动容了,厄尔尼诺逞威了……一张张威胁人类生存的"黄牌警告"向人类劈面而来,而人类对此一筹莫展,甚至身不由己地继续在泥潭里下沉。

如果说,人与外部自然的不恰当关系正在被越来越多的人所认识,但还有一个领域的"自然",即人自身的自然或曰"内在的自然"仍被许多人所忽视。比如,一定自由度的生男育女是人类生存的正常生态,人口膨胀是必须认真面对的,但必须在科学允许的范围内。如果一厢情愿地凭主观意志对节制人口采取简单化和极端化的措施,那是一种反自然、反人性、反伦理的行为,它会导致人的情感系统的单调化和人性的"变异",从而导致人的精神生态的破坏。社会上的"小皇帝"满天飞,同自然界的洪水泛滥一样可怕。今天讲生态学如果不把自然生态、社会生态和精神生态一起加以研究,就不可能是完整的科学。

二、人与科学的关系

人类把科学当"工具",在不断享受科学成果的美梦中,全然忽视了科学中含有的"鸦片":它一方面将人类送上天宇,同时又诱使人类慢性自杀甚而"猝死"!医学克服了人类诸多致命疾病,同时又招致一个个新的不治之症。化学发展了,它能催生庄稼、催生牲畜家禽,但它让食物改变了基因,改变了原味,因而让人背上"慢性中毒"的包袱;它发明了塑料,给我们的生活带来方便,但塑料是地球的陌生物,给自然不断增加它无法消化的"食物";而它发明的化学武器更把人类置于恐怖的梦魇之中。生物学发展了,它和医学联手,能克隆出一个个逼肖的动物,包括人本身,这却让人自己在伦理面前尴尬不已;而它制造的细菌武器,令人类战栗不已。物理学更是发展了,它发现了亿万光年以外的星体,大大扩大了人类的视野;它发现了电子,发现了核子,给我们带来万能的电脑和巨大的核能;但它让我们的孩子"玩不思归",它制造的广岛蘑菇云,特别是无法绝对避免的"核泄漏"成了悬在人类头顶的"达默克利斯之剑"。总之,恰恰是推动现代文明最得力的那些科学门类的悖谬性发展,把人类置于随时爆炸的火药桶上,成了人类自我毁灭的最严重威胁。

人类的悲剧就在这里:每个科学家只关心他的发明成果,而不愿思考这成果会导致什么后果!

三、人与世界的关系

世界上有大国和小国,强国和弱国。小国和弱国总是战战兢兢,唯恐大国或强国欺负自己,尽管老百姓连饭都吃不饱,也不得不每年拿出大笔的钱财购买武器。大国和强国则唯恐自己失去固有地位,或力争那种地位,拼命扩充军备从而引起军备竞赛的恶性循环,不断追求杀伤力更大的武器。而在力量悬殊中,又催生出"恐怖主义"这一人类身上的恶性毒瘤,随时威胁着和平人们的无辜生命。

人类的悲剧就在这里:人人都宣称爱好和平,人人却都在防范别人;或者为了追求自己的利益,或者出于心理上的猜忌,人类不得不每年耗费几万亿美元,让几千万人去从事磨刀擦枪的职业。而大量武装的存在,成为世界最大的火药库,它阻断人与人之间的正常沟通,使科学偏离正道,制造着真正"世界末日"的恐怖。如果说,人与自然、与科学处理不当,会导致"慢性自杀",那么由人所决定的国与国之间的利益冲突和心理猜忌有可能导致人类顷刻毁灭,或曰"猝死"! 这是人类生存最大的威胁。

面对人类的生存危机,文学何为呢?

既然人类的生存危机根源于人类本身,那么要克服这种危机,只能从人自身入手了。在这方面,文学是大有可为的,因为文学首先是"人学"。它是追问和塑造人的灵魂的学问。

文学要帮助人类"认识自己",首先要有"自审意识"。自审意识的第一要着是树立"有罪意识"。这里的"罪"包括人出于利己的欲望掠夺自然、破坏人与生态环境和谐关系所犯的过错。

马克思说过:迄今为止的人类社会仍然处于"史前阶段"。因此这个阶段的人类依然保留着许多动物的原始特性,这就决定了在人的身上人性与兽性、善与恶并存的必然性。但在长期的"文明"熏陶中,每个人都学会了在社会生活中的伪装本能,以"善"的面貌见人,隐藏起"恶"的"无意识"。这种"无意识"只有在特定条件下才会诱发出来。你没有权,不会想到贪污受贿;没有钱,不会想到包养女人。中国有句俗话:"饱汉不知饿汉饥",从来没有偷过东西的"饱汉",一旦变成"饿汉"了,除非去上吊,否则就有可能偷东西。所以布莱希特有一句名言:"填饱肚子再来讲道德!"(《三个铜子儿的歌剧》)可见英雄和罪犯并没有不可逾越的鸿沟,一个偶然事件会使人的面貌发生180度的倒转。因此尼采的这一观点受到普遍的重视,他说:"既不隐藏善,也不隐瞒恶。"现代文学的一个重要功能是揭去"文明"的覆盖层,还人以善恶并存的本质。真正伟大的作家,本质上都是思想家。他能在人的灵魂深处发现更隐蔽的东西。所以鲁迅十分赞赏陀思妥耶夫斯基对人的"灵魂挖掘得深"的本领,说他能在人的"罪恶深处拷问出洁白来"。同样,一个"洁白"的人拷问到最后,也可以挖出他的污秽来。拷问的手段很简单:权、钱、色、饿就可以了。这里的罪恶概念是广义的,也包括道德、道义层面。

欧洲表现主义时期,作家们广泛探讨了人的"罪恶意识"问题。普遍的观点认为,在一个有罪的社会里,人人都不同程度地沾上了一份。那时人们议论得最多的是所谓"无罪的有罪者"和"有罪的无罪者"这两个表述。德国伟大戏剧家布莱希特显然对这一问题作过深入的思考。他接受马克思主义的一个基本观点:迄今为止任何社会占统治地位的思想都是统治阶级的思想。在他看来,在一个渗透了剥削阶级思想的大染缸里,没有任何社会成员会是干净的。在他所有戏剧作品中,最让我赞赏的是《四川好人》。它令人信服地写出了同一个人身上善恶并存的实质。

人性中的恶是隐蔽的,有的则是某种不良社会惯性积淀在集体无意识中,例如大丈夫主义、大国沙文主义以及鲁迅谴责的"吃人"的封建礼教等。因此文学中需要一种"自审意识"。大凡具有现代意识的伟大作家,往往带有这种意识。他们经常通过譬喻或"陌生化"的手段借以揭示这种意识。在卡夫卡的重要著作《诉讼》(一译《审判》)那里,作者使用的是"精神围攻法":主人公一天早晨突然被两名警察宣布逮捕,于是他到处打听他到底犯了什么罪,但他越打听越迷茫。结果,他由最初的激昂慷慨地不承认、不服气,到最后毫无反抗地任人处死。因为他在不断自我反省的过程中，想到他在这半生中确实也做过一些对不起别人的事情。这样，他在国家法庭前固然是无罪的，但在道义的法庭前还是有罪的。所以国外有人评价卡夫卡的时候，称颂他既控诉世界，也控诉自己。瑞士著名剧作家迪伦马特的代表作《老妇还乡》，也是让主人公陷入一场突如其来的死亡威胁之中，经过一番紧张而徒劳的奔突，终于迫使他自我反省，意识到自己过去确实犯有罪过，并决心以死来赎罪，从而使其由原来的猥琐形象变成"伟大形象"。可能跟基督教提倡忏悔意识有关吧，欧洲人的自审意识是比较强的。在近代，法国的伟大思想家兼作家卢梭的《忏悔录》堪称典范。在当代，德国两位诺贝尔文学奖获得者的作品——格拉斯的《铁皮鼓》、伯尔的《与一位女士的合影》——以及另一位重要小说家棱茨的《德语课》等都以沉重的民族自审精神清算了德意志民族历史上特别是两次世界大战中的严重罪过。格拉斯还以《剥洋葱》一书对自己年轻时一度失足于纳粹而进行自审。至于在国际政治舞台上，无论是来自社民党的总理勃兰特，还是来自基民党的总理科尔，都先后代表德意志民族在被屠杀的犹太人死难者墓前下跪，表示对本民族前科的忏悔，赢得全世界的谅解和赞赏。

在我国，早在春秋时期先贤们如孟子就留下"吾日三省吾身"的名言。在现代，鲁迅是这一精神的伟大发扬者。他不仅"时时解剖别人，也时时解剖自己"，自觉地驱除身上的"鬼气"，而且他也具有强烈的民族自审精神，他对"国民性弱点"的痛揭，他在小说《狂人日记》、杂文《我们应该怎样做父亲》等著作中对传统封建礼教"吃人"本质的痛批，都是这种精神的鲜明体现。《丑陋的中国人》的作者柏杨也堪称是鲁迅这一精神的继承人，也将是不朽的，我们应当继续发扬他们的精神,对民族文化中的负面影响进行全面的反思。

其次,文学要有危机意识。卡夫卡的小说《地洞》中有这么一句话:"危险迟迟不来,但又时时防备着它来。"那个小动物主人公的这句言简意赅的话,堪称现代人类生存境况的基本写照。现代人类面临的危机主要是生态危机,战争危机,科学被滥用、被盗用危机。生态危机的主要表现是二氧化碳有增无已的排放,不仅直接损害人类的健康,而且造成地球温度的全面上升。温度上升造成冰山融化,冰山融化又导致人类生存的地盘日益缩小(据统计,近 200 年来,每百年上升 1.1 摄氏度。照此速度,500 年后,地球上的许多岛屿和大片陆地将不复存在);地球升温还造成许多水生植物的疯长和水源性疾病的猛增。而直到目前,国际社会出于各自的国家利益还无法在减排问题上达成一致协议。生态危机的另一个表现是淡水资源的日益紧缺。目前至少有 80 个国家缺水,包括中国这样的人口大国。有人预计,如果人类一定会经历第三次世界大战,其根源很可能就是水。第三个表现是,人类迄今还不能有效对付新的瘟疫。第四个表现是人文生态日见恶化,大量有历史文化价值的不可移动文物如古城镇、古村落、古建筑、古遗址等在建设中不断消失或遭破坏,使人类生命记忆的载体日渐减少,从而日益丧失精神家园。

战争的根源已如上述,战争的危机依然存在。"冷战"刚结束的时候,全球军费一度每年下降 3 000 亿美元,可惜好景不长,现在又上去了,甚至更多! 在这方面科学很尴尬:对它的滥用,使生态恶化;对它的盗用,使战争的后果不堪设想。尤其是化学武器、生物武器和核武器一旦被恐怖势力掌握,人类就无法睡安稳觉了。

事关人类生存的问题，文学关注的空间很大。优秀的作家不仅应该是思想家，最好还应该是预言家。20世纪20年代，生态问题还没有凸显出来的时候，德国表现主义作家德布林就写了一部《山岳、海洋与巨人》的长篇小说，预言人类对大自然无节制的掠夺，必将遭到大自然的报复，书中对此有生动、强烈的形象化描绘。在德布林的同时代人、苏联作家米·普里什文那里，人与自然的亲密关系，贯穿着他毕生的创作，不愧为生态文学的先驱者。生态问题危及全人类，需要全世界的通力合作，需要政治家们的一致努力。但由于各个国家、各个地区发展水平不同，文明程度不一，协调起来十分困难。迄今在《京都议定书》上签字的才有127个国家，至少还有80个国家没有签字。但如果文学在这方面发出的声音很强，就会使政治家们感到压力，从而作出积极的决断。

第三，文学应有异化意识。"异化"最初是个哲学概念，早在19世纪，首先在黑格尔、马克思那里就有不少论述。那时他们主要从哲学、经济学出发，从生产劳动着眼（例如马克思）去探索异化现象。现代哲学，尤其是标志着"人道主义深化"的存在主义兴起以来，异化问题引起更大的关注，其概念也大为外延，涉及社会科学和人文科学的许多领域，也获得更多的人文观照，文学因此成为在这方面浸润得最深的门类之一。正是在这股思潮中，人们才从原来并不出名的卡夫卡身上发现了现代文学的彗星。

异化的含义是指事物朝着与人的愿望相反的方向发展，有悖论的性质。这跟与现代化相伴而来的现代文明的发展特点有关。在这个话题上，我国20世纪80年代谈论得较多，那时人们主要从人与自然、人与社会、人与人以及人与自身4个方面去分析。其中前3个方面上面都有所涉及了。其实按哲学家的表达只有一句话,即人不接受世界,或世界不接受人。世界对人是陌生的,是别扭的:你想多开发一些自然资源,结果自然要报复你;你追求社会平等,结果导致"大锅饭";你打破大锅饭,却又带来更大的贫富悬殊;你崇敬领袖,结果使领袖变成了神,使你失去了自己的意志;你选他当人民公仆,结果他变成了人民的老爷。因此过去我国哲学家王若水曾经用经济的异化、思想的异化和政治的异化来概括这个范畴。当然还应该加上社会的异化和人性的异化。如上所述,我国推行了近30年的独生子女政策,使居民中的很大一部分生活在没有兄弟姐妹、姨表姑舅的社会,这种明显的伦理缺失必然导致人性的变异。变异就是异化的过程。这一点值得我们注意。

地球上有了人才会发生异化现象,因此人是异化的主导因素。要遏制异化,当然要依靠人类自身。这方面文学是大有可做之事的:揭示、呼吁、抗议均可。这要求作家具有察微知著的能力,还要善于用第三只眼观察问题。

第四,文学需要大爱意识。爱有大爱和小爱。大爱是一种人类之爱。小爱包括亲情的爱、情侣的爱、友谊的爱。这方面的爱文学一直都在写。可现在地球相对缩小,人类共同的利害和命运联系得越来越紧密。只有大爱精神能够统摄这种全球性的人际关系。面对人类是继续生存还是自取灭亡这样的严重关头,任何狭隘的民族主义或狭隘的爱国主义都是不可取的。文学家和科学家都应该具有人类良知,超越国与国的界限,以人类最高利益说话。当艾克曼向歌德提及,说人们责难他为什么对法国人恨不起来,尤其在拿破仑进军德国时没有拿起武器,至少没有以诗人的身份去参加斗争。歌德回答说:"我心里没有仇恨,怎么能拿起武器?""对我来说,只有文明和野蛮之分才重要,法国人在世界上是最有文化教养的。我自己的文化教养大半要归功于法国人，对这样一个民族，我怎么恨得起来呢！"1860年，当法国作家雨果获悉中国的"万园之园"即圆明园被英法联军焚毁时，他愤怒谴责他的祖国是"强盗"。20世纪90年代中期，日本史学家井上清，针对中日关于钓鱼岛的争议，发表了很长的文章论证钓鱼岛是中国的领土。这3位作家和学者或者出于人类良知，或者出于科学良心，都不惮背上"卖国贼"的骂名。20世纪40年代，美国科学家奥本海默领导制造了世界第一批原子弹。但当他看到原子弹爆炸后的可怕情景，他向自己的良知发问。后来当美国当局任命他制造氢弹时，他断然拒绝了！他的这一拯救人类的举动，受到麦卡锡时代的美国当局长达9年的审讯。那时，欧洲的文献剧思潮正在兴起，德国剧作家吉普哈特干脆将这一事件的文献记录经过一定的压缩原原本本搬上舞台，剧中科学家的困惑与无奈，令人十分感动。

这一人类良知的闪光，更是激发了具有大爱意识的瑞士戏剧家迪伦马特的创作灵感。他于60年代初写出了《物理学家》一剧，立刻轰动世界：一年半之内，仅在德语国家就上演了1 500多场！迪氏借此剧表达了一个观点：科学成果一旦被军事集团利用，就有可能给人类带来毁灭性的危险。迪氏出于对人类前途的忧虑，先后写了好几出涉及国际题材的剧作。其中1949年上演的《罗慕路斯大帝》今天读来别有趣味。西罗马末代皇帝罗慕路斯在日耳曼军队兵临城下的紧急关头，拒绝抵抗，理由是罗马帝国在对世界几百年的统治中，积聚了累累罪恶，现在他要利用他的地位，充当世界的法官，来宣判这个所谓"祖国"的灭亡！当时我看了，一笑了之，觉得这不过是一出人道主义的美学乌托邦。想不到40年后，世界上果然出现了罗慕路斯大帝的活生生的现代版，从而结束了两级争霸的"冷战"局面！

另一种大爱体现于深层的人性关怀，关怀那些处于危机中的个人。一个正常的人由于主客观原因，有时会突然陷入无法自拔的困境，从而不得不采取某种极端的行动：有的主动结束自己的生命，有的采取报复社会的手段。对于后者，最近两年我们就遇到了震惊世界的两个案例：一个是去年发生在美国的韩国学生的校园枪杀案；一个是最近发生在上海的杨佳袭警案。无疑，从有死罪的国家法律观念看，这两个人都是死罪，谁都不应该有异议。因为他们不仅杀人，而且滥杀无辜。但文学不能仅仅停留在法律层面，还必须从哲学、伦理学、心理学、社会学、美学等角度去追究和分析导致这个平时的正常人陷入精神危机的种种主客观因素，到那时你也许会发现其中有值得同情的地方。这时就可以说，你从"罪恶的深处拷问出洁白来"了。难怪去年美国那桩枪杀案发生后，美国有一群人——可能主要是信教的人——举行集会，不是谴责，而是忏悔；他们口中念念有词，说："太对不起了，在你最困难的时候，我们没有能够及时帮助你……"这里，他们把任何人都当人了！这就是"大爱意识"。它与存在哲学和基督教教义都有关系。

第五，文学要有大生态意识。刚才讲的大爱意识还只是一个人类范畴的概念。树立大生态意识则须超出人类范畴，以地球为背景建立一种大生命系统。这意味着本文开头时引用的"宇宙的精华，万物的灵长"的"人类主宰论"的过时，要重返我国古代老庄提倡的"天人合一"、万物平等的生态哲学。在这里，儒家的"仁"也是扩大的"爱"，不仅施于人，而且施于天地万物，"仁者浑然与万物同体"（程颐），"天地万物本吾一体"（朱熹）。在这方面，中国哲学或文化与西方确实有明显的分野。你看西方的雕塑，从古希腊起，无不着力表现人的壮实和强健，具有征服者的力量。再看那里的建筑，还是从古希腊起，在没有现代的动力机械的情况下，用那么巨大的石头垒筑房屋，表现出人对于自然具有一种何等的意志和决心。可你看中国，而且唯独中国，从来都是用木头建造大型建筑的。这使专门研究中国科学史的英国学者李约瑟也大为惊奇。但他最后得出结论：中国人亲近自然。难怪中国文学艺术史上回归自然者也比较多。像《桃花源记》这样的作品在国外很难见到。再看中国的宗教，主要是佛教和道教，简衣素食，清心寡欲，与自然几乎没有冲突。

但这并不是说少数知识精英的识见和理论以及部分生活现象就能够足以证明中国人已经普遍做到与自然和谐相处了，当然不是。在与自然的关系中，我们普遍还是以人的利益为中心的。见了毒蛇猛兽，谁不喊打喊杀，必欲除之而后快？至于弱小动物，有几个人不曾把它们当作美餐？有谁没有有意无意地虐待过它们？比如许多人把笼中鸟当作爱鸟之举，有谁像我国大画家郑板桥那样发出谴责之声："我图愉悦，彼在囚牢，何情何理，而必屈物之性以适吾性乎！"有谁像奥地利大诗人里尔克那样，为笼中《豹》大鸣不平，说这样做在让"一个伟大的意志昏眩"！像这样的诗人、艺术家在几百年前就把他们的爱心扩展到了野生动物身上，为它们的自由天性受到侵犯而痛心疾首。他们真的在把这些野性生命看作自己的同类，看作人类的朋友，他们不愧为大生态意识的先驱者，值得人们深思。可惜这样的先例毕竟还太少，所以我们离大生态意识还相差甚远，我们的生态环境恶化的速度和程度依然令人担忧。我们的盲点还有很多，死角还有不少。因此提倡大生态意识仍有大声疾呼之必要。在这里，"地球村"的概念值得借鉴，它不仅适用于人类世界,也适用于人与万物的关系中。

无需高瞻远瞩的识见,从日常生活中我们就能感受到,我们生活在一个危机重重的世界。人类中的各群体必须抛弃各自的狭隘利益,同舟共济,共同抗衡世界的颓势,为此我们赋予文学以回归自然、拥抱人类乃至一切生命的使命,让人类与地球和谐地延年益寿。

(2007 年 10 月在华中师范大学召开的中国外国文学学会年会以"生态文学"为主题的学术研讨会上的发言,原载《文艺争鸣》2009 年第 6 期)

从"蛇鸟大战"说开去

　　过去看电视里的《动物世界》专栏,每次都看得津津有味:各类动物——形形色色的飞禽走兽,它们各自特有的形貌和生活习性,深深吸引着我。其中也有相同或异类动物间的格斗,包括你死我活的血拼,但之前从未见过最近观赏到的"蛇鸟大战"那样惊心动魄、那样震撼人心的场面。那是一只比鸽子略大一点、脖子更粗一点、类似民间叫"八哥"的那种鸟,其对手是一条1.6米长的花林蛇。双方都用自己的嘴为武器。只见那鸟精神抖擞,面对体重比它大几倍、张着血盆大口的长蛇毫不畏惧,它机灵地看准蛇的头部、脸部猛啄几下,然后飞到一旁的高处观察一下情势,旋即又飞下来开始下一个回合的战斗。它时而把蛇头踩在脚爪下痛快淋漓地猛击一阵,时而又跳到蛇的别的身段试试是否奏效。有时它也被蛇咬住不放,只见它猛地腾飞而起,像直升机一样将对手悬空吊起,那蛇终于忍受不住,掉了下来。它真像个战术高超、训练有素的武技家,一招一式都打得有板有眼。就这样一个回合又一个回合,每打完一个回合那鸟都发出一阵"唧唧唧唧"的鸣叫,恰似打赢一球的运动员攥紧拳头使劲叫唤一声。它始终处于精神亢奋的进攻姿态,蛇则疲于招架,步步退却,几次想逃跑却跑不了! 经过整整一个半小时的激战,这条始终顽强抵抗的蛇终于一命呜呼!

　　曾读过捷克散文家基希的《斗鸡》,以为这眼前看到的是一只职业的"斗鸟"在表演,在路边几十名观战者兴奋目光的激励下,它懂得职业的荣誉感,始终斗志昂扬,斗技决绝,而且不时表现出一种胜利者的自豪。直到有人拿着一把剪刀,把斗败了的死蛇的腹部剪开,将一只半大的、已开始被消化的小鸟取了出来,观战人群一阵骚动,我的心也震颤起来——哦,这位搏杀得满头是血的斗士原来是为它的宝宝,被一种伟大的母爱推动着而如此奋不顾身啊!

　　这件发生于江西庐山的野生动物间的拼杀,令我想起30多年前发生在我家乡村外的一起人与兽之间的惊心动魄的搏斗,而它也给予人类同样的启悟。

　　那是浙西的一个大村子。村北有一条南北向的传统便道,行约1里处有一条东西向的新修公路与它交叉。再往北约1里处有一个由三四户人家形成的小村子,却有五六棵大树的庇荫,使这个本来不起眼的小村显得古老而威严。一天晚上,本村的一个庄稼汉在小村附近干完活后,顺便到他的一个叫海方的朋友家放松一下,对方请他一起吃晚饭,还喝了点酒。最后十来点钟,他挑着两只空粪箕往回走。不想正当他走到那个交叉口时,遇上从公路过来的一条"大狗"和一条"小狗"。但还没等他分清是狼还是狗时,那厮已径直向他扑了过来!幸好他下意识地用粪箕一挡,狼没有得逞。这时他意识到形势严重,赶紧拔出扁担还击,并拼命大喊:"海方,快来! 海方,快来!"刚才说过,这里离那小村约有1里之遥,即500米左右,海方岂能听到,再说,酒后的海方说不定早已进入梦乡了! 那狼也真顽强,尽管遭到扁担一记一记猛力的还击,它依然一次一次地发起进攻。后来农人的扁担断成两截,他更紧张了！"海方"的喊叫也渐渐变成机械的、无力的呻吟。这时,那只傻了半天的小狼终于想起该帮母亲一点忙,不断在老乡的脚跟蹿来蹿去。老乡为消除它的骚扰,便飞起一脚把它踢进了离路面1米多高的水田里,想不到斗志正酣的母狼赶紧放下它的死敌,跳下水田,救它的孩子去了！而老乡却感到得救了,赶紧扔下它的唯一武器——那半截扁担和粪箕,拼命往家里猛跑。回到家里他仍惊魂未定,半天说不出话来,据说还病了几天！

家乡是丘陵,山野间、田垄里常有狼出没,它们也经常进村骚扰。猪啊,羊啊,鸡啊,小牛啊,特别是小孩被狼袭击和伤害时有发生,而且它们特别狡猾(也可以说有狗那样的聪敏)。一个夏日的晚上,有了4个孩子的姐姐和紧邻的女伴们光着上身在没有灯光的门前庭院里纳凉、闲聊。突然她感到两肩有一种凉冰冰、软乎乎的东西搭了上来……她噌地一下站起来:"狼！狼！"大家也条件反射式地大喊"狼,狼……"狼这动物最怕人多势众,赶紧跑了！如果我姐姐事先没有听过一些关于狼的偷袭诡计的传闻,下意识地把头扭过去,狼会马上趁势一口把她的喉管咬断,使她立即毙命！你看这狼,说它凶残也确实凶残,说它狡猾也真的狡猾。

但自从听到上述那一场惊心动魄的狼和人的恶战以后,我对狼的恶感大大减轻了！在这场战斗中,狼向人首先发起攻击未必是为了饥饿想吃人,而是怕人伤害它的宝宝而以攻为守。一般来说,只要人手上有家伙,狼见了都会逃跑。如今它带着宝宝,若跑则必使宝宝落难,故它只能以命相拼。但当它一见宝宝落水,它就毫不犹豫跳下去救它,说明在它的本能意识中,宝宝的生命比它自己的生命更重要。因为以狼、狗这类动物的智力,它不会不知道,它的抢救行动马上会使自己处于劣势:不仅在低处,而且在水里,毕竟敌人手上还有武器呢,他岂能不乘胜追击?但为了心爱的宝宝它什么都顾不得了!

关于动物尤其是哺乳动物的母爱,近年来一个最动人的故事发生在一条母狗身上。我也是从朋友发来的一个视频里看到的。那是在某部队的厨房,炊事员在切肉时,顺手扔了几块骨头给近旁的一群小狗吃,却立刻遭到母狗的干涉。它粗暴地把小狗们赶开,将骨头留在自己脚下。炊事员以为母狗自己要吃,就又扔了几块骨头给小狗们,想不到母狗更粗暴地驱逐它的孩子们,并将所有的骨头都拢到一起,用两只前脚紧紧捂住,同时发出呜呜之声。狗宝宝个个都在傻眼,炊事员也愣住了!母狗见大家都不理解它的用意,感到非常悲哀。最后它决心以死解谜——在众目睽睽之下,把这些骨头统统吃了下去。不久它全身挣扎起来,最后,死了!人们涕泪唏嘘,为了感谢并表彰它对狗宝宝们的爱,对主人们的忠,人们把它像英雄般下葬,并在墓地上为它树了一块像样的墓碑,记载着它非同寻常的事迹,让它永远教育人类。

人类自从摆脱神的统治而成了"宇宙的精华,万物的灵长"之后,凭着器械的优势很快成了"万物的杀手,宇宙的祸害",因而引起上苍的愤怒,自然的报复。这才启悟人类的第二次觉醒。这一觉醒是以人类主动恢复千百年前与自然万物的和谐相处为标志的。这才有了上述对人类朋友们情感的尊重与赞赏。

(原载《人民日报》2015 年 7 月 15 日)

一个"现代人"的觉醒

——王明韵《我的妥协之旅》序

　　第一次见王明韵,魁梧、阳刚、大气,却又融合着细腻与柔情,一种诗人气质很快把我吸引。百度一查,还没有"知天命",却已写出不少诗歌、散文和小说,此外还主编着一本很受好评的杂志《诗歌月刊》,可见才情不浅,能量可观。不久他给我寄来他精心编辑的白桦的新诗集《从秋瑾到林昭》,让我眼睛一亮,见出他的胆略和眼光。

　　后来他来北京出差就顺便来看我,兴致勃勃地谈他主编《诗歌月刊》的艰难与自豪。而这两种境况恰恰是互为因果的:之所以自豪正因为艰难,而艰难主要还不是因为经费难筹。他在普遍的"yes"中做到了这难能可贵的"no",这除了勇气,更需要智慧,令我佩服不已。

　　最近他寄来一部自传式的散文力作《我的妥协之旅》(以下简称《妥协》),更让我刮目相看。作者用了10个章节、近8万字的篇幅,诗一般的语言和至情,描写出他生命的成长和成熟,以及伴随着这一过程的心路历程。这里的"成熟"不是指生理上的完成或作为一般社会人的圆熟,而是指一种新型精神人格的根本转型,成为崭新的"现代人"。《妥协》便是这位"现代人"蜕变或觉醒过程的写照。

从世界范围看,从欧洲文艺复兴以来的 500 年中,人的觉醒我认为有过两次。第一次从文艺复兴开始:人冲破中世纪近千年教会统治的黑暗,开始在"神"的面前站立起来,认识到人的价值和尊严。人的这种自我意识的觉醒通过莎士比亚《哈姆雷特》中的台词极其扼要而鲜明地表现出来,即"宇宙的精华,万物的灵长"。在这种自我意识的鼓舞下,人类中的知识精英和新兴资产阶级雄心勃勃,一边积极发明创造,四处探险;一边热衷于办工业、做买卖。随着财富的诱惑和贪欲的刺激,人类对外在自然日甚一日地索取和掠夺,很快开始异化,角色发生转换,变成"宇宙的祸害,万物的杀手",把地球糟蹋得体无完肤,使亿万生灵岌岌可危、迅速锐减。这就触怒了天神——宇宙规律或自然法则也,即歌德《神性》一诗中所说的"永恒的、无情的、伟大的规律"也,这才是真正的"上帝"。在"上帝"面前胡作非为,能不受到惩罚吗? 于是冰山开始融化了,旱涝无常了,空气污浊了……在生存环境日甚一日的恶化下,人类这才恍悟:得罪神明了! 于是萌生了忏悔意识或自审意识,决心向自然"妥协",与自然和解。

在欧洲,最早察觉工业化弊端的当推 19 世纪初的德国浪漫派,他们怀念昔日宁静的田园,反感工业的浓烟与喧嚣及其排泄的污水。荷尔德林便是其中的一员,他那句经海德格尔的阐发而闻名遐迩的诗句——"诗意地栖居在大地上"——堪称这一思潮的反映。后来随着现代主义的兴起,人类(通过先驱者)进一步萌发了有罪意识和自审意识。在卡夫卡身上,与危机感、恐惧感等相随的就是负疚感。所以有人说:卡夫卡的作品之所以感人,就在于"他既控诉世界,也控诉自己!"二战以后,在提倡宽容的"后现代"语境中,人们更将原本施于人类的"大爱意识"扩大为"大生态意识",施于整个地球的可见生命。记得近 20 年前在德国一个中国朋友家里作客,吃饭时他请来一位德国女士。忽然一只苍蝇飞来要与我们共餐。这时主人夫妇赶紧起来要把它扑灭。不料这位女客人却发话了:"干嘛要把它打死? 它也是一个生命,也有觅食的权利——把它赶走就是了!"这个细节使我猛醒:看来我们只懂得保护飞禽走兽这类大型野生动物是远远不够了,如今西方人已经把爱普及到对我们"有害"的小生命了!

在王明韵的《妥协》中,我们也看到他对类似小生命的怜惜与保护。首先看到的是他对曾经被我们厌恶并作为"四害"之一的一窝麻雀的精心呵护。当他获悉瑞典某地方政府为了保护成群过马路的蜥蜴而特地拨款修了一段地道的新闻后,他感悟到:"在这个世界上,一切生命",包括植物,"生而平等"。他甚至体验到:"这些植物,一定有它们的伤口、疾病和痛苦,只是我们不知道。"

王明韵对大自然中这些动植物小生命的体察和怜惜,不仅仅出于一个诗人感情的敏感与细腻,更重要的是出于一个具有社会担当精神的诗人的长期认真思考和严格历练。他长期被耳鸣和失眠折磨,有时甚至想到过自杀。一种诗人特有的生命意识和诗人的天职——济世护民,也许还有大诗人泰戈尔的警策:"世界给我以痛,我回报世界以诗歌和阳光",使他重又振作起来,决心在痛苦的炼狱中涅槃为一个崭新的人。于是他一边奋力地写作,一边积极投入各种有意义的社会公益活动。2008 年,汶川大地震爆发后,他和同仁们立刻奔赴灾区,冒着极大风险,日日夜夜投入抢救工作。灾区的惨象和经历极大地震撼着他的灵魂。一个女生一度失踪,后来终于找到了,他简直比她的父母、同学还要欣喜万分,立刻认她为干女儿;每逢过年过节、春夏秋冬他都要给她寄送时令衣物和美味食品,还把她接到北京陪她尽兴游览;眼见震后许多学校没有条件开学,他又立即决定拿出 10 万元稿酬为玉树一所学校援建一座图书馆。10 万元听起来不是一个惊人的数目,可在一个低稿酬国度,写诗的人都知道,这需要很大的一番血汗呀!可谁知祸不单行,3 年后偏偏玉树也遭受大地震,当时正在病中的王明韵焦急万分,在救灾工作告一段落后,他去了那座他捐助的学校图书馆。校长告诉他,学生全部安然无恙,只是那座图书馆被毁了!他听后没有一声叹息,反而与校长热烈拥抱,一座小小的图书馆算什么呢,学生没有一个伤亡就是最大的幸运了!

经历了这次罕见的生命浩劫,他对任何个体生命都倍加珍重了!他尤其怀念那些为崇高的信念而殉节、为公益事业而殉命的灵魂。于是他决心去青藏高原作一番巡礼,因为那里,比如青海的德令哈,是广受尊敬的卧轨自尽的诗人海子在精神危机中写出过一首名诗的地方,他为这位为捍卫诗人的名节而拒绝活着的同仁默哀;再比如可可西里——藏羚羊的天赐家园,在海拔 4 767 米高处,那是为保卫名贵珍稀动物藏羚羊而遭匪徒枪杀的烈士杰桑·索伦达杰的墓地,他与这位英雄素未谋面,仅仅为了表达敬意,他特地来到这里。

这些所谓的"高等动物""低等动物"乃至芸芸草芥的价值和尊严,在此时王明韵的心目中同样弥足珍贵。在嘎尔寺,他忽见一只岩羊优哉游哉地步入大门,他立即举起相机——不对,二只……三只……五只!它们仿佛闻讯而来,特地要与诗人见面似的。他立即止住了快门——不能惊扰它们!看见这些曾经人们一见就猎捕、追杀的弱小生命,如今居然获得这样悠然自在的权利,这位敏感的诗人感动了、流泪了:"这美、这善、这慈、这悲,我不能惊动它们、惊吓它们。而我多想亲近它们、抚摸它们、抱抱它们啊,我们就近在咫尺,而且它们在打量我,在与我交流,眼神柔弱而友善。我一动不动,像一棵草一样长在它们面前,直到它们越过山岩,夕阳般的肌肤隐身于丛林,不知不觉中,我的脸上全是泪水。"

在这样的"低等动物"生态意识的支配下,诗人自然想到了那些最易沦为盘中美餐的小生命,他首先想到了那最令人流涎的"阳澄湖大闸蟹"。于是他选了个春天奔赴那里,当然不是要大闸蟹为他解馋(这也不是大闸蟹肥美和出湖的季节),而是想看看幼小的大闸蟹以及与它同湖生长的许多弱小的动植物小生命的生存境状,诸如他提及的蒲公英、桃花、杏花、桂花等,给它们一一拍照,并把它们取名"生命的灯盏"——一个多么富有诗意的名称!

我们知道,自19世纪中期至20世纪中期,欧洲曾兴起过一股存在主义思潮,它也强调人的生命价值,因此把人的生存境况,特别是"危机中的个人"——特定情况下的人——的生存处境作为研究的重点。这无疑是值得重视的课题。萨特甚至把这门新学科称作"人道主义的深化"和"马克思主义的补充"。但是存在主义者从来没有离开"人"这个中心,把着眼点投向人类以外的生物领域。因此可以说,王明韵的大生态意识和思路堪称是对存在主义的一个超越。

至此,一个从摸爬滚打的生命征途中站起来的诗人,他经过了自觉地、不停地自审、自鉴、坚持和放弃,不仅懂得了尊重同类的生命尊严和权利,而且学会了尊重和呵护更大量的野生弱小生命的生存权利,从而既与人类世界互相宽容,又与人类世界的大环境即大自然取得谅解。于是他终于与代表宇宙规律的那个"神"达成和解并被重新接纳，这意味着一个新型的"现代人"觉醒并诞生了！他比文艺复兴时期诞生的那个"近代人"前进了一个时代的大步。君不见他的第一个主张是"把'枪'拆成'木'与'仓'"！哦，他是和平的使者，财富的福音！

2013 年 10 月 26 日

人类第二次觉醒的诗歌宣言

——在吉狄马加长诗《我，雪豹》研讨会上的发言

世界近代史肇始于 15 世纪前后的欧洲文艺复兴。这一运动的最伟大意义是人在神的面前站立了起来，开始了自我的觉醒。这一觉醒如果用一句最简洁、最经典的语言来表达，就是莎士比亚在他的代表作《哈姆雷特》中提及的："宇宙的精华，万物的灵长。"这一觉醒直接推动了人文思潮的兴起，导致了欧洲专制王朝的纷纷覆灭，并推动了科学、文化以及生产力的加速发展，出现了我们现在正经历着的所谓"现代文明"。这个现代文明之所以打上引号，是因为人觉醒以后，在勇往直前中很快又误入歧途：他自我膨胀，以"最高灵长"自命，为所欲为，变成了"万物的杀手，宇宙的祸害"，给地球造成了危机，因而遭到天谴，受到惩罚。人类在摔得头破血流之后，不得不进行反思，开始第二次的觉醒。二战后所谓"后现代"思潮的兴起，我认为就跟这一觉醒有关。"后现代"的内容之一，就是调整人与自然的关系，包括人与自然环境和人与其他生物的关系。所谓大生态意识，也由此产生。大生态意识就是把人类作为平等的一员置于世界万物之中。就个别而言，我国清代诗人郑板桥和奥地利诗人里尔克等都有这方面的表现。大生态意

识现在在一些发达国家深入民间,甚至有的已走上政治舞台,如德国。

今天我们在这里研讨的吉狄马加的长诗《我,雪豹》,就是这一背景下的产物。吉狄马加既是年富力强的政治家,又是视野广阔的诗人;他既有诗人的激情,又有政治家的冷静。诗人的长项是善于想象,而政治家的特点则是能拿出行动。这两个特点表现在一个人的身上,就能产生更强的效应。

雪豹在猫科动物中是一个灵性较高的品种,它既有豹的勇猛,又有猫的温和。它知道人类是什么东西,所以避得远远的、躲得高高的,常年在高寒的雪线地带生活,养成了高贵的血统,成为珍稀动物,多见于中亚包括我国天山一带。但尽管如此,在我们这个时代,人类的贪欲有增无已;越是珍贵的动物,越容易成为众矢之的。今天,诗人吉狄马加把雪豹放在原告席上,把人类放在被告席上,而自己则充当律师,代表人类的良知,他呼吁:"任何一种动物和植物的死亡,都是我们共同的灾难和梦魇。"由此我们要"为所有的生灵祈福",让它们避免"死于罪恶的子弹",并相信,"那最后的审判不会遥遥无期"!

但长诗《雪豹》的内涵并不仅仅停留在生态保护这个层面。诗人显然是想通过这首长诗,对天地宇宙的奥秘进行探寻,与之对话,对人类存在的根本问题进行追问,对地球上一切有价值的生命予以讴歌。同时他还通过对雪豹这一高贵生命的咏叹,赋予长诗一种寓意,隐喻一个具有悠久文化和高贵血统的民族及其成员应该具有怎样的风骨和品质。例如诗人借雪豹的名义宣称:"我会捍卫我高贵的血统和永远不可玷污的荣誉而流尽最后一滴血",以维护"一个伟大家族的黄金谱系"。再如:"我忠诚的诺言,不会被背叛的词语书写,我永远活在,虚无编织的界限之外,我不会选择离开,即便高山已经死亡。"这类言辞,我想无须多加解释,诗人想表达什么,一看便知。

因此我认为,长诗《我,雪豹》既是一个现代生态意识觉醒了的诗人的宣言,又是一个优秀民族之骄子的自白。

最后希望如日中天的吉狄马加写出更多的长诗和好诗,并为中国当代的诗歌运动作出更大的贡献。

2014 年 5 月 24 日

愿与环境更协调

——2009 年新年寄语

欧洲的文艺复兴推倒了神的统治，开启了人类的近代文明。从此人们怀着乐观情绪，期待着文明的线性发展。于是以科学技术为前导，人类开始了向大自然的全面进军。想不到仅仅几百年功夫，人类即不断收到来自大自然的一张张"黄牌警告"：森林一片片消失了，江河一条条发黑了，天气变化异常了，厄尔尼诺逞威了……这时人类才开始反思：大自然也是一个有尊严、有灵性的存在，不能把它当作掠夺对象，否则会受到惩罚。于是有了"可持续发展"的呼声，甚至还有了"退耕还湖""退耕还牧""退耕还林"的忏悔行动。但这仅仅是开始，我们的生态意识才刚刚萌发。我们的盲点还很多。我们的"短期行为"仍随处可见。

而且，与人类生存有关的不仅仅是自然生态，还有精神生态。而在这方面我们基本上还是盲区。比如，小孩的成长需要什么样的人伦生态环境？在没有兄弟姐妹的情况下，他的精神健康会不会受到什么负面影响？从这方面去考虑问题的人恐怕还不是很多。特别是与此有关的某些人文学科，像文化人类学、精神生态学、儿童心理学、生命哲学、伦理学、文学等都还没有进行研究。

再如，人的生存需要什么样的精神生态条件？学术界虽然提出了这个问题，但是还远没有引起实践部门的足够重视。许多不可移动的、具有历史文化价值的文物，包括年代久远的住宅、庙宇、祠堂、作坊、水碓、墓葬、石刻、雕塑以及一些有历史见证价值的古遗址等，都是不可再生的文化瑰宝，是人类不可或缺的生命记忆和精神家园的载体，但它们有许多却在推土机的隆隆声中消失了！在城市，在"旧城改造"的名义下，它们更是成片成片地成了"旧貌换新颜"的牺牲品！对于城乡居民来说，他们失去的不仅是有形的物质，更重要的是看不见的文化，即一个古城或古村的文脉，它或者体现为历史形成的特有的建筑肌理，或者包含着世代流传的悲欢故事。如果说，他们失去那些看得见的物质存在，还能得到一定的补偿，那么这看不见的精神家园的丧失，留下的就只有永久的失落感了。

刚才提到的现象不妨称之为"为了建设的破坏"。此外还有一种现象则完全是悖论性的："建设即破坏"。这在我国目前比较普遍。就是说，现在许多人的文物意识似乎开始觉醒了，知道要保护文物了，但他们眼前面临一个盲点：不知如何去保护。他们很舍得花钱，要么修葺一新，要么拆掉重建，却不懂得遵循国际古建筑学术界通行的原则：修旧如旧。所以许多城墙、城门修得像新的一样，让人丧失历史感。还有的人不懂得尊重文物的原生环境，把它周围的旧建筑拆得精光，盖一些等高、等大的新建筑跟它排得整整齐齐，反而把文物淹没了，使它失去固有的尊严！

保护旧的常常令人扼腕，那么在建设新的方面多讲点人性，多来点美学吧！可惜这方面也没有让人开朗。绝大多数房地产开发商只看得见利，而看不见人。除了为少数大富大贵的人盖的豪宅、别墅外,为广大中下层老百姓盖的楼层人文系数普遍很低。房产商为了在同一单位面积上获得尽可能多的建筑面积,普遍的办法有两个:一是尽可能让楼距缩短;二是尽可能让楼层拔高。于是我们的城市变成一堆一堆的"水泥森林"。住户往外一看,只见密密匝匝的窗户扑面而来;走出楼门,抬头望不见天日!居民的共享空间很小,而二氧化碳的密度却很大,夏天的散热也很难。这与我国政府提倡的"以人为本"的价值观相去甚远,与国际上正在流行的"一切以人为中心"的"生态建筑"理念——阳光、空气、开阔、绿色——差距更远。

在温饱得到基本满足以后,人类在衣、食、住、行四大生存要素中,最大的追求当是"住"了!难怪,19世纪德国诗人荷尔德林提出的"诗意的栖居",经哲学家海德格尔的宣传,不胫而走,成为芸芸众生的"梦中情人"。但愿"四海之内"的"兄弟们",首先是那些在建筑方面负有重任的房地产开发商们,在"利"上少用点心,在"义"上多下点力,让这位"情人"渐渐走出梦境,走到我们的面前,使我们的小康憧憬更富诗意。

(原载《人民政协报》2009年1月5日)

"诗意的栖居"离我们并不遥远

——参观山东潍坊湿地整治有感

19世纪中期，当不幸的德国诗人荷尔德林在一首诗里最早提出"诗意的栖居"的时候，人们根本意识不到它的预言价值。1个世纪以后，德国著名哲学家海德格尔强调了荷尔德林的这一名言，这才引起人们的重视。不过对我来说，即使在10年以前，还觉得这是一个遥远的梦想。但这两个月来，梦想在我眼前一下向现实推近了！因为上个月我参观了杭州的西溪湿地，今天又亲历了潍坊的三河改造，把我观念里的时间表一下推前了。通过图片和文字介绍得知，三河地带是个不小的范围，原来都是臭水河和垃圾堆。21世纪初潍坊市委、市政府下决心改造这个城市死角！结果，在全市人民的支持下，经过七八年的努力，完全达到预期的目标！今天上午大家在实地参观潍坊湿地的时候，看到无论是面积较大的白浪河、虞河，还是面积较小的张面河，水到处都那么清，这在我国目前的大中城市可以说是绝无仅有的。再看穿叉在湿地间的绿绿葱葱的树林，它们各类树种错杂，大中小不拘，加上群群飞鸟自由起落，别有一番野趣。林中有蜿蜒的小径，水边有木头的栈道；这里一个亭，那里一座阁，甚至还有微型图书馆……就是说规划得相当讲究和得体。置身其间，确实有一种诗意的感觉。在全球的大环境普遍恶化的情况下，一个城市能创造这样优美的小环境，这本身就是对大环境颓势的一种有力的抗衡。这是值得潍坊市民欣慰的，也是值得各地借鉴的。

建筑至少有两种功能，一个是居住功能，另一个是审美功能，两者是相辅相成的。一座美的建筑，美的城市，能够潜移默化地陶冶人们的精神情操。一座理想的建筑或城市，不仅要重视建筑本身的打造，还必须着力于它周围环境的营造。潍坊在以河流治理和湿地保护为着力点的城市建设中，正是充分发挥出了建筑的这两种功能。城市建设或改造分两种情况：一种是锦上添花，另一种是雪中送炭。潍坊的城建工作，目前还属于后者，但非常成功，它使潍坊的市民离"诗意的栖居"越来越近。当然，今后还可以进一步完善，做得更好，实现"锦上添花"。

这是我第一次来潍坊，还来不及考察整个城市，就我所见到的这一部分而言，觉得潍坊这个城市的整体美学风貌是疏朗：坦坦荡荡的马路，整齐而不划一的房屋，房屋的间距不是那么逼仄，空间相当开阔。这些都很可取，符合未来城市发展的方向。目前我国城镇建筑的一个普遍问题是：要么杂乱无章，要么千篇一律，像部队营房一样。再一个是，房屋间距非常小，几十米，甚至三五米！如果是高层建筑还要糟糕：缺乏室外视野、空气污浊、车辆拥堵。这离"诗意的栖居"越来越远，不利于人的身心健康！建筑是百年大计，必须考虑到三五十年后的国家发展水平和人民的新的、更高的要求。

城市规划既要考虑到地方性、民族性，也要考虑到时代性。这其中，要继承好民族性，不仅仅是样式和风格，更重要的是学习前人的创造性,充分继承前人的原创精神。建筑作为艺术,它是不分国界的,我们必须吸收全人类在这一领域所取得的最高智慧的成果,而不应只局限于本民族所拥有的那些东西。否则就会阻碍自己的视野,束缚自己的手脚,以致在国际竞争中输掉我们应有的份额。

如今的城市建设,普遍存在一个旧城改造的问题。在处理这一问题时要特别慎重,不宜大拆大建,这样很容易破坏城市原来所具有的文脉。城市的成长和更新,应该是"渐进式"的、"织补式"的。对于那些不合时宜的建筑,应鼓励和适当帮助户主进行必要的修缮或改建,这样还可以减少一些摩擦和纠葛。对于某些有价值的文物建筑,在高度、体量和色彩上都要采取"让"的姿态,而不应摆出"争"的架势。要注意维护它原来的周边环境,保护它的"原生态"。

（原载《光明日报》2010 年 8 月 17 日）

焦虑与审美

　　焦虑是现代人，首先是现代知识者或文化人的根本生存境况。

　　如果说，欧洲人当年冲出中世纪的黑暗，发现了新大陆，掀起了工业革命，从而使人类看到了自身的伟大与美好，进而发出"宇宙的精华，万物的灵长"的赞颂，那么现代人面对科学技术的加速度发展及生产力的突飞猛进，惊回首，却发现自己成了"地球的杀手，万物的天敌"，因而是"宇宙的害虫"。于是，还没等我们来得及忏悔，大自然便开始了凶狠的报复；君不见，从未听说过的怪物——厄尔尼诺逞威，完全陌生的瘟疫——艾滋肆虐；今天江河决堤，明天高空扬沙；这里物种濒危，那里臭氧空洞燃眉……我们曾经深信不疑：世界总会越来越美好，人类定会越来越安宁。谁料却不断传来这些意想不到的警报。莫非上帝在创造人的时候，真的在他身上加进了"原罪"，让他在俗世永远也救赎不清？

　　尽管我们为弥补对大自然犯下的罪过而焦头烂额，但这至少还有个行动的目标。现代人日益发现的那条似是而非的规律——悖谬或怪圈，则尤令我们尴尬和困惑。曾见否，我们在挣脱一条镣铐的时候，以为获得了自由，殊不知在自由的另一面，一条新的镣铐又把我们扣住。你看，没有法制，我们会感到恐惧，热烈呼唤它的诞生；法制一旦建立并完善，我们又须小心翼翼，甚至不得不花钱雇请律师来充当心理保镖，不然随时会有触犯法律之虞；我们塑造神明，希望它能保佑我们，一旦把它造成，我们又陷入它的奴役；我们向牛顿、爱因斯坦欢呼，以为物理学能改造世界，但物理学的发展却导致了数万枚核弹头的储存，它们足以让地球毁灭一次又一次……这个悖谬的怪圈曾经困扰着奥地利小说家卡夫卡，使他像"被鞭打着"一样写出了一系列震撼世界文坛的杰作。这个怪圈也折磨过美国作家海勒，使他花了 8 年时间完成那部"黑色幽默"的名作《第二十二条军规》。它甚至还激动过马克思主义戏剧家布莱希特，他在那部充满智慧的剧作《四川好人》中让主人公说出："我行善不行，作恶也不行，我究竟应该怎样才能活得下去呢？"瑞士戏剧家迪伦马特则从这一人生处境中得到美学感悟，因而创作出一出又一出动人心魄的悲喜剧。

面对生存的困厄或焦虑，态度最认真也最"傻帽儿"的是卡夫卡，他切切实实进行着异化现实的生命体验，并把写作当做这种体验的过程。下面这段话如果不是出于自己的切身体验是写不出来的，他说："我们以为一直在向前奔跑，越跑越兴奋，越跑越起劲，到头来一看，其实并没有跑，还是站在原来的地方！"这种荒诞和尴尬的感受积压在心头，成了"庞大的世界"，焦虑不安急欲宣泄出来，否则它就要"撕裂"，而一旦得以宣泄，那就是"内部向外部的巨大推进"，是莫大的"幸福"和快乐。

比起卡夫卡，迪伦马特要聪明和"狡猾"得多，他看到"现实是以悖谬形式出现的"，但是他把它变成一种审美游戏，并作为一种创作奥秘："写戏剧没有悖谬是不行的。"无怪乎，他的戏每每叫人开怀大笑，同时又挂着两滴眼泪。如果说，他和卡夫卡通过写作都获得快乐,那么后者是一种焦虑宣泄的快乐,而他则是一种进行"美学虚构"的快乐。

现在的人很少像卡夫卡那样做了,昆德拉大概是仅有的一位,他那"生命不能承受之轻"的警句若没有生命体验的切肤之痛是写不出来的。所不同的是,他毕竟走出了布拉格,也走出了那个时代,因而他的生命正消受着鲜花的礼赞,而卡夫卡在冥府仍然承受着那难以承受之轻,因为现在阳世对他的赞美他未必认可,否则他生前何必想要把他的作品"统统烧掉"!

当今的文化人在生存体验中、在现代哲学启示下,焦虑感越来越强了,但多半愿意走迪伦马特的路子,即对于世界的无奈干脆"幽他一默",在熙熙攘攘中捂着一个焦虑不安的灵魂。我不会搞美学游戏,只知在美的王国里自由驰骋,以此来平衡生命的失重。什么时候感到内心深处有个声音在喊叫、在呻吟,就干脆抽身去看个画展,观一台芭蕾,听一支乐曲……我称之为"生命压抑的美学平衡"。这一态度恰与周国平先生相唱和,周先生称,在物质和金钱的重压下,选择一种"审美的人生"是可取的!

(原载《人民文学》2000 年第 10 期)

网络：神奇的帮手

　　"秀才不出门，乃知天下事"。那是指旧时代的知识分子，凭书本也可以获得比一般人更多的信息。"乃知天下事"当然是一种夸张的说法，在有"秀才"的年代，通讯工具极为稀少和简陋，不要说"天下事"，就是百里以外的事都很难知晓。

　　自从人类发现并利用了电以后，地球就开始变小了！直至"信息高速公路"的出现，地球甚至一下子就变成了一个"村"，即所谓"地球村"。这时，我们真的可以说，"不出门"也能知"天下事"了。想不到年近古稀的我此生还能享受到人类文明进步的这一空前成果。无怪乎，一次在国外去看一个本国同行，他的第一句话就是："我最近买了一台电脑，简直比娶一个小老婆还刺激。"我当时还没有使用过电脑，领会不了他的这种刺激。但正是受了他这句话的激发，回国后我毫不犹豫地也买了一台电脑。啊！那位朋友说的一点不假：电脑与"小老婆"这两件，如果一定要我选择其中的一件的话，我肯定选电脑！不信你看，每次出差回来，第一件事不是拆阅案头上堆积的信件和报刊，而是打开电脑，首先收阅电子信箱里的邮件，包括那些别处无法看到的"民间通讯社"的"全球通"消息以及新近在外拍的照片；其次补看近来的国内外大量新闻，尤其是

"德国之声"每天发来的两次新闻;再就是作为消遣浏览一番各种有趣的图片……

网络传播对于我们这些从事外国文学研究的人来说实在不可或缺。我们的研究离不开外文书籍,而这样的书籍不是随时可以获得的,这时网络就及时来充当我们的帮手。如去秋突然获悉奥地利的女作家耶利奈克获得诺贝尔奖,媒体蜂拥而来。但我对这位作家没有什么研究,这时只得向"搜索"求助了!亏得它及时解了我的围。还有一次一位记者采访我,带来一大摞我写的文章和关于我的资料让我过目。我一看,嗬,有许多我自己都没有保留!因此我说:"想不到网络还是我的神秘而又可靠的资料库!"

网络传播对于我们这些有时既给报刊写点东西,又常跟外国人打交道的人来说简直须臾不能离开!以前一面临报刊催稿,我就急得不亦乐乎;时间再紧,也得腾出三五天留给邮途。以前平均每周至少向外国发两封信,一个来回少说也得两周。现在呢,无论发稿还是投信,一转眼便完成了,真是神奇!

网络传播对于我们这些关心国家命运、经常思考人类前途的人们来说尤其重要:它能帮助我们越过人为障碍,及时了解世界各地的动态,倾听人类良知的声音,用清醒的头脑,加入以和平、友谊、进步为话题的各种对话,以便让世界更好地关心并支持我们,使我们能与世界潮流同步前进。

2007 年 9 月于北京

"费厄泼赖"艰难前行

　　整整欢腾了1个月的"足球盛宴"最后由意大利队和法国队的决赛推向高潮。这两支劲旅,一个来自文艺复兴的故乡,一个来自举世公认的文化大国,如今双双出现在柏林的绿茵场上,不禁让我这个长期受欧洲文化熏陶的人萌发另一种愿景:除了能欣赏球员高超的球艺外,也许还能领略到他们更多的文化韵味,或曰"费厄泼赖"(fair play)精神。

　　然而,一个有违于"费厄泼赖"的惊人事件恰恰在这场赛事中发生了!那就是当加时赛进行到下半场中间的时候,只见法国名将齐达内突然朝意大利队的马特拉齐的胸口猛力一顶,使对方立刻仰翻在地。这一斗牛士的动作让所有球迷和全世界观众感到震惊和不解,一时无法将其与那个在开赛第7分钟以一脚漂亮的点球而博得全场欢呼的齐达内联系起来。不管引起齐达内暴怒的原因是什么,他的这一非理性的"血性冲动"无论对于他本人还是他率领的球队都是悲剧性的:他顶着一张象征耻辱的红牌,在亿万双眼睛的目光之下黯然离开球场,从而以一个污点而不是一道闪光为他堪称辉煌的足球生涯涂了个句号。而他的本来势头不错的球队在没有主帅的情况下苦战到最后一分钟,但在点球大赛的时候,缺了主攻手的法国队无疑增加了沉重的心理压力,从而由原来的"略胜一筹"立刻变成了"略逊一筹"。因此谁都有理由埋怨队长齐达内的这一愚蠢之举在关键时刻削弱了本队的战斗力,影响了战友们的士气,导致与大力神杯失之交臂,真是"小不忍则乱大谋"啊。

有人可能太为齐达内的行为惋惜了,于是为其辩护说:齐达内也是人,而不是神;当他受到对方辱骂的时候,当然要捍卫自己的尊严。这要具体分析。如果出于伤害而辱骂,首先他自己就失去了尊严。对于施加辱骂的人,维护你的尊严的最好办法是置之不理,须知,"沉默是最高的蔑视"(鲁迅语)。实在忍无可忍的时候,只要回敬他一句就够了:"你的行为和你的言辞都证明:你不过是个无聊小人!"但如果你和他对骂,甚至大打出手,那你就反而失去尊严了。尤其在涉及集体甚至国家利益的时候,更要学会克制。克制是一种涵养,是衡量一个人文明程度、精神情操和文化素质的尺度。故德国文豪歌德以善于克制为操守、为美德。那种"以眼还眼,以牙还牙"的情绪,乃是人类最原始的情感,是文明不发达时代的一种思想糟粕,应予唾弃,事实上我国先贤们早已用"君子动口不动手"的信条来取代它了。是的,你一旦动了手,就违背了"费厄泼赖"的原则,就越过"君子"的界限而与野蛮相联系了。法国队教练多梅尼克文质彬彬,颇具儒雅风度。可是这与"费厄泼赖"未必有必然联系。你看他面对齐达内的严重失态,非但不批评自己的队员,反而埋怨副裁判的"告发"行为,显然是对"费厄泼赖"的亵渎。与之相反,正副裁判通过录像取证,才慎重决定出示红牌,这正是他们坚持执法公正、维护"费厄泼赖"原则的正义之举。

此次世界杯另一个冲击"费厄泼赖"的明星丑闻发生在葡萄牙队的巨星克里斯蒂亚诺·罗纳尔多身上。在该队与英格兰队的角逐中,他在禁区的一个"漂亮"的假摔动作,被主裁判及时识破,使其多年积聚的华光顿时黯然失色。这种欺骗行为与学术界的造假、剽窃无异，从而使自己失去了争夺本届"最佳新星"的可能，也为他的光辉足球生涯染上一道阴影，代价可谓不小。可虑的是此类造假行为大大小小，远不止于此。据赛场的医务工作者透露，在他们治疗过的145例伤员中，有88例都是假的。可他们在球场上的那种死去活来的痛苦情状曾博得我们多么揪心的怜悯啊！

其他如荷兰队与葡萄牙队对决中的12张黄牌加4张红牌的创纪录事件，阿根廷队与德国队赛后的肢体摩擦事件等，都让我们为"费厄泼赖"行进的艰难发出慨叹。不过也不是没有看见闪光。就在齐达内犯过的第二天，正当人们纷纷猜测和惋惜齐达内可能与本届"金靴"无缘的时候，一个几乎与昨天同样令人意外的消息传来：齐达内以2 017张票的多数，击败了意大利的英雄卡纳瓦罗，赢得本届的"金靴"，这一结果几乎把他昨天的过失扳平，从而也算体面地让他的足球生涯谢了幕。这一插曲充分反映了"费厄泼赖"的胜利，反映了国际社会的宽容与对人才的真正看重。是啊，"尽管鹰有时比鸡飞得低，但鸡永远飞不得鹰那么高"。这就是齐达内的价值。另一道闪光是追求文明踢球、渴望友谊的感人场面时有出现。最动人的场面是葡萄牙队与德国队的那场球赛。输方的一名队员主动把自己的球衣脱下送给对方的一名队员，对方立即也把自己的球衣脱下交换，并立即把对方送的湿淋淋的球衣穿在自己的身上，以示珍惜。双方的其他队员也纷纷这样做。于是刚才球场上的拼杀顿时变成友谊的海洋，可谓"化干戈为玉帛"。这时我仿佛听到"费厄泼赖"的口号变成《欢乐颂》的合唱。有这样的旋律作引导，"费厄泼赖"尽管艰难，但依然在前行。

（原载《光明日报》2006年7月14日）

文化:阳刚与阴柔

　　一个民族或地域的文化的特点,不仅跟这个民族的性格、地理条件等因素有关,还跟这个民族的生产力发展的水平有关。因此文化没有优劣之分,但从彼此对时代的适应性来看,就有快慢之分、先进和后进之分。

　　正是从生产力发展的水平看,我们不得不承认,西方文化比我们多了一个历史发展阶段。在我国明代的同一个时期,欧洲普遍兴起了"文艺复兴"运动,经过300年的人文主义思潮的洗礼,人的自我意识开始觉醒。这种觉醒鲜明地体现在莎士比亚《哈姆雷特》的台词里:人是"宇宙的精华,万物的灵长"。人有了这种自信心,从而迸发出巨大的创造性,因而从17世纪起开始了"工业革命",并催生了一系列的科学发明和思想革命,乃至政治革命。这种伴随着隆隆的机器声、在工业文明背景下形成的文化,我称之为"阳刚文化"。它的主要特点一是外向性或开放性。从个体而言表现在它的外露、坦率;从民族来看表现在它的眼睛向外,有世界眼光。歌德对"世界文学"的憧憬和"世界公民"意识的产生都反映了这一特点。再一个是它的进取性,表现在追求真理的献身精神、开拓世界的巨大热情、传播教义的顽强态度。利玛窦和汤若望的传教事迹和欧洲人对中国的百年"单恋"也可以看出这一特点。但欧洲文化的进取性具有两面性,它的反面是掠夺性和进攻性。15世纪葡萄牙国王曼努埃尔一世派达·伽马出海,带回60倍于带出的东西。可我们的郑和恰恰相反。而且恰恰在我们海上力量最强大的时候,叫停了郑和出洋,把海上强国的地位拱手让给别人!中、欧的历史角色从此开始换位!第三是它的创造精神。近400年来西方世界对生产力发展起到的作用是不可估量的。你看,从瓦特的蒸汽机起,接着是电,下来是原子能,再下来是电子,最后是数码技术,一个比一个意义更重大:火车、飞机、摄影机、电视机、电话机、手机,特别是现在几乎万能的电子计算机以及由它所导致的人造卫星、宇宙飞船等,对生产力的发展,对文明的进步,起了多么大的推动作用。从诺贝尔奖的名单可知,这些成果的创造者绝大多数是西方人,也有日本人和以色列人,而这两个国家的体制是属于西方的。第四是它的普适性。只举两个例子:一是音乐和乐器。西方以七声音阶甚至十二声音阶谱出的多种形式的乐曲显然比我们的以五声音阶为基础的乐曲丰富得多,西方以工业为前提制作出的管弦乐器显然比我们农耕时代产生的乐器音色要丰富和优美得多;再一个是建筑。19—20世纪在西方形成的以几何线条为造型原则的建筑在全世界铺天盖地,而它的奠基者是德国以格罗皮乌斯为代表的包豪斯建筑学派。这种普适性,促成了它的强势地位。毛泽东曾经讲过,所谓中学、西学,较量起来,打不上三五个回合,我们的中学就败下阵来!为什么?就是因为西学的普适性。所以不需要枪炮开路,你看我们的现代文学艺术,从观念到形式都是从西方移植过来的。

我们长期在农耕环境下形成的文化,我称之为"阴柔文化"。

它是内向性的、是守成型的。这是农耕时代自给自足的农业经济形成的文化。自足,因而内敛;与世无争,劳动工具和生活用具都与草、木打交道,比较柔顺,不像西方人连吃饭都离不开叮叮当当的钢铁。我们中的女性年轻时父母是不让她们轻易出门的,所以有"藏在深闺无人识"这样的谚语。这就形成我们文化最大的特点——封闭性。全国重重叠叠的城墙、围墙是它的最强烈的写照。这种现象的正面效应至少有四点:一是坚持保护自己的利益和安宁,不主动向外出击,招惹别人。而且经常表现出"以和为贵"的精神,如汉代和唐代的"和亲"政策、郑和七下西洋的努力,后者指望得到的异域回报与达·伽马正好相反。在这个意义上说,长城是中华民族爱好和平的见证和象征。再一个是这种封闭文化的包容性。第三,是其与自然的亲缘性。农业生产非常讲究节气,一切顺应自然。我们最重要的节日——春节是迎接春天的狂欢节;清明是播种节;中秋是收获的季节。西方人的节日绝大多数都与自然无关。第四点,这种文化的尊老爱幼强过西方文化。因为工业生产必须上班,把老的和小的放在家里,久而久之关系就淡了。

但是我们的这种以守成为宗旨的阴柔文化却有明显的负面效应:首先是它的封闭性使我们的统治者坐井观天、妄自尊大,自封为世界的中心,并把外国人都看作"蛮夷",对世界的新形势一无所知,以致在世界格局的变化中由强国沦为弱国。郑和下西洋的突然中断,是这一衰落开始的标志!须知,哥伦布的出海,比郑和晚了92年!前面提及,17世纪末至18世纪中期,西方人崇拜中国整整达1个世纪。但中国却迟迟没有作出相应的反应。18世纪后期,西方资本主义由于生产力的不断发展,急须在国外开辟市场,同时索取工业原料。从这时起至19世纪初的半个世纪内,中国的形象在欧洲人的心目中发生逆转。其间发生了三件事至关重要:一是 18 世纪后期,英国国王乔治三世的通商要求遭乾隆皇帝的拒绝;二是 1793 年英国使团团长马尔嘎尼因参拜礼仪与中方发生争执;三是 1816 年英国派阿美仕德使团参拜,又因跪拜礼仪争执遭拒。

再一个重要的负面现象是对生命的漠视。那种君君臣臣的礼仪,那种三纲五常的律条,把每个人的精神都箍得死死的,尤其有几个现象为世界罕见。一个是我们古代的人殉制度,皇帝或贵族死了,活人要为他殉葬。上个月我第四次参观秦始皇陵兵马俑的时候听了讲解员的讲解才知道,秦始皇下葬的时候,用了 3 000 活人为他陪葬! 这种极端残忍的制度至少一直延续到明代,已经发掘的明十三陵的定陵可以作证。在刑罚制度中,我们历史上有过的"五马分尸""凌迟"等令人发指,世所罕见。宫廷文化中的太监制度也阴毒残忍,毫无人性。再一点,让女性裹脚同样是世界上一道丑陋的奇观。

鲁迅不愧是伟大的思想家,他对中国的传统文化做过深刻的思考。他认为中国的传统文化是"吃人的文化",他甚至劝青年人"不要读古书"。这当然是偏激之言。但他关于中国国民性之弱点的思考,至今仍有醒世作用。

2011 年 11 月于北京

茅台，酒神的宠儿

　　酒，这里指的是中国传统的酒，它由固体变成液体，是五谷食粮的"精气神"，一旦进入人的体内，就使人进入另一种精神状态：或者神采飞扬，或者壮怀激烈，或者诗兴大发……故它对人的生活，首先是精神生活关系太大了！尤其对于上面提及的后一点，我们中国人更是得天独厚，中国漫长的农耕社会酿造并沉淀出无数质地上好的名酒，滋养了无数杰出的豪侠名士和骚人墨客，故古往今来流传千古的名诗佳句都跟酒有关。君不见，中国魏晋时代的大军事家、大政治家和大文豪曹操那首最有名的诗的第一句即是："对酒当歌，人生几何！"他借酒来冲淡"人生苦短"的惆怅。"斗酒诗百篇"的诗仙李白则是叫人"将进酒，杯莫停"，"天生我材必有用，千金散尽还复来"，激发人们胸怀豁达、进取未来。王维"劝君更尽一杯酒，西出阳关无故人"，用酒来表达友情的珍贵。至于苏轼那首"明月几时有，把酒问青天"的绝唱，更是借酒道尽人生的况味。可以说，一部中国诗歌史，某种程度上就是一部诗酒史。

　　从世界范围看，酒与诗甚而整个文学艺术，关系十分密切。古希腊神话的众神中，就有专门司酒的神明，叫狄奥尼索斯。德国现代哲学家尼采在研究古希腊悲剧的基础上，写出了美学名著《悲剧的诞生》，其中提出文艺创作分别由日神（阿波罗）和酒神主宰的二元论，认为日神管理造型艺术和文学创作领域，而酒神则管理音乐、舞蹈等这一类热情的艺术。诗跟歌与音乐关系难分，因此诗很大程度上是属于酒神管辖范畴的。对于一般人来说，酒能使人兴奋，浮想联翩，凡能喝点酒的人，都有体验。对于作家、艺术家来说，酒是灵感的激发剂，没有人会否认。

当然，酒也会使人糊涂，使人疯狂，甚而导致犯罪，这也是酒的品性的一部分。但如果有一种酒，它具有酒的一切优质，却唯独缺乏这种劣性，那就是"仙酒"了！幸哉！世界上确有这种仙酒，它就产在亚洲，产在中国境内，即贵州赤水河畔的茅台镇，名曰"茅台酒"。我自中学起就久闻此酒之芳名，却憾于久无品尝之口福。直至20世纪80年代初，才获友人一瓶之赠，却不愿一人独酌，欲待来客共享。不久，只闻得室中一股浓浓醇香，知是茅台所发，察之，果见瓶盖一裂缝！好吧，干脆成全嗅觉的满足，任其继续挥发芳香！不久又得一瓶，便将第一瓶与人干了。但我难抵那嗅觉的渴求，便将那瓶新的茅台的瓶盖稍稍松开，以享其香，谁料却闻不到那股香味！赝品也。从此，茅台在我心目中的"仙酒"地位就岿然不动了。

后来又听人说，茅台之所以名满天下，不仅由于它醉人的殊香，还由于它另一独特的质地：醉而不躁，喝多了也不会说胡话、发酒疯。据说专家们比较过，其他任何烈性酒都不具有这种特性。本人不嗜酒，全国各种名酒多半也品尝过，但从来一次不超过二两，否则，即使不醉倒，胃部也会感到疼痛（因有轻度胃炎）。这次来到国酒之乡茅台镇，进了茅台酿造厂，在酒神狂舞的宴会上，我被馥郁的酒香诱惑着，合着宾主频频举杯的节奏，不顾"您老随意"

的谅辞与敬告,试探着吞下一杯又一杯。最后我相信,肯定超过二两了! 我准备受胃疼的折磨。但奇怪,离开餐厅后,虽然头有点晕眩,胃痛却迟迟没有发生。这真是奇了! 早就听说,茅台是防暴克躁的,一直半信半疑,这下我服了!

茅台的这种神奇性,至今没有人能讲得清楚。据厂方介绍,曾有专家进行过化学分析,茅台酒包含 1 200 余种成分和微量元素,其中只有 400 多种叫得出名称,其余三分之二均不知所名! 难道它们都是"星外来客"? 如果真的是那样,那么一位诗人指出茅台是"天赐"倒是名副其实的了! 难怪就连茅台酒的历史也是谁也说不清,只知道史书中能查到这样的记载:汉武帝喝了茅台后大声赞曰:"甘美之!"这三个字堪称茅台历史的界碑,说明至少在 2 100 多年前它就来到地球,来到因它而得名的这个茅台镇了! 从那以后,辽阔的东亚大地上有多少制酒行家,他们或者为事业心所鞭策,或者为商业利益所驱使,为模仿甚至超越茅台酒殚精竭虑、绞尽脑汁,却无不以失败告终! 这不奇怪,现今全国流行的一些名酒中,有哪一种其历史能追溯到"甘美之"一语问世的那个年代? 我问过有关专家:一个也没有! 茅台酒的这种独特性——也就是原创性,始终跟它的持久性和神秘性相伴。有朋友在谈到文化的时候,说文化总是跟"故事"相联系的。这说得很对。千百年来,围绕茅台的持久性和神秘性问题,留下多少生动、有趣而且富有深意的故事啊。

茅台酒的这种不可模仿的独特性与艺术创作中那种具有鲜明原创性的作品是相似的。这类作品是一种"有意味的形式",它只可意会而不可言传,也是不可模仿的。凡富有原创性的作品乃是灵气的产物,它本身蕴涵着某种天才的神秘性,因而是不可复制的。另一种作品是匠人的作为,它透露的信息是呆板的匠气,这种作品是可以模仿和复制的。世界上由于这类制造物的大量存在,才衬托出那少数灵气产物的珍贵价值。而茅台酒在它的同类物品中可不是属于"少数",而是"独一无二"。要是宇宙间真有"酒神"的话,那么茅台酒无疑是他的宠儿了!

正因为茅台酒是灵气的产物,所以它的酿造是不能用没有灵气的器械来处理的。除了极个别的环节,如装瓶,为了减少挥发而使用机械操作外,其他所有工序一律采用人工操作。"灵气"这东西光靠"培养"是不一定能获得的,它是经验与悟性的奇妙结合。在一个作业集体里,在长期的实践过程中,总有个别悟性较高的人渐渐领悟到操作的个中奥秘,准确地把握住了某些关键程序的"火候",因而使酒质中的"精魂"——醉而不躁——不致"逃逸"。他(们)于是成了作业集体的"主轴",整个集体随着这根主轴而转动了起来,成为酿造"灵气"的不绝源泉。这样的人工作业方式代代传承下来,又代代继续下去,我想,这就是"茅台文化"。文化,它总是跟特定的理念、特定的行为方式相联系的。

自然,光有人的因素还构不成茅台文化的全部,这里还有"地"的因素。俗话说,人杰地灵。一个地方能产生杰出的人才,跟那里的"地"肯定是有关系的,"一方水土养一方人"嘛!事实上,茅台酒中那大量不知名的微量元素正是上天"赐"给赤水河畔的大地的。土质中有了那么丰富的宝物,经过从天而降的水的溶解与传递,才成就了茅台酒的特质。但在当今的时代,要使一条蜿蜒500多千米的大河保持120多千米的河段的水质不受污染,谈何容易!然而,赤水河两岸的老百姓识大体、顾大局,他们像保卫祖国的江山那样保护国酒茅台的崇高地位和国际声誉,像保卫江山那样保护赤水河两岸的自然和生态环境,使这条"天赐"的圣河长流常清,始终保持着国家1级水质的标准,从而保证了国酒的品质安全。为此,赤水河两岸群众以牺牲作奉献,不愧是这一方特殊水土养育出来的、堪与茅台酒品质媲美的人民。他们的思维和行为构成茅台文化的又一道壮丽景观。

茅台作为国酒如今已走遍全球,在无数联谊、喜庆、文化交流和外交往来的场合都创造着愉快、友好与和谐的氛围。在这方面又不知留下多少美谈和故事。

纵看历史2 000年,横看世界五大洲,围绕茅台酒人们积累了无数这样的美谈和故事。茅台人无比珍惜这笔无价的宝藏,近年来不惜斥巨资建造了一座规模宏大的茅台文化纪念公园,通过实物、文字、图片、雕塑等展品,相当详细地向观众展示了这方面的内容,看了后,我不禁从内心喊出:茅台,不愧是酒神的宠儿!

(原载《人民文学》2007年第1期)

旅游看品位

　　旅游是一种很有意义的活动,它的功能很多:休闲、娱乐、求知、探险、掠美、交游……各视旅游者的需要而定。名山大川、沙漠草原、名胜古迹、名城名村以及各种独具风采的自然与文化景观,它们或者陶冶着人们的审美情怀,或者激发着人们的求知欲望,或者启悟着人们的人生哲学,或者激励着人们的探险勇气。无怪乎,古今天下名士,往往把旅游或旅行当作人生的必修课。在古代交通很不便的情况下,只见他们经常背着个布袋子,不畏"蜀道之难",不辞"阳关"之西,跋涉千山万水,乐此不疲。20 世纪我国著名学者潘光旦甚至"一条腿走遍世界"(钱钟书语)。这些志士仁人,都怀着崇高的志向,不是想阅尽"世上疮痍,民间疾苦",就是不想辜负大自然的丰富馈赠,或者想尽可能博取更多的社会知识,然后各自以不同的方式回报世界。

　　上述旅游可称为"文明旅游",是一种很有品位的文化行为。在旅游过程中,旅游者社会阅历和人文情怀也获得丰富和提升。10 年前我在德国还参加过一次艺术考察性质的活动,目的地是意大利,导游小姐是艺术学院毕业的。一路上她给大家讲述种种艺术方面的故事。到了旅游点,她更是熟练地给大家讲解该景点的来龙去脉、艺术价值等，使大家兴味盎然。两个礼拜下来，胜似在艺术学院进修了两个月，像这样的旅游，在国内也是值得提倡的。

但随着旅游业的日益繁荣，一个悖谬现象产生了：旅游品位在不断降低。一方面是旅游者一窝蜂，造成许多景点人满为患，不少人带着"看新鲜"的心理赶热闹，匆匆忙忙、挤来挤去；在文物上摸摸敲敲，甚至刻刻写写。结果，"到此一游"后，脑子里除了一堆人山人海的印象，什么也没有留下，倒给旅游景点留下不少损坏的痕迹，让人慨叹与扫兴。另一方面是旅游管理普遍出现误区。旅游景点（包括自然遗产和文物单位）不是首先被当作保护和合理利用的对象，而是被当作无穷生财的摇钱树。为了使旅游景点"增值"，在"保护"名义下对文物不是"修旧如旧"，而是修葺一新，以"重现昔日辉煌"，从而使文物失去其最宝贵的历史见证价值；在"开发"名义下，大造假景观，崭新长城、超高大佛、通天索道屡见不鲜，甚至出现用水龙冲刷国宝文物、在"世遗"乐山大佛旁边让阿富汗巴米扬大佛"复生"的咄咄怪事。诸如此类的"无知者胆大"的幼稚行为，不仅劳民伤财，而且使许多自然景观和历史文物或者遭到无法挽回的破坏，或者弄得不伦不类，令旅游者大倒胃口。

殊不知，文物是不能"再生"或"繁殖"的；"再生"或"繁殖"出来的"文物"只是一堆建筑垃圾。佛也不在高，而在膜拜者的虔诚，或作为雕塑品而存在的艺术神韵。至于乘缆车登顶，固然也能轻易获得"一览众山小"的快慰，但哪如汗流浃背、气喘吁吁"凌绝顶"的人们，快慰中饱含着征服难度和高度的自豪感，在美的追求中感受生命力的强劲！那些从"生财"出发对旅游景点进行成本投入的行为，只能对旅游景点起到"画蛇添足"的效果，非但不能为这些景点"增值"，反而败坏它们的品位。这种"杀鸡取蛋"的短期行为，是对我国旅游资源的一种莫大破坏和浪费，与可持续发展背道而驰。该走出这个误区了！

（原载《人民日报》2006 年 2 月 10 日）

享受周末

　　周末是令人神往的日子,它不仅意味着生命活力的重新积聚,还意味着生活意义的真正实现。

　　我在外国文学研究所工作,每周除了两个半天去所里,都在家里,似乎不在乎什么周末,因为每天都承受着计划中的科研任务和额外稿债的重压,日夜工作还嫌不够,哪有可能过周末? 然而,周末也有吸引自己的时候。首先来诱惑你的是那些常看报纸的"周末版",它们在周六的上午就争着来"叩门"了。我先一一睥睨一眼,算是认个脸儿,然后暂且把它们冷落一旁。到了下午5点半,女儿把无线电的调频节目一开,我的"防线"终于"垮"了,决心豁出这个夜晚,合着全人类的生命节奏,尽情享受这个普天同乐的良辰,借以抢救一下我的阅读兴趣,夺回我的业余爱好,恢复我的生之依恋。于是我如饥似渴地把各种周末版以及一周被积压下来的待读读物,一一浏览一遍,然后下厨房炒一两个自己爱吃的菜,算是对一个星期的"禁欲"之苦的补偿。

　　我们一家也爱看电视,但有时对电视里的节目都觉得扫兴,我就乘机舒展歌喉,用所谓"美声唱法"哼唱几声五六十年代的老歌或西洋歌剧里的"咏叹调",以便激起女儿用她的通俗歌曲来"对抗";我自知不会通俗唱法,便对它来一番"滑稽模仿",既是自我解嘲,又为逗人发笑。

晚上10点,中央电台调频立体声的激光音乐唱片欣赏节目开始了,这是我平时就很少放过的节目,如果家人仍沉湎在电视剧里,我就戴上耳机,到交响乐的世界里去漫游!谛听着那清晰纯净的激光音响、悦耳动听的美妙旋律,真是一种销魂摄魄的享受。我对有幸接受科技进步的这份馈赠深感欣慰。

当时针指向零点的时候,我的听觉神经疲倦了,但是视觉神经依然保持着兴奋,于是我的审美情趣转入另一个世界,那是色彩和线条的世界,光影和奇幻的世界。我先后从国内外购置了数以百计的艺术图册,此刻是供消遣的时候了!它们经常激发我的想象,启迪我的空灵,扩大并丰富我的审美思维。

子夜将尽,家人早已沉入梦乡,远近一片寂静,仿佛这世界只剩下我一个人了。只有我这个"夜猫子"才有资格独享这世界之大、之小、之无。此时,诸多的人生感触浮上心头,更有不少的友谊情思萦绕脑际,于是提起笔来,向友人抒发情怀,往往一写就是好几封。友谊是我情感的重要寄托,我视之为我的又一笔精神财富。友谊一旦建立起来,我都会悉心加以珍惜和培植。

(原载《人民日报》1994年4月23日)

觉醒中的尴尬

——总览一个甲子的文物保护

文物保护从单纯政府行为到群众开始觉醒

20世纪人类一连经历了两次世界大战的浩劫，痛感文物损失之严重，从而醒悟文物保护之重要、之紧迫，于是先后召开了一系列国际会议，签订了许多国际协定或公约，对文物保护的基本理念、保护原则和方法作了明确的规定。例如1931年的《雅典宪章》强调了保护文物周边环境的必要性；1964年的《威尼斯宪章》指出了保护文物的实质是保护文物"原真性"的原则；1972年在巴黎通过的《保护世界文化和自然遗产公约》除了对遗产申报作了规定以外，还对文物遗产的历史、艺术和科学价值作了诠释。这一系列概念和原则都是文物保护的国际共识，是每个签约国在文物保护方面的行动指南，并由联合国教科文组织统一掌握。

新中国成立以来的一个甲子的岁月中，我国的文物保护工作同其他各条战线一样，也取得了重大成就。从纵向看大致可分为两个阶段：20世纪80年代前和80年代后。80年代前，随着我国各项建设事业的展开，文物也受到政府的重视，并开始得到有效的保护。

例如 1962 年确立了 180 项全国重点文物保护单位,随之各省、市、县也相应确定了一批保护项目。但这一时期的保护还只限于政府行为和专家层面,至于群众层面则基本上还没有觉醒,包括我,以至于发生了像"文革"中的大规模破坏文物的现象,比如北京古城墙的消失。

我国国民文物保护意识的觉醒几乎是与改革开放同步的。1980 年以宋庆龄为首的 1 500 多名社会贤达联名发出关于保护圆明园遗址的呼吁书,是这种觉醒的最初信号。1982 年我国颁布的第一部《中华人民共和国文物保护法》则使这一信号更加明确。自此以后第二批至第七批全国重点文物保护项目的陆续推出和三批全国历史文化名城的先后公布,标志着这一觉醒的步伐和过程。全国重点文物保护单位从第一批的 180 处增加到第七批的 4 295 处,增幅达 23 倍,其中仅第七批即猛增 1 943 处,几近 1 倍! 与此相适应,国家文物法也先后作了两次修订。

以上 7 个递进式的数字和相关法律法规的修改却也说明,我国的文物保护意识上下都还处于觉醒的过程之中。"过程"不可避免,但也令人担忧:已经醒来了,却还在睡眼惺忪之中;知道要保护,却不知道如何去保护;"保护"的结果,往往反而是破坏,这就叫"建设着破坏"。其主要表现是,不认识遗址废墟或残破文物的价值,置国际通行的"修旧如旧"的原则于不顾,动辄在古建筑遗址上大兴土木;不是铲平重来,就是修葺一新;在古城保护方面热衷于大拆大建,追求焕然一新。

大遗址上保护与伪保护的纠结

文物保护的这一误区,很快被两只"虎眼"盯上:一只是房地产開發商，一只是部分有私念或理念不到位的政府官員；一個要把文保當作生財之道，一個要把它當作晉升之門；有的專家學者，或者不動腦筋，或者小錢可羨，亦招之即來，置科學良心于不顧。于是一種揮金如土、一味追求豪華的奢靡之風很快形成。那些聞名遐邇的古建築遺址，尤其是那些大型宮苑遺存、古城城牆乃至萬里長城，首先成了他們"重現輝煌"的宏大目標。

較早聞悉的是20世紀90年代中期，北京某房地產開發商動議用100億元人民幣重建圓明園，以"重現昔日造園藝術的輝煌"。此議得到相當一批專家學者的支持，故引起北京市政府的重視。但消息一傳出，即遭到知識界社會賢達和媒體以及普通群眾的"狙擊"（圓明園管理處某副主任的恰當用詞）。1999年的"兩會"上，49位全國政協委員聯名提案，一致反對重建圓明園！2000年北京市政府作出仍不無爭議的決定：保持圓明園的遺址公園性質，只復建十分之一的功能性建築。于是開發商們又把希望寄托于浙江橫店，那裡一位農民企業家擬用200億元資金的投入，異地復建圓明園，并在北京釣魚台國賓館舉行了隆重的新聞發布會，有一批專家學者出席捧場。不料此舉很快遭到圓明園管理處的嚴正抗議：清代皇家園林圓明園只有北京一處，其品牌不容侵犯！同時中央電視台也通過訪談形式提出質疑。支持者只好建議：橫店在建"圓明園"時不妨用"影視城"的名義。

但這種幾百億元的建築沖動仿佛是一股巨大的恒定能量，不停地在中華大地上滾動。北京、浙江受到"狙擊"後，它馬上又轉移到另地去尋找宣泄了！2008年的"兩會"期間，山東省宣布要在孟子故鄉鄒城投入300億元建設"中華文化標志城"！此議一出，立即在全國政協委員中引起一片嘩然："300億！又是一個天文數字！中国已经富得流油了？西部还有很多孩子上不起学呢！""一种文化标志是自然形成的，能人为制造吗？""中华文化是多元的，能用一个民族的文化去'标志'它吗？""邹城附近就是孔子故乡曲阜，如果邹城耸立起如此庞大的建筑群，其'辉煌'岂不把曲阜给淹没了吗？"……凤凰卫视为此举行了一场辩论，负责"标志城"文化项目规划设计的专家如此陈述建设标志城的理由："我们的本意是想在邹城建设一座中国的第二文化之都，以减轻北京作为首都的压力。"我当即提出异议："若一定要建这样一个第二文化之都，那也轮不到邹城吧；西安是不是更有资格些？"他亦表示认同。

西安市无论政府或市民都没有说过要在他们那里建第二文化之都。但西安作为十三朝古都，古遗址之多得天独厚，故西安市的"文化冲动"不亚于任何地方，甚至可以说有过之而无不及：摊子大、项目多、规模大、耗资巨，而且速度快，甚至是创纪录的宏图也见于此！拟花100多亿元的丝绸之路申遗工程开启之后，外界尚在质疑之中，拟投380亿元的"首创阿房宫旅游文化产业基地"的项目也已经于2013年6月7日签订了，其手笔之大创全国之最！难怪有网友尖锐地指出：这是"二次奢靡"！据媒体反映，离阿房宫遗址200米处，前几年已经耗资2亿元，用了1 000亩土地建了一处人造景观，现在则要毫不痛惜地铲平它，在12.5平方千米的土地上，再用190倍的金钱建造一座超级"旅游文化城"，相当于一座中小城市的规模！即使那"覆压三百余里"的阿房宫，也要自叹"小巫见大巫"了！人们不禁要问：主事者是想吸引游人来看文物，还是来"逛新城"？

那么阿房宫的本来面目是怎样的呢？经过十几年来考古学界的认真发掘与研究，认定它原先只垒起了东西长1 272米、南北宽

426 米、最高 12 米的夯土台,并没有建成"宫"。即使你不在原址而在附近建造起一个庞大的宫殿群,也是传递文物原真性的错误信息,是对文物的损害! 须知,文物之所以宝贵,就在于它的历史见证价值,在于它所透露的丰富的历史文化信息所构成的活的历史教科书。因此,文物保护的根本原则是保护文物原件的历史真实性与完整性;即使是残破建筑或废墟遗址,除了珍贵的考古价值以外,也能激发人们的怀古情绪和想象智慧。日本作家三岛由纪夫甚至认为,废墟的"那种想象的喜悦,不是所谓的空想的诗,而是悟性的陶醉"。这就是我曾强调过的"废墟美"的蕴涵。

但无论阿房宫大还是小,都不影响它的遗址属于国家重点文物保护遗迹。它应当享有国家级文物遗址应有的尊严和静穆的环境。因此国际上关于古建筑遗址达成的起码共识是以最少干预为原则。根据这个原则,我国《文物保护法》第 22 条规定:"不可移动文物已经全部毁坏的,应当实施遗址保护,不得在遗址上重建。"个别特殊情况须经国务院批准。现在这个即将动工的"首创阿房宫旅游文化产业基地"不会建在遗址上,但它与阿房宫遗址的距离是成问题的。上面提及,那座花 2 亿元人民币建成的人造景观将为新建筑让路,可知这座超大的旅游文化产业基地距离遗址不会太远。这很可能使阿房宫遗址处于这座庞大新城光辉的笼罩之下,因而成为新城的一个附属物、一个点缀品,使它失去全国重点文物保护单位的庄严与肃穆! 而这是与上面提及的《雅典宪章》和我国有关法律法规相抵触的! 2002 年颁布的《中华人民共和国文物保护法实施条例》第 9 条规定:"文物保护单位的保护范围,应当根据文物保护单位的类别、规模、内容以及周围环境的历史和现实情况合理划定,并在文物保护单位本体之外保持一定的安全距离,确保文物保护单位的真实性和完整性。"几年前人们在西安市附近建造超大规模的"新法门寺"时已经有过教训，即该建筑竣工没几年就发现"商业气息过重"现象，因而不得不由政府出面去"削减"它。难道还不能由此前兆预测阿房宫新城对遗址的威胁吗？

排着长队办"申遗"，为的是什么？

国际上的"申遗"程序是 1978 年开始启动的。由于众所周知的原因，我国于 1985 年才加入前述 1972 年国际通过的《巴黎公约》，1987 年开始申报。但毕竟我国历史悠久，幅员辽阔，自然和文化遗产极为丰富，以至于仅仅 26 年工夫，被批准的文化、自然或双重遗产已达 45 项之多，接近甚至超过欧洲的诸遗产大国如意大利、西班牙、法国、德国等，比亚洲另一个文明古国即我们的邻邦印度则要多得多。相信过不了多久，我国就将成为世界上头号的遗产大国！这无疑是值得国人自豪的事情。

申遗能激发同胞们的爱国热情，促进国人文物意识的觉醒和保护文物的积极性，并能带动旅游业的发展，从而加速国家的经济繁荣。如平遥和丽江这两座古城成为"世界文化遗产"后，游人如织，经济迅速腾飞。我们国家经国务院批准的历史文化名城有 109 座[①]，上述两城的先例，无疑给了它们很大的激励。还有如皖南的宏村、西递这类原来名不见经传的古村落，入"世"后一夜名声大噪，这让全国许多类似的村镇受到鼓舞。于是"申遗"的热度日益升高，大有形成"申遗热"之势！据报道，目前我国已经列入预备

① 现已增加到 127 座。

"申遗"名单且可以查考的亦有45项之多,另外还有上百个项目正摩拳擦掌,设法挤进这一长长的队列。

如前所说,我国有资格申遗的遗产资源的确十分丰富,仅就自然遗产来说,据有关权威人士透露,至少还有上百处。文化方面亦大有潜力,目前已经进入视线甚至开始启动的就有四大线路:丝绸之路、大运河、茶马古道和古蜀道。至于有历史文化价值的古城镇、古村落以及有特殊意义和价值的古文化场所或载体那就更多了。从这个角度讲,150个单位的队列不值得大惊小怪。然而人们现在更为关注的首先是:申遗的目的是什么? 是为了真心实意地保护文物,还是让"文物搭台,经济唱戏"? 如果是后者,那么申遗的宗旨就会遭到歪曲,甚至走向反面。人们首倡申遗活动的初衷是抢救那些濒危遗产。从目前许多地方的实际操作来看,多数申遗工程都有旅游局和房地产单位介入,企图在申遗成功后,使遗产变成摇钱树。难怪一些对文物保护作出过重要贡献的人士如谢辰生、冯骥才等都认为目前许多人的"申遗动机有问题"。再一个大家所关心的问题是:如何办申遗? 是以金钱开路,不惜工本,大拆大建,画蛇添足,把文物打扮得花里胡哨,还是以适当的投入,拂去历史的尘埃,搬离那些直接侵犯文物本体的生存环境的障碍物,以"修旧如旧"的原则,使文物恢复其本来的健康状貌? 我国开始申遗后的头十几年普遍都是这样做的。但是近几年来那两只"虎眼"配合得越来越默契,动作越来越大,少则几亿十几亿,多则几十亿,现在甚至上百亿也露出水面了! 这若让国外那些发达国家的申遗者听了,恐怕也要目瞪口呆! 君不见,英国人2008年就停止了申遗,原因很简单:他们没有把申遗看得像我们那样神圣。他们办一次申遗需要40万英镑,他们觉得承受不了,就干脆放弃了!

看到这个消息我不禁一笑：这些英国人多傻啊，40万英镑不就是六七百万人民币嘛！只相当于我们办一次申遗的几十分之一甚至几百分之一啊！你还是个公认的富国呢！

然而问题不在于我们舍得花钱，而在于这钱是不是用对了地方！如前所述，由于我国官民文物意识尚未完全觉醒，误区和盲点不少。"好心办坏事"的情况屡见不鲜。例如云冈石窟申遗时没有花太多的钱。申遗成功多少年后却决定让它"华丽转身"，花了5个亿，在文物周围大兴土木，挖池建屋，名为烘托，实为画蛇添足，是严重干扰文物本体的错误做法，而且还准备追加到14亿元，继续为文物"化妆"，结果被国家文物局叫停。西安大雁塔也有类似遭遇。但人们不是给大雁塔本身"穿靴戴帽"，而是剥夺它的环境范围的地皮卖给房地产开发商，结果被各类高低建筑围困得密密匝匝，透不过气来，严重破坏了大雁塔的原生环境。我近20年来去过大雁塔两次：第一次去，大雁塔周围房子低矮，而且有大片广场、空地，一眼望去，大雁塔全身十分醒目，巍峨而庄严，令人肃然起敬；前年去一看，立刻令人皱眉，把这样一座古城的标志性建筑糟蹋成这样！

难怪现在丝绸之路拟投百亿申遗的消息一传出，立即引起普遍的诘问：用得着花那么多钱吗？值得那么办申遗吗？或者换一种提问方式：若是换了比我们富裕得多的欧洲人，他们会像我们那样干吗？答案是不言而喻的。这里的焦点显然不是钱的问题，而是理念——包括文保理念和文化理念——的错位问题，是农耕文化或曰"小生产者文化"的好大喜功、大手大脚与工业文化的科学精神、精于计算的碰撞问题，是钱多未必办好事的问题！因此我的意见是：丝绸之路无疑非常重要，但申遗首先应该做的是保护好这

条路线历史形成的状貌,适当清理占据路线的那些杂乱而无关紧
要的建筑物,使路线清晰起来。但无须拆除虽有一定障碍但有相
当价值的建筑,更不应把历史上有过的重要建筑都重建起来或部
分恢复起来,那样做是在破坏文物!若联合国教科文组织非要求
我们投入那么多不可(相信它不会),那么我的意见是不妨学一下
英国人,不放弃,但暂放下!将这100个亿先用于那些亟须抢救的
文物!须知,我们拥有将近4 300个全国重点文物保护单位,其中
有1 943个——近一半——都是最近作为第七批刚上位的。身份
的突然提升(而且升至国家顶级地位)当然需要与其新地位相称的
"住宅"(即比较宽敞、庄严肃穆的空间环境)和"服饰"(即根据"修
旧如旧"原则的维修)。而与此相适应,全国各省、市、县都有很大
的一批文物级别跟着提升。想想看,这需要多大的一笔资金啊!
作为文物的保护者,尤其是负责人,我们应该"雪中送炭"呢,还是
"锦上添花"呢?

(原载《文汇报》2014 年 4 月 9 日)

"大跃进"式的造佛运动

　　近 20 年来,风行于全国的一个文化奇观是追波逐浪的造佛运动。其看点是你追我赶、攀比成风;做法是大把摔钱,在佛像身上堆金砌银。始作俑者是经济比大陆发达的香港。1993 年人们在大屿山上采用现代工业技术建造起一座高 34 米的"天坛大佛",首夺世界之冠! 然而大陆更有后来人! 仅仅过了 4 年,即 1997 年,一座耗资 3.5 亿元、高达 88 米的铜铸大佛出现在中国的鱼米之乡——无锡的灵山上,一举刷新了世界纪录! 但这一纪录好歹保持了 8 年,2005 年被三亚的一座高 108 米的"南海观音"立像所超越。想不到这个纪录仅仅保持了 3 年又被一匹"黑马"甩在后面:2008 年,一座佛身高 108 米,加莲花座、金刚座、须弥座总高为 208 米的世界最高立佛像(号称"中原大佛")出现于河南省的贫困县——乳山县! 这一立佛用去黄金 108 千克,合金钢 3 300 千克、特殊钢材 1.5 万吨!

　　自然也有比坐像的。1998 年广东佛山市西樵山的南海观音坐像以 61.9 米高创了世界纪录;2011 年吉林省敦化市花 3.8 亿元铸造了一座金鼎大佛坐像,以 48 米的高度创了同类坐佛的世界之最。但有的人不求高、不求大,但求精致、贵重。由中国佛教协会批准、于1996年动工建造的金玉大佛坐像,总高仅2.56米,总重770千克。它大量采用黄金、白金、翡翠、钻石、宝石等名贵材料,因而被载入吉尼斯纪录。这尊佛像据评估值8.2亿元!这无疑是20世纪最昂贵的佛教建筑了。其他地方如四川峨眉山、河北秦皇岛、江西九江、湖南宁乡等地都有了各自的世界之最。

然而在舍得烧钱这点上还是有后来居上者。仅仅过了十一二年,即21世纪初的2008年和2009年,竣工于无锡的梵宫和陕西法门寺近侧的"新法门寺"的造价就分别高出金玉大佛1倍和2倍,即16亿元和25亿元!梵宫面积达7万余平方米,随处贴金镶银,仅金丝楠木就用去1 400立方米。其金碧辉煌可以说让所有的同类建筑黯然失色。这座建筑与其说是对佛门的虔诚,毋宁说是财富的闪耀。耗费25亿元弄起来的"世界最大"的"新法门寺"是个"伪法门寺"!它的出现是对原法门寺的一次毁灭性抢劫,是公然对一个全国重点文物保护单位的破坏!尽人皆知,释迦牟尼的佛指舍利是法门寺的灵宝,是法门寺这一文物单位的灵魂,没有了舍利,就等于这座存续了1 700余年的佛教建筑成了一个空洞的躯壳!须知,这件宝物原来的藏身之处之所以狭小,是因为严密保藏宝物,不宜宽大的空间。难道有能力建造偌大寺庙的主持者会在乎这座建筑最核心的部分给予大一点的空间吗?因此用"藏室太逼仄"的理由搬离宝物是不能成立的!这样做显然违背国际公约中关于"保护文物原生环境"的规定,更直接触犯国家文物法。

这20年的造佛运动反映了当前国人奢靡风和浮躁风的另一个侧面。运动的弄潮儿们以为,钱既然能使鬼推磨,钱庶几也能让佛发善心,保佑他大富大贵、福运亨通。殊不知,这样做本身恰恰是违背佛教的根本宗旨的。这门宗教的最大亮点是提倡清心寡欲、积善积德，以"贪婪"为忌。想以挥金如土的行为取媚于佛门，是对佛教教规的亵渎。而且让这种奢靡之风弥漫于佛教界，势必对佛门僧众产生腐蚀作用。让我们看一下我们的邻邦印度吧，这是无可争议的佛教发源地；作为大国也有相当的经济实力，若按人均年收入计算甚至还排在我们前面。但那里没有人因为人家的佛像比他的高而成为热锅上的蚂蚁，因为他们是真正的佛教徒！近年来我国的基督教也有相当发展，但在这一宗教领域却没有出现如火如荼的造教堂运动。总而言之，一种宗教信仰的取得，一种佛心的养成，不经过长期甚至终生的虔诚修炼是绝不能如愿以偿的。与其如此耗费国家资源，何不拿出其中的一小部分，到边远地区办几所学校，相信更能缩短进入佛心的路途呢。

本来还想继续写下去，但一个词已经在笔端等得太久了：文化"大跃进"！所不同的是，1958 年那一次人们主观上是想创造财富；而这次则是挥霍财富！希望同胞们记住：我国至今依然是穷国，而且按人均年收入计算是个世界倒数的穷国！通过挥霍国家资源的途径来"重现辉煌""为国争光"是打肿脸充胖子，恰恰是"弱国心理"的表现！另外希望与上述有关的官员和房地产开发商们节制一下能量，不要把几代、几十代人做的事情，恨不得在自己手上统统做完，千万给后代留点空间吧。相信我们的子孙理念会更先进，办法会更多，而且比现在更富裕，因而会做得更好！

2014 年 3 月 9 日

湖光塔影下的青春岁月

——纪念母校北京大学百岁华诞

北京大学向来以"全国最高学府"的称誉在国内外享有崇高的威望，使我在高中年代起就向往不已。高中毕业后，虽然道路曲折，但 1956 年终于考入北大，如愿以偿地就读于西方语言文学系德语专业。并且在秀丽的湖光塔影下一共生活了 8 年：前 5 年学习，后 3 年助教。可以说，我最美好的一段青春年华都是与这处全国唯一的"湖光塔影"相依相伴度过的。

民族精英云集，撼动黑暗中国

母校最令我崇敬的是它的时代意识和先驱地位。学生时代，我常想起它刚刚在新世纪的曙光中诞生，很快就在东方这块黑暗如磐的大地上，首先高举起科学与民主的大旗，点燃五四反帝反封建的火把，成为中国新文化运动的开拓者和大本营，肩负起现在所有的高等院校全部加在一起都肩负不动的历史和时代赋予的使命，这就是为什么北大在每一个重要的历史关头都能发出正义的声音，甚至是震撼世界的声音，尽管有时也会"喇叭声咽"！但从长远看,北大总是向前的、无可阻挡的!

之所以如此,是因为这里聚集了一批最精锐的、代表时代前进方向的民族精英:陈独秀、李大钊、毛泽东、鲁迅、胡适、蔡元培……他们代表了一股民族的精气神,撼动了几千年的沉沉积习,给人们以"可变"的信心。作为校长,蔡元培"兼容并包"的先进教育理念,为母校奠定了最坚实的根基,尽管后来经历曲折,但这一理念的精神是不死的。因为巨人们的思想和声音必将在一代一代的青年学子中不断响起并凝聚力量!

师长名而有实,育人不知疲倦

母校令我崇敬的是它的博大精深。全校文、理科都有,共 14 个系,专业广泛,人才济济,仅教授、副教授就有 200 名,这个数目当时在全国首屈一指,而且其中有相当一部分在国内外声名卓著。就以我所在的西语系来说,像朱光潜、冯至、闻家驷、杨周翰、赵萝蕤、田德望、杨业治、吴达元……都是我中学年代就仰慕着的,如今竟有幸亲聆他们的教诲。尤其从三年级起,我们"文学专门化班"(这是西语系历史上唯一的专门化班)十来人由系主任冯至亲自担任班主任,他学贯中西、精通古今,又是诗人,听他讲德国文学史课真是莫大的享受。此外他还把着手指导、训练我们翻译,其认真、细致和耐心,实在堪称"谆谆教导"。我的毕业论文是田德望教授指导的,这对我又是一大幸运。田先生早年曾先后留学意大利和德国,不但外语功底扎实、中文水平过硬,而且对学生和蔼亲切、充满爱心,直到今天都是我最爱戴的恩师。长辈中除提及者外,最使我难忘的是两位先生:朱光潜和赵萝蕤。朱先生的治学之严谨、教学之认真我深有领教:有一次他给西语系和哲学系的青年教员讲西方美学课,我走神了,只听他突然一声"叶廷芳!",叫我把刚才他讲的内容复述一遍。我站了起来,在众目睽睽之下,羞愧难当。但情绪平静以后,我心里却十分钦佩他的严厉,决心要虚心向他求教。于是,事后去他燕东园的家里拜访。交谈中发现他的生活极有规律:上午写东西,下午阅读报刊和书籍,傍晚做体操,晚上浏览轻松读物;知道他先后学过的五六门外语中,德语才学了 1 年,而且已是 20 年前的事了。谁料,正是这门他最生疏而且觉得"最笨"的外语,后来使他翻译了黑格尔的《美学》这部四卷本的巨著,而那已经是耄耋之年了,且在"文革"年头!每当我治学松懈的时候,想到这位学界泰斗的那种顽强毅力,不禁重新振作起来。赵萝蕤是教研室唯一的一位女教授,年龄最轻,当时 50 多岁,风度雍容,仪态端庄,曾在美国深造多年,极富学者风范。她谙熟美国诗歌,对狄更斯、惠特曼等作家造诣尤深。她是全国仅有的两位二级女教授之一,但一点也不锋芒毕露,开会时只见她静静地专心听别人的发言,自己却很少说话,表现出一种与世无争的恬淡情怀。我们第一次接触,她就发现我是个"典型的浙江人"。原来她也是浙江人,并认为富春江是世界上最美的地方。可能由于"同饮一江水"吧,使我们意气相投,很快成了忘年之交(当时我的年龄恰好是她的一半)。我经常出入她在均斋(后来迁备斋)的临时宿舍和东四钱粮胡同的住家(因此我有幸认识了她的丈夫、著名诗人和考古学家陈梦家先生),聆听她谈美国文学、英国文学、尤其是诗歌(当时这也是我的爱好),她还常常用英文朗诵给我听。有时我也尝试着用德文朗诵歌德和海涅的诗请她指教。她是我真正的良师益友。可惜近十几年来因事务繁忙,去看望她的机会越来越少。今年元旦她突然与世长辞,当时我在上海出差,未能为她送行!悲痛之余,深感内疚。

除了自己专业所属的固定的师长外,学生会还经常邀请一些有影响的校内外社会名流来校作报告,满足学生们对专业外的某些知识的渴望。那些被请来的专家学者不仅有丰富的知识,而且讲得很有趣味性,美妙动听。其中侯仁之的北京地理故事、吴小如的京剧讲座、吴祖光的《风雪夜归人》等莫不令我久久难忘。尤其是吴祖光那一次,他是带着刚结婚不久的美丽娇妻新凤霞同来的。新凤霞美丽而妩媚,作为评剧名角走红,却仍害羞。她坐在讲台一侧,丈夫不时赞美这位爱妻,让腼腆的新凤霞多次掩面而躲。吴先生那种意气风发的情绪,真有"小乔初嫁了,羽扇纶巾,雄姿英发"的味道。难怪,报告厅很快就挤不下了,不得不临时换了楼上的更大的报告厅。尽管这样,还是有不少人被挤出门外,真可谓"盛况空前"!连我也一下成了他们的"粉丝",结束后硬挤出门去,握着他们的手,说了不少赞扬的话,还一再叮咛他们"再来"云云。想不到几天后吴祖光一下就成了"大右派",令我暗暗唏嘘。

学校朝气蓬勃——学生思想活跃

北大除了学习气氛浓郁以外,最突出的特点是学生的思想活跃。同学们好像都有一种天生的时代意识和"舍我其谁"的社会担当意识,仿佛五四运动的精神成了他们血液中的基因。我清楚记得,在我入学的第二年初夏,当同学们听到中央号召"助党整风",立即行动起来,从 5 月 19 日贴出第一张大字报起,很快大字报贴满了校园,批评国家政治生活中的各种缺点和问题。有的通过朗诵诗歌表达自己的政治诉求,有的则通过演讲阐述自己的思想观点,也有的散发油印刊物。

有一个学生叫谭天荣,我很佩服,他是学物理的,却对马恩著作读得很多,而且许多段落背得很熟。他站在板凳上演讲,头头是道,经常整段整段地凭记忆引用马恩著作。许多人不赞成他的观点,把他拉下来,他却不急不躁,又爬上去,继续讲下去。他的博学强记的能力、慢条斯理的口才和不怨不怒的气度都令人钦佩!

情绪最激烈的一场辩论来自人大女生林希翎。她性格泼辣,口才出众,站在大饭厅南广场的一张板凳上,对一些"敏感问题"一撸到底,其中我印象最深的是为胡风辩护。她坚持认为胡风不是反革命,不然好几年了,为什么不审判他? 她好几次被反对者拉下来,又好几次被支持者扶了上去! 气氛十分热烈而紧张。但好景不长,约过了 3 个礼拜,从 6 月 9 日《人民日报》发表《这是为什么》的社论起,形势急剧逆转。其过程众所周知,后来有四五百人吃了苦头。20 余年后他们全都平反了,他们的政治热情得到了肯定。他们的使命意识成为北大的一种宝贵精神遗产。

文体生活丰富多彩

北大的朝气勃勃,还有一点体现在学生业余文化体育生活十分丰富。当时以学生会名义建立的文化娱乐社团就有 14 个,如"红楼"诗社、音乐创作组、交响乐队、民族乐队、合唱团、京剧社、越剧社等。最初吸引我的是周末的唱片音乐欣赏会和交谊舞会。舞我不会跳,但常被同宿舍的同学们拽着去助兴,看他们和着四三拍或八六拍的音乐节奏翩翩起舞,有一种悠然陶然的感觉。但开始时看到一男一女搂在一起，还真有些不习惯呢，毕竟来自小县城，而且是在农村长大的，还不免带着一股"土"的气息。

但这个通常在小饭厅里举行的舞会我待的时间不会太长，待他们已经投入了，我就溜走，去附近哲学楼的大教室欣赏唱片音乐。主持者显然很在行，每张唱片播放前都要作一番介绍。自己中学时期的爱好是声乐，小地方欣赏器乐那时可没有条件，主要缺乏唱机——通常叫"留声机"。所以开始阶段听交响乐领略不出味道，不像有的人那样摇头摆尾。但我提醒自己，这是补课，必须耐心听。果然，一个学期以后感觉就不一样了。就在这个过程中，我熟悉了贝多芬、巴赫、莫扎特、勃拉姆斯、柴可夫斯基等人的名字，且对浪漫派的乐曲产生更强烈的爱好。而贝多芬遭受耳聋打击后发出的怒吼："我要扼住命运的咽喉，不让它毁灭我!"犹如洪钟在我心中久久鸣响，给了我这个同样受到命运打击的人以巨大而持久的鼓舞。

对于我的声乐爱好当时的北京有足够的条件来满足我的要求：不仅北京大学有合唱队，校外还有个"北京市大学生合唱团"，这是根据当时中央音乐学院的苏联指挥家杜马舍夫的意见创立的，他在莫斯科也建立了这么一个合唱团。它分男声合唱团、女声合唱团、混声合唱团和民歌合唱团。我报考了男声合唱团。执考者让我唱两首歌。我先后唱了时乐蒙作曲的《歌唱二郎山》和罗宗贤作曲的《桂花开放幸福来》。执考者是一个来自武汉的指挥。他说你适合独唱，为什么没有考音乐学院。我说我的更大爱好是外语和文学。

男声合唱团每周日下午在钢铁学院活动。排练的第一首歌曲是苏联作曲家谱写的《黑龙江的波涛》，旋律优美抒情。第一次听到纯粹由男性发出的声音,觉得太美了,真是喜不自禁。第二次活动杜马舍夫亲临现场,只见他一脸的络腮胡子,但修剃得很整洁。他没有示范指挥,而是讲了一些鼓励的话。而大家最感兴趣的是这番话:你们要好好地练唱,准备参加下一届的世界青年联欢节。为了证明他话的可靠性,他还特地请来一位民歌合唱团的女生——一位朴实而美丽的姑娘——与大家见面,她穿着一身镶边的、带有民族风味的淡蓝演出服装,说她已经参加过上一届的联欢节了,这让大家很羡慕,因而鼓舞了我们的士气。合唱团也常安排到外面演出活动。中山公园、劳动人民文化宫和某些工厂都去过。去工厂还可以享受到一顿丰盛的晚餐。

第二个学期即 1957 年的上半年,四个团统统合并成一个混声合唱团。活动地点在清华,与北大仅一路之隔,我不胜开心。不久遇到了一个机会,即苏联苏维埃主席团主席伏罗希洛夫访华,毛泽东主席陪他参加在中山公园举行的联欢晚会,我们合唱团奉命去表演节目。舞会开始时,队伍里两位女生不知是事先安排还是自己主动,快活地跑上去分别与两位主席翩翩起舞,令大家好不羡慕。

1958 年全国范围的"大跃进"开始了!上头号召全国人民敢想敢干。于是合唱团领导就向大家强调作曲并不神秘,你们既然爱唱歌,也应该会写词、会谱曲,从今天起就干起来吧!并当场规定每人必须创作两首,最后由中央音乐学院作曲系老师替大家讲解和修改。回校后我奉命试着创作了两首,词和曲都是自己写的,其中一首叫《我是个快乐的歌手》。交上去后,约过了 3 个礼拜,果然来了一位中央音乐学院的作曲系老师跟大家讲作曲法,想不到唯独选了我的那一首作为范例,说如何如何合乎作曲法(其实我一天作曲法都没有学过,可谓"瞎猫碰到了死老鼠")。可惜恰恰那一天我没有参加活动!这过程是由合唱团北大小组的组长徐本美同学告诉我的。她还把这首歌曲送到《北大青年》编辑部建议发表,后该刊发表了,还要我写了一篇"心得"之类的短文一起刊登。

从此学校的有关部门就以为我真的会作曲了。团委会任命我为音乐创作组的组长。创作组里倒有一个比我懂得创作的人,他叫戴羌平。在这之前他曾自发创作了一首叫《干干干》的歌曲,成为那一年全国推广的五首歌曲之一。他的音乐天赋看来有家庭血统:他的一个哥哥曾考入中央音乐学院,成为专业作曲家。创作组里还有一位酷爱指挥的音乐爱好者叫洪希刚,他也是一位血统跟音乐有关的爱好者,因为他的一位姐姐是中央广播合唱团的专业团员。他后来与徐本美成了夫妻。我和戴、洪三人自称"岁寒三友",在开夜车成风的"大跃进"年代,经常开夜车,总想琢磨一首成功的歌曲出来,可惜总也没有成功。可见艺术这东西,光凭信心和意志是不行的,天赋和才情是少不得的!

当时西语系有几个同学,也受了"敢想敢干"的鼓动,自发组织起来,创作了一组《毛主席诗词大合唱》,排练后反映不错,甚至受到著名作曲家李焕之的肯定。系里还花钱印了一批豪华的册子。我当了音乐创作组组长以后,团委会要求我们介入西语系这个创作项目,以便把它提高一步,争取正式出版发行。于是我们又与西语系的这几位同学——记得是法语专业的张裕禾、英语专业的王世仁、德语专业的胡其鼎和英语专业的钢琴爱好者郑启吟——一起开夜车,一起讨论如何突破这部大合唱的现有水平,使之再提高一步。但具体行动起来却很难:原来的几位作者都不愿意把他们花了数个日日夜夜思索出来的旋律否定掉!没过多久我们只得退出了事。但我名义上仍是西语系创作组的兼管者。该创作组唯一要求我做的是，说服校领导出一笔钱，把这部大合唱正式出版。我说，校领导提出的前提是：首先把这组曲子修改、提高，而你们又舍不得。这就矛盾了！此事就这样不了了之。

前面说过，我的诸多爱好中最主要的爱好是文学。北大当时14个业余社团中，对我来说最醒目的社团是以北大原校舍"红楼"命名的同名诗社，它有一个16开的油印刊物发表社员们的诗作。其中1955级的中文系学生尤为活跃，像现在驰名于文坛的谢冕、孙绍振、张炯、任彦芳以及已故才女温小钰等都是"红楼"的明星，令人羡慕。按照规定，要加入这个诗社必须交两首诗作为考试。但我那时基本上还没有写过诗。到了1957年春夏之交，我终于写了自己比较满意的两首诗拿去报名。不久获得批准。但来不逢时，还没有来得及参加一次活动，"轰轰烈烈"的反右斗争开始了！"红楼社"里有的成员落了难，这个社团从此一蹶不振，再也没有开展过活动。直到1958年的"大跃进"年代，一天中文系的袁良骏同学突然召集5个成员开会，说是根据团委会的决定，"红楼社"不准备恢复了，成立一个"文学创作组"来取代它。在座的我们5个人就是经过团委会批准的这个创作组的核心成员，即刻就可开展活动。但这个"活动"内容比较笼统，是写诗歌呢，还是写戏剧呢？5个人也没有分工。在这之前，学校曾演出过一出学生自创的话剧《时代的芳香》，名噪一时。当时团委会提出要创作一出超过《时代的芳香》的话剧，并由一位当时已小有名气的女生执笔。写出后团委会颇不满意，说是"小资产阶级情调"，显然与当时大轰大嗡的"大跃进"气氛不协调。于是让中文系的诗人任彦芳和我来重写。我和任第一次见面就私下窃笑："我俩就能写出无产阶级情调来？"

结果我和他闭门造车憋了好几个晚上也没有构思出一个提纲来。可能团委会也看出了我和任并不比那位女同学有更多的无产阶级情怀，所以也没有怎么催我们，最后不了了之。

既然在创作组搞"遵命文学"搞不出什么名堂，而且也不可能有个人情感的活动空间，于是我就利用音乐创作组的名义，成立一个"优秀歌曲推广站"，从每个系抽调一个人，每周确定一首优秀歌曲，各人回系里推广。同时我亲自刻钢版，油印歌片，每晚在大饭厅门口发售，每页收成本费1分钱，买的人还不少。由于在文艺活动中表现积极，我不止一次受到过团委会和学生会的表扬，接受过鲜花。最后还作为先进代表参加了北京大学第一届先进代表大会。

参加"红楼社"的梦虽然破灭，但由它所激起的写诗激情却久久不能消退。那时我正患神经衰弱，加上臭虫骚扰，经常失眠。我便利用那许多不眠之夜进行诗的构思。从气质上说，我是属于浪漫主义的，热情澎湃、浩浩荡荡，所以特别喜欢阅读惠特曼、拜伦、雪莱、海涅、屠格涅夫等人的诗；国内的则喜欢郭沫若早期的诗、闻一多的诗以及郭小川、贺敬之这些人的诗风。现在回想起来，那时不过有一些诗的激情，却并没有找到诗的美学奥秘。难怪被这股诗情燃烧了七八年之后，从"文革"开始直到现在，诗的缪斯就再也没有光顾过我。

湖光塔影永远是个梦境

众所周知，北大的现校址在1952年"院校调整"以前是燕京大学的校园，它是以清代的2个皇家花园即北边的朗润园和镜清园为基础的。它是帝都时代北京西郊以"三山五园"命名的最佳风景区和湿地的一部分。因"未名"而得名的"未名湖"像一块碧玉恰到好处地镶嵌在这锦绣园林之中。原燕京大学的校园景观设计者极为巧妙地在湖的东南侧竖起一座密檐古塔式的水塔,使实用性与观赏性合二为一,尤使塔身与湖面联成一体,从而创造出了一幅绝妙的图画,让燕京—北大拥有了最美的华服与顶戴。

未名湖的西侧有一座小岛,一座10多米长的宽阔石桥与它相接。岛上树木葱茏,掩映着一座亭式古建筑。岛的东边与其毗连的是一座灰白色的石坊。因此,若把未名湖看作一位古典美人,那么这座带亭子的小岛便是它头上的发髻,而石坊便是它的玉簪了!

岛上的那个亭子是封闭式的,实际上是个书店,可以看作是北大图书馆——全国第三大图书馆——的一个"活动窗口"。每天下午体育锻炼以后,我都要去这片书店看看翻翻,就像爱喝咖啡的人进咖啡馆那样惬意。有时能买上一两本中意的书就更兴奋了!走出书店,总要顺便跨上石坊走走,仰望一番对面浓荫簇拥着的高塔。它那几十层间隔整齐的密檐生发出一种韵律,好像一位痴情的情种伴随在未名湖这位美人的身边不停地弹唱……

不要以为以上写的只是天气暖和的一两个季节。不,未名湖的魅力是不分季节的!固然,春天柳条依依,夏天繁花盛开,秋天红叶炫丽,冬天呢?冬天却别有一番景象:在它厚厚的冰面上,每天都有几十上百的男女青年穿梭滑行。他们脱去了笨重且色彩单调的棉衣,穿着色彩丰富的紧身毛衣、毛裤,显得格外精神而飘逸,晚上在探照灯的照射下更增加一层诗意。我一边欣赏着这番景象,却又不免内心黯然,觉得这样美好的运动,自己此生恐怕无缘了!但同宿舍的同学却并不这么看。他们说:"既然你自行车都学会了,相信你溜冰也学得会,我们扶着你学好了!"于是我鼓起了勇气,在他们的搀扶下在未名湖的冰场上练了起来。头一次不免摔了许多跤,臀部痛了好几天。但第二次再练,就好多了! 到下半场我就可以摆脱他们自行练滑了。当我能自由地围着未名湖冰场一圈又一圈速滑时,我感到莫大的痛快。我把这看作与未名湖零距离的接触和拥抱。

真是天意的成全:在我大学毕业后留校当助教的几年里,我的宿舍恰好被安排在民主楼附近的德斋;德、才、兼、备4幢两层大屋顶单身宿舍楼在未名湖畔一字排开,仿佛为未名湖站岗。我每天睡前都有散步的习惯,于是每晚11点左右,离开沉重的案桌,沿着未名湖的小路放松地踽踽独行,感受着未名湖独有的宁静,它真像个温婉的睡美人在甜甜地安睡着,我尽情地吸吮着它静态的美,工作中没有了断的思虑与烦心被熨平了。回到宿舍门口时,转过身来再望一眼未名湖,心里道一声"晚安!"这时我仿佛洗了个热水澡,一天的疲劳和压力统统烟消云散。于是我很轻松地走进梦乡。

未名湖在燕园并不孤单,往北百十来步它即有好几个姐妹湖,它们都在镜清园和朗润园的位置,大小不等。那里也是浓荫密布,但曲径通幽,所以湖身婀娜多姿。如果说,未名湖是大家闺秀,它们就是小家碧玉了! 但是它们有一个未名湖没有的华丽季节,那就是夏季的荷叶飘香、荷花绽放! 那时它们招蜂引蝶、游人如织,是骚人墨客最醉心的地方。想必朱自清那篇不朽的《荷塘月色》就是从这里获得的灵感吧。

除了荷花,这些小家碧玉还有格外诱人之处,就是幽闭和僻静,真好比是藏在深闺的美人! 北大的一位老外教温德教授,他住在镜清园的一幢隐蔽的中式三间里,从新中国成立前的燕京大学直到"文革"期间去世,始终不肯搬离。我的一位德文老师赵林克悌教授,也住在朗润园湖边的一幢平面直角形的旧平房里,"文革"前曾一度被动员搬进了楼房,但"文革"后她又搬回来了。从西语系所在的民主楼到"深闺"有一条小径相通,它弯弯曲曲,是典型的"蛇形曲线",走在这条小径上,悠然陶然,真是一种难得的享受。而因为有几位老师住在那一带,走这条小径便成了我的家常便饭。现在想起来恍如梦境。

　　母校是培养我精神人格成长的母亲,它温柔的性情与丰富的涵养对我一生的精神气质产生了极其重要的影响。无怪乎,1964年当我离开母校时,我内心经受着妻离子别似的斗争;科学院的殿堂不断将我呼唤,母校的柔情蜜意拼命把我挽留。最后我把青春的魂魄留下,带走了大半生的牵挂……

　　(原载《北京日报》1998 年 5 月 8 日,原题《魂留燕园》,大为压缩)

时时守住自己的灵魂

——10 年政协生涯一得

　　从来没有想到过会当政协委员，因为我从来对政治没有抱负，也自知缺乏政治才能，所以没有参加任何党派。不想，1998 年初，我意外成为第九届全国政协委员。如何充当这个角色呢？当时有位很有名望的老朋友打电话嘱咐我："廷芳啊，党对你不薄呀，你以后在政协发言要记住这点呀！"我很感谢这位朋友的至诚，但我不完全认同他的嘱咐；一个人如果只根据人家对你的"厚""薄"来说话，那就未免太渺小了。我永远不应忘记自己是个学者，我只能凭我的科学良心说话。说实话、真话是我科学良心的根本原则；一切从人民利益、祖国利益出发则是它的轴心。只要党的方针、政策是符合这一原则的（这也是它的一贯宗旨），那么就无须担心我的发言会出格。

　　九届一次会议第一次界别会议一开始，就传达了领导层的旨意："政协委员要讲实话，讲真话"，我衷心拥护，并把这当作"政协"的灵魂。在我心目中政协应该是"群言堂"，而不是"神仙会"，更不是政治装饰品，否则就是愚弄老百姓。每年"两会"期间，全国人民都在仰望着北京，希望代表们能真正代表人民的意志，反映民间的实情，表达人民的心声，切实给政府建言献策，为建设祖国贡献智慧。如果不是这样,在会上讲些冠冕堂皇的空话、套话甚至假话,那无异于"瞒上欺下",不啻是一种劣等的政治品质。

"假大空"的恶习在我国是有深厚土壤的,它致使我国的多次政治运动出偏差,尤其在"大跃进"中给国家造成难以挽回的损失。可惜巨大的代价并没有换来应有的教训,并没有让它变成"集体"的痛苦记忆或者"学费";"假大空"依然是我们现在政治生活中比较普遍的现象,几乎成了一种顽症。殊不知这是直接违背马克思主义的。马克思曾明确说过:"共产党人从来认为隐瞒自己的政治观点是可耻的。"可是,可能太普遍了吧,几乎没有人觉得这样做可耻。这是很可悲的。

讲实话是一个公民的基本品格,更是政协委员的起码准则。不讲实话不仅是对与会者的不尊重,也是对自我尊严的亵渎,这就是"自欺欺人"。所谓"实话"一般都是指带有批评内容的或者涉及"敏感问题"的话,在底下经常听到议论纷纷,到会上却噤若寒蝉,无非是怕说出来得罪上面或有关当局,因而被穿小鞋。这方面需要双向互动,一方面听者要胸怀豁达、从善如流,言者则应不带私心、诚心诚意。2006年我在社科联组会上趁中宣部领导在场的机会,讲了一番意识形态方面工作的不足。当时政协信息处的一位工作人员听了,马上叫我把发言稿给她,她要直接往上报送,因为"现在这样尖锐而中肯的发言很少"。后来有人把这篇发言稿发到网上,获得广泛的好评,理由跟那位信息处的同志说的一样,认为"掷地有声,肝胆相照"。因此我把这点经验概括为"靶要准,心要诚"。所谓"靶要准"即你讲的内容要真实,要有根有据,经得起推敲,再加上你不是为了出怨气、发牢骚,这样人家听了自然就会有"掷地有声"之感。

知识分子存在的价值,就在于他的社会评判精神。知识分子对社会现状发表的言论,不管是褒的还是贬的,只要他是以科学的态度,从事实出发,都应该予以尊重,并把它作为政府决策时的参考。而不能像以前那样,只充当政府政策的诠释者和宣传者,这样就背离了知识分子的天职。

扩大一点说,言论自由是"天赋的权利",这是法国思想家卢梭的观点,也是现代社会普遍的共识。以言治罪,搞文字狱,这是落后的封建时代才有的现象。如今这段黑暗历史终于翻过去了,可是我们不要小看了它的残余。那种动不动就以"反动言论""右派言论",特别是"反革命言论"对人进行惩罚的现象,离我们并不是很远。值得深思的是,这一切都是在诸如"巩固无产阶级专政"的"崇高"名义下发生的。因此这些年当我翻阅《世界禁书大观》的时候,我不禁感慨万千:这些真理的发现者,当年为了发表这些言论,受尽了折磨和残害,如今他们的言论经过时间的考验,闪闪发光!而当年那些理直气壮地迫害他们的人,如今安在——一个个被钉在历史的耻辱柱上! 这是一条多么严酷的历史教训。

熟读历史的革命家毛泽东分明已经注意到上述历史经验,曾提出"保护少数"的重要主张,为此他鼓励我们"知无不言,言无不尽";他还告诫全党:"让人说话,天不会塌下来,不让人说话,难免有一天要垮台!"他甚至还认为,一个社会如果出现"万马齐喑"的局面,那是"可悲的"。尽管毛泽东生前在其政治实践中未能完全做到这一点,但这些话本身是至理名言,党应该把这些话认真贯彻下去,创造真正的"生动活泼的政治局面"。这一两年来我欣喜地看到,我们在这方面有了明显的起色,相信这还只是开始。

(原载《同舟共进》2008 年第 10 期)

惊喜与自勉

　　今年3月中旬,我突然接到瑞士苏黎世大学校长汉斯·威德尔教授的邀请函,说该校人文学院已经决定,授予我"荣誉博士"学衔,为此邀请我于4月26日赴该校参加授衔仪式并接受荣誉博士证书。这令我感到意外和惊喜。因为我知道,在欧洲,至少在德语国家学术界,"荣誉博士"是一种最高学术荣誉,只有国际上声誉卓著的知识精英才有资格享受这样的殊荣,而且苏黎世大学是德语国家数一数二的名牌大学。但我已经具有这样的国际声誉了吗?再说,我与这所大学还从未发生过正式关系。虽然我曾经在瑞士做过4个月的学术访问,但那不是苏黎世大学的邀请。我只是在那里访问过两三位同行教授,也在那里做过一次学术报告。仅此而已。

　　到了苏黎世大学后才知道,该校的人文学院很大,拥有四五十个系和130名教授。这次由该院遴选出的荣誉博士有两位,另一位是德国哲学家、76岁的犹太学者图根哈特,他可早已是国际著名学者了。在4月25日晚上,即在学校授衔仪式的前夕,人文学院为我俩举行了小型的欢迎晚宴,哲学、历史、文学、外文等系的负责人参加。该院常务副院长在致辞中说:"坐在我们面前的这两位客人真是不容易啊,多少人在表决中都未能获得通过,他们都失败了,唯有这两位才获得了成功。"接着他分别讲了一下我们两人的"功勋"。在讲到我的时候,说我在国内开风气之先,最早把两位欧洲现代作家卡夫卡和迪伦马特引进中国,通过有效的翻译和介绍文字,使他们走近中国读者,从而推动了中国日耳曼语言文学的发展,促进了中国当代文学和戏剧的观念更新。同时还提及我积极参与国内文艺理论以及社会和文化热点问题的争论,经常发表独到见解。他认为在这方面如同我在翻译、研究工作中一样,都表现了"无畏精神、先锋精神和正直品格"。在饭后的自由交谈中得知,遴选荣誉博士的入围资格,首先须有同院 10 位以上同行的联名签字推荐,然后由全院教授投票表决,获三分之二以上票数方能通过。有人告诉我,该院联名推荐我的有 13 人,附议推荐的 4 人,公布后又有 25 人签名支持。有了这个基数,所以表决时就不难通过了。

苏黎世大学的其他学院也分别选出了他们的国际同行为荣誉博士,全校有 13 人。他们大多均已耄耋之年。其中有的是 1981 年的诺贝尔化学奖得主,有的则是在研究疯牛病方面做出特殊贡献的医学家,还有卓有成就的经济学家、法学家、神学家等,此外还有一对夫妇双双获奖,人们会下戏称他俩系"居里夫妇再世"。典礼是与该校 175 周年校庆同时举行的,约有 800 名师生代表,加上各有关大学的校长(他们都佩戴着仿佛由诸多的金元宝串起来的金项链,煞是神气)。苏黎世大学的礼堂坐落在一座山丘上。这天天公作美,阳光灿烂,人们像过节一样熙熙攘攘地走进礼堂。当我由洪安瑞教授陪同步入会场时,场上已座无虚席。我显然沾了图根哈特的光,校方把我和他安排在最前面的中间一排,因为他将要代表大家致辞。这也说明,人文科学在这里是很受重视的。台上始终有一支乐队待命,每个节目之后就演奏一首典雅的莫扎特乐曲。校方表彰了每位荣誉博士的事迹以后,分别发给我们用长筒装着的荣誉证书。我们在乐曲声中领取后,分别与威德尔校长和有关院长合影,这时镁光灯与掌声混合在一起。

仪式结束后,在与礼堂毗连的大厅里举行盛大的宴会。瑞士教育部和苏黎世政府有关官员利用这机会分别发表讲话。席间瑞士的几位作家、学者朋友前来向我祝贺,其中最令我兴奋的是我的老朋友穆施克教授夫妇突然出现在我面前。他是继迪伦马特和弗利施之后瑞士最有名的作家兼学者,也是诺奖得主格拉斯的好朋友,刚从柏林艺术科学院院长的任上退下来。饭后他请我去他在理工大学(瑞士另一所有名的大学)的办公室小坐,并在屋顶阳台喝茶。在聊谈中我向他袒露:"今天获此殊荣我有点不敢当,我们这一代中国学者仅'文革'就耽误了 10 年! 成绩确实平平。"他不以为然地说:"遴选荣誉博士要看成绩,更重要的是看聪明才智,看远见卓识。你首先选择卡夫卡和迪伦马特作为你翻译、研究的对象,说明你很有战略眼光。如今这两位欧洲作家在贵国均引起很大反响,这就是你的功劳。"他这么一讲,使我想起了在人文学院举行的晚宴上,也曾有人提到,中国作家到瑞士访问时,常常提到我的名字,因为他们受到卡夫卡或迪伦马特的直接影响,而瑞士作家和学者访问中国时,有时也听到有的中国作家提到我,因为他们创作上也直接受到这两位作家的启发。穆施克还说到,他曾在《新苏黎世报》上看到过关于我的报道(当是若干年前该报驻京记者薛特里先生所写,他曾采访过我),说我在艺术、建筑、戏剧等领域也有发言权,而且他对我上次在他家过圣诞节时留下的歌声也有很深的印象。他认为,这一切都会对我的入选起综合作用。穆施克教授的这番话多少缓解了我多年来的一种内心不安，即由于介入某些社会、文化热点问题的讨论，影响了我的专业研究。

第二天，瑞士最有影响的报纸《新苏黎世报》报道了苏黎世大学的这一举动，对 13 位获得荣誉博士的学者一一作了简短的介绍。这时我发现，该报在这一天还单独发表了一篇关于我的报道，篇幅不短，而且还附一张照片。我把全部报纸翻了一遍，未见其他人享有这个待遇，而且此后几天的报纸也没有单独报道过其他人。这使我有点受宠若惊，也不无诧异：为什么唯独报道我？是不是这家报纸，也许还有苏黎世大学突然发现，他们以往对中国关注得太少了？但这也许是我在这个季节碰上的一个运气，两天后美国的《华尔街日报》也发表了一篇该报记者关于我的采访。

然而后来我知道，我享受《新苏黎世报》的这一特殊惠顾也让我付出了代价，该报为采用一张我的最新照片，特地派了摄影记者来拍摄。开会前我一走进礼堂休息室，马上就被他请到室外一块草地上拍照，远近左右一口气拍了不下十来张，殊不知这时休息室里荣誉博士们的一个集体项目正在进行：全体合影。这是事先通知了大家的。后来当我在德文网上发现这张唯独没有我的合影时，遗憾之余不禁暗自窃笑：莫非冥冥中真有一个什么神明在操纵着公平原则，在关键时刻调虎离山，让你顾此失彼、难言得失？

回来以后，我经常暗暗思忖：与国外同行相比，差距是毋庸置疑的，因为他们中谁也没有像我们这样荒废了那么长的黄金时间！因此我内心总是把苏黎世大学的这一美意当作一种鼓励和鞭策，永远自满不得、松懈不得。

（原载《新民晚报》2008 年 9 月 12 日，收入本集时作了补充）

让生命在燃烧中耗尽

宇宙之大，多少亿光年也难以穷尽。但迄今为止，还只有小小的地球有生命。而在地球上亿万个生命中，只有人是最高等的生命。所以当欧洲人首先冲破中世纪的愚昧和黑暗，开始觉醒以后，莎士比亚通过他的《哈姆雷特》同名主人公这样自豪地宣称：人是"宇宙的精华，万物的灵长"。

人之所以高贵，成为"万物的灵长"，是因为他能思考、能创造。由于人有这样的特点，地球才变得多姿多彩，宇宙也不再寂寞。因此我的人生哲学很简单：有一分热发一分热，有一分光发一分光；让生命在燃烧中耗尽，不让它在衰朽中消亡。这也就是古诗里说的，"春蚕到死丝方尽"。

1998年在我62岁的时候，医生给我戴上了"糖尿病"的帽子。当时我想，来日不多了，争取再活10年吧！7年以后，医生又向我亮出一张"黄牌警告"：冠心病！并立即在我胸腔内装了个金属支架。于是我想，原来设定的目标看来是科学的，再过3年差不多了——不，再增加点信心，争取再活5年吧！关心我的朋友则劝告我：这下可要务必当心了，人类"三大健康杀手"你已经有"两大"在身了（另一"大"是癌症）！工作是做不完的，放下它吧，保命要紧！

朋友的话发自内心，出于恳切的关怀，是值得感谢的。但我想，如果那样，白天我只能以公园为家，晚上以电视为伴，为了活着而活着——啊，这与我的天性太忤逆了！生命离开了生活就没有意义！而生活的内容和乐趣就应该是不断思考和创造，直到把"丝"吐尽为止。此后我照样出差，照样写东西，照样介入某些社会文化热点问题的讨论。那年出差去云南，有一天放假游览玉龙雪山，之前我上去过两次，但乘的都是到达3 200米高度的"小缆车"，这回是上雪线以上的4 600米高度的"大缆车"！这对我太有吸引力了，但对我的健康也太有挑战性了！事先我问队伍中一位心血管大夫："我能不能上?"他断然回答："你当然不能上!"他的回答在我意料之中。接着我自己评估了一下：我的心肌没有梗死，心电图一直正常，有一根心血管堵塞已经通过一个金属支架打通了，一连10多天出差跑动也坚持下来了，以往去过3 800米高度也没有明显反应。于是决定接受这一挑战。第二天一早我把我的想法跟那位大夫讲了一下，并说："我想考验一下这个金属支架的效能，如果我活着回来了，你的医疗思维需要更新一下，不然，你可以将我的失败的冒险作为负面的医疗案例警示他人。"结果，我和大家一样，高高兴兴到达了目的地；在需要吸氧的时候，大家都吸了几口氧（每人都携带一个小型氧气瓶）。那位大夫后来说："你使我的医学增添了新的内容。"

长期以来我每天工作到凌晨3点（但每天必须午睡），每年外出七八次，工作量丝毫未减。除了记忆力明显感到衰退以外，精力依然充沛、食欲依然旺盛、思维依然活跃，出活率亦不减当年。如今我已到了第二次自己设定的年限。看来阎王爷还可能宽限我几年。这有一定的医学根据：我每4个月做一次血检，超标的项目不是越来越多,而是越来越少;从以前的五六项超标,现在只剩下一项——血糖仍略为偏高。

我母亲只活到 38 岁,父亲也只有 49 岁。因此,我一跨过"古稀",就仿佛完全获得了解放:远远超过我父母了!感觉活一年,就赚一年,完全把死亡置之度外。看来,对待生命也要讲点辩证法:你越顾惜生命,死神反而对你关照得越勤;你不理他,他反而借机偷懒了!

让我们共同度过一个超然而充实的晚年吧!但记住:生命是为了生活,而不是为了活着而活着。让生命在燃烧中耗尽——这是我的人生哲学。

(原载《老同志之友》2011 年第 5 期)

诗友通灵

大泼墨的瑰丽人生

——给吴冠中先生点彩

　　吴冠中先生离开我们已半年多了,但仍让我悲痛不已,追思不尽。近30年来,虽然直接接触不算多,但学术、文化和美学观点的交流,通过文章、电话和书信的交流一直在进行,彼此都很信任和融洽,也算得上忘年交了。

　　吴先生的艺术人生,除去他的学习阶段,可从1950年他回国时算起,至逝世恰好一个甲子。这一个甲子大致可分为两个阶段,即前30年和后30年。前30年是他追求、磨炼和探索的30年;后30年则是他成熟、创造和升华的30年。

　　吴先生出身江苏宜兴乡村的一个农民家庭。旧中国的农村一般来说是贫穷的、落后的、丑陋的。但正如我国一句民谚所说:"家贫不嫌母丑。"童年时代的农村印象留在吴先生的记忆中永远是美好的! 他始终忘不了那淳朴的、善于吃苦耐劳的劳动者,那美丽的田园和山水,甚至还有那只知吃草、不知劳累的耕牛。这一段"人之初"的经历,为他植下了"画不断江南人家"的水乡情结,成为他后来深厚的人文情怀和浓烈的祖国之恋的最初根苗,也是他丰富的审美思维的不绝源泉。

吴先生首先值得我们景仰和学习的是他追求真理的精神和勇气。

新中国成立初,他毅然告别国外良好的生活和创作条件以及同窗好友,回来参与祖国的复兴事业。他满以为自己学得的油画这一艺术品种是祖国还比较稀缺的;他掌握的现代艺术观念也是有利于推动国内艺术创作的。不想他归不逢时!迎接他的不是笑脸和掌声,而是一瓢又一瓢冷水!什么"形式主义堡垒",什么"西方资产阶级艺术思想",均是劈头盖脸的批判、辱骂和歧视。他因此被排挤出中国美术的最高学府,在尔后的劳动锻炼期间,继续被批判、被诋毁。本来,他想要避免这样一种遭遇也不难,只要表示接受批评,"改邪归正",一心搞浅薄的"现实主义",肤浅的民族化、大众化那一套,也是不难获得安宁的,就像多数人所做的那样。然而倔强的吴冠中就是痴心不改,他不认为讲形式就是"形式主义",讲现代就是崇洋媚外。他知道,他的心是属于祖国的,他的情是系于人民的,所以他也不对抗,凡是批判中有合理的成分,他也认真听取和吸收,比如关于民族化问题,关于艺术来源于生活问题。他清楚,最好的回答不是对抗或争论,而是在艺术实践中去认真探索。于是,他几十年如一日,不顾劳累,跋山涉水,风餐露宿,为了找到最佳的写生角度,他往往围绕一个自然对象,上下左右不断观察,反复比较,真是"搜尽奇山打草稿"。在农村没有画架,便用粪筐来代替。为了让画好的画作不致损坏,他宁可把火车上的座位让给画框,自己则从广州一直站到北京。真是"舍命陪君子"啊!

其次,应该学习他的艺术探索和创新精神。

大家知道,一部人类的艺术史,就是一部不断推陈出新的历史。然而我们中国的艺术家,由于深受封建统治者"天不变,道也不变"的影响，养成了一种"纵向承袭"的惯性思维，除个别特例外，一般人都习惯于重复前人的成就，革新和超越意识是相当薄弱的。纵观我们的绘画、雕塑和建筑，在形式和风格上更新换代的痕迹是很淡的。吴先生在西方学到了油画这门于我们而言崭新的艺术形式，但他并不想照搬它，而一心要让它与本土的艺术相嫁接，使本国观众更容易接受它，从而使其成为本民族艺术的一部分。果然，他在石涛那里找到了精神的共振点。石涛的"古人之须眉不能长我之眉目""无法之法乃为至法"的观点，与他一拍即合。他认为石涛的"直觉说"就是中国的"表现主义论"。他从此"背叛"了印象派，"投奔"了石涛。这意味着，他开始重视水墨，而又不抛弃油画的基本理念，从而开始了他的民族化方向的探索。

应该说，在那个年代，探索民族化的人是很多的。但取得吴冠中这样成就的人却是绝无仅有。奥秘在哪里呢？就在于他在民族性中成功地注入了现代性，具体说，就是赋予水墨以某种抽象的形式，这种形式由于线条、色彩与空间的恰到好处的配置而产生一种摄人心魄的美感。正如他自己所说："也许是我的职业病吧，我是经常地、随时随地的以探寻形式美的目光来观察自然的。无论是一群杂树，一堆碓石，或是漩涡，或是投影……只要其中有美感，我总是要千方百计挖掘出来为我所用，它们往往成为我构图画面中的主角。"为此，他"偏爱形式与色彩的真实生动，又不满足局限于一隅的小家碧玉，渴望在写生中采纳'移花接木''移山倒海'"。难怪他画的《黄土高原》那样虎虎有生气，像是无数生命在奔腾；它们乍看像是虎，再看却不是。《长江三峡》雄伟而险峻，一看非常面熟，再看却又非我所见者也！这种似是而非就是艺术的魅力。

吴先生在探寻艺术形式美奥秘的过程中，他还不倦地问津别的艺术门类，比如摄影、戏曲。尤其是后者，旦角中他"偏爱赵燕侠"，须生中他"偏爱周信芳"，看他们的戏"场场不放过"。为此即使经常深夜排队买票，他也乐此不疲。无怪乎，我们在观赏他的《白桦树》《邂逅》《播》《残荷新柳》《世纪新雪》《宏村》《红楼》等画作时，总是那样流连忘返。它们综合了多门艺术的要素，凝聚了作者多少智慧和心血啊！

第三，是他的开阔的视野。

进入老境的吴冠中先生，给我们留下的并不是一个身体衰弱、反应迟钝的老者印象，相反，是一个思维敏捷、观点新锐而清晰、敢言敢说、朝气蓬勃的艺术先锋的形象！吴先生的禀赋中包含着艺术家、文学家与思想者的统一体，这个统一体在他的晚年升华出一系列美学思想的火花，它们石破天惊，常常拨亮我们的美学盲点，刺激我们的思维惰性，而在他的一束束思想火花中，贯穿始终的主题音响是反保守、反传统、求创新、求变革。例如，他曾观点鲜明地说："有出息的民族不怕断掉旧衣钵，应创造新时代的新衣钵。"并不无愤慨地指出："有些人在嚷嚷固守传统，空话，废话，爱国姿态，其实误国。"一针见血！大家知道，艺术作品的灵魂是思想。没有思想的作品，技术再好，不过是个躯壳，"慧眼远比巧手更重要"，于是他提出警告："笔墨等于零！"相信大家都知道，现代艺术家都以重复为耻，因为重复是匠人的习性，而创造才是艺术家的本色。上面说过，我们中国人容易因袭前人旧规行事。吴冠中先生回顾中国的绘画史如鲠在喉，两年前他终于一吐为快，说："中国的传统绘画90％都是重复之作！"真是振聋发聩！我认为吴先生此言切中肯綮。如果说，1912年康定斯基的《艺术前精神》的问世，被人誉为西方的"现代艺术启示录"，那么100年后的今天，吴冠中先生晚年的一系列著作和言论的发表,堪称中国的"现代艺术启示录"!因为此前我国艺术界还没有其他人发表过如此震撼人心、引起广泛社会反响的同类言论。

第四,是他对艺术的"殉情"精神。

吴冠中先生认为,"真正的从艺者应皆是殉情人"。此亦中肯之言。一个真正忠诚于自己事业的人,往往都是他事业的痴迷者,他只知他所效劳的"独此一家,别无分店"。我多年研究卡夫卡,深知他是现代艺术的探险者,又是这门艺术的殉情者。他笔下的女歌手约瑟芬为了在艺术上"拿到那放在最高处的桂冠",不惜"榨干身上不利于艺术的一切";卡夫卡自己为了使写作艺术"达到最高境界",也不惜抛弃"一个男子生之欢乐所需要的一切"。吴先生年轻时一接触到杭州艺专就"疯狂地爱上了艺术"!此后他先后多次用了"疯狂"的字眼来形容他对艺术的态度。确实,如果不是对艺术的"疯狂",他怎么可能在一次长江流域的写生过程中居然一连43天忘了换裤子;如果不是把自己的终身许给了艺术,以他的身份,他怎么会甘心直到晚年依然居住在那套连一个大一点的画室都容不下的局促的房子里! 前面提到他对牛的感情,恐怕也是由于对牛的所需简单、唯耕是从的一种精神共鸣吧。

2008 年春于北京

高行健留下了什么

先锋的价值和历史地位

在 19 世纪以前,无论国内还是国外,每一个时代都有一种统一的美学规范占统治地位,并为统治者所支持。谁想突破这种规范,往往都要付出代价,不是受到官方的迫害,就是遭到舆论的围攻。例如文艺复兴时期,意大利杰出作家阿里奥斯特,他写了一部极富奇趣但风格"出轨"的传奇作品,立即引起习惯势力的围剿。17 世纪法国天才戏剧家莫里哀,违背古典主义不许以下等人当主人公的法则,偏偏写了一部以下等人为主角的《斯卡潘的诡计》,立刻遭到追捕。由于国王念其有才,才赦免了他。后来浪漫主义兴起的时候,雨果一开始也以两个底层反叛者为主人公的剧作《欧那尼》,直接冲击古典主义的审美口味,招来一片倒彩。印象派的首领马奈的代表作《奥林匹亚》刚问世的时候,古典主义艺术权威安格尔拒绝它参加沙龙的展览。而拿破仑三世甚至"要用鞭子抽"库尔贝的作品!现代主义兴起以后,卡夫卡生前发表的那些小说并未引起应有的反响,因为人们多认为这不算正宗的文学。所以这些探悉时代审美信息的先驱者,在时代的审美意识尚未在民众中普遍觉醒之前,总要经历一段孤独时期。然而历史是最公正的裁判官,随着时间的推移,上述一度被蔑视、被围剿的作品成为刷新一个时代的开山之作。没有这些开山祖"吃螃蟹"的探索勇气,艺术就会永远停留在某一种样式上。因此艺术上致力于探索的先锋人士或先锋派乃是历史的推动者,他们与科学上的探险家和发明家一样是值得肯定和尊重的功臣。

探索不一定都能成功,相反代价很高。戏剧革新家布莱希特说过,艺术革新要成功是多么难,因为失败非常容易。美国美学家桑塔耶纳说得更明白:"1 000 个创新中 999 个都是平庸之作,只有一个是天才的产物。"换句话说,你舍不得大量的付出或失败,就别指望取得个别的成功! 这对于艺术的总体是这样,对于个体也是这样。这是残酷的规律。所以那些一看到不成功的尝试就嘲笑、就咒骂的人,如果他是行外的,还可以理解;如果是行内的,那就证明他还不懂得个中的奥秘,至少他还没有作过创新的尝试,也许他只配当个匠人,不配当艺术家。因为匠人的习性是重复,而艺术家的天性是创造;两者的严格区别在于前者只具"匠气",而后者则富有"灵气"。因此,凡是有现代意识的艺术家都以重复为耻,即他既不重复前人的,也不重复他人的,甚至也不重复自己的。他的每一个创作都追求独特的"这一个"。成功的"这一个"就意味着对艺术史(包括戏剧史)的贡献。

《绝对信号》揭开了中国戏剧改革的序幕

众所周知,现实主义话剧原本是欧洲的主要的传统戏剧形式。20 世纪初,当那时的中国革命家们把它舶来中国的时候,它在故地正成为被厌弃和革新的对象。但它在中国却是新的时代使者，就像同时被舶来的油画和交响乐一样，受到普遍的欢迎。只是在新中国时期，它遇到了新的难题，即必须走民族化道路。这时在实力最雄厚的北京人艺站出来一位胸怀艺术抱负的"海归"导演焦菊隐，他在这方面进行了坚忍不拔的探索，结果形成一种别具中国特色和北京风味的"人艺风格"。尽管由于"文革"的摧残，焦菊隐的才华未能完全发挥，但已经获得公认的"人艺风格"不失为中国现代戏剧发展史上的一座丰碑。

但一种艺术风格一旦形成，就面临着新的危险性，即它有可能使人们的思维凝固化，以为这就是最好的艺术范式，因而停止新的追求，就像当年欧洲的古典主义那样，形成"独尊一格"的刻板化。我国改革开放起步的 20 世纪 80 年代初，在话剧的故土，现代主义的革新运动已经风行了整整一个世纪，艺术风格的多元格局早已成了常规。而像北京人艺这样最权威也最有实力的戏剧团体，假如仍停留在一种风格上，如何能满足新的观众的审美需要，又如何参与日益频繁的国际交流和对话？在这关键时刻，北京人艺毕竟是北京人艺，又站出两个新锐的中年人——林兆华和高行健！一个懂得导演，一个善于写作。而在当时的情况下高行健的作用也许是更关键的。因为高是外语科班出身，又对艺术新潮十分敏感。70 年代末他因公去了一趟法国，带回不少文艺理论资料，经过吸收、消化，很快写出了笔调流畅的《现代小说技巧初探》，立即引起文坛实力派作家如王蒙、冯骥才、刘心武、李陀等的热捧，他们纷纷发表文章，奔走相告。此时的高行健已从外文出版社调到北京人艺，决心以戏剧为职业，于是开始写《现代戏剧技巧初探》。但毕竟戏剧需要舞台实践，随着《绝对信号》的成功，他在戏剧创作方面一发不可收,并决心向本院同事兼本剧导演林兆华学习舞台知识,从而开始了两人互动的合作,成为一对理想的搭档。

《绝对信号》这出戏的故事情节基本上是传统的,在今天看来没有多少值得谈论的东西。但这出戏的表现方法在当时可是破天荒的。它在 20 世纪下半叶第一次采用小剧场这一新颖的舞台形式;第一次推倒"第四堵墙";第一次采用了意识流对话;第一次创造了空间的同时性这样的概念。加上大腕刘连昆以及龚丽君等演员的出色表演,很有可看性。从此它使中国传统舞台开始"倾斜",或者说它使"危机"中的中国话剧舞台开始走出低谷,推动了整个80 年代的蓬蓬勃勃的戏剧改革热潮。因此我们有理由说,《绝对信号》是引领中国戏剧走向现代、走向多元的先锋,理所当然地要在中国现代戏剧发展史上留下闪光的一页。

《绝对信号》创造了舞台艺术合作的典范

《绝对信号》之所以值得纪念,还在于它的两位最主要的当事人,即导演林兆华和剧作家高行健,以此为起点,长期坚持在现代戏剧探索和亲密合作的道路上,成为我国戏剧改革的领军人物,并成为我国戏剧改革最辉煌的 80 年代最闪光的亮点之一。在事业合作方面,善始善终的例子不多。但林、高的合作,始终亲密无间,互相有意识地取长补短,共同切磋,日益和谐,艺术上不断长进,长达 10 年之久,直到高行健移居国外为止。如果说,高行健以他的先锋精神使林兆华很快步入艺术的现代语境,那么林兆华则使高行健熟练地摸清了舞台的要领。两个人配合得十分默契。这样的合作,就不是 1+1=2,而是 1+1＞2。在《绝对信号》之后,他俩又合作推出了有探索价值的《车站》(1983)，特别是 1985 年的"多视像、多音响"的《野人》。这出戏，高行健在 8 个月的实地考察的基础上，遵循布莱希特的散体结构的原理，写成了一出新颖别致的剧本。林兆华开始虽然受到剧本难度的巨大挑战，但经过两人认真的共同琢磨，最后呈现在舞台上的是一出绚丽多彩、诗意盎然的佳作。刘厚生先生看了后激动地写道："看上 10 次剧本也很难想象舞台上是什么样的戏，真不知道导演会有那么丰富的想象和幻想能力，居然把这个戏排得热闹非凡。"用今天的眼光去看，这出戏还得加上一层意义：它是中国戏剧舞台上最早提出生态意识并洋溢着"天人合一"氛围的剧作。难怪德国戏剧界对《野人》十分垂青，热情邀请导演林兆华去汉堡把这出戏搬上德国舞台。

1987 年高行健又推出大型寓意剧《彼岸》，正当林兆华跃跃欲试的时候，它却遇到客观环境的阻碍。但此剧后经牟森执导，取得极好的舞台效果。其深刻的哲理启示观众不绝如缕的思考，假如布莱希特看了定会高兴得不行。

90 年代以后林、高虽然天各一方，但两人都没有停止在现代道路上的探索，并都屡屡推出新的成果。林的新成就大家有目共睹，无须我细说。与高行健我有过两次接触和一次电话长谈。特别是 1991 年在他家住了 10 多天，知道他自学的现代绘画也成了气候，成为巴黎大皇宫一年一度权威画展唯一的华人画家。尤其是那时他就获得了诺贝尔文学奖评委马悦然这样的评价："高行健已经成功地找到了一种现代艺术语言。"掌握现代艺术语言或进入现代艺术语境是中国艺术与世界接轨的重要标志。90 年代以来的林兆华，以《哈姆雷特》为标志，也已经相当熟练地掌握了现代艺术语言，到后来的《理查三世》《大建筑师》等可以说已经驾轻就熟了。早在 80 年代初，当人们问林兆华他属于哪个流派的时候，他断然回答："我哪个派也不是，但我对任何流派都没有抗药性。"他还说过，导演一出戏好比放一次焰火，焰火发完了就过去了，如何再放新的焰火才是要事。在导演《野人》的时候，他让演员们"先玩起来再说"。他认为"真正的艺术是不讲艺术的"！这些都是典型的现代艺术理念的思维。

林兆华还有一个优势，他也娴熟地掌握"体验派"的剧艺学，而且他在探索"表现派"戏剧美学的过程中，也不放松他的这门老本行。80 年代他执导的《狗儿爷涅槃》《红白喜事》等，90 年代执导的《鸟人》等"闲人三部曲"，21 世纪以来执导的《茶馆》《逐鹿原》等，都检验了他传统功底的扎实，是对"人艺风格"的丰富和发展。尤其是《狗儿爷涅槃》成为改革开放以来中国戏剧舞台上公认的两出经典话剧之一。

以《绝对信号》为序幕的林兆华和高行健的合作是北京人艺从一元走向多元的标志，也是中国戏剧改革道路上的一座里程碑，在中国现代戏剧史上占有重要的一页。如今它已走过了 30 年的历程，我们当记住它的历史贡献并继续传承它的革新精神。

（2012 年秋在北京人艺纪念《绝对信号》首演 30 周年研讨会上的发言）

金丝巷　银锭桥　杨宪益

——读赵蘅《宪益舅舅的最后十年》

　　北京古城中心皇家园林有一连串的"海"，其中靠北的那一片叫"后海"，在现代化海啸迅猛吞噬古都风貌的险象中，其周围地区成了北京市政府和市民文物意识觉醒的见证，成为理性保护的福地，也是昔日黄包车抗衡"堵城"的圣地。于是这里的一桥一铺、一街一巷顿时身价十倍，至于本来就有名的地方更是身价百倍了，如银锭桥！而本来名字好听却不亮的小金丝胡同也随着一位新居民的落户而名声远播。这一点正是赵蘅近作《宪益舅舅的最后十年》告诉我们的秘密。

　　《舅舅》一书的主人公杨宪益先生以 95 岁高龄走完他的人生旅程，其中至少有一个甲子的年华始终与他的异国爱妻戴乃迭相濡以沫，两人亲密合作，又译又写，笔耕不止，著译作等身，尤其完成了名震中外的英译《红楼梦》的不凡壮举，成为翻译史上的美谈。于是，小金丝胡同这个堪称后海地区最好听的巷名，与杨宪益这个醒目的名字联系起来，加上附近的银锭桥，这三位一体成为后海地区人气最旺的人文风景线。

　　不信你往赵蘅这本新出的书里看，都是些什么人跨过银锭桥来来去去,朝着金丝胡同 6 号进进出出——黄苗子和郁风,著名画坛伉俪;丁聪,水墨大家;邵燕祥,著名诗人兼杂文家;袁鹰,著名散文家;黄宗江,文学、戏剧幽默大家;范用,著名出版家;巫宁坤,美籍著名翻译家;李辉,著名文化人……还有数不清的编辑、记者、粉丝。朋友们常济济一堂,欢声笑语,不时迸发出思想火花;谁还想得起谁是病人,包括杨先生自己。当然这 10 年里,老人酒兴已不再浓,他不再可能像孩童一样,可以双膝跪到地上,被感染的老友范用也做不到扑通一声同样跪下去,这些昔日书桌旁的工作狂,一个一个都老矣!

与上述浓浓友情相映照的是小金丝胡同 6 号院内的依依亲情。这里经常活动着杨家三代人。杨先生这一代健在的包括他自己还有四人:两个妹妹,敏如和静如,都颇有文学才情;一位妹夫即书中的阿夫,是工程科学院双院士罗沛霖。他们自然都是耄耋之年了。远在南京的小妹静如最惦念哥哥,来北京一见这位兄长就抱住他呜呜咽咽。有时杨家老少一起出去下馆子,只见"这一串老人步履蹒跚地往银锭桥走去……"。"一串"——多美妙啊:老寿星们就像拴在一起的仙人,构成一道别有情趣的后海市井景观。兄妹们聚在一起互相追忆往事,咀嚼人生况味。有时也相互调侃,互揭"老底",仿佛要回归童年,真是其乐融融。可惜杨先生之最爱——乃迭不在了,这是他最难释怀的。在他心目中,始终是"乃迭最重要",并为乃迭未能如约活到"白头偕老"而抱憾不已。难怪当我第一次去后海看望他时,没说上几句他就挥手让我进他的卧室,瞻仰他妻子那美丽而高贵的遗容。

3 个孩子中,杨先生已经无端失去唯一的儿子杨烨,在无尽的悲痛之余,现在自然格外疼爱 2 个女儿,尤其是最后朝夕陪伴在他身边的小女儿杨炽。就是她,当一般古城居民的文物意识还处在睡眼惺忪的时候,她就抢先看到了银锭桥的异彩,认定这里才是让父亲安度晚年的最佳去处。虽然宅子不算大,院子也嫌小,但它带有一个小花园!杨炽与丈夫达悟凭着自己的建筑智慧,把小花园营造得玲珑剔透,更在后门顶上扩建了一座露天阳台。除了爱妻的遗容,杨先生对来访者的第二个推荐,便是这座带阳台的袖珍花园。的确,当你登上阳台,只见一大片熟悉而古朴的瓦顶立即向你发出"特赦"后的微笑,300米外巍巍鼓楼也向你颔首示意,而脚边的蓝蓝湖水似在哼唱着如歌的行板。若是在某些满月的晚上,比如中秋,则会看到花园中那一张大圆桌的周围高朋满座,交杯换盏后,平日低调散淡的杨先生正以他妙语连珠的即兴诗抒发着他多彩的激情!

在这书香门第的第二代亲属中,杨先生最寄希望的显然是他的外甥女,即杨苡(静如)和赵瑞蕻的女儿、画家兼作家赵蘅了!但不是希望她去挣钱,而是鼓励她多写书、多画画。对此书中多处提及。赵蘅自己也说,她有的书就是在舅舅的一再鼓励和催促下写出来的。提起赵蘅,读者们都得感谢她了! 要不是她这么有心,怀着对舅舅的挚爱,把杨先生晚年的音容笑貌、社交往来,他的丰富的精神世界,特别是藐视病魔的情景如实而生动地记录下来、速写下来,我们今天就看不到后海银锭桥那一抹从小金丝胡同6号映出的绚丽的晚霞了。

杨宪益先生最后在后海这10年差不多有7年都是在绝症中度过的。对于一个年届九旬的老人来说,这不啻是一个奇迹! 这与其说是偶然,毋宁说归于他的胸怀和识见。他的人生哲学就是四个字:听其自然。就如他的成就和声誉并不像经过紧张拼搏而轻轻拿来那样,现在对他所拥有的一切包括生命也听任自然轻轻拿去。因此第一次发现患癌时,他根本就没有告诉家人,说"这有什么,无所谓"。若不是亲属们力劝,他是不会住院的。正如他诗中写的:"癌魔何足畏,臣脑早如冰。"而他的这种态度是符合医学界目前流行的一种观点的,即癌症不是病,治疗是多余的。连他在美国的大女儿回来也说:"我在美国问了,也说不要做任何治疗。"难怪经常听人说,许多癌症患者不是病死的,而是吓死的。但我相信,杨宪益,这位小事含糊,大事不糊涂的智者,他是让科学击退了癌魔的进袭,让生命自然老去的。所以你看,他走得很从容:从金丝胡同,过银锭桥,沿后海湖岸⋯⋯

（原载《人民日报》2011 年 7 月 12 日）

杨宪益先生的精神人格

　　杨宪益先生其人,身材偏瘦,谈不上仪表堂堂。但只要你和他接触几次,就会觉得他可亲可爱,再接触几次会觉得他可敬可佩,到紧要关头,更让你觉得他可歌可颂。他的性格,或者说他的精神人格是由多个侧面组成的,每个侧面都经得起敲打,都会叮当作响,都能发出闪光,构成一个完整、丰满而协调的整体。他是中国当代文化界一位智商很高、知识渊博、成就突出、品德出众、气节高尚的少见的伟人。这里我想用几个"气"字来概括他完美精神人格的几个主要部分。

　　一是才气。杨先生学贯中西,精通古今。国语、英语水平都是公认第一流的。而且他掌握几门外语,尤其是国内只有少数人懂得的古希腊语。当年外文所因此聘任他为"特约研究员"。他20岁时就对离骚作者的真实性提出质疑。这种别有洞见说明他融会贯通的能力很强,天分很高。难怪年轻时他就得到吴宓、钱钟书这些大才子的赏识。后来他纵贯中国文学史古今的大量翻译作品的水平,更说明他的才华过人。此外写诗是他的业余爱好,而他的许多才华横溢的诗作都是即兴而成。这无疑也是他的才情非凡的表现。

二是志气。杨宪益在一个富裕的大家族中长大，从小养尊处优，但这没有使他成为花花公子或纨绔子弟。相反，他年轻时朝气蓬勃，远涉重洋，赴英国重点大学深造。由于作风正派、勤奋好学，很快当上学生会主席，甚至还赢得一位英国优秀淑女的芳心，结为夫妻。他的志气主要表现为两个方面：一是在国难当头的时刻，他毅然放弃英国的相对安全和美满的小家庭生活，偕年轻的妻子戴乃迭一起回国参加艰苦卓绝、险象丛生的抗日战争；二是事业上他正确地选择了两大战略目标，一个是大量地翻译中国现代文学史上最伟大的作家鲁迅的作品，成为推动鲁迅走向世界的第一人；再一个他与妻子戴乃迭联手，把中国文学史上一部最恢宏的叙事作品《红楼梦》成功地译成英文，有力地扩大了中国文学在国际上的影响。

三是大气。杨先生在事业上获得那么大的成就，无疑工作是勤奋的、辛苦的。但他并没有成为书斋里的"浮士德"！他广交天下名士，家里经常高朋满座，谈笑风生；他时而醉卧于地，时而仰天长啸。他活得洒脱自在，豁达大度。他过的真的是一种潇洒的人生。

四是和气。这里的"和"应该是"和而不同"的和，包括"包容"。杨先生襟怀坦荡，谈吐幽默风趣，人情味十足，极富人格魅力。所以他人气很旺，朋友满天下。最能说明问题的是他与爱妻戴乃迭的关系。中国的异国婚姻，善始善终的不多。但杨宪益与戴乃迭，工作上团结奋斗，生活上相濡以沫，是一对最动人的金婚夫妻。

到此，一个精神人格完美的伟大形象耸立在我们面前！

（2015年2月9日在纪念杨宪益先生诞辰110周年座谈会上的发言）

大家闺秀式的典雅美

——宗璞《野葫芦引》的艺术品位

宗璞是一位大家闺秀，这样的大家闺秀现在在我国已经是不多了，无论在作家队伍中，还是在知识分子阶层中。宗璞之所以能成为这不可多得的一位，至少有这么两个机缘：一是她长期受病魔纠缠，很少有机会上山下乡去接受"再教育"的粗化洗礼；二是她一直生活在文化气氛十分深厚的深宅大院中。这一点并非无关紧要，我认为这对于认识宗璞的创作和艺术风格十分重要。

宗璞新作《野葫芦引》第一、第二部即《南渡记》和《东藏记》就题材说并不新鲜，就叙事方法说也是属于常规的。但在常规的创作中，它却是一部难能可贵的、带有经典味道的作品。打个比方说吧，音乐中有所谓通俗歌曲、艺术歌曲之分，《野葫芦引》我看就是文学中的"艺术小说"了。宗璞是个公认的、有才华的作家，但她不是多产作家。之所以如此，就是因为她对于艺术有极高的追求，她的创作态度十分认真、严肃。直到 20 世纪 80 年代前期，成名快 30 年了，还未敢写长篇，要不是人民文学出版社负责人提醒并鼓励她，不知她还要往后再磨炼多少年。这种磨炼，正如她自己形容的，"衔一粒沙，再衔一粒沙"，堆积起来，"把它们调和塑造"，"再转再练再调和，我中有你，你中有我"，以致耗费了这位多才作家那么长的时间和精力，如她自己所说的，"真是费尽了心血"。因此"十年磨一剑"的俗语显然已不够形容了，当改成"廿年磨一剑"才是。但她的磨炼和"调和"不单是在艺术方面，还包括她的学养、思想和精神情怀的锻造。因此她的作品在艺术上应归入传统规范，而文化视野和人文精神则是属于现代的。这两种因素融合在一起，就使她的作品具有了一种不寻常的独特的品位。概括起来有以下几点：

一、深厚的人文情怀

1. 避免大写人性恶的一面。小说固然是以抗日战争为题材的，但它却没有直接写抗日战争的残酷场面，而是描写在抗日战争环境下，在同一片乌云笼罩的天空下，一群逃难的知识分子的生存境况——他们的政治识见、他们的文化心态、他们的精神风貌和道德情操。作者没有在这些出身不同、成长道路各各有别的人群中，津津有味地去展现"人性的弱点"，或人为地划一道"阶级界限"，甚至简单地贴一些好人、坏人的标签。在她写到的这一群为数众多的人物中，几乎找不出一个真正称得上坏人的人。即便是凌京尧，也未必算得上是真正的坏人。因为他毕竟不是主动为虎作伥，而是由于自己的弱点被敌人看中而遭暗算，失了足。这在某种程度上应被看作他的不幸。当然，在历史学家笔下，他也许免不了要被戴上"汉奸"的帽子，因为历史学家注重的是事件的结果（他毕竟接受了为民族敌人效劳的那个职务了）。但文学家注重的则是事件的过程，这过程是值得同情的，因为那老虎凳或者说那些张牙舞爪的大狼狗不是每个人都能面对的！在民族灾难来临的时候，像凌京尧这样的遭遇，我们应该视之为跌跤，不妨套用一下鲁迅对阿Q的概括：哀其不幸，怒其不争。这就是"文学是人学"的道理。作家是研究人并善于关爱人的，他必须潜入人的灵魂深处。他应该具有大爱精神。

2. 注意对人的尊严的维护。书中对于某些人物的缺点或弱点的批评总是温和的、友善的；批评的同时，往往夹杂着赞美。如书中写到白礼文上课不认真时，同时又肯定他学问上"是非常有造诣的"。再如写到钱明经爱拈花惹草，接着就指出客观原因：他长得好看，自然女性也喜欢惹他。这就开脱了钱的一部分责任。又如钱明经为了升教授，想走走关系，这种时候很容易出现当事人低三下四的场面。但小说中没有出现这样的场面，相反，钱在白礼文当面挖苦他"不如跑滇缅公路"时，毫不示弱，马上反唇相讥："是怕我抢了你的饭碗？"表现了自己的自尊自信。

3. 在两性问题上的宽容。中国人的两性观念是最不开放的，渗透着浓厚的封建意识，严重地扭曲了中国人的人格精神，还不知扼杀了多少人的鲜活生命。长期以来，传统范畴的中国作家许多人一直沿袭着这样的两性观，自觉不自觉地充当着中国旧礼教的维护者。但作为老作家的宗璞显然不属于这类作家。钱明经有了外遇，小说并未大肆渲染，并未让他以"第三者"的形象出现，甚至连"第三者"这个用语都未采用过，也未让钱与原来家庭的关系发生动摇甚至破裂。整个矛盾是在和风细雨中消解的。同样，吕香阁从璇子手里夺取了保罗，作者也没有让她们之间争风吃醋或大吵大闹（虽然那样写也许更能取得"轰动效应"），也是和平解决的。

4. 对犹太人的友善和同情。犹太民族属于世界上的"少数民族",却是一个富有智慧、非常能干的民族,在思想、文化、科学上对人类均做出了重要贡献。然而多少个世纪以来,犹太人在世界上遭受着极不公平的待遇,及至被逐出家乡、四处流浪,甚至遭到像二战中德国法西斯那样的空前大屠杀。《东藏记》中,作者通过她笔下的人物对一个被纳粹驱逐出境的犹太家庭的关爱,表达了对犹太民族的深切同情。"说起这个犹太家庭,大家都很同情。世界上居然有没有祖国的人,多么奇怪!"孟弗之更是怀着由衷的钦佩之情感慨说:"犹太民族是伟大的,经过几千年的漂泊,被排挤、被驱赶,还保留着自己的文化和传统,立足于世,这是多么不容易!"在第五章末尾,作者专门安排了一篇《流浪犹太人的苦难故事》,介绍并歌颂了犹太人的"不死"精神。在一个犹太民族仍须为自己的生存权利不懈斗争的时代,这样的态度和言辞,无疑是对犹太民族的有力声援和支持。这其实也是整个中华民族的态度。

5. 对待俘虏的宽大胸怀。在战争中被侵略者对于侵略者包括侵略士兵的仇恨是可以理解的,所以常拿俘虏来解恨。书中有一处人们在谈论这一话题时,就流露了这种情绪。这时作者通过男主人公孟弗之之口,在"人"的名义下对俘虏这一身份作了哲理性的分析,指出:"他们也是人,但是在法西斯政策驱使下已经成了工具,被'异化'了。我们进行这场保卫国家的民族战争,不仅要消灭反人类的法西斯,也要将'人'还原为人。"这就是大爱精神!作者分明看到了,在一个邪恶政权统治下,普通老百姓被驱使、被奴役、被扭曲的命运。因此反对法西斯还包括从精神上解放这些被奴役的士兵,在某种意义上讲,这场战争实际上也是与法西斯争夺人并抢救人的灵魂的战争。这是很深刻的见解。

6. 对人类之友的保护意识。作者笔下的动物都非常可爱,尤其是那只起名"柳"的猫,它给人们带来多少温馨,任何主人都会因为失去它而感到失落。人类有过很长时间的不光彩的历史:自封为"万物的灵长"而充当万物的天敌。除了一部分因"生物链"的自然规律做出的必要牺牲以外,无数生灵却因人类的无节制欲望(例如美味和娱乐)而遭受屠杀。现在终于到了人类对此进行反省的时候了!你看,殷大士提出要去打猎时,却被年轻人玮玮给说服了!这当然是作者的意识。《东藏记》第八章第一节在看完电影《人猿泰山》后人们有一段议论。吴因说:"人和动物可以建立深厚的感情,甚至胜过人际关系,虽然它们不说话。"但当他说:"狗的忠诚是奴仆的忠诚,马的忠诚是朋友的忠诚"时,却立即遭到反驳。他很快觉得错了,郑重地对媚养的"柳"表示"道歉"。在作者的笔下,即使被蛇咬了也用不着惊慌,因为这蛇是没有毒的。这反映了一部分已经觉醒的人类的一种进化大醒悟,它意味着一部分人类不仅要求人与人之间和平相处,而且要求人与地球上的其他生灵共存共融。

二、雍容典雅的叙事风格

作者似乎受过欧洲古典主义的熏陶。小说写得很是理性、典雅、含蓄、匀称。《野葫芦引》两本书每章字数相当,一般包括四节;每隔一章(都是奇数)末尾都有一篇独语,对本章的内容加以"旁白"和升华,好比欧洲歌剧中的咏叹调;每一集完了都有一首古词作为"间曲",曲牌就以本集书名的第一个字加"尾"构成。因此可以推断,继现在的《南尾》《东尾》之后,必定是《西尾》和《北尾》。这种有板有眼的叙述方式使全书的阅读过程产生一种节奏感和韵律感，并且让人再三回味和咀嚼。

人物特别是那些女性人物都相当文明，他们的行为很合乎社会规范，温文尔雅，很少出格。人物的名字尤其是那些女性人物的名字也是有讲究的：它们起得很雅，好听又独特，因而生活中很难找到与它们相重的名字。这些别致的名字与人物恬淡致远的心性是互为呼应的。

粗俗的人物和粗俗的行为是没有的。两性关系方面的描写尤其含蓄、干净。雪妍与卫葑初恋，爱得死去活来，但被现代影视、小说写滥了的接吻、拥抱等场面一个也见不到！至于性行为的描写在书中更是绝迹的。两性关系描写的这种"干净"现象，就我读过的小说而言，恐怕只有德国批判现实主义先驱冯达诺的长篇小说《艾菲·卜里斯特》堪与之媲美，那里面的女主人公婚外恋不留意几乎觉察不出来。

用词也十分讲究，任何不雅的词句都尽量避免。在谈到峨的婚姻问题时，说："结婚把最不平常的人变成普通人。"这里用"最不平常的人"替代了"古怪的人"或"怪癖的人"这类带嫌弃之意的词句。真是"与人为善"啊。

昔日欧洲古典主义文学拒绝丑怪的形象、粗俗的语言、粗暴的行为、笨拙的举止等，宗璞是否刻意专注过这类东西，我们不得而知，但她的叙事风格，确实令人想到古典主义那种"高贵的单纯，静穆的凝重"。

三、扎实过硬的国学功底

宗璞是学外语出身的。一般来说，科班学外语的人，其汉语水平,尤其是国学功底难免要薄弱一些。但宗璞显然是个例外。她掌握的汉语能力与国学知识无不让我们这些喝洋墨水出身的人望尘莫及！不要说书中那些恰到好处地引用的诗词以及古典名句、古汉语文字等令人钦佩不已,就是那些人物的名字,有的我还不得不求助于字典,而她却运用得驾轻就熟！平时很少看见她写古典词曲,可她偶尔一用,比如两书中的《序曲》和《间曲》却足以让人感到她在这方面厚积薄发的实力。她的这种功力不但现在的青年一代作家几乎没有人能与之比肩,就是六七十岁这一辈作家恐怕也不多见。至于书中不少带有哲理意味的用语和情节,那更是她"野葫芦"里所藏的诸多秘密,不是过目便能悟得的。宗璞的这些长项不仅赋予她的作品以某种精品的特色,而且还赋予这部作品以多维的审美价值。

(2001年5月在宗璞《野葫芦引》研讨会上的发言)

诗歌乃文学之母

诗歌乃文学之母。君不见中国文学的最早经典是《诗经》,它的丰富的乳汁至今仍灌溉着中国文学的良田,使其永远肥沃。

诗歌乃文学之母。君不见欧洲文学的最早经典《荷马史诗》,它虽然是叙事文学,但却用诗体写成,随后的古希腊悲剧和喜剧无不以诗的形式面世。无怪乎,在这些伟大成就基础上进行理论总结的亚里士多德,不把他的理论称为"文艺美学",而叫"诗学"!

诗歌亦是艺术之母。君不见,人类最早的艺术创作是歌唱,唱的歌词即是诗之一种,那是人类最早的口头诗。再者,人类历来将诗和画混为一谈,直到18世纪德国伟大启蒙思想家莱辛写出《拉奥孔》才让两者分了家。

诗歌乃文学之母。这在德文的词语中亦可看出其奥妙:凡是大的作家,不管他是否写诗,均被称为"诗人"(Dichter),而不叫"作家"(Schriftsteller)。所以里尔克是 Dichter,卡夫卡也是 Dichter。

诗歌乃文学之母。哦,最权威的回答应该听那些真正的诗人。有人曾问艾青:"什么叫诗歌?"他简明扼要地答曰:"诗歌,文学中的文学。"可谓一语中的!

难怪,我们若见到一位情感丰富的人,愿意赞他"有诗人气质",而不说"文学气质"。

难怪,外国文学史上有过"桂冠诗人",却不曾听到过"桂冠小说家"或是"桂冠戏剧家"。

哦,奋进吧,诗人!让诗歌永远保持"母"的地位和尊严,让你头上的桂冠始终光辉不减!

2007 年季夏于首届国际青海湖诗歌节

白桦的人格美

今天这个会非常有意义，我们终于有条件为一个有争议的作家举行这样的盛会，在我们这个时代尤其是在我们这个社会，讨论一个有争议的作家，远比讨论一个没有争议的作家要有意义得多。今年又正好是白桦学长八十华诞。因此这个会既是他的一生创作生涯的展示会，也是他八十大寿的祝寿会。祝寿，就要讲人，讲人就要讲他的人品、人格和人性。无疑，白桦是个才华横溢的作家，他在文学的各个领域——诗歌、小说、戏剧、电影、散文乃至评论等方面都写出了令人瞩目的作品，在读者中产生广泛而深刻的影响。他的作品值得我们花 3 天、5 天甚至 3 次、5 次去探讨。但在目前，我认为讨论他的人比讨论他的作品更重要、更紧迫，也更有意义。这不仅是因为他直到现在仍然受压制、受歧视，必须为他正名，更主要的是他对于中国作家来说是一面镜子，在这面镜子面前，我们绝大多数人都会看到自己的矮小、软弱和污秽。

白桦学长与我们这些凡夫俗子比较起来，是一个较少有奴颜和媚骨的人。他不是看不到风的凶险，不是看不到浪的无情，但面对那些来路不明的阻力，他宁可赤裸裸站着任凭冲击，也不低眉顺眼、苟且偷生。照理，吃了 1957 年那一闷棍，付出了 20 余年的黄金生命,应该学乖一些了吧。面对那一条条紧箍咒应该懂得震慑了吧。已是知天命之年了,戴副假面,图个晚年的安宁吧。但他依然我行我素,因而又挨一闷棍,并被贴上什么什么化的封口条!服帖了吗? 还是没有! 这下人们看到,想要在政治上打倒他不可能了。于是就设法破坏他的形象,干脆向他脸上泼污水,企图以此来消除他在读者中的影响。这下该老实了吧。出乎那些人的意料,他照样不让他们得意,他依然无所畏惧地写出了《从秋瑾到林昭》这样富有挑战性的杰作!

在白桦大量的各类作品中贯穿着一根红线,即作者对美的执着的追求。众所周知,美跟真是分不开的。为此白桦在三个层面上恪守着对真的坚持,即在艺术上坚持真实;在人格上坚持真话;在思想上坚持真理。我们这一代人恰好是中国知识分子 60 年心灵史的亲历者和见证者,在我们这里要做到这三个坚持,谈何容易! 白桦在接受记者采访时就提到过这样的事,有的享誉世界的大诗人,今天读到白桦某部作品时泪流满面,明天要批判这部作品了,他马上慷慨激昂,猛揭狠批这部作品。说来不无滑稽,我国是个独尊现实主义的国家,而现实主义的核心命题是真实。可是一旦写得真实,棍子、帽子马上接踵而来,什么人性论啦、中间人物论啦、暴露阴暗面啦、战争残酷论啦等,直到你悲观绝望为止。

"言论自由是天赋的权利"。这是法国伟大思想家卢梭留下的名言。这是全世界进步人类普遍接受的真理,构成人的最基本的权利之一。懂得拥有这样的权利,是一个公民自我意识觉醒的标志。它也是衡量每个政权性质的试金石。白桦似乎生来就是个热爱自由的人,他的人的自我尊严的意识显然比我们觉醒得更早,因而有一双比我们更敏锐的眼睛,在"三座大山"被推翻以后,他看到封建专制的幽灵并没有离开，执着地盯住它不放。如果像他这样的人多一些再多一些，也许这个幽灵早就被赶跑了。可惜这样的人实在太少，以致这个幽灵能够在我们大地上大模大样地游荡，而他反而成了被追捕的逃犯。但如今他不再孤立了，觉醒者的队伍正在日益壮大，而他自己也变得比过去更强大。你看他笔下的蓝铃姑娘已从独裁者的营垒内部杀出来了；他笔下的林昭姑娘也已从秋瑾手上接过了继续反封建的枪。

卡夫卡说过："作家是人民的替罪羊。"真正的作家是社会的良知。作家的存在价值就在于他的社会批判精神，他的天职，用鲁迅的话来说，是"揭出社会的病苦"，挑战社会的僵化，从而推动社会的改善和进步。真正的作家也耻于为政府歌功颂德，相反，他与政府保持距离，随时发现并指出政府的缺陷和弊端，以推动它改正或改善工作。只有平庸的政治家，对待作家的态度以是否对自己有利为转移。真正的作家还应该超越国家和民族的界限，站在全人类的立场说话。否则，当年法国作家雨果看到英法联军入侵中国，怎么会谴责他的祖国是强盗，而不怕他的同胞骂他是法奸、卖国贼？在当今世界日益缩小为"地球村"的情况下，作家尤应该这样。我认为白桦就是属于这一思路的作家，因而是值得我们敬重的作家。

近30年来在我读过的书籍中，有两本对我是最有启发的：一本是《中国禁书大观》，一本是《世界禁书大观》。这两本书中提及的作品今天闪闪发光，可它们的作者当年可受尽苦难：有的被剁了脚，有的被割了生殖器，有的被五马分尸，有的被活活烧死（布鲁诺）……而迫害他们的人，当时都振振有词：为了江山社稷的稳定；为了上帝的安宁……他们以为自己是绝对的审判官。

悠悠衢江

可他们忘了还有最后的审判官,最后的审判官是谁呢? 是历史。历史的最后宣判是:这些刽子手一个个被钉在历史的耻辱柱上!这个历史的教训告诉我们这样一个深刻的真理:对于思想者和文化人,你要动他的时候,千万要当心,后面还有隐形的历史老人在盯着你呢!

(2009 年 11 月 22 日在白桦八十寿辰研讨会上的发言,原载当时的《文学报》)

我接受了他"偷"来的"天火"

——《萧乾全集》首发式感言

终于盼到了《萧乾全集》的首发式！

当我捧回那七大卷沉甸甸的全集时，别的事就什么都不想干了，如饥似渴地翻读着全集中那些平时没有读到的作品。结果，已经发誓不再开夜车的我，还是破禁开了夜车，可谓饱尝了一顿文学审美大餐！

阅读文学作品，尤其是散文作品，常常有这么两种感觉：有的作者似刻意要写一篇(部)得意之作，因而感觉到他呕心沥血、绞尽脑汁，读者在钦佩他的精神之余，也一同体尝他的艰辛；另一类作家则不同，信手拈来皆文章，写来毫不费功夫。前一种是刻苦型的作家，后一种则是才子型作家。萧乾即属于后者。你看他，小说、散文、随笔、游记、杂文、通讯、小品文、论说文……哦，还有翻译，可谓"十八般武艺件件皆能"！而且他的文笔或凝重或轻快，或讥讽或诙谐，或粗犷或细腻……真是多姿多彩。难怪巴老把他与沈从文、曹禺并立在一起，视之为他的朋友中三位最有才华的作家。

由于他的文采的魅力，我从中学起就开始仰慕萧乾了！可惜很不巧，我来北京上学不久，他就落了难！他的落难，个人固然付出了重大的代价,但却向无数同胞首先是青年传播了真理。凡经历过 1957 年那场波折的人都还记得,萧乾先生落难是因为他传达了现为大家所熟知的那位欧洲启蒙运动时期思想家的名言:"我反对你的意见,但是我愿意用我的生命保卫你说出你的意见的权利!"当时我第一次听到这一豪言,真如醍醐灌顶,深受启悟,成为我一生中受用不尽的座右铭,可以说,它启蒙了我的民主意识的最初觉醒,以致后来在"文革"中,在那个混乱年代,虽然我对本单位一些引起争论的问题的观点是十分鲜明的,但我从来没有跟争论对象结过怨!萧乾传达的这句名言指导着我,铸造着我的精神人格。因此我在心中一直默默地感谢着萧乾,一直暗暗地把他看作"偷天火"给同胞的中国普罗米修斯!

对这样一位思想启蒙者,我自然盼望着有朝一日能见到他,说出我隐藏了多年的感谢,并继续从他那里吸取精神营养。上天不负有心人:20 年后他终于在文坛复出了,我也如愿以偿。那是 20 世纪 70 年代末,当时《世界文学》发表了他翻译的易卜生的剧作《培尔·金特》片断。我趁此机会以该刊编辑的身份去拜访他,以实现我的久蓄之愿。他当时住在天坛东街一套小二居室里,他的书房是一间不到 9 平方米的斗室,不消说,被书堆得满满当当。我们的交谈就是在这间斗室里进行的。他始终笑容可掬、和蔼可亲,使我一开始就消除了由于辈分不同、身份悬殊而产生的拘谨,很快处于无拘无束、谈天说地的自由气氛中。他对别人没有心理设防,对年轻人也不存"忘年"障碍。听不到他对以往自己遭遇不公的诅咒,只在我把"文革"中的众生相与鲁迅挖掘"国民性的弱点"相联系时,他才报以会心地一笑。他显然经历了太多,已大彻大悟,超越生死恩怨,似乎进入了"佛性"的境界。

　　但当话题一回到文学的时候,他立刻就又兴奋起来。他在这方面的言论对我最有教益也最难忘记的是这样一席话:编辑一本杂志与编辑一本书是不一样的;编杂志要求有前瞻性,因为杂志是引导文学前进的。他的这番话使我在日后的编辑工作中注意从宏观上去把握当代文学的基本走向,以至于直到今天我有时被邀请去外面讲课时,还有诸如《现代西方文学的大走向》之类的题目。

　　聆听了萧老这半天的谈话,加强了我这样的一个观点,即在我们当下的社会里,一个一帆风顺的人是很难有完善的人格的。但这样的人格在那些经历过痛苦磨难的人身上,倒容易见到,正如尼采说的,只有经历过地狱磨难的人才有建造天堂的力量。如今当我捧读这七大卷《萧乾全集》时,切切实实地感觉到作者的这种力量。也因此萧乾先生的形象成了我记忆中的一道重影,无论多长的岁月都冲淡不了。

　　　　　　　　　　　　(原载《中华读书报》2006 年 1 月 10 日)

平衡生命压抑的审美游戏

——张抗抗《情爱画廊》之我见

从知青中涌现的作家群是我国当代文坛上一个较有实力的群体，张抗抗可以说是其中的佼佼者之一。她的每部长篇小说问世后，几乎都获得较一致的好评。唯最近的这部《情爱画廊》出版后，评论界却褒贬不一。我出于好奇，特地将该书找来看了一遍，总的印象觉得挺有意思，因而站在"褒"的一边。

一般说来，文学、艺术的创作都是一种美学的虚构，只是虚构的方法不尽相同：有的根据主观想象进行虚构，谓之浪漫型的虚构；有的根据客观实际进行虚构，谓之写实型虚构；有的则进行非理性、非逻辑的幻想，谓之表现型的虚构。不管什么样的虚构，都必须赋予某种美的信息，这才能构成艺术，构成或者是浪漫主义的或者是写实主义的或者是表现主义的作品。既然不同创作方法的作品有着不同的美学属性，那么评价一部作品首先就要看它属于哪个美学范畴，然后用相应的美学尺度来分析它。

张抗抗的《情爱画廊》写了一群可敬可羡的爱的种子，一群地球上恐怕暂时还没有的"神仙"，无疑这是主观想象的产物，是她虚构的一场审美游戏或者说是她创造的一个情爱的"理想国"，因此应该是属于浪漫主义的作品。但作者是一个知青出身的作家，8年的生活磨炼与她的文学才华熔铸成了她特定的精神情操，这使她的社会意识中埋下一个搬不动的社会责任的情结。不难想象，在她虚构的浪漫游戏中寄寓着她超前的伦理观和有意味的审美观，而不是为游戏而游戏。因此，这部长篇小说在获得"通俗"外观的同时，仍然没有失去"高雅"的品性。

对合理的两性伦理观的憧憬

记得郭沫若对于现实主义和浪漫主义的界定有过两句扼要的概括：现实主义是写已经有的事情，浪漫主义则写应该有的事情。向往一种应该有的东西，必定起因于现实中暂时还没有这种东西。古希腊喜剧家阿里斯托芬写过一出很有名的戏剧叫《鸟》：一群鸟在空中建立起一个"鸟国"，那里没有压迫，没有仇恨，一切自由而和谐。这是人类最早的理想社会的乌托邦在文学作品中的反映。人类在两性关系的伦理观念上，随着生产力的不断发展，虽然有了许多进步，然而从总体上说，它依然没有走出不文明的历史阶段。用契约形式来固定一对男女的终身关系以及围绕这种关系所形成的一系列伦理、道德观念，依然与人的本性相抵牾，往往成为人们精神上的一道紧箍咒，它曾经绞杀了而且仍在绞杀着多少鲜活的生命！什么"搞破鞋"，什么"乱搞男女关系"，什么"第三者插足"……谁沾上这些名堂的边，重则坐牢，轻则被戴上"道德败坏"的帽子，叫人身败名裂（这里当然不是指那些惯于玩弄异性的轻浮之徒）。一种习俗观念往往是一把刀子，而两性关系方面流行的某些传统观念更是一把斧子，甚至像普希金这样伟大的天才也未能逃脱这把斧子的追杀；为了妻子的"贞操"问题，不惜付出性命的代价去洗刷自己名誉上所谓的"耻辱"。这样的事例在我们今天看来，沉重之余，实在不可思议。但当我们回顾历史审视今天时，有些现象也许更让我们费解。君不见，直到 20 世纪 80 年代中期，在首都某高等学府，一对相爱的青年男女在一起过夜，学校当局竟出动人马，深更半夜破门而入去"捉奸"，然后把他们示众，即勒令他们向全系师生做"检讨"，接着是开除学籍……听了这个真实的故事，我心情十分沉重，仿佛我们迄今依然没有走出当年薄伽丘写《十日谈》的时代。

通过一部作品对诸如此类的事情进行一番揭发和抨击，当然也不失为一种方法。但《情爱画廊》的作者，显然不愿跟这些恶浊的现实打交道，她干脆远离它们，用阿里斯托芬的办法，在空中建立一个情爱的"理想国"，提出一个现在还没有但想必将来一定有的两性关系的崭新模式，一种大美、大爱、大自由的新境界。为此作者提出一种见解，认为一对异性的爱不可能永远固定在一夫一妻的关系上。水虹说："我不喜欢'永远'这个词"，生活总是变化莫测的，正因为如此，生活才不会像一潭死水。作者把人的爱比作"多级火箭"，前面一级能量耗尽了，必须点燃后一级助推器继续推进。这是符合事物发展规律的。雨果说过，再美的事物重复 1 000 次，也会使审美知觉疲倦。因此某种程度上说，喜新厌旧乃人之本性。其次，人的社交范围是随着年岁和经历而不断扩大的，如果是个"自由人"，他一生中先后可能有许多爱的机遇和选择的余地。因此两性关系中有的能"白头偕老"，有的则不止一次重新"组合"（这在观念束缚较小的艺术界，特别是国外艺术界已经司空见惯），两者都是正常的。但一旦有了法律约束，就有可能使人失去某些机会。所以有的社会学家说:"婚姻是一种冒险。"《情爱画廊》则是站在"自由人"的地位进行其浪漫主义畅想的。第三,爱是人的生命活力的激发剂,爱和性更是艺术家艺术生命最好的养料。不难想象,罗丹、毕加索如果没有那一个个美好的异性的"助推器"的推动,他们的艺术画廊肯定要逊色得多。《情爱画廊》的作者在设计她的情爱"理想国"的时候,也选择画家为其主人公。

人格理想的寄托

书中的一些主要人物,都是具有高尚情操的人。水虹、老吴、周由、舒丽,直到那位白老板,他们都是新的情爱伦理和道德的体现者。

首先是追求爱的勇气和执着。在我们的现实生活中,两性关系常见的情况是:当原来的婚恋"火箭助推器"的能量耗尽,需发动新的"助推器"继续飞升的时候,多少人鉴于摆脱原有"助推器"的种种困难而却步,没有勇气为新的幸福目标继续飞奔,无可奈何地在实际已经死亡的婚姻中半死不活地蹉跎岁月,直至了却终生。这显然不是现代人应有的人格精神。那么应有的人格精神应该是什么样的呢?《情爱画廊》的作者用她的理想人格的模式为我们作了演示。她所虚拟的几个爱的种子——水虹、周由、阿霓、白老板,他们的共同特点是对爱的执着,同时敢于追求。最突出的形象当然是水虹了!作者有意不让这个人物来自一个破碎的家庭,而是来自一个可以说还相当美满的家庭。她有一个既有家产、又有事业,而且待她也不错的丈夫,还有一个美丽、聪慧的女儿。然而,一旦她觉得旧的"助推器"的燃料已经耗尽,她就毫不犹豫地发动新的助推器,不顾一切地向新的幸福目标冲去,大有"生命诚可贵,爱情价更高,若为爱情故,一切皆可抛"的味道。这里作者鲜明地提出了她的人格精神的理想,这比起那种在自我压抑中垂怜的人格精神,从价值观上判断,更具积极意义,因为它能激发生命的活力,提高生活的质量。

其次是尊重求爱者的权利和人格。生活中一个具有某种长处而较多地受人艳羡的人,在拒绝求爱者追求的时候,往往采取"赶苍蝇"的态度,俨然以高人一等自居。这是十分可笑的,《情爱画廊》则显示了一个与此相反的人格模式,它的体现者仍是水虹。像水虹这样相貌美丽、内心丰富的女人,先后追求她的人肯定是很多的。但这并没有使她产生傲视一切的优越感,她的做人原则是不伤害别人,尤其是真心爱着她的人。即使像白老板这样毫无特点的人,十几年如一日地痴心爱着她,她也没有把他视为想吃"天鹅肉"的"癞蛤蟆",远远避开他。相反,她始终给他友谊。这也是现代女性应有的人格特点。

第三是宽宏大度,拒绝嫉妒。嫉妒与复仇几乎是人的一种与生俱来的天性。一个有血性的人,当他(她)一旦卷入三角甚至多角的情爱关系时,不嫉妒、不记恨,只有神话才有可能。但随着文明的进步,相信人类总有一天能够克服这类最原始的情感。正是基于这样的信念,作者在勾勒人物的时候,才那样大胆地、尽情地将人物浪漫化、诗意化。第一个了不起的是老吴,他如此美丽贤淑的妻子一下子就被对手夺走了!而挑战者恰恰是一个他当作客人接待的年轻人。按一般情理看,他除了悔恨自己"引狼入室"之余,不把对方杀了,也要永远把他当作仇人拒于千里之外;对水虹,他不跟她大吵一场,也要为她北上远嫁设置种种障碍,而女儿是她最有力的筹码。可这位具有高级知识理性的医生却不是这样,他宽宏大度地把妻子送到机场,而且亲自把她交到周由的手里,以完成一次人生旅程的交接,好像大自然完成冬季与春季的交接一样。老吴这样的行为,按照现在一般凡夫俗子的观点,很容易被讥为"心甘情愿戴绿帽子的小丑",甚至"最不争气的活乌龟"。但是当我读到这一场面的时候,我深沉地笑了,也可以说,非常激动。我想这是多么值得憧憬、值得追求的人生境界啊!事实上,这一"交接"手续的完成,意味着他在精神上完成了一次巨大的自我超越,或者说完成了从"必然王国"到"自由王国"的飞跃。在这个王国里人们的正常心态是:爱属于真正拥有它的人,你昨天拥有过,但是今天不在了,那就让它去吧;你今天不拥有,谁能说你明天就不会重新拥有呢?因此可以说,这个王国里的人是个永远卸下了精神十字架的人。无疑,用现代人的眼光去看,老吴以这种态度去完成"交接"任务,他的形象不是变矮了,而是更高了。这一场景的构想和描写,我认为是全书浪漫主义情怀的最高音响之一。这里作者仿佛在暗示读者:既然生活是变化莫测的,那么每个人都必须在精神上作好准备,随时面对命运的突然袭击,泰然地接受既成现实,这样,我们的生命才能承受得住任何无质量的"轻",从而获得我们的理想人格。

审美理想的追求

性爱是个被人们写滥了的题材。但在我们这里,由于种种主客观因素的制约,这个领域可以说还没有出现过什么不同凡响的作品,不是写得太俗、太粗鄙甚至下流,就是太笼统、太抽象,因此公式化、模式化的作品比比皆是。《情爱画廊》在这方面有所突破。作者在这部书里公然写了一个爱情至上主义者,但读完书可以看出,与其说作者为了鼓吹这个"主义",毋宁说她通过具有这个"主义"的人物达到描写爱的最高极致的可能,也就是如书里所说的,写出那种"登峰造极的爱"。在作者看来,"一次登峰造极的爱也许胜过金婚、银婚、钻石婚"。确实,在我们的生活中,人们唱了那么多年"爱得死去活来"的歌,但在我们的文学作品中似乎还没有看到过这种境界的爱,如今《情爱画廊》终于让我们一睹其状!水虹与周由爱得那样忘乎所以、那样昏天黑地,可以说是"登峰造极"了,这不仅体现在水虹与周由的热恋上,还体现在舒丽与阿霓的单相思上。如果说前者跳的是爱的双人舞,后者跳的则是爱的独舞;前者是金鼓齐鸣,后者则是"喇叭声咽"。总之,这首爱的浪漫曲情趣高雅,色彩丰富,传达出多种美的信息。

其次是对性的描写取得了进展,这种进展不在于它的大胆恣肆,而在于小说把人类这一最普遍却又最神秘的行为加以艺术化、浪漫化的处理,使之升华为美的意味,使得并不亲临其境的读者不能言传,但能意会,从而得到审美愉悦,而不是欲望的撩拨。最精彩的当是所谓"太空冲浪图"的描绘,真可以说是"激动人心的太空葬礼"。由于这一章节的描写,今后"做爱"这一用语很可能要被"冲浪"所代替。

第三是文学与艺术攀亲的尝试。文学和艺术都是在人类情感的土壤中孕育和滋生的。因此,文学创作在充分运用和发挥文学语言的长处的同时,根据题材的要求,如能适当融会一些其他艺术语言,无疑会增加作品色彩的情味,如雨果在《巴黎圣母院》中融汇了建筑语言,托马斯·曼在《浮士德博士》中融会了音乐语言。现在我们在这部《情爱画廊》中领略到大量绘画语言。不难看出,作者对这门艺术是相当谙熟的,不仅对它的知识十分内行,而且"创作"了不少构思独特的绘画作品,把我们带入主人公的色彩世界,通过种种"视觉"效果,让我们感受到主人公的精神领域那些用文字难以传达的信息和情状。造型艺术的创作规律与文学不完全相同。它更多地需要"酒神"的莅临,使自己进入身心交混的境界,在"一瞬间的癫狂"(迪伦马特语)中仿佛看到魔鬼。你看男主人公周由在创作他的代表作,即用"红、白、黑"表现生命三部曲的《组装》时,他就"呼唤出了魔鬼",也就是进入非理性的忘我状态。这是一幅富有现代精神感悟的作品,它把小说前半部曾以"红、白、黑"三色表现的"燃烧、虚无与死亡"的生命体验,再次融会在这一象征图像里,因而使主人公的"内宇宙"更显得幽秘难测而令人震撼。无怪乎周由画完这幅画后,两周之久不敢再看它,无疑他害怕看到自己生命的精气和魂魄被色彩所溶解和凝固的景象。此外,画名题作《组装》,这也是对各个人物间婚恋关系重新"组装"的一种暗喻。这幅画可以说是主人公以生命为艺术、为爱情燃烧模样的定影。

小说在这方面所取得的独特的审美效应还表现在另一个场面。那就是舒丽的"献身"。这个既有几分江湖习气又有几分真诚之爱的女性,在商海与情场折腾了一阵之后,带着发了财的满足欲回到周由身边,欲与之重修旧好,以实现财与爱的两全其美。殊不知命运不总是那么宽宏大量的,它往往恶作剧地成全你一方面的满足,又给你留下另一方面的缺陷。尽管这位商海赢家千般撒娇、万般献媚,却再也打动不了周由那颗已被水虹占据的心,因而成了彻底的输家。但她的江湖气这里却显示了其魅力:她不嫉妒水虹在爱的战场上对她的胜利,而要以自己的奉献成全她所爱之人在美的追求中的成功。所以当她发现周由正为一幅人体题材的画找不到合适的模特儿和创作灵感而焦虑不安时,她毅然决定由自己来实现这位"冤家"的愿望。一天,正当周由从底层楼梯口要往上走的时候,舒丽从楼上的房间里悲壮地冲到廊沿的楼梯口,她裸着全身,含着眼泪,两手撑开着一件长外氅,像雕塑似的站立在那里,眼睛逼视着周由。周由一看,全身也一下子凝固住了,但内心震撼不已:哦,这不正是我所需要的画面的效果吗?这位"模特儿"丝毫没有做作的矫饰,她那真实的、火辣辣的激情,那满腔悲抑又透发着一种西西弗斯式的刚毅的神情不正是我久久渴望而又求之不得的画面吗?周由从这一场景所获得的灵感使他顺利地度过了他的精神产儿诞生的"阵痛",创作出了他的又一幅代表作《情友》。这一情节的构思,也是一件作品的构思;它既有动人的戏剧性,又有造型的雕塑感,具有很高的审美价值,不愧是《情爱画廊》作者的"神来之笔",读后在获得美感享受之余,还在脑子里留下难忘的印象。显然,绘画语言的娴熟运用,为小说增加了色彩,也提高了品位。

　　《情爱画廊》也许是一部"急就篇",但它首先是一部才华之作。书中除了本文前面提及的美学品位和人文追求以外,还有不少对人生、对社会、对时事的精辟见解,不时闪烁着智慧的火花。当然,完美无缺的作品是没有的。《情爱画廊》确实也存在一些"急就篇"常见的不足,即有的段落和章节写得过于仓促。例如,水虹对周由一见钟情后,就什么也不顾,不顾温馨的家庭,不顾娇丽的爱女,立即北上与周由见面,回到苏州后,又决然抛下一切与丈夫离婚一走了之。这一章的描写太不合情理,也与水虹的一贯性格不吻合。

水虹，就像她后来所表现的那样，是个有涵养、富理性、讲宽容的人，处理问题，事事得体，甚至在面临舒丽出现后的那种三角关系，她也能不慌不忙，分寸得当，圆满解决。这与"北上"时的水虹，判若两人。虽然浪漫主义允许夸张，但不能违背情理。"游戏"也要讲"规则"的。同样，水虹与她原来的丈夫老吴的分手，也过于想当然。双方共同生活了十几年，共同有了一个美丽而聪慧的女儿，家庭生活优裕，其他方面也看不出有什么大的矛盾，这样的家庭，在目前我国千千万万"好歹将就着"的家庭中算是少数属于"美满"的一类。怎么说变就变了呢？这显然与水虹那感情细腻、善解人意的品性不一致。总之，水虹的性格与形象南辕北辙，相差悬殊。而这一缺失照理是不应该存在的，因为这里并不存在创作上的难题，只要让水虹在离家时感情上经历一番生离死别的痛苦，她的性格前后就会统一起来。

不过这样的败笔在全书篇幅中的比例很小，构不成对全书的破坏。通观全书，它不失为一部通俗的严肃小说，从人文价值和审美价值的层面上看，都是不容忽视的一部小说。

（原载《当代作家评论》1997 年第 5 期）

千古美谈

　　月初,正出门在外,突然接到周毅通报:"您所期盼的'笔会大举措'马上见报!"我说:"那我只得从网上看啦!"她说:"不行!您得回来看报纸才行,有杨先生的彩色近照,还有她的最新手迹,那才有形式感呢!"回来赶紧找出7月8日的笔会专栏,果然使我两眼豁亮。首先映入眼帘的是居于通栏笔谈中间的杨先生的大幅近照:她那炯炯有神的双眼、刚毅的面部表情以及至少有一半尚未变白的乌发,让我精神一振,恰与我昔日写的《外柔内刚的不屈女性》暗合。而这一视觉冲击又与通篇笔谈的阅读感受一致。我与杨先生在一个单位相处几近半个世纪,一向认为"柔"是杨先生的外部表象,"刚"才是她的内在本质。"笔会"的这一"大举措"不啻是精心制作啊!你看记者的问题,无不在对杨先生的长期关注与深入了解的基础上,有针对性地条条提出,无不围绕诸如育人、做人、治学、为妻等根本问题展开,而杨先生恰恰在这些问题上积百年之修炼、一生之思考,句句掷地有声,条条堪称楷模!

　　"笔会"此举值呀!我为学一生,查阅过的作家、学者数以千计,却从未发现哪位有幸享有百岁长寿的;今世享有此寿者虽不再个别,但能有杨先生如此丰富之业绩、透彻之思维、淡泊之境界、清

晰之谈吐、轻捷之步履,实是罕见,而且以其百岁之高龄,依然再译
一部长篇经典名著,毅然再核校一遍已奠定经典译著地位的《堂·
吉诃德》,甚至还精心为丈夫编辑了20卷存稿!这样的年龄,这样
的毅力与效率,可以说是21世纪以来学界最动人的传奇了!至少
2011年,13亿同胞中,值得全国同行为之百岁华诞拜寿者,唯杨绛
耳!此乃吾侪福祉,喜当齐身恭拜。相信此将留下千古美谈。

　　杨先生言及"回家"。早着呢!世界上经常有奇迹发生。现在
中国学界一个长寿的奇迹正在她和周有光学长的身上发生。我们
还准备为他们的110岁、120岁、130岁的生命新台阶欢庆呢!

(原载《文汇报》2011年7月17日)

赛珍珠的中国情缘

　　诺贝尔文学奖获得者中只有十分之一是女性,而在这少量的女性中就有赛珍珠这个中国式人名,但作为一个专业的西方文学研究者和中国文学的爱好者,却从来没有把这位真正贯通中西的女文豪纳入自己的视野。每当想把目光转向她时,仿佛就听到一个有威力的声音在提醒:不值得关注!而由于这个声音的覆盖,我们几乎看不到她的作品被翻译出版,同行们写的有关史书中亦不见她的名字。于是许多人跟我一样,久久处于对她的无知状态。

　　人们都说庐山以多雾闻名,但这次恰恰是在庐山我拨开了眼前的迷雾,看到一个真实的赛珍珠。多亏庐山国际写作营的接待部门把我安排在"一号别墅"下榻。出了别墅院门,跨过马路便是一组专供游人参观的"老别墅故事"景区,其中就有赛珍珠的别墅。但头几天我不知道它的性质和内容,故未去问津。一天午饭后,我正要回宿舍休息,台湾诗人罗任玲女士问我要不要听听这里面的故事,其中还有赛珍珠的呢。这使我眼睛一亮,产生了一种久违的感觉,我马上意识到沈从文、张爱玲之后看来还有人被我们忽略,应该赶紧把她拉近看一看。于是马上买了两张价格不菲的门票。

　　赛珍珠别墅位于这组别墅群的最后面,也是最高处。因此按照参观路线,我们最后才进入这幢房子。它坐南朝北,依山而建。故前面看去是二层,后面只有一层。近旁有一口水井,井下仍有水,只是废弃了。站在二层柱廊里朝北看去,发现它正好与我暂住的别墅位于同一条南北直线上,相距仅约150步之遥!原来这是身为传教士的赛珍珠父亲赛兆祥购置的一处私产。出生后3个月就被父亲带到中国的赛珍珠,从小就经常随父亲来庐山避暑或度假,"每年六月,当秧苗从旱地移栽到水田的时候,也就是去牯岭的时候了"。"牯岭"是庐山的主要小镇。这是刻在赛珍珠脑子里的难忘记忆。甚至她的初恋和第一次蜜月都是在这个蕴有深厚文化富藏和世界级自然景观的圣地度过的!

展室里最令我感动的是那尊赛珍珠的蜡像:她正坐在一架旧式打字机前打字,那种精神饱满、全身心投入的样子,立刻让人看出她正处于灵感泉涌、心潮澎湃的状态,恨不得一口气借助这架机器把它们倾泻出来!原来,在国内外她到过的名山胜水中,她尤其喜爱庐山,以至于后来"每到一个风景秀美的地方,总是不由自主地把它和庐山相比较"。1922年的夏天,她带着孩子又一次来到庐山。庐山那独有的景色和凉爽又一次撩拨着她的情怀,并在一天的下午终于冲开了她才情的闸门。她不由得郑重地向人宣布:"就从今天起,我要开始写作了。我终于要动笔了!"她的处女作《也说中国》就这样在这座石砌的小楼内诞生了,此后一发不可收。其实,这尊蜡像的情状,又何尝不是她一生写作精神的写照。不然,这位天生丽质、物质优裕的女性,尽管常在中美两国间来回奔波,尽管为独女的脑疾备尝痛苦和艰辛,尽管遭受战乱的侵袭,她一生中怎么能写出116部(一说85部)著作,其中包括40多部长篇小说,大量中短篇小说和散文、戏剧、诗歌、政论等作品?这说明,她一生中几乎把她可利用的全部精力都集中在精神世界的追求,而没有把它消耗在一个美貌女人容易陷入的物质享受的浮嚣生活之中。仅凭这一点,她就足以令人肃然起敬的了!罗任玲女士显然看出了我的激动,命令我"站好",拍下了我与赛珍珠的合影。

在赛珍珠81年的生命中,将近一半都是在中国度过的,而且都在她的前半生。这个生命阶段正是一个人形成他的精神气质、思想情操和基本人生观的决定性时期。你看,她时而在安徽,时而在江苏;在那里读书,在那里执教。正是这典型的江南水乡的水土,成为了滋养她成长的乳汁和才思的源泉。而传导的中介,首先是她幼年的保姆,那位来自土地的农妇。她质朴而勤劳,贫穷却充满对生活的信心,在她家一待就是18年!她最先教会她走路、讲中国话,还用一个大地"保姆"的眼光教她看土地、看社会、看世界。后来她写道:"我最初的有意识的记忆,就是关于它的人民和它的大好河山。"并讲过:世界上最美的人是中国人,最美的地方是中国农村的田野和村庄。直到她回美国(1934年)后的1938年,在诺贝尔奖的奖台上她依然动情地说:"假如我不为中国人讲话那就是不忠实于自己。因为中国人的生活这么多年来也就是我的生活。"这就不难理解,为什么她把中国称作她的"父国",把美国称作她的"母国"。尽管她在"母国"生活的时间略长,但纵览她一生的创作,多半是以中国为题材的,她把关注点投在农村,更见出她的战略眼光,而且基调基本是健康的。尤其那部先后给她带来普利策奖和诺贝尔奖的代表作《大地》,其男女主人公并不是被贫穷和苦难压倒的消极形象,而是勤劳、节俭、没有丧失生活信心,甚至还有奢望发迹为地主的进取者形象。因此该书乃至她的大部分作品对众多的国外读者了解中国和中国人的生存状况起了积极的作用。所以美国总统尼克松曾称她为"沟通东西方文明的人桥",无疑是中肯之言。

可能我们有的人太执着于粉饰性描写了,对于真实性描写总爱用"丑化现实"的贬语相加。如果是一个"丑化"中国现实的作家,她对中国和中国人如何爱得起来?但赛珍珠即使回美国后依然回忆说:长大以后"无论我住在什么地方,我与中国人相处,都亲如同胞"。她还说过:"我不喜欢那些把中国人写得奇异而荒诞的著作,而我的最大愿望就是要使这个民族在我的书中,如同他们自己原来一样真实正确地出现。"而且她深信"中国是不可征服的",尤其当她看到中国人民众志成城、团结抗日的决心,她"感到从没有像现在这样钦佩中国"。她发表演讲,强烈声援中国的抗日战争,并四处募捐。即使到了晚年,她依然重申:"我一生到老,从童稚到少女到成年,都属于中国。"甚至在1972年她想以记者的身份随尼克松访华的热烈要求遭到拒绝以后,她仍然义无反顾地在自己设计的墓碑上只刻上"赛珍珠"3个汉字,以示她难以割舍的"父国"情结。

赛珍珠的作品被译成上百种文字,成为人类智慧的一部分。身为这样一位享誉世界的作家,她当然拥有发表独立见解的权利。她的某些声音不管我们爱听不爱听,都应得到尊重。因为我们不爱听,未必意味着人家不正确。其实我们以往"爱听"的某些事情,随着时间的推移不也一个个被我们自己否定了吗?须知,作为一个有传教士家庭背景的作家,她之所以放弃美国的优裕生活,而选择较贫穷的中国为其第二故乡,是以"博爱"的信念为支撑的。因此她的作品有许多是为儿童写的。而她把《水浒传》译成英文后,改名为《四海之内皆兄弟》。难怪早就想为赛珍珠"翻案"的已故诗人徐迟留下这样的铭语:"她写得不比我们最好的作家差,但比我们最好的作家写得多得多。"他甚至称她为"我国的一位可敬又可亲的朋友",并追悔我们长期以来对她"不够朋友"。切中肯綮!

在展室里流连忘返越久,心情越沉重、越愧疚。特别是想到这位可敬可亲的老人,当年以 80 岁高龄想最后见一面"父国"而四处奔走终遭拒绝的时候,她该是多么不理解和难过啊。此后只过了 1 年她就患上癌症而永远离开了我们,而我们却一无所知!此刻我恨不得把展室里所有能买到的她的或关于她的书籍都一股脑儿买下来,以弥补此前对她的无知,并据此写一篇短文,作为对她的追补性的悼念。可惜能买到的只有两本:刚出版不久的《大地》和别人写的《大地的女儿——赛珍珠》。当然我把它们都收入囊中了!

(原载《文汇报》2009 年 11 月 23 日)

无悔的人生

——贺《郑秉谦文集》问世

　　去年夏天我在杭州灵隐休闲，秉谦兄来看我，送来两个喜讯：一是他正值八十大寿；二是他的六卷本文集即将由上海文艺出版社出版。我喜出望外，当即呼曰：这两件事都该好好庆祝！但谁也拿不出比你自己的文集更重的寿礼了，它不啻是你人生道路上的一座丰碑！

　　秋天，收获的季节，书来了：沉甸甸的六大本精装！扉页里除了作者那字迹工整而漂亮的题签以外，还有一方篆体的大印章，曰："入世八十年，捉笔六十三载纪念"，立刻唤起文集的庄重感。我迫不及待地浏览了一遍六卷书的目录，更惊叹其内容的丰富，除了长短篇小说、诗歌、散文外，还有报告文学、传记文学、随笔、评论甚至研究性论文等，几乎包括了文学的常见体裁，反映了作者文学才能的全面性。可以想见，如果没有1957年的那场政治灾难无情剥夺了他20年风华正茂的宝贵光阴，那么现在摆在我们面前的就肯定不是这六卷，而是十卷、十二卷……

一

郑秉谦近似"少年才子"刘绍棠,读高二时即开始发表作品,是年 17 岁。从此一发不可收,小说、诗歌左右开弓,笔力日益强劲、成熟,几年下来即诞生了他的成名作——短篇小说《柳金刀和他的妻子》。小说最初在 1954 年 10 月 15 日《浙江日报》的副刊上发表,立即引起当时最具权威的文学刊物《人民文学》的重视,并在该刊 1955 年第 1 期予以转载。其时著名作家兼文学评论家秦兆阳(即何直)亦十分看好这篇文学新人的新作,在另一权威性的文论刊物《文艺报》上撰文,在思想性和艺术性方面均给予高度评价。《人民文学》在这一年还发表了郑秉谦的另两篇小说,即《金发老汉》和《观音暴》。在那个年代,一个青年作者同时受到两家全国性权威刊物这样的器重是不多见的,它表明郑秉谦从事文学活动一开始起点就相当高,因而很快就奠定了他在全国文学界的地位,而小说创作也成为他整个文学生涯的"主旋律"。

然而就在他创作上进入最佳状态,意气风发展翅高翔的时候,一场突如其来的政治风暴使他顿然折翅,从此伏地 20 年之久,方始翻身。这 20 年,从 27 岁至 47 岁,恰好是青壮年时期,是一个人一生中的黄金时期。但是,生活往往按辩证逻辑发展,福为祸所伏,祸为福所依。20 年的岁月蹉跎给他带来无可挽回的损失,但 20 年的灵魂磨难也是一场严酷的精神磨炼:它可能使弱者沉沦,也可能使强者更强。郑秉谦属于后者。而他之所以能经受这一严峻考验,首先在于他具有良好的精神素质,对前途充满美好理想和脚踏实地的进取精神,以至于家乡一解放即置升学于不顾,而投入

解放军这所当时充满正义与朝气的革命大学校,自觉接受严格的
锻炼和学习。遭遇不测以后,他的意志始终没有瓦解,始终没有放
弃文学的理想和追求。5年农民、7年工人的生活体验和积累,恰
恰强化了他的文学信念。因此,即使在逆境中,甚至在物质条件极
为艰难的20世纪60年代初期,他依然写出了长篇小说《碧海缘》
的初稿。这令人想起了"义愤出诗人"这句名言。20年的磨炼为
郑秉谦的再崛起作了扎实的铺垫!

二

就像当代文坛上不少"五七难友"一经掀掉那个"右派"帽子以
后精神风貌焕然一新那样,随着改革开放而新生的郑秉谦也是精
神振奋,重操旧业更加得心应手,佳作迭出。从"改正"到1989年
末即退休前这十来年间,他在担任一定的社会工作如省作协副主
席等职务的情况下,依然写出不少质量堪称上乘的作品,诸如根据
上述初稿修改成的长篇小说《碧海缘》、长篇小说《海事奇观》、短篇
小说集《普陀旧梦》、散文集《能不忆江南》《浪游散记》、长诗《穿上
红军鞋》、文论《狮身人面录——对史传文学的艺术剖析》等。这些
作品每一部问世,都很快获得好评,而且发表评论的都是评论界或
创作界的名家,如刘绍棠、康翟、高光、胡德培、唐湜、冀汸等。尤其
是《海事奇观》更是好评如潮,是作者这一时期创作的高峰,或者说
是继20世纪50年代《柳金刀和他的妻子》之后的又一座里程碑。
这部作品反映了改革开放后随着商品大潮的兴起渔业生产出现的
进一步"酷渔滥捕"现象以及人与人之间出现的新关系、新矛盾。
从现在的眼光来看,这部著作较早涉及当代人类面临的一个至关

重要的问题,即保护自然生态以维护可持续发展问题。可持续发展这个攸关人类生存的根本命题国际上是在 90 年代初由芬兰的一位女总统首先提出来的,而 80 年代郑秉谦就通过形象描述对这一问题的严重性与紧迫性敲起了警钟,不能不佩服作者观察问题的敏锐性和前瞻性。

郑秉谦这时期的想象性作品即小说,一个突出的特点是作者基层生活的丰厚,说明他没有辜负头 30 年亲身经历的部队、农村、工厂的劳动实践及与工农兵打成一片的生活积累,尤其是他描写海上生活的功底相当扎实。他一生中两部最主要的长篇小说,无论是 60 年代孕育的《碧海缘》,还是 80 年代新写的《海事奇观》,一个环绕舟山,一个凭依蓬莱,都以海上生活为背景。联系 50 年代《柳金刀》等短篇小说,联系他终身挚爱的渔家姑娘出身的妻子,反映了作者有着深厚的大海情节,即使在遭难 20 多年后,他仍"一直怀念着这里的人这里的岛——哪怕只萍水一面之人,浪迹所到之处,也使我怀念不已"。而且"这种怀念与日俱增,像醇酒一样,愈醇愈浓"。难怪 20 年后他重游故地——海岛时,发现他昔日的一个外号叫"茅老大"的熟人早已被风暴夺走性命,他悲痛不已,顿时热泪盈眶(《海行记》)!正是因为他对这些普通渔民群众倾注了他的信任和感情,对渔民生活情状把握精确,他笔下的人物形象和性格才那样真实感人,而且在这些普通劳动者身上发掘出他们闪光的思想和品德,以至于像柳金刀那样,在即将被敌军捉住的紧要时刻,不惜放弃对亲弟弟的抢救以达到保护众同伴的目的;后来自己在船上被敌人捉住时,又迅即抱住一个敌方军官跳海,与之同归于尽,让敌人受到更大的损失!这种机智、勇敢、果断的英雄行为感染了千千万万的读者,且为中国新文学人物画廊增添了一个不朽的形象,甚至为50年代的军旅文学竖起了一个坐标。这一创作成就首先要归功于他早年在舟山群岛服役期间深入基层的虔诚,对渔民生活的深切同情,观察的细心。而在某些知识分子的形象中,可以看出作者融入了自己的生存体验,如短篇小说《江源》中的主人公常弃疾等。郑秉谦这一时期的创作充分证明了这一艺术规律:生活是创作取之不尽的源泉!

随着改革开放,80年代以来外国各种文艺思潮一拥而入,我国长期独尊现实主义的文学随之发生美学激变,人们纷纷尝试着各种新的创作风格和技巧。就像绝大多数的蒙冤"右派"复出以后一心想赶紧夺回失去的年华,并在创作中尽情享用丰富而宝贵的生活积累,表达独有的人生体验和哲学见解,一时无暇顾及美学的变革一样,郑秉谦的创作基本上也没有追赶上述潮流,仍然遵循现实主义的美学原则。这是完全可以理解的。再说,在创作中作为诗学运用的现实主义美学,虽然在欧美已经饱和,但在中国还远未发展完善,尚有相当大的生存和发展空间。这就是曹禺、老舍的剧作依然一再上演,"五七"难友们的新作广受热评的原因。事实上郑秉谦的中期,即复出后前10年的创作所受好评的广度和热度均超过了早期,这本身就说明了问题,就是说他与其他蒙冤难友一起,都通过自己的创作为中国现实主义美学的继续完满作出了新的贡献。

三

郑秉谦也是一个出色的散文家,因此他的创作成就中的另一个重要收获是记叙文学,包括通常说的散文、随笔、回忆录、报告文学、传记文学等。其中散文，主要是写景散文占有醒目的地位，也体现了他的记叙文学的主要特色。这与他的成长环境有密切的关系。郑秉谦生在杭州，但长在新安江，这可以说是全国最美的一条河流，如诗如画。君不见 1961 年国务院颁布的全国第一批 45 个受保护的风景名胜景点，其中首屈一指的河流就是它！俗话说，一方水土养一方人。分明是杭州西湖的妩媚与新安江的秀丽的因子广泛渗入了郑秉谦的血液，从而滋养了他的精神气质，使他的情感与浙江的山山水水水乳交融。无怪乎在他复出后的头 10 年中即80 年代，他沿着作为水名"浙江"的大小河流跑遍了大半个浙江省的河山与城镇乡村，写尽了浙江干流的"大三江"——新安江、富春江、钱塘江和浙江在省内的主要支流"小三江"——衢江、兰江与婺江。那一篇篇隽永的短文在《浙江画报》连载的时候，每篇都配上相关的图片，彼此相得益彰，美不胜收，普遍叫好。此外郑秉谦的足迹还遍及浙江东南瓯江流域的名山胜水、运河与太湖沿岸的鱼米之乡，写出了"瓯江探奇""运河访古""湖州寻梦"等一组组瑰丽篇章。自然，作为一个风景名胜的钟情者，他哪肯放过那些不靠水而独立的名山，诸如位于浙江中东部的雁荡山、凤阳山、天台山等。

　　郑秉谦的上述散文不仅以诗人情怀抒写风景名胜的天然妖娆，他更着重于赋予它们以丰富的人文内涵，发掘它们与人类生活互融共荣的历史沿革与历史花絮，向读者展现一幅幅以旖旎风光为背景的市井风俗或乡土文化的绚丽画卷。其中历代文豪，首先是诗人的名诗佳句与历史典故成为文中的画龙点睛之笔。而当作者将笔触投向上述几座名山的时候，虽不见了"市井"，也看不到"乡土"，但作者却着重刻画它们的美学品格，亦别有见地。例如他用四句古人的诗句概括雁荡山的"四美"就十分精当："远近高低各不同""搜尽奇山打草稿""山因水活岩因树""一线飞渡万仞空"。
我恰巧也是由浙江上游的水土养大的,不但"小三江"的"身段"相
当熟悉,"大三江"的情致亦不陌生,因此读着这些清丽的散文,不
仅觉得格外亲切,而且随时唤起"能不忆江南"之慨,而且还享受到
不少相关知识的点拨。显然,郑秉谦在撰写这些散文的时候,有意
识地把知识性与学术性结合起来了。这是郑秉谦散文的最大价
值。所谓"学者散文"这个概念是 90 年代前期被提出来的,但你
看,它在 80 年代就被郑秉谦着了先鞭了!

　　如果说上述涉及的散文主要反映郑秉谦的美学追求,那么长
篇传记文学《寻找英雄》反映的则是他的精神追求了!作者对书中
主人公原来只知其名,不知其人,只因一个偶然的机缘,对英雄张
明将军肃然起敬:他从一个普通士兵一步步成长为一个大军区(南
京军区)的副司令员,其间他先后参加过大小战斗 100 余次,身上
负伤 16 处。然而他并不是硬邦邦的单纯"虎将",而是"儒将与虎
将"的结合。正是这样一种罕见的"性格组合"让我们的作家入迷,
遂下了写这一大部头传记文学的决心,虽然这一文体此前并不是
他的特长。尤其是英雄已经不在世了,无疑增加了很大的难度,这
意味着需要从无数人的口中去"寻找英雄",就像考古学家发现了
一件珍贵的破碎文物,需要从无数碎片中细心将它们拼接成原样。
为此,作者先后访问了 129 位有关人士,其工程之巨可想而知。如
今呈现在我们面前的果然是一位战场上冲锋陷阵、生活中爱民如
子的英雄,一位刚柔相济、平易近人的将军,又是一位性格豪爽、有
血有肉、"性情"中的凡人。这样一种生动的人物形象,超越了一般
传记,而获得了文学品格。就是说书中主人公不仅仅是历史人物,
同时也是艺术形象。构思的精巧、叙述的生动与形象的感人是此

书的最大艺术特色,作者的小说家兼散文家的特长显然在这里融合为一了!无怪乎这部 35 万字的《寻找英雄》既得到国防部长迟浩田将军的充分肯定,又得到文学批评家的好评。

四

构成郑秉谦文学工程第三个大板块的,我认为是他的学术性研究。这些著作占了一集的篇幅。其中尤其值得一提的是他于 80 年代出版的《狮身人面录》即《对中国史传文学的艺术剖析》和近年来写的《苏轼研究》。如果说前者初试锋芒,却身手不凡,那么后者则更胜一筹,堪称是成熟而优秀的学术著作了。

从形式上看《狮身人面录》也可以说是一部读书笔记,其中包括 56 篇学术性随笔。作者称写这些篇目的目的一是为了"审美",二是为了"学艺"。他以一个具有丰富创作经验的作家的眼光,从我国古代那些既有重要史料价值又有很高文学成就的史学经典诸如《左传》《国语》《战国策》《史记》《汉书》等著作中,撷取某些杰出范例,以生动的语言,鉴赏式地进行艺术分析,作为诗学或曰创作美学加以推崇。其中涉及形式、风格、技巧与手法的诸多方面,屡屡发前人所未发,令人耳目一新。例如他在称赞《史记·项羽本纪》中的人物塑造时,引用了其中的这么一段(白话译文):"项羽为了激刘邦出战,就把被他所俘的刘邦之父放在肉墩上,向刘邦说:'你要是不快降,我就把你爹煮了吃。'刘邦却摆出一副无赖面孔,说:'我们曾在怀王面前约为兄弟,我爹就是你爹;如你一定要煮你爹,务请分我一杯肉羹!'"这令人捧腹的一笔,绝妙地刻画出刘邦那原本的无赖嘴脸,也道出了他之所以能战胜对手的深层原因之一。无怪乎著名作家康翟收到《狮身人面录》后，"翻了几页"即"不忍放下"，赞其"雅俗共赏"，并以《一本难得的文论》为题撰文予以高度评价。高光亦为其发表好评。

《苏轼研究》包括 20 篇独立的短文，共约 10 万言。主旨是写苏轼的文格与人格，而以后者为重。因为苏氏的"文"（包括诗、词、赋、书、画）尽管非常优秀，毕竟历史上还有堪与比肩者；而苏氏之为"人"，则罕见地超拔。他一生从政 40 年，先后 3 次被贬，度过 14 年流放和 8 年"准流放"的生涯。但他不思"悔改"，始终坚持一个知识分子应有的、但在当时却是绝无仅有的独立之人格，批判之精神，即如郑秉谦所指出的"东坡历来抨击非理，放言无忌"。因为他胸怀"匹夫而为百世师，一言而为天下法"的宏伟抱负，唯真理是求。因此，尽管他反对王安石的新法，但当继任的宰相司马光要对新法彻底否定时，他又反对将洗澡水连孩子一起泼，哪怕这样做又要遭放逐（事实上他又因此被放逐了）。在那个时代，一个官员不怕"犯上作乱"，甚至不畏重蹈覆辙，敢于对朝廷政纲屡屡提出反对意见，甚至以诗文予以讥讽，那是一种了不起的大无畏精神，只有真正"以天下为己任"的士人才有的伟大精神。

作者告诉我们：苏轼对上刚直不阿，对下却充满人情关怀。他"虽然名高一世，但遍交田夫野老"。"他还'扁舟草履，放浪山水间，与渔樵杂处，往往为醉人所推骂'不以为忤，反以为喜"。苏轼亦自称："吾上可陪玉皇大帝，下可陪卑田院乞儿，眼前见天下无一个不好人。"故他不满社会的贫富悬殊，写有许多"悲歌为黎元"的诗篇，诸如"但恐城市欢，不知田野怆"，几与"出门酒肉臭，路有冻死骨"相近了！他甚至还曾在黄州辟荒地数十亩种麦自食。一个旧时代的高官，能抹去尊卑贵贱的界限，勤政恤民，这是极其难能可贵的。

在郑秉谦的笔下,苏轼虽屡遭磨难,但恰恰是他活出了真正"潇洒"的人生!他心胸豁达大度,性格开朗乐观。尽管政治道路坎坷,但他始终处变不惊,遇难不悲,而以作诗、作文、写字、画画作为平生最大的乐趣和慰藉:"某平生无快意事,唯作文章意之所到则笔力曲折,无不尽意;自谓世间乐事,无逾此者。"他甚至把自己遭受流放的地方,自嘲为自己"建功立业"的胜地,化作自我调侃的黑色幽默,一笔勾销:"问汝平生功业,黄州儋州惠州。"若在严格意义上拷问,这三个"州"(尤其是黄州)固然是他 14 年政治上落难的见证,但从另一方面看,正是这些苦难的代价塑造了苏轼精神人格的伟大与完美,并将他的文学成就推上了更高的境界,使他成为中国历史上罕见的文化巨人!因此郑秉谦认为,苏轼在官场上,或者说在政治上可以说全输了,但这些输局的另一面却成为他辉煌的赢局,即成全了他不朽的文化大师的地位。郑秉谦政治上被贬的时间几与苏轼同,他的苏轼研究无疑是与苏轼的一次感同身受的精神交流,可谓字字珠玑,掷地有声!毫不夸张地说,他的这一研究为我们树立了一个"没有丝毫奴颜和媚骨"的中国知识分子的精神坐标。他这一研究的价值,也可以看作是他的六卷文集的精髓之所在。

郑秉谦曾将他在新中国成立前的作品题为《不悔集》。综上所述,他这一生的业绩都是无悔的!

(原载《文学报》2011 年 12 月 29 日)

陈志华教授的"急转身"

　　一个国家的建筑风貌好比一个人的衣装，它在相当程度上代表着这个国家的外观。但这种衣装不是纯物质的东西，它的"美"与"丑"，它的本质的价值不是简单地以"新"与"旧"来衡量的。有的外表老旧，但因年代久远，包含着丰富的历史文化信息，因而它比崭新的同类建筑更宝贵，也更具美的内涵。这就是为什么有的户主，你给他两倍三倍的价钱他死活也不肯搬，他的生命就是在那些浓浓的历史文化氛围的熏陶下孕育、长成的，这里留下了无数生命历练过程中的文化记忆，已经成了他的精神家园。如果这座建筑还包含着历史上的许多故事，那就更值钱了。一座古老城市或村落更是如此，每一条胡同都叠印着无数人的脚印，留下无数先辈、远祖的音容笑貌，记载着说不完的如烟往事。这就叫做"人文积淀"。有的城市如北京，很多街道、胡同，哪怕小胡同都诞生过或接待过历史上的名人、伟人，一提起它便让人肃然起敬。在欧洲一些国家，例如德国，一条街巷出过什么名人，就以那个人的名字命名，你只要知道街名，你就知道你在这里该干什么，不该干什么了。所以北京人都不愿意让"老虎尾巴"消失，就因为那里生活过我们民族的脊梁——鲁迅！在我们这个历史悠久、人才辈出的国家，无

悠悠衢江

论城市还是乡村都有很多值得继续保存的古建筑；有不少古城、古村落整体上就值得保存和保护——或者因为它的人文价值，或者因为它的美学价值。

随着经济文化的发展和时代的进步，城乡建筑面貌当然不可能，也不应该定格在一个历史年代上；它们也要跟着更新。但如何更新？是让城市和乡村渐进式地、织补式地自然生长，还是大拆大建，人为地使它"焕然一新"？不幸的是我们的房地产业近20年来不知服了什么化学猛药，像一头怪兽一样加速膨胀，力大无比，到处横冲直撞，使一幢幢、一批批建筑文物成了它推土机下的冤魂！代之而起的是千人一面的新"城市"、新"村镇"、新"广场"、新"花园"、新"山庄"……

20世纪90年代以后，我发现陈先生谈话的兴趣和内容都变了，不再是欧洲的建筑艺术或造园艺术如何如何，而是中国的乡土建筑，尤其是在城乡建设突飞猛进的情势下，许多有历史文化价值的古村落或古建筑面临着迅速消失的危机。他尤其痛心疾首地谈到，浙江建德市（县）一座很有保留价值的"文昌阁"，当地不懂得保护，却卖给了台湾人，拆了运往台湾。这引起我内心的极大震动。因为我的家乡也在农村，且离建德不远，由于"旧貌换新颜"的思维的流行，近年来家乡也被弄得面目全非，正想写一篇文章，呼吁注意保护应有的村镇景观，以保护乡村的历史文化信息，留住村民们的精神家园。因此，陈先生的"转向"使我们找到了新的共同语言。

原来，自1989年起，陈志华教授就开始"急转身"了！从那时以来，他风尘仆仆，不顾年迈和农村生活的艰苦，也不在乎冷遇和拒绝，一次又一次带着研究生，来回奔跑于大江南北，翻山越岭，深入一个个古村镇，调查、测量、交涉、争论……而我则不断享受着他这一切努力的果实:今天听他讲浙江楠溪江的古村落如何精彩,明天听他讲安徽西递等古村落多么丰富,后天又听他讲江西婺源、刘坑村的景观多么罕见,而他谈得最多、也最兴奋的则是离我老家很近的诸葛八卦村(浙江兰溪县)。这个拥有800年历史、1 100多户的三朝古村,居住着3 000多名诸葛亮后裔(占全村人数的四分之三),约占全国诸葛亮后裔总数的四分之一。其建筑据传按"八卦图"营建,即以钟池为中心,8条古巷曲折地向外辐射,形成"内八卦"的全村格局;村外则有8座天然小山峦环绕,构成"外八卦"的外围。村中有保护价值的古建筑约有200处,祠堂即有14处之多,其中最古老的明代建筑"大公堂"和面积最大的"丞相祠堂"都是规模宏大、用材讲究、雕刻精致、风格独具的极为罕见的乡土建筑。经陈志华教授的多年努力,1996年诸葛村即被国务院批准为全国重点文物保护单位。受陈先生的影响,这个村的村长诸葛坤亨也成长为懂得文物保护的出色基层干部。

陈志华教授的"急转身"最初是从抢救离诸葛村不远的建德市新叶村开始的。这个村亦有近800年的历史,依然保持着血缘聚落的村规民风。古建筑种类十分齐全:祠堂、佛庙、书院、景塔、鼓楼、文昌阁、节孝坊、进士第以及众多的青瓦粉白马头墙的民居,建筑布局十分讲究,蕴有丰富的历史文化信息,且周围有青山绿水相护,被称为中国古村落的"活标本"。20年前,当陈志华教授看到这里的有价值的古建筑正在一幢幢被拆除,盖上钢筋水泥预制板拼构的现代型房屋时,心急如焚,惊呼:不能为了千篇一律的"现代"而丢掉宝贵的历史!他毅然放下关于外国建筑的课题,带上李秋香等得力的研究生,投入了抢救新叶村的工作。如今20年的光阴过去,他的一腔心血也得到补偿:他和他的学生们写出了《新叶村》等 10 多本保护古村落的专著,他栽培的李秋香等学生也已成了保护文物遗产的教授,而新叶村不仅成为省级重点文物保护单位,而且上上下下保护古村落的意识也已普遍觉醒。在去秋于浙江建德市召开的有著名文物及古建筑专家谢辰生、陈志华、徐平方、毛昭晰等以及杭州市及其所属建德市领导参加的全国第二届抢救与保护乡土建筑的研讨会上,建德市市长洪庆华郑重承诺:今后一定要把新叶村作为文物保护对象,而不是发展旅游对象来建设。全体与会者莫不为之鼓舞,这更使陈志华教授感到莫大欣慰。

陈志华教授为保护古村镇这样不遗余力地奔波,完全出于他对乡土建筑的历史文化价值的远见卓识。他认为,中国漫长的农耕社会决定了"五千年的中华文明,基本上是农业文明"。乡土文化是这种文明的主要表现形式。庙堂文化、士大夫文化和市井文化无不扎根在乡土文化之中。而"乡土文化是中华民族文化中还没有充分开发的宝藏……不研究乡土文化就不能真正了解我们这个民族"。乡土建筑则是乡土文化的重要载体,因此,"不研究乡土建筑就不能完整地认识乡土文化"。他把乡土建筑的发掘和研究放在这样重要的地位,难怪当他看到大量有保护价值的古村落和古建筑迅速消失时,那样焦急万分。说来也巧,当时河北教育出版社来向我约稿,我说:"你们赶紧去找清华大学的陈志华教授吧,他手头有很重要的手稿在急待赏识者。"多亏当时富有识见的河北教育出版社社长王亚民先生,他立即采纳了陈志华教授的建议,决定斥资出版"中国古村落"丛书。陈志华教授为丛书撰写了包含上述观点在内的、很有学术分量的《总序言》。

为了唤起公众对古村落的抢救和保护意识并肯定这一工作的学术意义,在陈志华教授的倡议下,在中国战略与管理研究会文化发展委员会的大力支持下,2006 年在苏州召开了第一届抢救和保护乡土建筑的学术研讨会,并发表了有影响的《苏州宣言》。除陈先生外,84 岁高龄的谢辰生先生、年近八旬的毛昭晰先生、年逾古稀的梁从诚先生以及我都是这份宣言书的签署者。去年国庆前夕,在第二届抢救和保护乡土建筑暨新叶村的研讨会上,这拨耄耋之年的老专家,加上著名考古学家徐平方老先生又聚集在建德市发表了《建德共识》,同时还讨论并确定了新叶村在抢救和保护乡土建筑中的重要地位。至此陈先生及其弟子李秋香教授 20 年的辛劳得到了最好的褒奖!

（原载《人民日报》2010 年 11 月 19 日）

钱中文先生的学术大视野

钱中文先生是我们这一代文学理论工作者中的佼佼者,也是新时期以来涌现的最重要的文学理论家之一。故他的四卷文集的出版,是我国文学理论界的一桩值得庆贺的喜事。

钱中文是一个"立体型"的理论家,就是说,他的理论工程是由多个层面,或者干脆说是由 4 个层面构成的:第一个层面是他自己的著述,数量甚丰,而且力求有所创新,这是最主要的;其次是他的宏观理论建设,主要表现在他组织翻译的几套外国文学理论丛书,相当广泛地引进西方现代文艺理论思潮;第三是培养新秀;第四是组织队伍,开展交流。这四点加起来就可以看出,他是个具有远大抱负的、具有战略眼光的、又脚踏实地的理论家。这 4 个方面除了第一方面,由于他的著作有许多我还没有仔细读过,不敢明确作出评估以外,其余三点的成绩和贡献都是明显的,尤其是第二点,就是 20 世纪 80 年代他和已故王春元合编的"现代外国文艺理论译丛"以及 21 世纪以来他和童庆炳教授合编的那套 36 本的丛书。这两套丛书确实本着"拿来主义"的气魄,给全国理论工作者提供了广泛的参照和选择,拓宽了人们的理论思维和思路。像韦勒克、沃伦合著的《文学原理》影响十分深远。他的这一功绩恰好填补了外文所那个作过历史性贡献又在历史中消亡的"三套丛书"编辑室留下的空白。

钱中文先生在人才培养方面的成就也是有目共睹的。现在活跃在文学理论界的著名人物如陈晓明、近年来在上海社会科学院挑大梁的许明、在北京师范大学以研究哈贝马斯著称的曹卫东、在《中国企业报》独当一面的张来民等都是钱中文的博士生。他们个个都不愧为钱中文的高足。

约从80年代中期起，在钱中文先生的倡导和组织下，在外文所等单位的支持下，成立了中外文艺理论学会。钱中文先生以这个学会的名义，20多年来至少举办了10次研讨会，参加者每次都在百人以上，广泛团结了中外文艺理论队伍，互相就大家共同关心的问题进行了讨论，从而促进了我国文艺理论水平整体性的提高。

对钱中文先生的个人著述的得失尽管我暂时还不敢评估，但他的治学态度是严肃、严谨、刻苦的，是值得赞赏的。首先是他清醒地看到自己的长处和历史形成的短处，以开放的心态，对后者及时进行反思，坚决抛弃过去教条主义的思维模式，而不顾别人的批评甚至谩骂。其次钱中文先生对80年代以来大量涌入的西方理论思潮采取有节制的谨慎接受态度，包括他自己组织翻译的那套丛书。例如对于韦勒克关于"文学的内部研究"的观点，他就认为作者过于拘泥于文本，而忽略了历史和民族文化对作品生成的影响。这样的补充和匡正是中肯的。再如80年代初期他写的《现代主义与现实主义》这篇成名作，可以看出他对现代主义的疑忌多于肯定，而不像他谈论现实主义的时候那样充满热情，这在改革开放之初是可以理解的，比那种囫囵吞枣的态度要好。第三他不人云亦云、步人后尘，而是力求有所创新，比如"审美反映论"，是否科学，另当别论，但这确是他自己提出的观点。

（2008年夏在钱中文学术研讨会上的发言）

人类良知的声音

——程曾厚《雨果与圆明园》序

　　150 年前在北京西郊英法联军洗劫并焚毁东方艺术之冠圆明园,这是人类历史上罕见的对文明和文化蓄意进行破坏的重大事件。在世界战争史上,行动双方想要摧毁或夺取的对象,首先是对他构成直接、间接威胁或对他具有战略、战术意义的军事目标,在我有限的历史知识中,尚不知道有第二例如此骇人听闻的事件。即使在第二次世界大战后期,以美国为首的同盟军以大轰炸报复希特勒法西斯的疯狂侵略罪行的时候,每个飞行员手中都有一份长长的清单,被告诫哪些文化和文物目标必须保护,像如今已被列入"世界遗产名录"的科隆大教堂、维尔茨堡王宫、海德堡的城堡及古桥等都在这份清单之中。我们再稍稍往前推 1 个多世纪,19 世纪初,拿破仑在得意的胜利进军中,激怒了欧洲大陆的好几个大国,如俄、普、奥等,但 1814—1815 年,当这些国家的"同盟军"打败拿破仑,进军巴黎的时候,他们并没有破坏枫丹白露宫和这个国家的另外一些文化命脉如凡尔赛宫、圣克鲁等。无怪乎英法侵略军这一极其罪恶的侵略行为引起世界一切正义人士的震惊和谴责。谴责和抗议的声音同样来自肇事国的民众。例如 1861 年 3 月 15

日法国《艺术报》就曾发表了艺术评论家兼中国艺术研究专家波捷的长篇文章，指出抢劫这些奇珍异宝的行为"不仅给军队开了一个恶劣的先例"，而且"这样的行为使这支军队所属的国家信誉扫地，尤其是因为不是在危险的攻击之后发生这样的行为，而是明知故犯和沉着冷静的行为"。就在圆明园大劫难的第二个月，即1860年11月，英国的讽刺画刊《潘趣周刊》发表了一幅讽刺漫画，题为《新额尔金大理石像》，画面上那位新额尔金步他父亲的后尘，在熊熊火光映照下，脚下堆着一堆炮弹，手中抱着一枚炸弹，趾高气扬地在威胁和羞辱中国皇帝。这幅漫画不啻是及时逮住了一个血迹未干的强盗。

最有力的讨伐檄文无疑是法国作家维克多·雨果的那封《致巴特勒上尉的信》了！这封信掷地有声，完全代表人类良知，表达了世界人民正义的声音，不仅具有历史和政治价值，而且还具有文学、美学和艺术史价值。这封信首次以世界的眼光，指出圆明园在人类艺术中的崇高地位，把它作为以想象为美学风范的东方艺术的精华，而与以理想为美学风范的西方艺术的瑰宝——帕特农神庙相提并论。雨果以漂亮的辞采尽情赞美了圆明园的高超艺术和丰富的收藏，他甚至认为："我们所有大教堂的财宝加在一起，也许还抵不上东方这座了不起的富丽堂皇的博物馆。"在此前提下，雨果强烈指出，英法联军对圆明园的抢劫和焚烧完全是强盗行为，他无情揭露了这些向来以"文明"自居的欧洲人实际上比他们鄙薄的"野蛮人"还要野蛮。在这番严厉的谴责声中，雨果还向我们曝光了两个有名有姓的抢劫文物的"典型人物"——额尔金父子。19世纪初，老额尔金借出使君士坦丁堡的机会，不择手段地求得奥斯曼帝国的准许，拆下了帕特农神庙檐壁上的大量浮雕运回英国。

他的儿子小额尔金作为英法联军司令在圆明园所干的比他父亲有过之而无不及！最后雨果表示相信，"有朝一日，解放了的干干净净的法兰西会把这份战利品归还给被掠夺的中国"。

这封信出自雨果的笔下不是偶然的。他的愤慨不是出于他的冲冠一怒，而是出于他长期对中国艺术的浓厚兴趣，对中国人民的友好感情。而这在欧洲特别是法国是有传统的。在17世纪后期至18世纪中期这大约100年时间内，整个欧洲尤其是法国文化思潮中扎扎实实地刮过一阵"中国风"。以狄德罗等人为代表的法国百科全书学派可谓是其中最强劲的"风"。但自18世纪末开始，随着资本主义的日益发展，欧洲几个主要工业国家急于寻找国际市场，推行殖民政策，已经在谋划如何征服中国了！知识界对中国的态度也发生了转变。然而雨果是个具有人类良知的作家，是1848年欧洲革命民主主义运动的热烈拥护者和积极参加者，与实行王政复辟、推行殖民主义的拿破仑三世的统治势不两立，并因此不得不于1852年流亡到英吉利海峡的一个小岛上，直至1870年普法战争中法国溃败为止。尽管如此，当年启蒙运动先辈们的"中国热"在他身上依然保留着浓浓的余温，以至于在他流亡期间的住宅"高城居"甚至他情人的住宅"高城仙居"里都布置了"中国客厅"，并始终不遗余力地收集中国的艺术品，直至发现并购得了一部分法国侵略军从圆明园抢去的珍宝，这既满足了他的"中国情结"的需要，同时也因此掌握了一部分法国侵略军犯罪的证据。

中国有这样一位伟大的国外"粉丝"，多么需要有人对他与中国的关系作进一步的了解和研究。所幸在我的大学校友中，就出现了这样一位合适的人选。这就是本书作者、中山大学教授程曾厚先生。程先生是20世纪五六十年代北京大学西语系法语专业的本科生和硕士研究生,多年来从事法国文学的教学与研究,尤以雨果为重点。自从 1962 年他第一次读到人们从俄语转译的雨果《致巴特勒上尉的信》时就激动不已,决心要把这一问题深入下去,并于同年撰写了《艾尔琴、雨果和圆明园》(艾尔琴即上述额尔金)一文在《文汇报》发表。80 年代以来他继续关注这一课题,先后翻译了两部不同的《雨果传》,著有《程曾厚讲雨果》。自 90 年代起,特别是 21 世纪以来,他开始以"雨果与圆明园"为重点,进行专题研究,并不止一次申请去法国查阅相关的资料,进行相关的学术交流。为此他跑遍了法国所有的有关图书馆、博物馆、纪念馆、几处雨果故居;查阅了最权威的《雨果全集》,拜访了该全集的权威编纂者;请教了多名雨果研究专家;抄录并复印了一切有关资料;核对了雨果信件的不同法文版本,拍摄了大量的视觉材料,特别是枫丹白露宫所藏的大量被掠夺的圆明园珍宝。

作者把他研究和考证的重点首先放在雨果《致巴特勒上尉的信》的真实性上,认真查证这封信的有无。由于法国的雨果研究界对这封信的重要性未予足够的重视,这增加了程曾厚的工作难度。但功夫不负有心人。费了一番心血,他终于找到了雨果《致巴特勒上尉的信》的原件手迹! 这就有了文献真实性的铁证。其次,作者想要查证的是要求雨果表态的这位收信人"巴特勒上尉"为何许人也。他查阅了雨果所有的书信往来,都没有发现这个名字! 他询问多名从事雨果研究的法国同行,人们无不面面相觑! 最后他得出结论:巴特勒这个人是不存在的! 然而,查证工作的落空,恰恰证明信件意义更加重大! 这就是说,圆明园事件发生时,雨果正为他的压轴之作《悲惨世界》进行最后的冲刺,无暇顾及其他的一切。但是他把这件世界大事挂在心上,一旦手头的事情结束,他就要对这件事表态,留下一份历史文献,那就是用书信体的形式,写一篇义正词严的讨伐性檄文,给国内军界、政界的"胜利"欢呼以迎头痛击,把"两个强盗"——英格兰和法兰西永远钉在历史的耻辱柱上!雨果的矛头很集中,直指两国的统治者,正如信中所言:"统治者的罪行不是被统治者的过错;政府有时会是强盗,而人民永远也不会是强盗。"如今1个半世纪过去了,随着时间的推移,这封信的正义声音传播得越来越远、越来越响,成了世界正义人民的共同声音,成了对当年那两个伤害中华民族尊严、毁灭人类文化精华的强盗的庄严宣判。

雨果在赞美圆明园的时候,是把圆明园与欧洲最负盛名的帕特农神庙相提并论的。提起这座建筑,虽然它属于欧洲第一号"世界遗产",但对于中国读者来说,可能一般只知其名,不知其里。这两座东西方建筑之最有过共同的遭遇,即都被外国同一个家族劫掠过,这就是前面提及的额尔金父子的劣迹。于是,作为《雨果与圆明园》的作者就有必要向读者介绍一下。多亏作者的负责态度,他对帕特农神庙认真钻研了一番之后,用了三章的篇幅,向读者详细介绍了帕特农神庙的来龙去脉、方方面面,包括它的历史沿革、辉煌成就和不幸命运。尤其是在它成为废墟以后,老额尔金仍对它垂涎三尺,利用他的外交官地位,不遗余力地对它残存的艺术珍品进行掠夺。过程起伏跌宕,生动有趣,颇有"黑色幽默"味道。

中国读者自从第一次读到雨果这封信的近半个世纪以来,心中一直盘旋着这个疑问:除雨果以外,当年在两个肇事国内还有没有别的圆明园罹难的同情者,他们是否也不怕蒙受"英奸""法奸""卖国贼"的罪名,发表过公正的言论呢?程曾厚认为,作为《雨果与圆明园》一书的作者,回答这个问题是责无旁贷的。为此在上述难题解决以后，他马不停蹄，继续攻坚。最后在本书书稿即将付梓的时候，他终于发现"新大陆"，这就是本文前面提到的法国波捷的长文和英国《潘趣画刊》用漫画对小额尔金的揭露和讽刺。从科研角度讲，这一发现不啻是一项重要成果。

程曾厚先生在研究雨果与圆明园关系的过程中，先后还花了很多的精力，费了很多的口舌和耐心，收集了书中涉及的大量原始资料，拍摄了纪念馆、博物馆以及其中所藏的有代表性的圆明园文物。单单雨果在英国海岛上的"高城居"他就跑了两趟！这才使这部用散文体写的学术著作图文并茂，既有知识性，又有可读性、可看性；既有学术价值，又有审美价值，不愧是一部力作。它在圆明园罹难 150 周年前夕问世，实在是一件值得庆贺的事。承蒙作者信任并嘱托，欣然写下上述读后感，姑且为序。

2010 年 7 月 25 日

轮椅中的生命升华

——祝谢莹莹七十华诞

今天这个研讨会的主题是个存在哲学的命题。把这个主题与庆祝谢莹莹教授七十华诞合在一起很有意义,因为谢莹莹教授的一生,堪称诗化生存的典范。

人的出生是无法选择的,而人的死亡则是注定的。在出生与死亡之间是一段生命存在的过程。在这过程中我们面临的是不断的选择。选择有主动的和被动的。主动的选择一方面需要对自己的能力包括潜在的能力,自己的特点包括优势和劣势,有个如实的估计;另一方面对客观的环境、不断变化的形势能及时作出科学的判断,以便能随时把主观与客观之间的关系调适得相对和谐,使自己处于一种有意义的甚至有诗意的生存状态。

不过按照我的观点,诗意的生存还远不是我们的追求目标。有的哲学家把人生分为3个境界:审美的、伦理的和宗教的。审美不仅仅指文学艺术领域的审美,它还包括物质的享受乃至两性关系方面的愉悦等。审美的追求有一个原则,即不损害他人的权利和利益,在坚持高尚情操的前提下享受审美的人生,这就进入了伦理和道德的范畴。人做到了洁身自好、高尚无私,再进一步,就进到了纯粹的精神领域,即宗教领域,追求和服从一个最高的意志。本人不信教,因此想把上述三境界改造一下,改为"诗意的、诗性的和神性的"。诗性的层次已经超越了对物质的依恋,执着于对知性的追求,属于理性思考的境界。最后一个境界也是最高的境界即"神性"的境界,就是把从理性思考中所获得的知性作为最终的价值,怀着敬畏之心,带着宗教般的虔诚,如痴如醉,不惜一切代价去获取它。在我们接触过的作家中,我认为卡夫卡就是达到了这一境界的一位。他把创作当作最高的追求。写作时他只感觉到在"跟魔鬼拥抱",达到"忘我"的程度。作为一个靠业余时间写作的作者,为了取得写作的可能,他把"一个男子生之欢乐所需要的一切"都舍弃了:爱情、婚姻和健康。他晚年写的两个短篇——《饥饿艺术家》和《女歌手约瑟芬或鼠众》的主人公,都是为了"灵"的至美,宁可放弃"肉"的存在。

相形之下我们今天的文学就逊色多了!商品大潮的冲击,社会奢靡风的弥漫,浮躁风的肆虐,不仅侵袭着教育界、学术界,文学界更有过之而无不及。现在有哪个作家像穆西尔那样,一辈子几乎就写一部大书,而且还没有写完,有哪个作家像约瑟夫·海勒那样,花8年功夫写一部《第二十二条军规》?现在我国每年出版新的长篇小说1 000部以上;近30年来新写的中国文学史达4 000部以上;我们的作协会员已达8 000人。另一个现象是研讨会满天飞。谁有资格开研讨会,不一定凭他的作品,而是凭他的活动能力、他的人际关系、他的钱袋状况。我曾经听到一个熟人这样自嘲,说现在流行这样三句话:"经常开一些不明不白的会,说一些不明不白的话,吃一些不明不白的饭。"对此我深有同感。

当然不是天下乌鸦一般黑,少数例外总是有的。值得欣慰的是，今天在座的同行当中，尤其是在我的同代人当中至少有一位，而且是突出的一个例外，这就是今天我们祝寿的对象谢莹莹教授。谢莹莹教授本来就有扎实的功底和良好的学风。不幸正当盛年的时候遭到命运的袭击，从此成了轮椅的"囚徒"。这对于一般人来说，是个难以承受的打击，然而谢莹莹却处变不惊。每次和她接触的时候，从来没有听到过她对于命运的抱怨，仍然保持着进取的精神和旺盛的斗志，丝毫没有放松自己的教学和研究，不断拿出翻译和科研的成果，培养出一批又一批学生。她心无旁骛，专心致志，尤其在卡夫卡研究方面明显跑在了我的前面，推动了我们这个学科的前进。而且她依然承担着应尽的社会义务，凡是在京召开的学会有关会议或我们的研究生答辩及冯至奖的论文答辩等，她都有请必到。有一次我尤其感动：哈贝马斯来社科院演讲，应该说，对我是近水楼台，但我迟到了，而谢莹莹尽管路远，又值交通高峰时段，却反而没有迟到。在这一件事情上，也可以看出她治学的认真和严格。刚才讲的社会浮躁风，说实话，我自己也被熏染。但在谢莹莹身上却看不到这种现象。因此我感到，谢莹莹教授精神上已经升华到一个很高的境界，一个诗性的甚至神性的境界。从这个意义上说，命运亏待了她，同时又成全了她。这是她的七十华诞最值得我们庆贺的地方。作为一个同样受到过命运袭击的古稀老人，我怀着深深的敬意和友情，衷心祝愿我的老同行和好朋友谢莹莹教授健康、长寿，拥抱更加辉煌的晚年！

2008 年 3 月 15 日

晓雪的为文与为人

　　云南是一个得天独厚的地方,是一个美神格外惠顾的美的王国,不仅山美、水美、气候美,而且人美、歌美、舞美……这诸多的美的综合,注定这地方要产生杰出的人才,首先是跟美有关的人才——人杰地灵嘛!因此毫不奇怪,我们国歌的作曲者聂耳是从这里飞出来的,目前几乎享誉全球的舞蹈表演艺术家杨丽萍也是由云南奉献出来的。诗歌中,仅从现代算起,则前有汪静之,今有于简,中间一代的代表恐怕就是晓雪了!而优美的自然环境对于晓雪,比起一般的云南人,更是惠顾有加。他生在苍山洱海间,学在玉龙雪山下。这正是云南大好山川的最令人心醉神迷的"华彩乐段"(仅玉龙雪山我就上过 3 次,每次都乐此不疲)。这样大好的山川地貌和多姿的民族风情不愁孕育不出优美的人格和文格。晓雪就是被造化选中的苍山洱海儿女中的文学代表,像杨丽萍一样,是白族人的骄傲。

　　说实话,在拿到这六大卷著作以前,我还不知道晓雪已经写了那么多作品了。因为总以为他长期当领导,不会有那么多的时间用于写作。我的错误判断,恰恰证明了他的非同寻常:不但写得好,而且写得勤,尤其是诗歌、散文、评论三头并进,这更是了不起。

他不但勤奋，而且好学。他在一篇文章里提到，仅在丽江上中学的两年里，他一口气读了 600 部书！说明他的创作具有扎实的功底，这个功底，就是他多产的本钱。

晓雪的创作，不论诗歌或散文，就我读过的一小部分而言，似乎可以概括为他引用过的莎士比亚的一句话："真、善、美，就是我全部的主题。"他把"真"看作是"美"的基础，把"善"看作是"美"的灵魂。这是古今中外多少年来一直居于主导地位的美学法则，在文学艺术史上起到了巨大的作用。即使现在在现代主义思潮冲击中出现多元审美格局的情势下，真善美依然是其中重要的一元。尤其像我们这样的国家，国民的总体文化水平还不高，文学需要继续承载着发挥社会功能的使命（当然在坚持真善美原则的时候，我们也要注意，随着时代的进步和社会的发展，真善美的概念有时会外延，甚至根本倒转，如同性恋现象等）。晓雪在开放的大语境下，没有轻易地随波逐流，作为作家，他坚持真善美的原则从事创作，作为评论家也以这一原则去衡量和评价别人的作品。在这过程中他表现了一种价值的坚守。我认为这是值得肯定的。从这个视角去看，晓雪的这六大本著作是十分宝贵的。这些作品思想纯正，格调健康、明朗，有利于我国广大读者首先是青少年审美情操的陶冶和精神人格的塑造，从而有利于推动我国和谐社会的建构，在中国当代文学史上留下一条清晰的轨迹。

晓雪的艺术风格也有自己的鲜明特点。根据我读到的少量作品所获得的印象，似乎可以概括为这样四个字：月明风清。像云南的气候，不管季节怎样变化，都遇不到寒风烈日。他很内敛，懂得节制、压缩、凝练。例如《祖国》这首诗，从题目看是一个多么大的主题，显然是一首颂歌体的诗。但他只用了三四十个字，就把他对于祖国的爱表达出来了。再如《初恋》这首诗,写道"神圣的事情已经发生",很明显这是初尝禁果,在一般人笔下会写成一首感情奔涌、浩浩荡荡的抒情诗。但晓雪只用了几个较有概括力的诗句,以短小、隽永的诗型完成。凝练,这是技巧上娴熟的标志。这在他为数不少的哲理诗中尤为明显。

读晓雪的书,总会不由自主地联想到他的人。因为他的诗和他的人一样恬淡、实在,真的"文如其人"。这里我要顺便谈谈他的为人。我认识晓雪开始于1997年。那时北京有八九位作家,包括在座的李瑛和已故的唐达成、李准等去云南贫困地区昭通进行"文化扶贫"。晓雪作为省作协主席偕夫人赵履珠女士(即当年电影《五朵金花》插曲的演唱者)全程陪同。但一路上他非常低调,总是笑眯眯的,很少以当地主人身份或语气说话,简直像个"保安"。这给我留下了很深的印象。此后我又去了几次云南,每次去都给他打个电话,只想问候一下。但他每次都来宾馆看我,从来没有强调过"忙"啊什么的,其实他并不是不忙。又一次,大约2002年,我从北京约了七八位作家去我的家乡浙江衢州走走,其中也请了晓雪。我以为他那么忙,路又远,会找个借口谢绝。没想到他慨然答应了!从这些事例中,我又获得一个很深的印象:晓雪待人的真诚。

总之,对真善美的坚守和热情而低调的品格,是晓雪为文与为人的根本,是他成功的秘诀,也是我们友谊的基础。因此对《晓雪选集》的出版和首发式的举办我感到衷心的喜悦,不忖外行,也赶来道喜、祝贺。希望再过10年能看到晓雪八卷、十卷选集的问世。

(2008年3月21日在《晓雪文集》首发式上的发言)

中原奇骏

　　认识葛昌永,纯属文缘。去年秋冬,《人民日报》举办"走进西部"征文,结果他获一等奖,我获二等奖。在领奖会上我们初次相遇。只见他40开外,身材瘦削,操着浓重的湖北口音。但他待人主动、友好、热情,我很快产生了进一步结识他的愿望。第二天一大早,他趁飞回湖北前的空隙,赶到我家,特地送来两本他自己写的散文集。我马上匆匆翻了一下,觉得他这次获一等奖并非偶然,而且从书中所附的一幅花卉画来看,他还会水墨!从他的名片看,他已是中国作协会员,还是一位高级经济师,而他的职务则是一个县级市的审计局局长!哦,靠业余时间写作,不禁使我暗暗钦佩。问他是不是出生在枣阳,得到肯定的回答后,我又不禁"哦"的一声惊呼出来,"好一方风水宝地,当年刘秀、诸葛亮的文脉没断啊"!刘秀,具有儒将风度的我国东汉王朝的缔造者也,当年他在这一带楚天汉地叱咤风云,带出了一大批文臣武将;稍后出现的诸葛亮更是中华民族智慧的化身,如今南阳、襄樊(枣阳就归其管辖)这一带,尤其是隆中依然能感受到他们的脉温。就在枣阳市白水寺附近的碑林园里,我看到了一些他们的文墨手迹。也就在这个园子里,我又发现葛昌永的大名!原来他还是一个在当地已经小有名气的书法家！后来继续打听，得知他还钻研历史学、社会学，甚至还通过函授读完了经济管理研究生课程，总之，兴趣相当广泛，并且都不是蜻蜓点水，而是屡有卓见。迄今除出版了 3 本散文集外，还出版了 3 本经济学和社会学方面的专著和 40 余篇论文（其中 10 多篇获国家级优秀论文奖），这更使我对他刮目相看了！

也许有人会问，葛昌永写了那么多的文章，所涉领域又那么广，他既没有三头六臂，又免不了吃饭睡觉，那么，他还有时间搞政务吗？他能当好一个独立部门的第一把手吗？是的，多半出于这种好奇，我甚至还亲自走了一趟枣阳，看看我这位新交的朋友，是个政文两手抓两手硬的好汉，还是个只顶官名、政务敷衍的懒官。

枣阳市是个拥有 100 余万人口的较为发达的大型县级市，市政府直属的审计局对枣阳的经济发展和经济秩序的健康运转具有举足轻重的作用。它单门独院，有四十几号职工，他们团结合作，忠于职守，使该局在葛昌永上任以前就已经成为湖北省多年的省级文明单位。葛昌永来这里上任时，已经在别处当了 10 多年的局长！凭他的才干，给他晋升一级甚至两级，相信他是能够胜任的。但他对这个不在乎，"为官不在大小，关键要做个好官"，因而他甘愿把他的聪明才智首先贡献给本职工作。可要做到这一点，对他来说谈何容易！因为这不是一个如何正确处理公私关系的问题，而是他所爱好的文学、绘画、书法、历史这些"美"的载体和知识的粮仓像有魔力一般"诱惑"着他！抵制这种诱惑，除了自我牺牲精神，还需要巨大的毅力。而且，作为改革功勋章的获得者，他在工作中还表现了革新的锐气和创造性、开拓性的努力。正因为葛昌永具有这样的奇志和进取精神，使枣阳市审计局在他领导的几年中又上了一层楼，成为全市唯一的省级最佳文明单位！

这就是说,在"鱼"和"熊掌"的两难选择中,葛昌永作了最难的选择:两者都要!而且两者都被他推向了极致。而在这一双肩挑的重任中,他毅然把"生命的三分之二"献给了公务——他的职业,把其余的"生命三分之一"留给了创作——他的爱好。这就是说,尽管在有些人的心目中,作家的称号比一个科级公务员更骄人、更重要,但葛昌永迄今仍安于当业余作家。职业作家还是业余作家,这一区分对于我来说至关重要。作家一旦走向职业化,他就不知不觉地从人群中、生活中游离出来,渐渐变成精神贵族。于是他的写作成了为写而写,因而有了更多的匠气,而少了宝贵的生气。可业余作家,他更多的是非写不可才写,因而他的作品具有更多的血肉、更多的生命鲜活,因为他每天置身于人性最丰富、最多彩的生活涌流之中。葛昌永作为作家首先被我看重的就是这一点。你看他的《我们这一代》《自学人生》《现代负担》等篇章,篇篇热气腾腾,句句都是作者实际生活和切身感受的忠实记录,简直可以听到他灵魂的跳动,感觉到他呼吸的起伏。那种缺乏生活阅历、没有真情实感、只凭熟练的写作技巧炮制出来的生花妙笔,不过是一种没有生命的艺术僵尸,是跟缪斯无缘的。鲁迅说过:"血管里流出来的都是血,喷泉里流出来的都是水。"这话告诉我们,只有出于真实的情感写出来的东西才有艺术感染力。尤其像所谓的"现代负担",这是一种普遍性的人生况味,但有几个人能像本文作者观察得那么全面,又有多少人能像他那样体验得如此切肤?此文就是因了它的普遍性而能引起读者的广泛共鸣,又因了它的个人性而能让人刻骨铭心。

通读葛昌永的散文获得的另一个较深的印象是,他的作品始终充溢着一种蓬勃的朝气和进取精神。这反映了他介入生活又热爱生活的精神风貌和积极追求人生价值的健康人生观,也反映了他作为一个作家的社会责任感和情怀。生活中有许多事物因为司空见惯而使人无动于衷、麻木不仁，但一到他那里就能引起他的注意，并以他自己的兴趣激活它，与它对话、谈笑，从而把它变成自己生活中的一部分，提高自己生活内容的浓度。比如雨，除了酿成灾害的暴雨、久盼不下的甘雨，一般的雨谁关心过？然而，他却能从平常的雨中咀嚼出它的"美"来，把它纳入他的审美知觉，变成他精神财富的一部分。再看他写了那么多的"现代负担"，却并不是叫人皱起眉头，承受"生活中不能承受之轻"，而是帮人卸掉负担，赶紧享受"若干年前当朝真命天子都享受不到"的"丰富多彩的世界"，进而告诫人们，为此应该做什么，不应该做什么，进而把人们的思绪引入环保意识。

信息容量大，知识密度高，这是葛昌永散文的又一个特点。既然不靠生花妙笔成文，那就得有丰富的想象或者扎实的内容来充实它。而这两方面恰恰是葛昌永的优势。因为他兴趣广泛，博览群书，信手拈来皆成文章。你看那篇主要赞美范仲淹《岳阳楼记》的《忧乐仰斯人》，为了突出范文，作者从中国文学史上点出一批大家的有关诗文作为陪衬：李白的、杜甫的、孟浩然的、李商隐的……后来写到人生忧与乐的辩证关系时，又搬出一个淳于棼南柯梦的故事加以说明，使道理更为鲜明，文章益为生动。他写《人去楼空吊兰亭》，从方方面面解读《兰亭序》，其间带出一大串书法知识和有关的文学知识，让不大涉足这些领域的人获益匪浅。如果不是葛昌永的《现代负担》，我们还未必知道有那么多现代科技的产儿已经等候在我们的屋前了呢！作者就这样把他许多美好的想象附丽于他广博的知识上。文坛不是有人呼唤"学者型作家"吗？葛昌永是也！

但人们阅读散文，不仅仅只想获取知识，他们更想获得智慧的启迪、心灵的震撼。这就需要思想。思想才是散文的灵魂。这个调子大概自 16、17 世纪法国的蒙田、英国的培根起就定下了。葛昌永显然深谙此道,撰文时,一有机会他就要强调这一点:"文章,胜在思想。"(《忧乐仰斯人》)"没有思想,便没有艺术的魅力。"(《人去楼空吊兰亭》)他在概括《兰亭序》的"三绝"时指出:"能有这三绝,缘于什么? 缘于思想也。"葛昌永虽生活在地方,但视野相当开阔。他观察问题常能高屋建瓴,切中肯綮。如拿破仑是个历史上有争议的人物,但他却认为:"法国无论过去和明天,拿破仑永远是一颗硕亮的星。他的时代是一个英雄的时代,政治也罢军事也罢艺术也罢,《马赛曲》和凯旋门哪一样不为历史的高标? ……除了像中国项羽这样的人物,世界上有几个失败者能这样骄傲地占有如此重要的历史地位呢?"(《贝多芬的摇篮》)这样的见解不愧为精辟。中国的"塞围子意识即墙意识堪称世界之最:国墙、城墙、围墙……",它"束缚了我们民族多少年",以为只要将自己团团围住,就可以拒敌于国门、城门、家门之外。殊不知,到头来谁也没能挡住。因此,我们这个民族应该得出一条教训了:"安全和保障终究在人事,在于一个民族奋发进取的意识,在于一个民族的强盛。"(《风云锁雄关》)作家应该是人类良知的代表,他思考的首先应该是人类共同的利益和未来。当他看到塞纳河船上各色人种欢乐一片,"令人几乎忘记篱笆墙里的一切",仿佛看到"世界大同"的缩影。于是希望"人们真该到更大的世界里去走一走,这样共融性就会多一些,而小家子气和狭隘性就会少一些;人们就可以从本性上找到更多的能共同拥有的那些美好的东西,将人性中与生俱来的那些恶劣的东西抛弃掉"(《塞纳河之夜》)。在《忧乐仰斯人》中,作者对范仲淹的《岳阳楼记》赞颂有加。因为在这篇名作中作者表现了心系人类的博大胸怀,写下了"先天下之忧而忧,后天下之乐而乐"的千古绝响。"他哪里是在写景写记？他实在是在写情感写心绪写思想呀！"因而该作将与天地共存。因为"只有思想，永远生辉"！这些都是人类良知的心声，发自作者拥抱全人类的博大胸怀，体现了他作品中的人文精神的"高标"。

葛昌永的艺术风格清晰、鲜明。从结构上看，他的作品多以思想为经，知识为纬，情感为色彩，构成一方绚丽的织锦；而思想以开放思维为坐标，知识以易于理喻为追求，情感以直露奔放为特征。它像一首交响乐，包含好些不同音色和音响，而汪洋恣肆堪称它的"主旋律"。前面提及的《现代负担》《忧乐仰斯人》《人去楼空吊兰亭》以及《风雨夜韶山》等文无不具有这一特点。

他的语言也已趋成熟、老练。有的笔调如奔腾湍急的溪流，一泻千里。如《忧乐仰斯人》中的末段："今天，我来岳阳楼，看什么？看北承荆襄，南接潇湘，东瞰吴越，西通巫峡的巴陵胜景；看浩浩荡荡，横无际涯，波涌如雪，气象万千的洞庭湖；看书栋画梁，金碧辉煌，危耸千寻，当湖而立的岳阳楼……"节奏铿锵，气势磅礴。为了情绪需要，他经常去掉标点，一气呵成。如他谈到忧乐观时，强调境界要高："勤苦也罢困厄也罢得意也罢冤枉也罢处庙堂之高也罢处江湖之远也罢，总是心系天下……"又如在《现代负担》中，他感到今天的信息有如"黄河之水天上来"，逼迫得你透不过气："哪里哪里火山爆发客车相撞轮渡沉海飞机失坠地震泥石流发生还有战争和流血……"还有那接二连三的通过媒体传播给我们的恐慌："譬如世纪末日星球相撞陨石流星雨将至太阳黑子风暴十子星座形成还有艾滋病疯牛病泛滥啦等等。"这种连珠炮式的语言节奏表达对于所提内容的不屑一顾或不胜其烦，具有独到的表现力。

一般来说，葛昌永的散文多为"标题音乐"，而且是"重音乐"，抒情性较强。但在滔滔江流以外，有时我们也能遇到一些清幽恬静的小溪，它们抒发着作者沉静悠然的诗意和怡情。你看他笔下的《西窗月》，多么精致的一件"小品"！它让你"仿佛听到远处飘来一种隐隐的幽笛"，在柔美悠扬的笛声伴奏下，让你凝神观赏那"调皮的"月儿与"眨鬼眼""出怪相"的星星互相戏耍，更让你偷看他窗前的那株玫瑰正与"似乎倦了"的月儿在调情，你看，她正"用纤纤玉体上的花蕊衔着一线弯月儿"呢。属于这类的小品我们还可以欣赏一下《雨美》，那仿佛是一曲由小提琴奏出的幽悠琴调。父亲因平时太忙无法关爱小女，他带着负疚的心情，在一个周末的晚上带她上街散步。尽管下着"毛毛小雨"，但对这个忙里偷闲的人来说，也是美滋滋的："柔柔的空气带来清清的凉意。把手伸出伞外，接一把路灯下看得到的雨丝，便收获到清新的感觉和舒适的快意。"这几笔轻轻的抒写，让我们看到作者焕发生命内在活力的诗意与外部自然的投契与交融。

葛昌永的散文美学既刚且柔，刚柔相济。表达甚为透明，文笔趋于华丽。如果要再上一层楼的话，我意可在提炼哲理方面多下点功夫，在表达方面不妨多点含蓄，甚至带点朦胧。知否，"艺术乃是万物的一种朦胧的愿望"。这是享誉国际的奥地利现代大诗人里尔克的一个重要美学观点。20世纪80年代国内朦胧诗的蜚声文坛也道出了这一创作奥义。

收在这个集子里的篇章数以百计，这里涉及的不足十分之一，难免挂一漏万。所议得失，仅代表个人之言。

本文就此打住了。此刻我看到一匹彪悍、多彩的奇骏驰骋中原……

（原载《文艺报》2002年5月11日）

一首多声部的宏伟交响诗

——读聂还贵《雕刻在石头上的王朝》

　　我不信教，对任何宗教教义所知甚少。但我有一个信念：在人类艺术宝库中，宗教的贡献是巨大的。如果说，在西方，宗教对艺术的贡献主要表现在建筑，首先是神庙或教堂，那么在中国，它在这方面的贡献首先当推石刻了，准确地说，石窟艺术。不难想象，当我第一次去敦煌，在走近莫高窟的牌楼时，一种朝圣般的情感慑住了我，我不由自主地跪下了，直至五体投地。从那时起，中国最著名的"十大石窟"，诸如龙门石窟、炳灵寺石窟、麦积山石窟等，大多我都设法一个一个去拜谒了，唯独离北京最近华北最大石窟——云冈石窟，直到去年才如愿以偿，此举堪称我巡拜中国石窟艺术的"压轴戏"。

　　但这一心愿的实现，当归功于一本有关著作的激励，这就是本文要谈论的《雕刻在石头上的王朝》（以下简称《王朝》）。这是云冈足下长大的山西作家聂还贵两年心血的结晶。我是在住院期间，不顾医生的劝阻，一口气把它读完的。出院后仅三天，由于抑制不住心中的激动，我又不顾家人和朋友的劝阻，就直奔大同去拥抱云冈石窟了！在如痴如醉的几天里，我又观赏了当地古建筑的杰作、我国第一批全国重点文物保护单位善化寺和华严寺以及附近的古建筑奇观悬空寺等,1 500 年前一个新崛起的强盛民族的有力脉搏震撼着我,此时终于领悟到在这块福地上土生土长的聂还贵为什么要花那么大的精力来写这部书,并且他何以能够写出这样一部内容丰富又笔酣墨饱的力作,于是书中那大量的精彩描绘和精辟议论更加热烈地在我脑海中翻腾,使我不禁欣然命笔参与其中,与之交流。

读着书中那一行行诗情洋溢、文采斐然的华章丽句,觉得这不啻是一部气势磅礴的散文诗;但随着一页一页翻过去,那扑面而来的知识信息量,又觉得这简直就是一部学术著作;而当倾听着作者对北魏王朝的桩桩政事那鞭辟入里的议论,又会觉得这是一部见解独到的政论。既然这样难以给予此书以某个"声部"的定位,那干脆就称之为一首多声部的宏伟交响诗吧。围绕云冈石窟,它几乎包容了艺术史家、历史学家、考古学家、建筑学家、美学家、文学家、哲学家、佛学家、人类文化学者等所说的最精粹的观点和言论。说实话,在我读过的类似书籍中,很少遇到这样资料丰富、色彩斑斓、读起来令人兴味盎然的文本。

正如书的题目所写的,《雕刻在石头上的王朝》的主旨主要不是对云冈石窟这一艺术奇观本身进行专事评论,而是以此为切入口,把这一"石头的史诗"作为历史的见证,见证我国古代一个周边民族奇迹般地崛起,进而成为中华民族得力的一员,而且对华夏文明作出杰出的贡献;它"把一个王朝无限的思想、无尽的语言和一个民族永远的灵魂雕进了一壁岩石",因而它"凝结了一个王朝的百年大业、精神风貌、意识形态、社情风俗"。作者把这视为"云冈之魂"。确实,在 1 500 多年前的北魏时代,佛教才传入中国不久,佛的信念还没有普遍深入人们的骨髓,甚至还有过一任君主"灭佛"的举措。在那时,造佛与其说是出于信仰的内在要求,毋宁说是一个新兴民族出于自强自信而借佛自塑的强烈愿望。无怪乎,在云冈石窟诞生的全过程中,从来没有严格要求按佛祖释迦牟尼或别的佛圣的模样来造佛,相反,人们倒是听到北魏文成帝的明确谕旨:"凿石造佛,如我帝身。"啊,这位国君是要自己充当"模特儿"来塑造当时高贵者的形象,取得"帝佛合一"的效果。难怪洞窟中的佛像那么栩栩如生,那么具有人间烟火气。它们是一个新王朝诞生的朝霞,是一个有为民族智慧和精神之美的化身,也是这个民族进军中原,成就大业的胜利纪念碑。中华历史 5 000 年,多少王朝兴衰更迭都付东流中,称雄一时的拓跋鲜卑族如今已在中华民族中消融得无影无踪,然而他们原先的固有形象和英气却鲜明地雕刻在不朽的石头上,与巍巍武州山永远同在!他们把自己的历史灵动地镌刻在大地上,使其浩气长存。这是怎样的远见卓识啊。

人贵识见,书贵明达。与某些"知识不少,文化缺席",因而读起来令人憋闷的书籍相反,《王朝》一书最吸引我的是作者文化视野的宏阔和见解的新颖。无论谈古论今、说"东"道"西",都使我这个"喝洋墨水"出身的人根本忘了他是个"地方作家",觉得他是与我经历相同、思维合拍的现代文化人。他是在人类文明发展规律的大视野观照下考察云冈石窟这一具体民族的精神活动现象,同时又从这一具体现象出发看到不同文明和不同民族间的历史摩擦与互相融合的过程。在他看来,游牧民族居无定所,国界观念自然是很淡的。闯入别人的疆界可以说多半出于他们的天性,而未必怀有"征服"的居心。中国古代在"胡人"泛称下的各周边民族先后对汉民族的奔袭与"侵扰",反映了以"狼"为图腾崇拜的游牧民族强大的生存能力和进取精神。而正是这些具有野性基因、生性不安的民族四处奔突,屡屡及时地给予日趋衰退的汉民族"击一猛掌",重新激活它的生机。如书中所说:"每当农业文明衰微,就有草原文明注入活力",不断优化汉民族血液的基因,使不同性质的文明共融共荣于华夏文明之中,从而推动中华民族始终健康地、日益强大地向前发展。正如作者指出的,唐人是汉人和五胡人的混血儿。君不见,唐太宗即有鲜卑血统,因此"中华民族是由多支祖先不断组合和重组的结果"。作者以民族自审的态度,对汉族人历来"以龙的眼光看世界",把"饥餐胡虏肉""渴饮匈奴血"作为大汉族主义情绪的宣泄予以否定和批判。确实,以往各民族之间的相互遭遇,用历史眼光观察,好比是球场上的"合理冲撞",在整个人类历史发展过程中不过是几个插曲而已,既不该记老账,也不该存芥蒂。《王朝》在这方面所阐述的鲜明观点,以往只有个别杰出的近代思想家偶尔有所涉及,而为许多史学家所忽略。这是本书最闪光的一个亮点。

在对拓跋鲜卑王朝历史功绩作出积极评价的时候,作者将其笔墨的重彩泼在这个新兴政权在统一北方后所实行的极有远见的两大战略决策上:一是它锐意改革的精神,这是北魏王朝百年辉煌的保证;一是与其他民族实行和睦亲善政策,特别是文化上的汉化主张,从而使其最后与华夏融为一体,共存共融,直至自己消失,可以说,它为中华民族的繁荣和发展而"献身"了!而这一根本战略方针的制定者和关键人物是谁呢?冯太后,一位有远见的女政治家。她参政一朝,摄政两朝。她把 12 岁登基的孝文帝抚养长大,又教会他治国方略和汉化思维,使他后来作出南迁洛阳的重大正确抉择;她以 24 岁之龄胜利平息了政敌的叛乱阴谋;她实行的"太和改革"为中国历史上最有名的三大改革之一,堪称"中国历史上第一个女改革家";她亲自主持先后有 15 万凉州画师、石匠从事的云冈石刻盛事,开创了中国佛雕某种女性化的审美趋向。因此,在聂还贵看来,不仅汉宫的吕雉与清宫的慈禧不能望其项背,就是唐代的女皇武则天也无法与其比肩,甚至还"叫多少男性君主黯然失色"。哦,她是中国历史上第一位女强人!作者在讴歌这位杰出女性的时候,连她的养"面首"行为也为之辩护,多少带有当代女权主义的音响。他对于在男权主义绝对统治下的中国宫苑中那极少数出墙的"红杏"给予热情的赞颂,借用女权主义话语自然是合乎情理的事情。我们甚至还可以说,当代女权主义恐怕要追溯到北魏呢。君不见,云冈第七窟中的"六美人"正是冯太后主政时的产物。这一首创影响了此后中国许多地方的石窟佛雕,导致了中国最美的佛像——带有女性特征的卢舍那佛——的诞生。

《王朝》一书认为,比起游牧文明来,农耕文明是以守成为其特征的。只要看一下汉民族筑墙之多,规模之大,墙意识之强,就可获得证明。中国封建社会长期的封闭性与国民的内向性文化心理均根源于此。但游牧文明与农耕文明一经"嫁接"或融合,就产生了强大的创造性基因,这种创造性基因的巨大活力不仅表现在政治战略和改革上,同时还表现在文化艺术的追求和创造上。北魏对文化追求的主要表现,首先是主动靠近并吸纳汉族文化,积极提倡儒、释、道的结合(不久以前在大同附近发掘出的北魏建筑"明堂"即是重要的证据之一)。其次是重视对外来文化的吸收,主要是对佛教的传播,虽然其间有太武帝"灭佛"的黯淡一页,但很快就由他的后继者恢复了。艺术原创上的大手笔不仅有云冈石窟的华光,还有光彩夺目的魏碑体书法以及像《敕勒歌》《木兰辞》这样的

《乐府诗集》中的民歌瑰宝。学术经典则有贾思勰的《齐民要术》、杨炫之的《洛阳伽蓝记》、郦道元的《水经注》等这些不朽文献。这多方面的辉煌业绩,充分反映了鲜卑这个"马背上的民族"的巨大创造精神。所以作者说,北魏的成功"打造了一段鲜卑史同时也是华夏史"。难怪善于反思民族文化的柏杨一语中的:"北魏拯救了中华文明。"

近两年来,姜戎的《狼图腾》出版后至今盛销不衰。究其原因恐怕主要是作者提出了一个崭新的观点:以"狼"为图腾崇拜的游牧文明比以"龙"为图腾崇拜的农耕文明更具进取精神。这使中华文明的主体——汉族读者受到震动和启悟,并引起反思,同时也使许多少数民族读者受到鼓舞,并增强作为中华一员的自豪感和自信心。聂还贵的《王朝》与《狼图腾》出版于同一年,稍晚4个月。据我所知,两位作者事先未进行过任何交流,可谓"英雄所见略同"。仅此一点就足见《王朝》的价值了。

聂还贵是个富有灵气的诗人,他多才多艺,广读博览,有某些学者的素质。他下大力气写的这部《王朝》不是学术著作,却胜似学术著作。它贯穿古今,沟通中外。其中一个个鲜明的观点都有具体的史实为依据,更有不同时代、不同地域众多学科的大量名家的有关言论作"旁证",令人叹服不已。叙述中不时插入一段历史故事、民间传说或文学典故,使阅读变得轻松;又随时引出一两行名诗佳句,把文本点缀得绚丽多彩;在兴味正浓的时候,又来一段哲理性的铭语警句,让人立刻有所顿悟或陷入沉思。总之,此书的叙述风格也是多姿多彩、独具一格的。这也是一种成功的创意吧。

当然完美无缺的读物几乎是没有的,《王朝》的瑕疵也在所难免。全书涉及的问题相当广泛,作者有时不免诗人的热情有余,而学者的冷静不足,偶尔在涉及中外具体名作之比较时,有扬此抑彼之偏。如书中第 27 页的这一段话:"在云冈大佛面前,《大卫》《思想者》《维纳斯》显然不可同日而语,那一度曾经传得神乎其神的《蒙娜丽莎的微笑》,就更显得微不足道、渺如草芥了。"这个观点的偏颇我想不必去分析了,不要说西方人,就是本国知识界,我相信大多数人都难以认同。

再如第 176 页:"人类历史上出现过的古埃及、古巴比伦、古印度、古希腊等文明,走着走着,就一个个地沉没入岁月的断层,消失在历史的天边。唯有华夏文明五千年香火不断,显示出强大的生命力。"殊不知,14—16 世纪欧洲的"文艺复兴",复的正是古希腊文明之"兴",中断了近千年的文明之火又复燃了,而且范围更大了! 而恰恰从那时起,即明代中期起,我们中华文明开始衰落了! 自那以后的人类 300 年工业文明进程中,我们中国人几乎连一份像样的"股份"都没有得到,弄得只顾忙着从别人那里"拿来"、再"拿来",最后落得个"半殖民地"。须知,生产力的发展水平才是衡量文明先进与落后的尺度。所谓"五千年的华夏文明",说到底还是农耕文明啊! 直到现在我们还没有走出它的巨大阴影呢。

不过像上述值得商榷的地方毕竟是个别的,从全书看,真的是"瑕不掩瑜"。因此最后我还想再说一句,《雕刻在石头上的王朝》我先后读了 3 遍,每遍都使我兴奋。

(原载《大地》双月刊 2007 年第 2 期)

一个时代的碑铭

——读《我们这 30 年——一个记者眼里的中国改革开放》

　　凡是关心时事的人,恐怕多半都会羡慕记者这一职业:他简直就像蜜蜂,哪里有鲜花(新闻)就飞向哪里,常常能在第一时间采到那花蜜。尤其像我国的新华社,国家最大、最权威的新闻机构,有条件配备上好的摄影器材,有机会跑遍全国乃至世界,随时记录下激动人心的事件,并且用相机永远把它定格在那里。时间长了,把这些所记所录的资料拼接起来,就成了一部完整的时代"纪录片"。这是一件多么有意义的事情!

　　当然,是不是凡是记者的这类"纪录片"都有意义,这意义有多大,那是另一回事了!这首先要看眼光,还要看是否有听使唤的笔和善于抓拍的慧眼。所幸我刚刚读到的这部《我们这 30 年——一个记者眼里的中国改革开放》的"纪录片",恰恰符合这些条件。作者刘卫兵赶上了一个好时代,他于改革开放初进了名牌大学的新闻系,毕业后作为摄影记者进入新华社。他的记者生涯几乎与改革开放同步。这就是说,他的最美好的青春岁月,他的最富梦想、最具创意的生命年华恰好全都燃烧在中国充满活力大步走向世界的年代。他的才华加勤奋与这一天赐良机相遇并相融,结晶出这座厚重的时代的碑铭——《我们这 30 年》。

　　这是作者数种著作中我唯一读到的一部,也是所有同类著作中我唯一一口气读完的一部。它吸引我的首先是它的真实性。作为这个年代的过来人,作者所写的那桩桩件件都是我曾直接经历,或者至少有所听闻并予以关注的。比如凭票吃饭、购物,比如入冬抢购大白菜,再比如在自行车潮流中骑行等,无不唤起我强烈的记忆和感慨,对比 30 年后的现在,知道什么叫"天翻地覆"了! 这类事情由于作者写得具体生动、细致入微,加上那一幅幅清晰生动的图片,具有很大的可信度,读来感到格外亲切,就是今天的青少年也会感动的。比如书中第 6 页那张照片,1997 年北京丰盛胡同一家饭馆里,人们为了"变着花样地吃"而聚集在这里吃得其乐融融的场面,这在我所经历的"前 30 年"是不可想象的! 这张图片说明,改革开放 20 年后,除了一部分人已经富起来外,一般老百姓的生活也普遍改善了。

　　30 年的记者生涯跑遍大江南北、五洲四海,见过、写过、拍过的事件无数,就像写小说需要塑造"典型环境中的典型性格",那么选择什么样的典型事例作为材料,来建构这 30 年的不断变化的时空大厦呢? 这是需要下功夫的。这样一座"建筑",它不仅需要粗大的梁柱,还需要细小的橡木乃至雕饰。诸如国庆大典、香港回归、世贸谈判、长江抗洪、非典突袭、汶川地震、2008 年奥运、上海世博会、连战访陆等均堪称"栋梁",是改革开放征途上的里程碑;而购买国库券、农民工进城、中关村突变、通惠河还清、首例试管婴、高铁万里行等则可以比作"橡木"了,它们代表了近 30 年来各个领域的新成就。正因为如此,像试管婴儿尽管只涉及一对夫妇,但它反映了时代的进步,故作者不远千里,一直找到甘肃,见到当事人为止。那么建筑物里的"装饰"呢？有啊，"熊猫"上公交却羞羞答答；北京首次选美大幕刚拉开，却很快又"黄"了；北京大学的围墙拆得很欢，不久却又重新造起来了……它们反映了人们"摸石头"过程的真实情景；经济领域那种大胆迈步的探索精神，到了文化领域却又小心谨慎得多，以致常常欲言又止或犹抱琵琶半遮面，不仅第一次选美"黄"了，首都机场候机厅那幅大型壁画《泼水节》（并无色情的裸体画）也撤了！现在想起来不禁露出欣慰的微笑，因为我们毕竟都已跨越了这些心理障碍！

作者出身于普通的劳动家庭。几十年后，即使他已成了著名记者，却依然保持着平民情结，并热衷以平民的视角去观察、去叙说、去拍摄平民世界，描述他们怎样通过艰苦的劳动跟着国家并推动着国家一步步克服困难、一步步提高生活，改善环境。你看他如此津津有味地回忆着童年时期在家"喝玉米粥，吃玉米饼"，高兴地"常和小朋友们去垃圾桶里拣破铜烂铁、牙膏皮"。显然，这一简朴、勤劳而快乐的童年生活奠定了他作为记者的精神人格和人文情怀的基调，使得在改革开放中作出了重要贡献的弱势群体的梦想和呼声成为他摄影机热心追逐的目标。一篇《总理为农民争工钱》的报道激发了多少具有正义感的人拍案而起，为多少哀哀无告的农民工争回了血汗钱，启悟了多少财迷心窍的人良心的觉醒！而这 30 年来在我们国家迅速崛起的富豪阶层，刘卫兵一个也没有写！不是这个群体没有人值得歌颂，不是的。那些不是依靠权钱交易、坑蒙拐骗一夜暴富，而是凭自己的智慧和勤劳白手起家的企业家和商贾们也是值得钦佩的。只是，我想刘卫兵的精神定力驱使他首先考虑雪中送炭，而不是锦上添花。

与他的平民立场相联系，刘卫兵的写作风格是朴实无华的，而且 30 年前与 30 年后始终统一。这可能跟他的理念有关，即他的报道首先是写给广大的老百姓即平民阶层看的。作为资深记者和摄影师，他见过的大世面可谓多矣！例如 3 次国庆盛典、香港回归、2008 年奥运、上海世博会以及第三次世妇会等激动人心的场合，他都是主力记者之一，有机会近距离见到许多国内外高层政要以及各路精英人物。但他从来没有使用华丽的辞藻，夸张性、煽动性的语句来渲染场面的非凡或炫耀自己的幸运，而总是以平实的语言娓娓道来，让人不知不觉中跟着他进入描写的情境。刘卫兵的这一艺术特点，著名记者唐师曾分明也看到了，他说刘卫兵"确定了平民视角的采访风格"。

摄影也是这样。尽管作者是摄影科班出身，操作了半辈子的相机，而且多次获奖，其实用技术之娴熟不用说了。但他从来不玩炫技性的操作，而总是服从内容的需要，以真实性和典型性相结合的原则，呈现一幅幅市井风俗画，同时尽量拍得具有审美价值。因此刊在本书里的许多照片，虽然它们都是文字的佐证，但在我看来，很多都可以作为独立的摄影作品来欣赏。例如——这里暂且不提那些已经声名在外的获奖作品——99 页上的那幅《铺路工》（暂名）：天气的酷热加上滚烫沥青挥发的热浪迫使前面那位汉子不得不用毛巾裹住脸面。但画面给予读者的第一视觉冲击不是艰苦，而是豪迈，即工人们两手握把的姿势及铲沥青的瞬间所传递的爆发力，这是令人振奋、鼓舞的视觉效应。因此这幅照片堪称是一首新的《大路歌》。又如 114 页下面北京街上姑娘们多姿多彩的裙装。这显然是一幅抓拍的作品。六七位姑娘刚离开一处公共场所熙熙攘攘往回走，多半穿着不同款式和色彩的短裙，有的愉快说笑，有的表情轻松，焕发出一种女性的群体美。这与我这一代人在

"前30年"习惯见到的不是蓝就是灰的"经典"服饰真是不可同日而语!故这幅照片不仅具有审美价值,而且还有认识价值。再如139页那幅天安门广场的抽烟人:他背后的人们要么行色匆匆在赶路,要么边走边仰望一下天安门,还有就是忙着照相,只有眼前这位北京"爷们"坐在两辆自行车旁一门心思抽着烟!前后构成"紧拉慢唱"的情趣。但仔细一看,这是一位照相个体户!他表面轻松,心里却在紧张地等着有人光顾呢!原来他的"内"和"外"也在"紧拉慢唱"呢!类似的例子无疑还可以举出许多,如第66页惊现20世纪90年代初的三轮平板车潮,第141页与第143页出现地铁里和街头上的手机潮,第83页出现山里的两位砍柴人、赣州火车站上摸着火车激动不已的老太太,第3页出现甘肃一个小镇上的卖大饼老人,第112页出现京西的两位梳着发髻的老太太好奇地看着过往行人,等等。嘀,它们足可构成一座偌大的市井风俗画廊!

大家知道,记者这门行当固然令人羡慕,却是非常辛苦的。但刘卫兵干得非常敬业。这主要是从这本书里看出的。其中有三件事使我最为难忘。除了他追踪试管婴儿的报道已提及外,第二件是他对北京市治理通惠河的报道,没日没夜地从处理污水一直追踪报道到底。第三件是对我国加入世贸组织谈判过程的报道。由于谈判很艰巨,拖的过程很长,而且经常一等就是十几个钟头,得耐心等待。而有时为了拍一张理想的照片,找一个合适的角度,他竟误入女厕所而不知,后经一位老外友好提醒,才尴尬地退出。他有时"发现外国记者很敬业",就暗暗向人家学习。他写这部《30年》,虽然用了以前著作的一些材料,但相片却是重新选的。传统相机被数码相机取代了,他仍"将相机和胶卷视为情人"。他爱他的职业简直到了痴迷的程度。而这一切表现只服从一个目的："想更多地拍一些能够真实记录和反映社会现实的影像,拍一些更有价值、能够记录历史的东西",终于成就了这部镌刻着改革开放以来祖国各方面进步的"时代的碑铭"。

(原载《光明日报》2014 年 4 月 28 日)

一个甲子的耕耘

——《柳鸣九文集》感言

　　在由深圳海天出版社举办的《柳鸣九文集》首发式上，我正对着前面摆放的这皇皇巨著，心灵不禁震颤起来：它凝结着我这位同事、近邻和朋友多少心血啊！掐指一算，今年恰好是他从事法国文学研究一个甲子的岁月，可以说，一辈子的耕耘了！而作为同侪我清楚，他这一辈子是在频繁的政治运动、上山下乡、特别是在被明令"停止一切工作"的"文革"中度过的，当减去15年的有效工作时间。这样一想，就更觉得他的成果来之不易了。

　　在同一个单位工作，柳先生给我的第一个印象，是他的战略眼光。"文革"中由于整个外国文学都被贴上"封资修"的封条，改革开放之初，我们首先面临着如何搬掉这一"拦路虎"，"突破禁区"的问题。在这方面，"破"什么、"立"什么是面临的首要问题。1978年秋柳鸣九在《实践是检验真理的唯一标准》大讨论的鼓舞下，以破冰者的勇气在广州召开的"外国文学规划会议"上作了长篇发言《现当代西方文学评价的几个问题》，公开指出了几种阻碍西方文学研究的"左"的思潮，尤其批评了斯大林时期主管意识形态的日丹诺夫对西方现代主义文学彻底否定的态度，引起强烈反响。接着他一连写了3篇拨乱反正的论文在专业刊物上发表,赞成的和反对的都有。但随着时间的推移,反对的声音逐渐平息下来了。可以说,柳鸣九因在那个重要时刻"揭竿而起"而在外国文学研究领域成为推开改革开放大门的第一人。

刚步入"禁区",发觉西方现代主义流派林立,纷繁复杂,该从哪里入手呢?作为德语文学研究者我首先抓住了现代德语文学最有影响的卡夫卡,知道他的哲学背景是存在主义。在他的长篇小说代表作《城堡》中,主人公为了去附近的城堡开一张临时居住证而求爷爷告奶奶,却怎么也进不了!洋洋23万字翻来覆去就写这么一件事情。小说那么有名,那么它的艺术奥秘在哪里呢?不久柳鸣九选编的《萨特研究》出版了!读了其中的小说《恶心》(一译《厌恶》),觉得它的写法与《城堡》有异曲同工之妙。不久又读到萨特的其他著作,更对《城堡》的美学堂奥豁然开朗!存在主义文学强调写人的"生存处境",尤其是特定境遇下的个人危机,一种火辣辣的生命感受。可以说,卡夫卡的小说是萨特和加缪存在主义哲学的最好的形而下阐释。这两人也因此成了卡夫卡的最早传播者。但萨特的思想与时俱进,他后来同情社会主义,曾数度来到中国。他提出的"存在先于本质"的哲学命题、"介入社会"的人生观、"存在主义是人道主义的深化"甚至"是对马克思主义的补充"等定义都具有一定的正面价值,他呈现的文学样式和美学主张有力地触及了文学的"人学"本体,增强了文学的表现功能,是对西方当代文学的一个有力的推动。柳鸣九无疑先于我们明白了这一切,并知道其对我国改革开放的积极意义,故早在1980年他就撰文为萨特的存在主义正名。不久他作为访问学者第一次去法国期间,更将萨特及其志同道合的终身女友波伏娃作为主要访问对象,回国后发表了《巴黎对话录》，和前述《萨特研究》一样也在读者中引起广泛兴趣。但就像许多最先"吃螃蟹"的人那样，由于改革开放之初乍暖还寒，他曾一度受到压力，不过随着那场不知来路的运动很快烟消云散，他的萨特缘也就渐渐变成美谈了。

作为法国文学专家，柳鸣九对他的本行怀有宏大的抱负。"文革"后正常工作一恢复，他就在他主导写就的三卷本《法国文学史》的基础上，一连推出了编选三套现当代法国文学资料丛书的工程，即"法国20世纪文学丛书""法国现当代文学资料论丛"和"西方文艺思潮丛刊"。众所周知，法国是西方现代主义文艺思潮的策源地，流派迭出，思潮更迭亦快。柳鸣九的"法国20世纪文学丛书"选了这个时期的70种书籍，包括小说、戏剧、诗歌、散文等领域的各个流派和代表性作家，可以说是这个时期法国文学总体景观的全面呈现。起初我想，把时间消耗在这类编辑性工作上是否值得，但当上述三项工程完成后联系起来看，觉得这不仅对自身研究不可或缺，而且对整个学科建设亦极为必要，并将荫及后人、功莫大焉。

柳鸣九是我在北京大学的同系但不同专业的高低班校友，我入学的第二年即1957年，他一毕业就直接调入当时中科院直属的文学研究所理论研究室，直到1964年外国文学所成立。当时的文学所理论力量很雄厚，有蔡仪、毛星、陈涌等，所长是何其芳。这期间柳鸣九受到必要的理论训练。20世纪60年代初他提出的"共鸣说"引起全国文艺理论界的兴趣及讨论。这一功底对他日后的法国文学研究如虎添翼，他常常一动笔就洋洋洒洒一大篇。他的十五卷文集除了三卷是译文外，其余十二卷都是著作，这个数量在外国文学界是罕见的。

我从来认为，从事外国文学研究成就的大小，关键是在文学素养的高低,外语只是工具。前辈中较有影响的同行诸如钱钟书、杨绛、冯至、傅雷、李健吾、卞之琳等,哪个不是首先得益于文学？柳鸣九的成就有相当一部分也归因于此,就是说他与上述诸君一样都属于作家型学者。这一品格驱逐了学术领域常见的学究气通病,赋予他的文论以可读性较强的特色。而如果将那些占了文集中一定篇幅的散文随笔之类的文字独立出来,也能构成其作者的优秀档次。如他写的《巴黎散记》,他所描画的"巴黎名士"、"翰林院"的"翰林"尤其是他疼爱无比的嫡孙"小蛮女",一般作家岂能写得出来？

　　一个人事业的成功至少需要两个条件:天分和勤奋。这几乎成为社会的共识了。有天分的人生活中我们并不少见,成功者,或者说像柳鸣九这样的成功者却实属罕见。原因很简单,一般人做不到高强度地克服天性中的惰性,把全部精力集中在事业上。而柳鸣九却做到了这点。无疑这需要在其他方面作出牺牲。难怪,在剧院、电影院几乎见不到他的身影;单位的每年春游秋游,也从来没留下过他的音容笑貌;即使像出国这样的"美差",我相信在同行中他的频率也是最低的一个！这使我想起了卡夫卡的小说《女歌手约瑟芬或鼠众》中的那位女主人公,她为了把她的歌唱艺术提升到"最高境界",以"拿到那放在最高处的桂冠",榨干了自己身上无助于这一目标的一切！我想,这只有像柳鸣九这样有着湖南人特有韧劲的人才能做到。但当我们面对这皇皇十五卷文集时,谁会说它的作者柳鸣九为了这一天的到来牺牲无助于此的一切是不必要的呢？

（原载《人民日报》2015 年 10 月 20 日）

野草的英姿

——喜读毛丹青散文集《发现日本虫》

无须研究生物学,只要有一定社会阅历的人都能懂得,凡是具有野性基因的生命总是格外强大的。因此田间的杂草必须拔掉,否则人工培植的庄稼便不能茁壮生长;山间的野兽必须除掉,不然人工饲养的牲畜便不得安生。

我们人类经过几千年的自我驯化,多数人的野性基因已经退化,规规矩矩地按照社会规范的模式生活,只有少数人,或者由于精力充沛,或者由于才华横溢,社会堤坝挡不住他们,人类的生存模式也容不住他们,于是他们在凡夫俗子的眼睛里成了需要提防或管束的可疑分子或异端。

然而,社会发展恰恰靠了这些异端,在凡夫俗子的重复劳动之外,他们进行了创造性的努力,推动社会前进。这样的人,其野性基因仿佛未被驯化,故我用"野草"作为他们的譬喻。

本书作者毛丹青,我看着他长大。他从小性格内向,但天资聪颖,小学时即以绘画出众,且画笔不袭旧法,作品曾被送往国外参加儿童画展。大学年代,他血气方刚,锋芒初露,因言行出"格",不随风波,而与俗流相左,一度被误为"歧途青年"。在受委屈的日子里,他以深沉含悲的笔调写了一本日记和随感,曾令我刮目相看,当即惊呼"后生可畏",预感此生他日必能成器。

丹青散文的最大特点,即它不是作者凭着他的娴熟的写作技巧"做"出来的,而是从他的生命血液中自然流出来的,它实际上是作者生命音符跳动的定影。假如把这些音符标示在五线谱上,那不啻是一首"命运交响曲"。熟悉他成长过程的人都知道,《倾听》这样的作品是他血泪呐喊的结晶,是他命运用头敲门的回响。《一幅难忘的画》,记录了他对普通劳动者的最早体悟。这一体悟决定了他后来对那位开拖拉机的老农在众人拳头威胁下采取维护态度的严正立场。《少年不识梦》这篇 16 岁时的试作,文笔流畅,气魄宏大,一气呵成,可以看出,与作者在小学时就初露了他的艺术天赋一样,这里又显露了他的文学才华,而且还有许多成功者都具有的那种禀赋:不在名家面前低头,不在失败面前服输。《红点鲑》在描写他美好的婚姻生活的同时,显示了作者在这一方面也是一名善于克服障碍、有能力驾驭生活的高手。

丹青散文的第二个特点是具有小说的特征。他善于把自己的生活经历组织成有趣味的故事,使人读了开头就想一口气读完它,可以说做到了"引人入胜"。在这方面他善于设置悬念,而且常常使用"陡转"的手法,给人的情绪一个意外的出口。如《加腾小姐》中的女主人公在作者笔下是那么举止高雅、谈吐大方,对作者那么友好、热情,作者不仅白天乐于跟她聊天,有时还一起晚上出去赴宴、跳舞,作者的口气是那么赞美有加,办公室又只有他俩,而且在座位的对面。这使读者有理由猜疑或担心:他俩如此下去会不会发展成令他现在爱人倒霉的结局?想不到正当他俩夜晚一起外出的时候,一个偶尔的小插曲流露了女方内心世界的粗俗,从此作者对她的热情开始降温,我们的担忧也由此消除。又如《红点鲑》,读了五分之四的篇幅后,读者一直以为,作者已成功地把妻子从欧洲劝回了日本,痛痛快快玩几天,作一番团聚的庆祝后,就可收笔了。不料作者笔头一转,描写起红点鲑从以前的奔忙到找到排卵地点时的安静,以此比喻他自己在争取妻子的过程中从紧张到成功至此时心境的宁静,这个结尾不仅给人意外与惊喜,而且还给人以诗意的吟味。

第三个特点是现代意识。所谓现代意识是一种与时代俱进的思想观念,是一种进步的意识。首先表现在作者对待普通体力劳动者的态度上,是以精神贵族的态度还是以平等的态度对待体力劳动者,是区别新旧知识分子的标准之一。尊重体力劳动者,而今不仅是社会主义的宣传和要求,而且是一种世界大势。即使在资本主义世界,资产阶级也不敢像过去那样对待"第三、第四等级"了,这个等级已经有了强大的工会组织和党派团体,他们在议会中的席位声音越来越响。其次是自审意识。一个人们只会谴责别人而不知反省自己的世界,肯定是一个不得安宁的世界。人类只有到了普遍懂得"时时解剖别人",也"时时解剖自己"的时候,社会秩序才会获得正常。作者在回叙自己过去受到的不公正对待时,不仅批评了那时学校的某些不正常风气,同时也痛悔自己有时是"无赖酒痞子"。这样就更受读者欢迎了。事实上,在每个人的成长过程中,谁会没有过失或挫折呢?重要的是自审。作者后来连烟、酒都戒掉了,这是对过去自己某些不良习惯的断然否定。第三是生态意识。谁在捕鱼或吃鱼时,会顾及猎物是否怀孕?只觉得鱼籽好吃呢。作者的爱人那么喜欢红点鲑,如今好不容易捕到一条,发现是待产卵的,便放生了!这是人性的光辉向自然界的回射。人类总有一天会懂得,地球上的每个生命都拥有天赋的生存权,从而决心以素食为生。作者的这一行为,无疑与现代的生态观念和环保观念是一致的,因而是值得赞颂的。第四是生命意识。尊重人,重视生态环境,首先要从重视生命做起。作者对鱼在产卵时的情状的描写和对生命的礼赞,强烈地表现了他的这一意识。

1996 年夏于德国哥廷根

青春的闪光

　　谢亚鸥这个名字最初是从女儿那里听到的,当时她们都在斯图加特求学。亚鸥就读于那里的国立音乐学院钢琴系,获"艺术家文凭"。接着她又去柏林艺术大学深造,取得"演奏家文凭"。完成学业那一年,即2002年,适值我在柏林做访问学者,所住的房子是一座带有花园的大宅子,宽阔的客厅里有一架像样的钢琴。征得房东的同意,我以长辈的身份,不止一次把亚鸥请来,让她弹给我听听。第一次因为只有我一个听众,她很放松,弹得相当自如,一口气弹了十来首:克莱门蒂、德彪西、勋伯格、梅西安、贝多芬……最后压轴的是李斯特的《但丁奏鸣曲》,只见她身子猛烈摆动,十指在键盘上飞快跳跃,弹得如痴如醉。当她击响最后一个音符时,我不由得喊出声来!想不到这个不露任何锋芒的朴实女孩,却具有这样灵敏的领悟天赋、饱满的浪漫激情和娴熟的演奏技巧,把但丁《神曲·地狱篇》中那深邃、浑宏的意蕴借助李斯特的旋律表现得淋漓尽致,我不由得对她刮目相看了!

　　有了演奏家资格的亚鸥,外出演奏的频率日益提高:今天意大利,明天法兰西……真是马不停蹄,足迹遍及欧亚许多国家,并且博得普遍的赞誉,评论界称她为"具有特殊的敏感的钢琴家""在钢琴面前的灵修大师"。她具有"强烈的个性,能创造一种使人着魔的气氛"。"每当听她演奏,都被她精湛的技艺和超群的乐感所打动。""各种不同风格和形式的音乐,谢亚鸥都把握自如。"而在各种评语中,法国钢琴大师艾尔费尔无疑是最中肯也是最权威的:"谢亚鸥有那种罕见的才能,就是能将自己完全融合进不同时代背景和文化背景的作曲家的风格里去,从巴赫、莫扎特到梅西安、贝里奥……更不用提她精湛的技巧,因为她一开始演奏,就让人忘掉技巧的存在。在年轻的演奏家身上,我很少见到在完善的技巧和丰富的感情之间达到如此完美的平衡。"这次她在台湾、香港和北京中央音乐学院的演出,尤其是本月 11 日她与享誉中外的中国交响乐团合作,在国图音乐厅演出现代音乐的奠基者之一斯特拉文斯基的《随想曲》和拉威尔的《左手钢琴协奏曲》,更展露了她作为成熟的演奏家的风采,表明她无论对传统音乐奥蕴还是对现代音乐语汇都有着极好的领悟禀赋,获得满场观众的热烈喝彩。

亚鸥的迅速成才不是偶然的,除了她自己的良好天赋和刻苦努力外,有许多有利因素,其中良好的家庭教育就是很重要的因素。父母都是音乐人,尤其是长期担任学校钢琴教师的母亲,自幼就悉心教她弹钢琴,使她先后考入中央音乐学院附小和附中,师从赵屏国教授(这次她在京的两场演出就是献给她这位恩师七十大寿的)。考入上海音乐学院后,又先后师从李名强和林尔跃教授。在欧洲深造期间,更受多名名师教导和指点,使她对各个时期不同风格和流派的音乐语汇有了广泛的了解,尤其对 20 世纪的钢琴文献产生了浓厚的兴趣。无怪乎,早在 1987 年在上海的"中西杯"国际钢琴比赛中,谢亚鸥就获得了钢琴演奏特别奖;出国后多次在国际比赛中获奖,如梅西安钢琴比赛、奥尔良 20 世纪钢琴比赛

（Orléans Concours XXéme Siécle）和西班牙哈恩大奖赛（Premio Jaén）等，更因其对李斯特、德彪西和勋伯格等人作品的出色阐释而获得特别奖。特别是今年 3 月她在法国著名的奥尔良 20 世纪钢琴比赛中获得了 3 个主要奖项，堪称她演奏艺术不断进步的里程碑。近年来，她频频在柏林爱乐大厅、柏林音乐厅、巴黎音乐城、巴黎科托音乐厅、香港文化中心、北京音乐厅和上海音乐厅等国际音乐中心登台。在国外站稳了脚跟的她，现在又开始致力于把外国的音乐传入国内，在国内第一次演奏了克拉姆、贝里奥和拉赫曼等人的钢琴作品，同时把多位中国音乐家的钢琴作品介绍到国外。

　　小小年纪，在就学期间就获得这么多的荣誉，显然是不简单的。这里要再一次提到她的母亲了！母亲陈雪筠是一位对钢琴有着执着追求的教育家，她不仅成功地培养大女儿亚鸥出了道，而且还让小女儿也步了姐姐的后尘。这位妹妹在斯图加特亚鸥就读过的音乐学院顺利地拿到了"艺术家文凭"以后，两年前又考入了慕尼黑音乐学院"大师班"继续深造，不久便可获得文凭。姐妹俩将应台湾 NTSO 乐队的邀请，去那里联袂演奏双钢琴协奏曲。我们有信心期待，国际乐坛上不久就将绽放出一对绚丽的谢氏姐妹花。此刻，哺育她俩成长又培养她俩成才的这位钢琴妈妈该是多么欣慰啊。

（原载《光明日报》2004 年 12 月 17 日）

痛悼老友何西来

　　这个冬天是个冷酷的季节,不是因为太多雾霾,不是因为久不下雪,而是下达了太多的阎王令,仅在文学界一下就带走了我的 4 个文友,其中最使我撕肝裂胆的是我的近邻和老友何西来,即我习惯称呼的"大何"!在单位,我们分别属于社科院的两个"兄弟所":他在文学所,我在外文所。30 年前我们同时搬来同一幢楼:我住 11 层 6 号,他住 10 层 5 号,只隔一层楼板一层壁。所以有时我打趣说,只要我跺一跺脚,他就知道我在跟他打招呼。每天进进出出,常在电梯里或院子里相遇,我们都要顺便开个玩笑。比如,若见他背着鼓鼓的书包骑着自行车冲进院子,我就说:"大河(何)涨水浪打浪,今天又在哪里滔滔不绝了?"因为他有一副演说家似的口才。或者,若见他偕美丽而比他年轻许多的妻子小韦出双入对,我就以苏东坡"大江东去"的调门调侃说:"小韦早嫁了,依然羽扇纶巾,雄姿英发……"接着是享受小韦轻轻的一拳,以示对我夸奖的报偿。有时参加共同的会议,他若开车,总要把我带上。虽然起初他的车技还不熟练,但一路上的说说笑笑,把任何的不安全感都驱赶得烟消云散!若遇饭局,大何总是坐在我的旁边,见上来美味的菜肴,他总是先挑最好吃的送到我的碗里,虽然他的食欲比我旺盛。我在欣赏着他大口大口进餐的同时,也感受着他给予我的兄弟般的温暖。

现实生活中不是所有近邻都能成为好友的,这要看各人的识见、情怀和境界,它们决定着一个人的人格魅力。何西来年轻时(那时叫何文轩)就在文学队伍中表现出他的出众才华,因而成了何其芳的高足。"文革"后,正当不惑之年,他更成为我国文学批评界改革开放的一名有力推手,因而很快被提拔为文学研究所副所长兼《文学评论》主编,成为刘再复的得力助手。他思维清晰,大事不含糊,富有正义感。无论文学作品还是时政新闻,他都能一目了然,谈得头头是道,常常鞭辟入里。因此我有时特地去他家里,听他高论,与他探讨,总是满意而归。有时也会争论得面红耳赤,但从未影响感情。

作为学者,何西来治学勤奋且虚心好学。我常常和他一起应邀参加戏剧界某些座谈会,每次都见他带着笔记本,一边认真听取别人的发言,一边不断往笔记本上记录(我常跟他开玩笑说:"你的笔记本一定堪比钱钟书。")。轮到他发言时,他总能从丰富的知识储备中引经据典,作为例证或进行发挥。因此他的发言常常成为一篇内容丰富的精彩演说。论看戏,我看过的演出不比他少,但他写的有关戏剧方面的评论却比我多得多。仅就粤剧表演艺术家红线女的表演风格就写了四五篇,共达 3 万多字!他一向对艺术风格感兴趣,最后也以《论艺术风格》一书压轴,皇皇 80 万字,足见他对追求的执着和毅力。

大何身材魁梧,走起路来总是大步流星,给人一种健美的享受。他比我小几岁,我从来没有想过,他会走在我的前面!约 3 个月前,晚上散步时见他拿着一根手杖,还跟他开了个玩笑:"怕遇到藏獒？"他笑着说："毕竟已经是老叟了，有备无患嘛！"过了个把月，耳闻他患上那个万恶的癌，我大吃一惊！马上表示要去看他，却立即被劝阻：这类病一般都不想很快让人知道，否则会加重他的精神负担。我一想也有道理。年前 12 月 8 日那天一早我去上海，快出院门时，见他夫人小韦神情很沉重，我不禁一怔："莫非大何病重？"但预定好的出租车正在路边等着，一时来不及询问，干脆等上海回来再说，反正这病即使晚期也能拖 3—6 个月！谁料第二天家属就哽咽着传来噩耗！我一下跌坐在沙发上，呆呆地说不出话来，一种悲愤和悔恨控制着我。谓之悲愤，因为我知道他正当顺风顺水的时候遭到命运的不公，严格地说他是气死的！悔恨，则是因为凭我俩情感距离与空间距离之近，最后竟未能送他一程！

安息吧，大何——我的老友！

（原载《光明日报》2015 年 1 月 30 日）

同六，你就这样匆匆走了？

　　同六，你比我还小两岁，还不到古稀，怎么就这样匆匆走了？就在一个多月前，我给你打电话，你出去散步了。后来你给我打电话，我却不在。但听我老伴说，你的声音仍像健康人一样，于是我觉得你的病情继续处于稳定状态，因而也就没有放在心上。接着我连着出差。等我刚回到北京，还没来得及给你打电话问候，就传来了噩耗！久久让我说不出话……

　　几天来，41年来的相识、相知与相处一幕幕在我脑海中闪过；当它们出现时总是让我兴奋，过后又让我悲伤。记得1964年我刚来外文所时，你已经在这里了。你的英俊相貌与机敏谈吐立即引起我的注意，因而很快知道你是两年前从苏联学成回国的留学生，你在那里学会了意大利语这一我国紧缺的重要语种。但我们的熟识和友谊首先是从打球开始的。当时每天两度的工间操我们几乎都用来打羽毛球或乒乓球。也许是因为彼此几乎旗鼓相当，就格外喜欢"寻衅"较量。而你常常凭着你的高挑个儿轻轻一扣，在我徒呼奈何的时候，你却得意地报以一笑。在乒乓球台上，你也往往以一记漂亮的长抽而轻易得手，我则使一个"怪招"很快扳回。这时你经常要"诡辩"一番，试图让我在精神上不能取胜……我们就这样一天天地玩,玩得愉快,也玩出了友情。即使后来"文革"中一度观点相左,我们也没有疏远这种友情。

"文革"后我们终于获得恢复业务的机会,改革开放更使我们有勇气突入某些所谓的"禁区"。由于都是从事西方文学研究,共同的话题更多,一些基本大观点也颇一致。这样,我们交往的空间就更大了!双方都觉得有些事情应该联手来干。为此我常去你府上磋商,有时一聊就是一个晚上!这时你美丽温柔的贤妻蔡蓉就及时给我们端来热腾腾的莲子白木耳,使我们沉浸在友情的温馨之中。也就是在这些年头——80年代中期吧,你奉命创办我所主要喉舌《外国文学评论》,一心邀我跟你合作。只是由于我考虑到我刚从多年的《世界文学》编辑工作中摆脱出来,只想安心搞点研究,不想走编辑的回头路了!我的态度得到你的充分谅解。此后,凡是以《外国文学评论》名义召开的研讨会,你都积极邀请我参加,并很看重我的发言。在有的学术论文评奖会上,你也力荐我的论文入围。后来你作为我所常务副所长,对我的外事活动也给予大力支持。许多事例你都让我感觉到,你是个讲友情的人。

虽然我对你的才能和进取精神早有察识,但真正得到领教还是在恢复业务工作后的近30年来。这时期的你在我的印象中犹如一匹勇往直前的骏马,既有勇气,又有胆识。你在主持《外国文学评论》和担任外文所常务副所长期间先后举办的一系列研讨会充分体现了这一特点。这些主题鲜明、目标明确的会议,对把握新时期外国文学研究、翻译的方向,及时介绍和引进国外的文学新思潮、新理论、新观点,进一步打开这一领域的新局面并凝聚外国文学工作者的合力起了积极的导向作用。作为学者和翻译家,你自己则通过有见地的著述和大量翻译与编纂工作,在中外文学的交流与对话中成了有实力的"文化大使",特别是在意大利文学领域更成了无可争议的领军人物。作为这一系列业绩的报偿,你多次获得国际嘉奖,其中最权威的奖赏当推意大利总统先后授予的骑士勋章和爵士勋章以及意大利科学与文化金质奖章。

在我心目中,你不仅在业务能力的追求上,而且在精神人格的锻造上始终是一条汉子。即使凶恶的癌魔频频向你袭来时,每次见到你,总是雄赳赳的,在为你提心吊胆之余,不禁为之一振,觉得你真是好样儿的。两年前,癌魔凶险地从结肠转移到肝脏,你的生命受到更严重的威胁,但当我第一次去医院看你时,你依然谈笑风生,这给了我很大宽慰。之后在化疗的有效控制下,传来的消息总是"稳定"。只是1年前我再去看你时,着实让我吃了一惊:我走进病房,却又退了出来,觉得见到的是不认识的病人;我不得不问护士,护士仍指那个房间。我再进去时,倒是你先认出了我!这时我不觉一阵辛酸,你脸色铁青,而且消瘦得让人不敢相认,从来不戴帽子的头上戴着一顶鸭舌帽。后来你解释说,你正在拉肚子。又谈笑风生,忘了你是个病人。不久又见你参加这个那个活动,我又放心了下来!特别是最近,掐指一算,你抗病已近5年。常听人说,只要挺过了5年,那万恶的癌魔就会却步,不敢再近前。想不到在这节骨眼上那坏东西还是不肯放过你!现在知道,你表现了多么顽强的毅力和勇气!在病魔步步进逼下,你从来没有表现过畏惧,从来没有长期放下过手中的工作——那多半只有你才能完成的工作,也从来没有向亲友们哀诉过自己的生命危机,以免亲友们过多担心。此刻我想到了瑞士小城卢采恩那尊有名的石雕,那头倒下而不甘的卧狮。

就像任何事物往往都有瑕疵一样,在我们的友谊史上当然也有过阴影。但我看人向来只看粗线条。你的粗线条是我国仅有的意大利文学重要专家,这样的专家整个 20 世纪只有两个,除了已故教授田德望,另一个就是你。这就是你存在的价值,也是我们共同维护 40 年友谊的价值。

(原载《光明日报》11 月 18 日)

一对伉俪恩师

人越上年岁,便越喜欢追忆"似水年华"。在被追忆的人中,那些不同时期先后在自己身上倾注过心血的老师们总是在脑海中出现得最频繁,其中最使我怀念的是一对中学老师——何英鹗和叶味真夫妇。

那是 20 世纪 50 年代前期,我就读于衢州一中,当时何老师主要教物理,叶老师始终教地理。俗话说,"不打不相识",我与这两位老师的特殊感情,是从一次课堂上的"遭遇战"开始的。上初一不久,有一次上课时,叶老师的声音戛然而止,瞪大两眼逼视着我,这时我才发现自己走神了,自得其乐地在抛一个球玩耍,因此顿觉紧张起来,准备在众目睽睽之下接受老师的一顿训斥,甚至被赶出教室罚站。但想不到叶老师很快恢复了原来的表情,并和颜悦色但不无挖苦地说:"我以为你们班上要算叶廷芳最老实了,想不到今天也看到他玩起来啦。"我被老师批评了!但是我丝毫没有感觉受到伤害,相反,我感到老师的批评里,包容着善意和爱护,一种温暖的感觉油然而生。从此我对叶老师由衷地尊敬,上课时再也不开小差了。结果,地理课成了我成绩最好的功课之一。不仅如此,在叶老师的鼓励和指导下,我学会了绘地图,而且怀着浓厚的兴趣,画得又大又精致,自己裱好后当作作业交给叶老师,老师总是爱惜地把它们保存在图书馆里,作为教学挂图,以尽可能节省教学经费。这样我自然成了叶老师比较满意的学生之一。也因此,我与何老师的接触也就比较多了。

何、叶这一对青年伉俪,一个仪表堂堂,一个白皙娟秀,彼此恩恩爱爱,人们常以赞叹的口吻议论说:"这真是'天造地设的一对'。"他俩都端庄大方,穿着朴素,教学认真负责,这是我和许多同学对这两位老师的印象格外深刻的原因之一。

何英鹗老师政治上一贯要求进步,还在中学时代就是一个热血青年,曾参加党领导的进步学生运动。何老师是个多面手,他原来是学航空的,但他完全服从教学需要,叫他教哪一门,他就教哪一门。新中国成立后学校兴建一排教室,由于经费不足,他毅然承担起设计并指导施工的任务,使这幢有 6 个教室的房屋节省了30%的造价。虽然这只是一座单层的平房,但设计者却赋予了它别致的造型,既实用,又美观大方。如果说我后来对建筑美学产生了一点兴趣,那么何老师的这个作品,便是对我最早的启蒙。上高二以后,我就很少见到他了,原来他又无偿地担负起兴建衢州二中的勘测、规划和施工的任务。在衢江畔 100 多亩荒地上,只见他戴着一顶草帽,敞着一件灰布中山装,挥洒着汗水。不到两年工夫,几十幢二三层楼房在这里拔地而起,其中有何老师的一份不可磨灭的功劳。那是他一生中的黄金时代,他的才能得到了充分的发挥,他获得了报效祖国的机会,他从来没有像当时那样意气风发过,但他从来不炫耀自己。

在我上大学以前,何老师就调到建德去了,他在那里担任严州中学物理教研室主任。教学之余,他先后设计了严中科学馆、新安江中学、白沙电影院等建筑,被评为先进工作者。"文革"后我打听二位老师的消息,却得到不幸的噩耗:何英鄂老师在"文革"中被活活迫害死了!这样一位卓越的英才、忠心耿耿的灵魂工程师,正当风华正茂之年,便永远与我们诀别了!叶味真老师精神上受到的打击可想而知,她的健康受到了摧残,还一人艰难地拉扯着4个孩子。她退休后一度回衢州,我曾看望过她几次。3年前她由一个女儿陪着来北京观光,我们又聚首一堂,前后几次相见,还在我家住了一夜。令人可慰的是她已经坚强地战胜了自己,仍像以前那么乐观,话题总围绕着过去那些愉快的岁月,不停地打听何老师和她过去教过的那些学生的近况。当她听到他俩的学生几乎遍布全国各地,活跃在各条战线上,有的还挑了"大梁",她欣慰地笑了,笑得那么幸福,仿佛一个辛勤的园丁,看到自己30多年如一日所精心浇灌的满园桃李正郁郁葱葱、喷芳吐艳而受到最珍贵的回报一样!叶老师说:"当了一辈子的人民教师,除了看到自己的学生成才,还有什么比这更值得喜悦的呢?"

哦,尊敬的老师,您的崇高愿望将永远鞭策学生们努力奋进,以报效祖国的一个个新成绩向您汇报,并以之告慰何老师的在天之灵!

（原载《光明日报》1990年9月9日）

漂亮的试飞

——读杨炯《发现诗意》

　　杨炯今年 17 岁,仅匆匆见过一面,是个腼腆的孩子,因此几乎未交谈什么。打开他这本据说写于 15 岁即高二以前的散文处女作,却一下使我眼睛豁亮,一股清新爽利的气息扑面而来,原只想浏览三五篇,向他家长谈点看法就交代过去了,谁想却欲罢不能,一口气把它读完了! 那是一个有志少年的才华初露,一个未来作家的成功试笔;恰似一只雏鸟,只见它扑打着翅膀一跃而出——飞得漂亮! 不能不让前辈惊喜之余发出惊叹:"后生可畏"也!

　　在今天条件相对优越的环境下,如果说一个中学生的文笔流利已不足为奇的话,那么他的流利文笔能附丽于思想火花,那就不能不让人刮目相看了! 书中最令我赞赏的是第一部分,那里面有好多篇文章都蕴有哲学意味。如《人生没有完美的准备》:"人生的准备做不到完美,人生的精彩也正是因为没有完美的准备。准备是缺乏诗意的。"多么精辟的辩证语言! 不是吗,多少国人作了望子成龙的"准备",从中学陪读到大学,从国内陪读到国外,到头来成龙者几何? 而许多"成龙"的诺奖得主却说:他的发明来自某个"灵感"(我还曾听钱学森说到"梦"的启示),也有说敢于有"另类思维"。而孕育"灵感"和"另类思维"的前提是心态的充分自由和"天高任鸟飞，海深凭鱼跃"的大环境。我们还可以将"准备"的思维引申到国家的计划经济，君不见30年之久年年"准备"（计划），但经济发展却始终在慢速火车上运行。后来搬开"准备"，"摸着石头过河"，我们很快上了高速公路甚而高速铁路！若将"准备"再引申到我们对某个"主义"的追求，不也是这个道理吗？15岁的小小年龄就已经了悟到我们这代人花了半辈子才明白的这个辩证大道理：过度的计划或"准备"是对人性和智性的束缚，自由才是创造和发展的推进器。这不能不让长辈感到惊奇和惊喜！

在现代，思想越来越成为文学的灵魂，衡量作品价值的尺度。画家吴冠中甚至说："一百个齐白石也抵不上一个鲁迅。"鲁迅和齐白石在其各自领域都是顶尖大师。区别是鲁迅除了其高超的文学价值之外，还有巨大的思想价值。而这一点一般人是难以企及的。杨炯的另一篇作品《玉》，讲述了玉因既坚韧又柔润的特点而令人人喜爱、把玩，从而形成一种"玉文化"，进而将在纷繁复杂的外交风云中善于以柔克刚并屡屡获胜的周恩来的外交风范看作是体现这种玉文化的杰出典范，可谓神来之笔！

书中还有一篇谈"剑"的文章：剑在冷兵器时代既是一种坚韧锋利的武器，又是不同地位和身份的象征。凡是有一定讲究的人的行为方式都会成为文化。于是这一兵器也形成了"剑文化"。它与"玉文化"一韧一柔、一武一文，恰好成了姐妹文化，堪称中华民族的"特色文化"。这样一来，《玉》与《剑》岂不成了姐妹篇？妙哉！

还有一类文章令我赞叹的是它们所流露的思想境界。其中尤其使我感动的是《发现诗意》。作者看到一群工人在烈日下紧张地修建大桥，感到劳动者的高贵与伟大，因为"是他们用双手托起了我们的中国"！这一场面被他称为"最美的风景"。进而他对某些把劳动者骂为"无赖""贱人""刁民"的"包工头""富人""官员"进行谴责！在中国广大劳动人民被越来越多的人看不起的今天,这篇作品的意义不亚于新中国成立前田汉笔下的名曲《大路歌》和新中国成立初钱绍武手下的同名雕塑。

随着鼠标的移动,不时走来一个个面貌殊异而心肠大致相近的少男少女,我好像走在一条"十八罗汉"的人物画廊里！你看:那个蓄着男式短发、言行大大咧咧,内心却不乏友爱柔情的女生"葱哥";那个在殴斗中处于劣势却善于以猛力的口水进行还击的小个子徐可;那个以懒出名、当听到人家说他懒他干脆以"不要说我懒,我懒得和你比"来"幽它一默"的"鸟人""杜少府"……这些个性鲜明的学生在作者的笔下一个个栩栩如生。他们与其他同学在朝夕相处中可能被认为有些弱点或欠缺,但同龄的杨炯却懂得用善意的笔触潜入他们的灵魂深处探悉出其光亮来！读后并不令人对他们感到生厌,而是既扎眼又可亲。

书中的文章都是以作文形式写成的,这符合作者的年龄和学历。但这些文章多数都称得上独立的散文。从中可以看出,作者视野相当开阔,知识面也较宽,对一些诗词和典故的引用也恰到好处,文笔亦堪称流畅。此外,作者年龄虽小,胸怀却相当宽大。这许多方面综合起来形成一条路向,它让人清晰地看到:作者离作家的目标并不遥远。

2016 年元月于北京